로맨틱
순이

로맨틱 순이

초판 1쇄 인쇄일 2017년 11월 23일
초판 1쇄 발행일 2017년 11월 29일

지은이 | 남혜정
펴낸이 | 김기선

편집장 | 김은지
편집부 | 임종성, 박지은, 김지현, 김아름
디자인 | 한주희

펴낸곳 | 와이엠북스(YMBOOKS)
출판등록 | 2012년 7월 17일 (제382-2012-000021호)
주소 | 서울시 도봉구 노해로 379, 802호(창동, 대성빌딩)
전화 | 02)906-7768 / **팩스** | 02)906-7769
E-mail | ymbooks@nate.com

ISBN 979-11-322-4354-0 03810

값 9,000원

로맨틱 순이

남혜정 장편소설

YMBOOKS
ROMANCE
STORY

YM
BOOKS

차 례

01. 스치듯 인연　　　　　　　　7

02. 그 여자와 그 남자 사이에　　51

03. 폭풍우　　　　　　　　　　74

04. 알 수 없는 남자　　　　　　96

05. 얼굴이 반칙　　　　　　　106

06. 이렇게 떨리는 마음이란　　121

07. 첫날밤?　　　　　　　　　139

08. 순이 vs 우진 (1)　　　　　152

09. 순이 vs 우진 (2)   170

10. 조금 더 가까이, 가까이   196

11. 달달해서 좋다   218

12. 과거와 비밀   239

13. 복수   257

14. 하나뿐인 남자   273

15. 밝혀지는 진실   296

16. 둘이 하나가 되는 방법   317

17. 행복이란 무게   344

18. 당신이라 다행이다   365

번외   370

01. 스치듯 인연

"오늘 회식 있다지? 이거 가서 쓰도록 해."

명품 슈트에 말끔하게 정리된 머리를 쓸어 넘기며 중년의 남자는 온화한 미소를 지어 보였다. 자신의 손에 들려 있는 봉투를 바라보는 젊은 여자의 놀란 눈이 보이자 그는 허허 하고 다시 웃기 시작했다.

"허허, 김 실장, 이건 내 성의야. 1년 동안 고생했으니, 비서팀이랑 맛있는 음식 먹고 와."

한 해가 끝나가는 마지막 주 금요일. 각 부서의 회식이 있는 날이었다. 말이 회식이지 어차피 업무의 연장과도 같은 행사지만 이 사장은 자신의 곁에서 1년을 고생한 김 실장에게 자그마한 선물을 주고 싶었던 모양이다.

"감사히 받겠습니다."

평소라면 절대 받지 않았을 돈이지만, 이사장의 마음이 보이는 것 같아 그녀는 감사히 그가 건네는 금일봉을 받아 들었다.

대학을 졸업하고 한성의료재단 비서실에 취직한 지 어느덧 8년 차. 그중 3년 동안 이사장님을 모셔왔고, 올해 초 실장으로 승진까지 했다. 8년 차 비서인 김 비서에게도 올 한 해는 특별하고 다사다난한 해였다.

"김 실장, 내년에도 잘 부탁하네. 고생 많았어."

"네, 이사장님. 내년에도 잘 부탁드리겠습니다."

이사장은 고개를 숙이는 김 실장의 어깨를 토닥거린 후 이사장실을 나섰다. 그의 얼굴에 흐뭇한 미소가 걸려 있었다. 3년간 고생한 그녀에 대한 대견함과 애정이 느껴지는 얼굴이었다.

"금일봉이라. 이렇게 되면 빠질 수 없게 되는데……."

술을 잘 마시는 편도 아니고 평소 회식이라면 슬쩍 빠지는 게 전문인 그녀로서는 이사장의 금일봉이 반갑지만은 않은 일이었다. 이걸 받은 이상 최소한 팀원들과 함께 밥을 먹고 맥주 한잔 정도는 마셔야 할 일이었다.

꿀 같은 휴식을 맞아 편히 쉬어보려 했던 김 실장의 꿈은 저 멀리 날아가고 있었고 그녀는 자신의 데스크 위 전화기를 들었다.

"과장님, 이사장님께서 금일봉을 주고 가셨습니다. 맛있는 걸로 먹으라시면서요."

-오, 그래? 김 실장도 그럼 오늘 참석하는 거야! 알겠지?

"네, 그럼 1층 로비에서 기다리고 있겠습니다."

비서팀 과장의 명랑한 목소리에 그녀 역시 살짝 미소 짓고는 수화기를 내려놓았다. 그러고는 팀원들이 모여 있을 1층 로비로 향했다.

오랜만에 참석해보는 회식이기도 하고, 이사장님의 성의를 무시할 수 없으니 기왕이면 맛있게 먹고 가야겠다는 생각을 하는 그녀였다.

"그래, 먹고 죽은 귀신 때깔도 곱다는데, 먹어보지 뭐."

* * *

잔잔한 음악이 흐르는 호텔 바의 한쪽 자리에선 지나가는 이들의 시선을 사로잡는 한 쌍의 남녀가 앉아 있었다. 그들이 뿜어내는 화려한 분위기와는 달리 둘 사이엔 차갑고 냉랭한 분위기가 흐르고 있었다.

"그래서? 우진 씨가 하고 싶은 말이 뭐야? 나랑 결혼이라도 하자 그거야?"

긴 머리를 쓸어 넘기며 여자는 어이가 없다는 듯 웃었다. 빨간 입술이 비틀리며 위로 올라갔고 그녀의 모습에 남자의 미간이 좁아졌다 금세 돌아왔다. 충분히 알고, 예상했던 반응이었다.

"어. 결혼하자. 당장은 아니라도 1년 안으로 했으면 해."

여자의 반응에도 아무렇지 않은 듯 우진은 자신의 술잔을 입으로 가져가며 말했다. 하지만 차분한 목소리와 달리 어딘지 쓸쓸해 보이는 눈빛이었다.

"우진 씨 뭔가 착각하나 본데, 난 우진 씨랑 결혼하려고 만나는 게 아니야. 잘 알고 있는 줄 알았는데?"

냉담했다. 차갑고 건조한 음성에 우진의 차분했던 음성이 조금 떨려온다.

"3년이나 만났는데 결혼은 아니라고?"

"아무리 당신이 잘나가는 의사고, 매력 있는 남자라고 해도 결혼 상대론 안 돼. 우리 집에서도 당신 받아들이지 않을 테고."

여자의 아름다운 얼굴은 불쾌감을 숨김없이 드러냈다. 그러곤 손에 들려 있던 술잔을 테이블에 내려놓고 자신을 바라보는 우진을 향해 한 번 더 곱씹듯 말했다.

"우리 아버지, 당신도 알지? 보통분 아니라는 거. 그런데 아버지가 누군지도 모르는 당신이랑 결혼한다고 하면 어떻게 나오시겠어? 당신이나 나나 서로 힘들어질 뿐이야. 그러니까 오늘 이야긴 못 들은 걸로 할게. 그게 좋겠다, 우진 씨."

조금의 여지도 남기지 않겠다는 듯 여자의 말은 냉정했다.

"아버지 핑계 대지 마. 재벌 집 며느리 자릴 포기 못 하는 건 너겠지."

"뭐, 아니라곤 못 하겠다. 그러니까 오늘 이야긴 못 들은……."

"그래, 그렇다면 우리 그만 만나자. 나도 더는 이런 식으로 너 못 만나."

우진은 자리에서 일어났다. 마음의 준비는 하고 있었다. 3년을 만나면서 그녀가 어떤 여자인지 누구보다 우진이 잘 알고 있었다. 유명한 증권사 대표의 딸이기도 한 그녀는 보통 분이 아니라는 자신의 아버지를 쏙 빼닮은 여자였다. 욕심도 많았고 성취욕도 높은 그런 여자.

그렇기에 결코 아버지가 누구인지도 모르는 자신과는 인생을 함께하지 않을 여자였다.

"아쉽지만 어쩔 수 없네."

여자는 손을 들어 몇 번 까딱이곤 우진에게 시선조차 두지 않았다. 다만 앞에 놓여 있는 술잔에 그 빨간 입술을 가져다 댔다.

3년을 만나며 좋았던 순간들도 많았던 것 같은데 너무 쉽게 정리가 되어버리는 이 관계는 무엇이었나? 우진은 쓸쓸함을 감출 수 없었다. 그러나 바를 나오는 그 순간까지 뒤돌아보지 않았다. 지질한 모습을 보이고 싶지 않은 마지막 남은 그의 자존심이었다.

"꼴좋네! 도우진."

그렇게 3년을 사랑했던 여자와의 끝은 너무나 간단하고 허무하게 끝이 났고, 우진은 쓰려오는 마음을 간신히 참아내고 있었다.

* * *

"금일봉 덕분에 배 터지게 먹었습니다. 김 실장님, 감사합니다."

"윤 비서도 참, 그게 어디 내 돈인가요? 이사장님이 주신 건데."

"그래도 김 실장님 덕분인 건 사실이지 않습니까? 안 그래요?"

고급 뷔페에서 식사를 마친 비서팀 막내 윤 비서는 기분 좋다는 듯 웃으며 말했고 비서팀 직원들도 고개를 끄덕이며 그의 말에 동의했다. 많지도 않은 회식 자리에 잠깐 얼굴만 비치고 가던 김 실장이 이렇게 오래 회식 자리를 지키고 있는 일은 흔치 않은 일이라 그런 것인지 모두들 이 상황이 즐거운 모양이었다.

"자, 그럼 회식의 마지막을 즐기러 가실까요?"

"어딜 또 가려고 그래?"

"가보시면 압니다!"

막내 윤 비서와 입사 동기인 안 비서는 서로 묘한 눈길을 보내더니 예약되어 있다는 곳으로 팀원을 이끌고 향하기 시작했다.

아, 이제 그만 집에 가고 싶다. 배도 부르고 맥주도 딱 기분 좋게 마셨고, 집에 가서 씻고 자야 될 타이밍인데 말이야.

김 실장은 손목의 시계를 바라보며 작게 한숨 쉬었다. 이만하면 시간을 채울 만큼 다 채웠다 생각했는데, 저 똘망똘망 의욕 넘치는 신입들이 무얼 준비했을지 궁금해 간다는 소리도 못 한 김 실장이었다.

"김 실장, 무슨 약속 있어?"

"네? 아닙니다. 그냥 술을 마셔서 그런지 조금 피곤한 것 같아요."

"매일 일에 파묻혀 사는데 이럴 때라도 스트레스 확 풀고 그래야지. 나도 오늘은 애 엄마 아니고 과장도 아니고, 그냥 마음 편하게 놀아볼 생각이거든!"

"그래도 애들 이야기만 나오면 입이 귀까지 걸리시는 거 다 알거든요?"

"흠흠, 아무튼 순이 씨, 아니, 아니, 김 실장도 오늘은 다 잊고 놀아보자고!"

잔뜩 신이 나 보이는 과장의 얼굴을 보던 김 실장은 피식 웃어 버렸다. 7년 전 윤 비서처럼 팀의 막내였을 때, 언제나 진심으로 혼내고 일을 가르쳐주신 분이 과장님이셨다. 그 덕에 열심히 배웠고 지금은 과장님 뒤를 이어 실장이 된 것이다.

"그 순이 씨 소리 좀 하지 마시라니까."

"미안. 깜빡했다."

평소와 달리 볼멘소리로 작게 투덜거리는 김 실장의 목소리에 과장은 그녀의 눈치를 보며 어색하게 웃었다. 그녀가 가장 듣기 싫어하는 말이 저 '순이 씨'란 걸 잘 알고 있었다. 조금 촌스럽긴 해도 정감 가는 그 이름이 이 과장은 좋지만 말이다.

"하긴 시크한 우리 김 실장한테 순이란 이름은 좀 안 어울리긴 한다."

"그만 놀리세요."

그렇지 않아도 그 이름, 정말 촌스럽다고 생각하고 있거든요?

김 실장, 순이는 한 번 더 튀어나오려던 볼멘소리를 입 안으로 꿀꺽 삼켜냈다.

"알았어, 알았어. 그보다 이제 도착했나 본데? 여기야, 윤 비서?"

"네. 우리 과장님이랑 실장님, 두 분 춤 잘 추세요?"

윤 비서는 씨익 입꼬리를 말아 올리며 물었다. 그녀들의 반응이 궁금하다는 듯 모두의 시선이 이 과장과 김 실장에게 쏠리고 있었다.

"나는 왕년에 좀 놀아서 출 줄 아는 편인데, 우리 김 실장은 어떨지 몰라?"

"설, 설마 다음 장소가 여긴가요?"

김 실장은 어색하게 웃으며 불안한 듯 시선을 옮기고 있었다. 여기저기 옮겨 다니는 불안한 눈동자의 그녀가 안쓰러운 마음이 들었지만 윤 비서는 이 상황이 무척 즐거운 모양이었다.

"네. 춤 한번 추시죠, 김 실장님! 여기가 요즘 가장 핫한 클럽 중 한 곳이에요."

내가 미쳤지. 밥만 먹고 갔어야 하는 건데 어쩌자고 따라와서는!

"이 과장님? 이 팔 좀……."

왜 이렇게 팔을 꼬옥 붙잡으시는 겁니까? 불안하게.

"여기까지 왔는데 구경이라도 하자고! 뭘 꾸물거려. 얼른 들어가자, 어서!"

이미 김 실장의 팔을 낚아챈 이 과장은 그녀가 도망가기 전 막무가내로 안으로 끌고 들어갔고, 그런 그녀의 모습이 안타깝긴 했지만 평생 한 번 보기 힘든 광경을 눈앞에서 놓치긴 아까웠던 팀원들은 모두 모른 척하며 안으로 사라져갔다.

김 비서는 지금의 상황이 어떤 것인지 대충 짐작했고, 그녀는 자신의 이마를 손으로 짚으며 고개를 절레절레 흔들었다.

내가 두 번 다시 회식에 오면 사람이 아니다. 사람이 아니야!

* * *

클럽 안은 조명들이 별처럼 쏟아져 내리고 있었고, 심장을 때리는 듯 크게 울리는 음악 소리에 다들 취해 있는 것 같았다. 사람들의 열기가 뿜어져 나오는 그곳의 분위기는 모두를 들뜨게 만들기 충분했다.

물론 딱 한 사람. 김 실장을 제외하고 말이다.

"김 실장님, 춤 좀 춰보셨어요?"

"아뇨, 아뇨. 나 신경 쓰지 말고 놀아요."

제발 좀 그냥 니들끼리 놀아라. 제발.

혹여나 자신에게 춤이라도 같이 추자고 달려들 것 같은 불안감이 느껴져 김 실장은 손사래를 쳤다. 저 겁 없는 신입사원 병아리들의 용감함은 이미 잘 알고 있으니 말이다.

"저, 저는 화장실 좀 다녀올게요. 노세요. 제발."

조금 더 앉아 있다가는 저들 손에 이끌려 함께 춤을 춰야 할지도 모른다는 생각에 그녀는 자리에서 일어나 화장실로 향했다. 쿵쾅거리는 음악 소리에 맞춰 춤을 추는 사람들을 보고 있자니 20대 초반으로 돌아간 것 같은 기분이었다.

"몇 년 만에 이런 곳에 와보는 거람."

대학에 들어가서 몇 번 친구들 손에 이끌려 와본 적은 있었지만 지금 다니는 회사에 입사한 후론 한 번도 와본 적이 없었다. 그땐 나이트클럽이 훨씬 많았는데, 지금은 클럽이 더 많아졌다. 분위기도 나이트와는 다르고 말이다.

"그나저나 우리 이 과장님 신나셨네. 저러다 골반 나가는 건 아닌지 몰라."

화장실이 있는 2층으로 올라가던 중, 스테이지에서 열심히 몸을 흔들고 있는 이 과장과 팀원들을 보며 순이는 그렇게 중얼거렸다.

한때 좀 노셨다더니 상, 하체가 따로 노는 저 몸짓은 예사 몸놀림
은 아니라는 생각이 들었다.

흡사 연체동물의 몸짓에 가깝달까?

"푸훗, 저 흥을 어떻게 참고 사셨을까나."

결국 순이는 고개를 절레절레 흔들며 웃어버렸다. 아무래도 앞
으로 팀 회식엔 클럽 행차 코스가 필수로 꼭 생길 것 같은 불길한
예감도 함께 들었다.

"다음부턴 절대 따라오지 말아야지."

순이는 새어 나오는 웃음을 참아내며 계단을 올랐다. 2층으로
올라와 귓가를 때리던 음악 소리가 조금 멀어지자 스테이지에 끌
려갈까 걱정했던 마음이 스르르 사라져갔다.

평소엔 술을 마시고 혹시나 실수라도 할까 싶어 맥주 한 잔 이
상은 입에 대지도 않았는데 오늘은 분위기에 휩쓸려 평소보다 많
이 마시고 말았고 그로 인해 잔뜩 긴장하기도 했었다. 하지만 이렇
게 다 같이 한잔하다 보니 1년에 한 번은 어쩌면 이런 것도 괜찮다
싶은 기분이 든다.

그래, 오늘 하루쯤 마셔보지 뭐!

화장실을 다녀와서 조금 더 마셔보자 마음먹었던 순이의 가벼
운 발걸음은 얼마 가지 않아 멈추어버렸다. 웅성거리는 소리와 무
엇인가 부서지는 소리가 동시에 들려오더니 그 소리의 실체가 그
녀의 눈앞에 떡하니 나타났다.

"아, 이 새끼 보게?"

거친 말을 쏟아내며 한 남자는 씩씩거리고 있었고 그의 손에 의

해 떠밀린 남자는 바람에 흩날리는 낙엽처럼 힘없이 순이의 앞으로 쓰러지듯 넘어졌다.

이게 무슨 일이야?

당황스런 순이의 눈에 비친 남자의 얼굴은 꽤나 두들겨 맞았는지 여기저기 터져 있었다.

엄청 맞았나 보네. 여기저기 얼굴이 말이 아니야.

"죄송합니다. 술을 좀 과하게 마셔서 그러니 그만하시죠."

낙엽처럼 널브러진 남자의 친구쯤으로 보이는 사람이 욕지거리를 내뱉는 남자를 말리려 애쓰고 있었지만 그는 여전히 씩씩거리며 널브러진 남자를 향해 소리쳤다.

"안 일어나? 오늘 확 죽여버릴라니까 당장 일어나보라고!"

서슬 퍼런 눈으로 씩씩거리는 남자를 보고 있자니 순이는 자신도 모르게 소름이 돋으려 했다. 괜히 여기 있다가 이상한 일에 휘말리는 건 아닌지 은근 걱정스러웠고, 한편으론 분노하고 있는 저 남자에게 한 대라도 더 맞았다간 낙엽같이 쓰러져 있는 이 남자는 죽을지도 모른다는 불안감이 스치고 지나갔다.

그래도 오지랖은 접자. 같은 남자들도 못 말리는 사람을 내가 어떻게 할 거야? 괜한 일에 끼어들었다가 나만 손해지!

"누가, 큽! 겁낼 줄 아나 본데, 그쪽 여자가 먼저 가만히 있는 날 건드렸…… 윽!"

"보자보자 하니까 이 자식이 진짜!"

아무리 봐도 한 대 더 맞으면 큰일 날 것 같아 보이던 남자는 뭔가 그리도 할 말이 많은지 잔뜩 비꼬는 듯한 말투로 덩치 큰 남자에게 소리쳤다.

가만히 있으면 더 맞진 않을 것 같은데, 굳이 왜 시비를…….

"으윽!"

남자의 비꼬는 말투는 이미 성난 남자의 심기를 더욱 건드리는 꼴이 되고 말았고 결국 주위 사람이 말리기도 전 성난 남자의 손에 이끌려 밖으로 끌려 나가고 있었다.

"저러다 진짜 잘못되는 건 아니겠지?"

멱살이 잡힌 채 질질 끌려 나가는 남자의 뒷모습에 순이는 왠지 묘한 죄책감이 들었다.

경찰에 신고라도 했어야 했을까?

남자가 끌려 나간 곳을 잠시 바라보던 순이는 작게 한숨을 내쉬었다. 이곳에 서 있는 사람들 중 아무도 선뜻 말리려 나서지 않았다. 그런데 자신이 나선다고 그를 말릴 수 있을까.

화장실이나 가자. 여기 이러고 있어봐야 어떻게 할 수 있는 것도 없잖아…….

지잉, 지잉, 지잉.

"휴대폰? 아까 그 사람 건가?"

멱살이 잡힌 채 끌려 나간 남자가 불쌍하긴 했지만 더는 이곳에 있고 싶지 않았던 순이가 두어 걸음 발자국을 옮겼을 때였다. 어디선가 울려오는 진동 소리에 두리번거리던 순이의 시선에 주인 잃은 휴대폰 하나가 놓여 있었고 결국 순이는 그걸 집어 들었다.

"부재중 30통?"

진동이 멈추자 액정에 '부재중 30통'이란 글자가 떠올랐다. 무슨 급한 일이 있지 않고서야 한 번호로 이렇게 많은 전화를 남길 리가 없다는 생각이 순이의 머릿속을 스친다.

"어떻게 하지?"

밖으로 끌려 나간 남자를 쫓아 나가야 하는 건지 아니면 혹시 모를 귀찮은 일에 휘말리지 않게 적당히 모르는 척 이곳 직원에게 휴대폰을 건넬지 순이는 고민하고 있었다.

"김 실장! 여기서 뭐 해? 한참 찾았네!"

"아, 과장님, 춤 다 추신 거예요?"

언제 와 있었는지 이 과장은 휴대폰을 멍하니 바라보고 있는 순이의 곁으로 다가왔다. 꽤나 신나게 놀았는지 이마에 땀방울이 송골송골 맺힌 얼굴이었다.

"아니, 이제부터지! 얼른 내려가. 애들 찾고 난리 났어."

아무래도 부재중 30통은 많아도 너무 많은 거 아닌가?

"죄송해요. 저 잠시 나갔다 들어올게요."

"왜? 무슨 일 있어?"

"아, 그런 건 아니고요. 금방 올게요. 죄송해요!"

순이는 궁금해하는 이 과장을 두고 남자가 끌려 나갔던 그 방향으로 걸음을 옮겼다. 그의 것으로 추정되는 휴대폰은 다시금 진동을 울리고 있었고, 역시 중요한 일인 것 같아 꼭 전해줘야겠다는 생각이 들었기 때문이다.

부재중 30통. 그 의미심장한 숫자가 순이를 그냥 지나칠 수 없게 만들었다.

빠른 걸음으로 클럽 밖으로 뛰어 나온 순이의 눈에 한 무리의 사람들이 보였다. 자세히 보이진 않았지만 아까 안에서 봤던 사람들도 몇이 눈에 띄는 듯했다.

"저긴가 보네."

순이는 그들 곁으로 걸어갔다. 무슨 오지랖인가 싶은 생각도 들었지만 휴대폰이 계속 울리고 있어 자신도 모르게 걸음이 빨라졌고 사람들이 모여 있는 곳에 다다르자 그곳에 모여 있던 사람들은 하나둘씩 자리를 뜨기 시작했다.

"저기요?"

모두가 자릴 비워버린 곳. 순이는 길바닥에 누워 있는 남자에게로 다가갔다. 나와서도 꽤나 많이 맞았는지 얼굴 여기저기가 터져 있었고 피도 흘리고 있었다.

일행으로 보이던 사람이 있었던 것 같은데 어딜 간 거지?

분명 이 널브러진 남자의 일행으로 보이던 사람이 함께 있었던 것 같은데 주위엔 아무도 보이지 않았고 피떡이 되어버린 남자 하나가 덩그러니 버려져 있는 모양새에 순이는 아까 신고라도 해줘야 했던 게 아니었을까? 괜한 죄책감 같은 것이 들었다.

"저기, 괜찮으세요?"

정신을 잃은 건 아닌가 싶어 순이는 남자의 몸을 흔들었고, 남자는 잘 나오지 않는 목소리로 눈도 뜨지 못한 채 중얼거렸다. 다행스럽게도 살아 있는 모양이었다.

"후우우, 안 괜찮아."

떡이 됐네. 떡이 됐어. 술을 먹으려면 곱게 마시지 괜히 시비는 붙어서, 쯧쯧!

무슨 일인지 자세히 알 길은 없지만 미뤄 짐작하건대 술 먹고 여자로 인한 시비가 붙은 건 분명해 보였다.

"저기요, 이거 안에서 주웠는데 그쪽 휴대폰 맞아요? 아까부터 계속 전화가 오는 것 같은데……."

순이는 휴대폰을 남자의 눈앞으로 내밀며 말했다. 여전히 울리고 있는 휴대폰이 안쓰럽게 느껴질 지경이었다.

꿈틀, 휴대폰이란 말에 반응을 한 것일까? 남자는 잘 들어지지 않는 고개를 간신히 들어 시선을 옮겼다. 자신에게 말을 거는 여자를 바라보기 위해 잘 떠지지 않는 눈을 간신히 뜬 그는 흠씬 두들겨 맞아 저릿하게 아파오는 팔을 들어 올렸다.

"저기요? 괜찮아요? 구급차 불러줄까요?"

"됐어. 됐으니까 휴대폰이나 줘."

그는 순이의 손에 들려 있는 휴대폰을 빼앗듯 잡아챘고 그 날렵한 손놀림에 순이는 어이없다는 표정을 지어 보였다.

뭐 이런 놈이 다 있어? 기껏 생각해서 가지고 와줬더니. 언제 봤다고 반말?

"이봐요, 기껏 찾아다준 사람한테 태도가 너무……."

"이모? 무슨 일이에요?"

"이봐요! 지금 사람이 말하는데……."

자신의 말은 들리지도 않는지 휴대폰 통화를 하고 있는 남자의 모습에 슬슬 열이 받는 순이였다. 하지만 남자는 순이의 말은 전혀 들리지 않는 모양인지 심각한 표정으로 목소리를 높였다.

"이모, 그렇게 울면 내가 어떻게 알아! 울지 말고 말을 해봐요!"

남자의 성난 고함 소리에 순이는 놀란 눈으로 그를 바라보았다. 무슨 일이 있긴 있는 모양이다.

"거짓말이죠? 사실 아니죠? 이모! 윽……."

"어! 이, 이봐요, 괜찮아요?"

남자의 목소리가 격앙되어 떨리는가 싶더니 그는 이내 자리에 털썩 주저앉았고 순간 무너지듯 주저앉은 남자의 모습에 놀란 순이는 옮기려던 발걸음을 이내 다시 돌려야 했다.

넋이 나갔잖아?

남자는 핏기가 가신 얼굴에 멍한 표정으로 바닥에 주저앉아버렸다. 넋을 놓아버린 듯한 남자의 얼굴에 순이는 이상한 기분이 들어 그가 흘린 휴대폰을 주워 귀에 가져다 댔다.

-우진아! 우진아! 듣고 있니? 한성병원이야. 얼른 와! 얼른, 흐으윽!

전화기 너머 남자가 이모라 부르던 분의 서러운 목소리를 들은 것은 순이였다. 꽤나 다급해 보이는 목소리였다.

"저기요, 괜찮아요? 한성병원이라고 하시네요."

순이는 넋을 놓고 있는 남자를 흔들며 말했다. 하필이면 또 한성병원이라니. 그곳은 순이가 일하고 있는 한성의료재단의 병원이었다.

남자는 여전히 멍한 채 순이의 목소리에 고개만 끄덕거렸다.

진짜 알아들은 건 맞는 거야?

"가, 가야 돼. 가야지."

남자는 고개를 절레절레 흔들며 자리에서 일어나려 애썼다. 하지만 몸에 힘이 들어가지 않는지 몸을 일으키지 못하고 있었다. 놀라기도 했고 술에 취한 데다 여기저기 맞은 탓에 몸이 마음 같지 않았다.

"저기, 이봐."

"네?"

"미안한데, 한성병원까지 좀 데려다주겠어? 내가 지금 정신이……."

남자는 여전히 멍한 채 말했다. 불안한 듯 보였고 목소리도 떨려오고 있었다. 순이의 눈에도 뭔가 이상해 보이는 모습이었다. 넋이 나간 사람처럼 말이다.

"그럴게요. 가까운 곳이니까. 일어나요. 데려다줄게요."

평소라면 119를 부르거나 사라진 일행을 찾아봤을 순이지만 지금은 그럴 시간이 없는 것 같아 선뜻 돕겠다고 나섰다. 남자의 넋나간 모습도 그렇지만 전화기 너머로 서럽게 울던 여자의 목소리도 뭔가 이상한 기분을 들게 했기 때문이다.

순이는 휘청거리는 남자를 부축해 간신히 택시에 올랐다. 그러고는 그리 멀지 않은 한성병원으로 향했다.

어딘지 자꾸만 마음이 울렁이는 이상한 기분이 들었다.

"무슨 일인지 모르겠지만, 큰일은 아니었으면 좋겠네요."

순이는 그에게 들릴 듯 말 듯 작은 목소리로 중얼거렸다.

* * *

"그래서? 어떻게 됐는데?"

카페에 앉아 커피를 마시던 지영은 우울한 표정으로 이야기를 이어가던 순이를 보며 물었다. 휴일을 맞아 오랜만에 만난 단짝 친구 지영에게 얼마 전 있었던 일을 조곤조곤 꺼내놓던 순이의 얼굴에 안타까움이 묻어났다.

"응급실에 갔는데 이미 돌아가셨더라고."

"헐, 진짜? 대박! 무슨 그런 일이 다 있다니?"

"그러게 말이야. 너무 놀랐는지 울지도 못하더라."

도착한 응급실 한쪽엔 그 남자가 이모라 부르던 분과 이미 숨을 거두신 그의 어머니가 누워 있었다. 남자는 너무 놀랐는지 제대로 말도 하지 못한 채 믿을 수 없다는 듯 어머니를 흔들어 깨웠다.

"그 남자 속도 속은 아니겠다. 술 먹고 싸우는 동안 그렇게 되신 거잖아. 휴대폰만 빨리 봤어도 임종은 지켰겠구만."

"그럴지도 모르지. 근데 뭔가 기분이 이상하더라."

"당연히 이상하지. 그런 걸 봤는데."

"그렇지? 뭔가 이상했어. 끝내 소리조차 못 내고 우는 그걸 보는데, 왠지 나까지 눈물이 날 것 같더라니까."

정말 그랬다. 소리조차 내지 못하고 우는 남자의 얼굴이 그렇게 슬퍼 보일 수가 없었다. 여기저기 맞아 피떡이 된 얼굴 때문에 더 그랬을지도 모르지만 숨죽여 흐느껴 울던 그 남자의 얼굴이 너무 애처롭고 슬퍼 보여 순이 역시 코끝이 찡해져왔다.

"왜? 모성본능이 자극받아? 넌 그런 데 약하더라."

"그런 거 아니야. 안쓰럽기도 하고, 아무튼 이상했어. 엄마한테 잘해야겠다 싶기도 하고."

"아이구! 우리 순이 철들었네?"

누군가의 죽음을 목격한다는 건 이상한 기분이 드는 일이 분명했다. 그 누군가가 내가 아는 사람이 아니더라도 슬픈 기분이 드는 것은 똑같았다. 그렇기에 그 누군가를 잃은 사람의 마음도 어느 정도 알 것 같은 기분이 들었다.

"그래서 마음이 편하지 않아서 장례식장까지 다녀왔다 그거지?"

"그냥 부주만 했어. 모르는 사람이라도 그걸 보고 나니까 마음이 좀 그래서."

"아무튼 오지랖은 태평양이라니까! 그래도 잘했네. 그렇게 해서 마음 편하면 됐지."

지영의 말에 순이는 고개를 끄덕거렸다. 하지만 정작 장례식장을 보고 온 후 마음이 더 좋지 않았단 말은 친구에게 꺼내지 않는 순이였다.

살면서 그렇게 사람이 없는 장례식장은 처음이었다. 남자의 친구로 보이는 사람들이 몇 있긴 했지만 흔히 알고 있는 사람들이 오고 가고 복잡한 보통의 많은 그런 장례식장의 모습은 아니었던 것 같다.

"가자. 쇼핑하러! 기분 꿀꿀할 땐 쇼핑이 최고니까."

지영은 여전히 생각에 잠겨 있는 순이를 일으켜 세우며 말했다. 꿀꿀한 기분이 들 땐 여자들은 쇼핑을 해줘야 하니까 말이다.

"그래. 가자! 기분 전환이 필요해."

* * *

"도우진, 좀 괜찮냐?"

"네. 괜찮아요. 장례식장 와주셔서 감사했습니다, 선배."

"별말을 다 한다. 뭐 좀 먹긴 했어?"

어머니가 돌아가시고 얼마의 시간이 지났는지 잘 가늠이 되지 않았다. 시간이 가고 있는 것인지, 나는 살아 있는 것인지 잘 구분이 되지 않을 즈음 의대 선배이자 우진이 다니고 있는 성형외과 원장인 병준이 그를 찾아왔다.

"인마! 네 마음 이해는 되는데, 언제까지 이러고 있을 거야? 정신 다잡아야지."

평소 깔끔한 걸 좋아하는 사람의 흐트러진 얼굴을 마주하자 병준은 마음이 무거워졌다.

"선배, 미안한데 며칠만 더 쉴게요. 아직 정리 못 한 게 많아."

까칠해진 얼굴에 까맣게 올라온 정돈되지 않은 수염이 그의 상실감을 그대로 표현하고 있었다. 학교 다닐 적부터 잘 놀고 까불거리는 녀석이었지만 그 겉모습과 달리 하나뿐인 어머니에겐 특별히 잘하던 놈이란 걸 병준은 잘 알고 있었다. 그런 어머니를 잃었으니 그 심정이 오죽하랴.

"그래. 병원 일은 걱정하지 말고 몸 좀 추스르고. 알겠지?"

"네, 그럴게요. 고마워요, 선배."

병준은 와이프가 챙겨준 죽과 반찬 몇 가지를 우진의 집 냉장고에 넣어주곤 집을 나섰다. 지금은 그 누구의 위로도 제대로 귀에 들어오지 않을 것이었다.

우진은 병준이 나가고 난 뒤에도 한참을 움직이지 않고 앉아 있었다.

"후우."

태어나서 한 번도 만나보지 못했던 아버지, 그가 보내주는 넉넉한 돈이 있었기에 미혼모의 자식이라 조롱받아도 주눅 들지 않았었다. 그럼에도 자신을 놀리는 녀석이 있다면 그것이 공부이든, 운동이든, 싸움이든 반드시 이겨 그놈들의 코를 납작하게 해주곤 했다.

"……."

하지만 어머니는 달랐다. 남들이 수군거리고 손가락질하는 것을 견디기 힘들어하셨다. 그래서 아버지란 사람이 사준 건물에 세를 주고 매달 들어오는 돈으로 생활을 이어나가며 바깥 활동도 잘하지 않으셨다. 그리고 우진이 집에 없을 때면 늘 혼자 서럽게 울곤 하셨다.

"그러게 왜 유부남을 좋아해서는 그런 마음고생을 하냐고."

우진은 담담한 목소리로 말하며 자리에서 일어났다. 해야 할 일이 많았다. 장례식장에 찾아와주신 분들에게 감사의 인사도 전해야 했고 어머니 물품도 정리해야 했다.

여전히 마음은 어지러웠지만 더 이상 이러고 있으면 안 된다는 건 우진 역시 잘 아는 일이었다.

커피를 내리며 텅 빈 집 안을 둘러보았다. 어머니와 둘이 살아도 크다고 생각했던 집이 지금은 더없이 크게 느껴졌다. 난방을 돌렸는데도 유난히 춥게 느껴진다.

"썰렁하네."

우진은 다 내려진 커피를 손에 들고 터덜터덜 걸어 거실 소파에 자리를 잡고 앉았다. 장례식장에 오셨던 분들이 남기고 간 방명록과 조의금 봉투들이 거실 탁자에 널브러져 있었고 우진은 여기저기 흩어져 있는 봉투들을 한 곳으로 밀어놓고는 방명록을 끌어와 펼쳤다.

친척이라곤 어머니 쪽 식구인 이모 한 분과 이모의 식구들밖에 없었기에 찾아온 이들은 대부분 우진의 친구이거나 우진이 아는 이들이었다.

우진은 그들이 남긴 방명록의 이름들을 확인했다. 따로 전화는 돌릴 예정이지만 지금은 간단하게 문자로 인사를 할 생각이었다.

"김순이?"

방명록을 넘기던 우진의 손이 멈칫했다. 모르는 이름이었다. 주변에 순이라는 이름을 가진 이는 우진 기억에 분명히 없었다.

"누구지?"

이모나 어머니가 아는 사람 중 누군가라 생각이 되지만 얼굴이 잘 떠오르지 않았다. 뒤적거리며 테이블 위에 놓인 봉투를 찾아보니 조의금 봉투도 있었다.

흐음, 왜 기억이 없는 거지? 엄마가 아는 사람이 왔었나?

우진은 고개를 갸웃거리며 커피를 홀짝였다. 며칠간 물 외엔 제대로 된 음식이 들어가지 않았던 터라 커피의 쓴맛이 그대로 목구멍을 타고 넘어간다.

딩동. 딩동.

알싸한 커피의 맛을 느끼는 짧은 찰나였다. 조용한 집 안에 초인종 소리가 들려왔고 우진은 자리에서 일어났다. 찾아올 이는 병준 선배와 이모 아니면 없는 집이기에 누군지 보지 않아도 알 것 같은 기분이 들었다.

우진은 터벅터벅 걸어가 인터폰을 쳐다봤다.

"뭐야?"

당연히 이모일 것이라 생각했던 것과 달리 처음 보는 정장 차림의 두 남자가 그의 집 인터폰에 모습을 내보이고 있었다.

"누구십니까?"

-도우진 씨 댁 맞습니까?

"그런데요. 누구시죠?"

-네, 한성재단 법무팀 변호사 이성우라고 합니다.

"한성재단 법무팀?"

* * *

순이는 자신의 앞에서 걷고 있는 이사장의 뒷모습을 쳐다보고 있었다. 요즘 들어 날씨가 더 추워진 탓인지 아님 무슨 고민이라도 있으신 건지 계속 컨디션이 좋아 보이지 않으셨기에 유난히 걱정스러웠다.

평소에 운동도 많이 하시고 자기관리가 철저하신 분이기에 요 며칠 보여주신 모습은 3년을 모신 중에 처음 마주해 보는 모습이었다.

"이사장님, 날씨가 많이 춥습니다. 산책은 다음으로 하시는 게……."

"김 실장."

평소보다 더 낮은 목소리로 김 실장을 부르는 이사장이었다. 그런 그의 부름에 순이는 몇 발자국 더 걸어 그와의 거리를 좁혔다.

"네, 말씀하세요, 이사장님."

"자네의 부모님은 어떤 분이신가."

"네? 저희 부모님이요?"

뜻 모를 질문에 순이가 당황한 기색을 보이자 이사장은 그저 고개만 끄덕일 뿐이었다.

"평범하신 분들입니다. 맞벌이하시며 저까지 딸 셋을 키우시느라 고생도 많이 하셨고요."

"그래도 대단한 분들이시군. 김 실장같이 똑 부러지는 딸을 키워내셨으니까."

"네. 좋은 분들이세요. 그래도 매번 언니들 입던 옷을 물려 입는 건 싫었어요. 그것 때문에 엄마 마음을 많이 아프게 하기도 했고요."

"하하, 그랬는가? 김 실장도 그런 때가 있었구만."

위로 언니만 둘에 형편도 넉넉하지 않았던 때라 늘 입던 옷을 물려 입었다. 나이 차이도 큰언니와는 다섯 살, 작은언니와는 세 살 차이다 보니 당연한 일이었다. 어릴 땐 그저 그게 싫었고 투정도 많이 부렸었다. 지금 생각해보면 새 옷을 사주지 못하는 어머니의 마음은 어땠을까 싶어 괜스레 죄송스런 마음이 들곤 하지만 말이다.

"지금도 철없는 딸인 건 마찬가진걸요."

"부모 앞에선 늘 어린아이가 되는 게 당연하지."

"아직 제가 철이 없어서 그렇습니다."

어딘지 모르게 씁쓸해 보이는 이사장님의 얼굴이 신경 쓰였지만 순이는 애써 웃으며 말했다. 저런 근심 가득한 얼굴은 처음 뵙는 듯했다.

무슨 일이 있으신가? 정말 안색이 좋지 않으신 것 같은데…….

"김 실장, 내 부탁 하나 해도 되겠는가?"

"부탁이요? 그럼요, 하셔도 되죠."

"잘 듣고 한번 생각해봐주게나."

"알겠습니다. 우선 안으로 들어가세요. 안색이 좋지 않으십니다."

"그래, 그렇게 하지."

무슨 부탁을 하셔도 이것은 거절하면 안 된다는 느낌이 들었다. 몇 년간 이사장님을 모시면서, 그리고 비서로 일한 기간만큼 생겨난 촉이었다. 무슨 말이든 허투루 하시는 법이 없는 분인 것도 그렇지만 무슨 말을 꺼내기 전 저렇게 어려워하시는 일도 거의 없는 분이었다. 그렇기에 이번 일은 분명 아주 중요한 일이 될 것 같은 기분이 들었다.

* * *

"그래서 결론이 뭔데? 이제 와서 어쩌겠다는 거냐고!"

우진은 꺼칠해진 얼굴만큼 날 선 목소리로 소리쳤다.

갑작스럽게 찾아온 한성재단 법무팀 변호사란 놈이 내민 서류와 이야기를 듣고 난 직후였다.

"어떻게 하겠다는 말이 아닙니다. 이 빌라와 임대건물의 원래 주인께 돌아가는 것뿐입니다. 아, 그리고 선배분께서 개원하실 때 이사장님께서 투자하셨던 금액도 돌려받으시겠다고 하십니다."

"그건 또 뭔 개소리야? 누가 뭘 해?"

"아직 아무런 이야기도 듣지 못하셨나 보군요. 장병준 씨께서 병원을 개원하실 때 모자란 투자금을 이사장님께서 해주셨습니다. 조건은 당연히 도우진 씨와 함께 운영한다는 조건이었고요."

"그 사람이 병준이 형이랑 아는 사이란 말이야?"

"직접 만난 적은 없으십니다. 대리인인 저를 통하셨습니다."

우진은 한성재단 법무팀 소속이라 했던 이 변호사를 노려봤다. 자신과 비슷한 나이대로 보였지만 그에게서 풍기는 느낌이 호락호락한 놈은 아니라는 생각이 들게 했다. 더군다나 병준 형과 그 사람 사이에 그런 일이 있었다는 걸 지금에야 알게 된 우진은 머리끝까지 화가 나 있었다.

우진은 휴대폰을 꺼내 들었다. 무슨 일이 있었던 것인지 제대로 확인해보고 싶어졌기 때문이었다.

-어, 우진아.

"어떻게 된 거야? 개원할 때 투자금 받았단 소리는 뭐야?"

-아……. 들었구나. 미안하다. 그땐 돈이 급하기도 했고, 어차피 너랑 같이 일하기로 이야기가 되어 있던 터라 나쁘지 않다고 생각했어.

"그럼 진짜 투자금을 받았단 소리야? 그 사람한테?"

난감한 듯 머뭇거리며 말하는 병준의 목소리에 우진은 머리가 지끈거렸다. 배신감이 밀려들었다.

-미안하다, 우진아. 나도 급해서 어쩔 수가 없었다. 미안해. 근데 진짜 나 좀 살려줘라. 아까 너 봤을 때 말하려고 했는데 이사장님이 투자금도 철회하시겠다고 하셔. 그렇게 되면 우리 병원 문 닫아야 돼!

거의 울먹이다시피 한 선배의 목소리를 듣던 우진은 그대로 전화기 전원을 꺼버렸다. 갑자기 나타나 집이며 뭐며 다 내놓으라고 하는 것도 어이없는 일이지만 병준 선배까지 저러고 나오니 우진의 가슴이 답답해져왔다.

"그래서 그 사람이 원하는 게 뭔데?"

"조건은 두 가지입니다."

"말해."

"첫째. 이사장님 댁으로 들어오시랍니다."

"뭐?"

우진은 진심 어이가 없다는 표정으로 이 변호사를 바라봤다.

말도 안 되는 소리였다. 30년이 넘는 시간 동안 단 한 번도 만나러 오지 않았던 사람이 이제 와서 집으로 들어와서 살라니! 말도 안 되는 소리가 분명했다.

"이번 주까지 들어가시면 됩니다."

"미치셨군? 그 사람 어디 아파? 치매라도 걸렸어?"

"말씀이 지나치십니다. 그리고 한마디 보태자면 매우 건강하십니다."

"제정신이면 그런 소리 할 수가 없을 텐데? 이제 와서 무슨 아버지 노릇이라도 해보겠다 그거야?"

"그건 이사장님께 직접 여쭤보시면 될 일이네요."

울컥울컥 화가 솟아 막말을 던지는 우진에게 조금도 밀리지 않는 이 변호사는 자신의 안경을 밀어 올리며 다시금 차분한 톤으로 말했다.

"두 번째 조건입니다."

"말해."

"다음 주부터 한성병원으로 출근하시면 됩니다. 자세한 이야기는 이사장님께서 한 번 더 해주실 겁니다."

"진짜 미쳤군?"

"그렇게 하시는 게 좋으실 겁니다. 장병준 씨까지 길거리로 나앉게 하고 싶지 않으면요."

"이봐, 협박하는 거야?"

"아뇨. 사실을 말씀드리는 겁니다."

단 한마디도 지지 않고 받아치는 이 변호사의 모습에 머리끝까지 화가 치밀어 올랐지만 우진은 일단 다시 자리에 앉았다. 머릿속이 복잡해졌다. 도대체 무슨 속셈으로 이런 일을 벌이는 건지 쉽게 납득이 되지 않았다.

"뭐 하나 물어봅시다."

"하세요."

우진은 치밀어 오르는 화를 삭이려는 듯 크게 한숨 쉬고는 이 변호사를 바라봤다.

"이러는 이유가 진짜 뭡니까? 아니, 그분은 가족도 없습니까? 이제 와서 서른 넘은 아들을 집으로 불러들이는 이유가 뭐냐고요."

"사모님께서 계십니다. 두 분 사이에 자식은 없으시고요. 그리고 이렇게 하시는 이유는 저도 모릅니다. 이사장님께서 생각이 있으실 테니 그 답은 만나서 여쭤보시면 될 것 같군요."

"그럼 한 가지 더."

"하세요."

"내가 그 집으로 들어가면 그 투자금은 손대지 않으신단 말입니까?"

"집으로 들어가셔서 한성병원으로 출근하시면 아무런 일도 일어나지 않으실 겁니다."

이 변호사의 말에 우진은 다시금 한숨을 쉬었다. 대학 시절부터 10년을 넘게 봐온 병준 선배의 얼굴과 그의 가족들 얼굴이 스쳐 지나갔다.

"그 투자금이 도대체 얼맙니까?"

"10억 가까이 됩니다."

"미치겠구만."

다시금 머리가 지끈거리는지 우진은 자신의 이마를 손으로 짚었다. 적은 액수가 아닌 건 분명했다.

이제 생각해보면 이상한 일이긴 했다. 우진을 포함해 네 명의 의사를 둘 만큼 규모가 큰 병원이기도 했고 강남에서도 자리가 좋은 곳이기도 했다. 아무리 대출을 받았다 해도 눈치를 챘어야 하는데, 한 번도 의심해보지 않은 자신의 머리를 탓할 수밖에 없었다.

"이건 이사장님 댁 주소입니다. 간단한 짐만 챙기시면 될 겁니다."

이 변호사는 작은 메모지 하나를 내밀며 말했다. 그곳엔 그 사람이 살고 있는 집의 주소가 덩그러니 적혀 있었다. 다른 건 아무것도 없었다.

"좋은 동네 사시네."

"그리고 궁금하거나 필요하신 게 있으시면 이 번호로 전화하시면 됩니다. 이사장님 비서 연락첩니다."

"비서?"

"네. 똑소리 나는 사람이니 믿으셔도 됩니다."

"생각해보지."

아마 그가 준 연락처로 전화하는 일은 없을 거라 우진은 생각하고 있었다. 자신이 뭘 하든 그 사람의 비서라면 분명 다 전달될 것이 뻔한데, 굳이 그런 일을 할 필요가 없었다.

"그럼 전 이만 가보겠……."

딩동. 딩동.

이 변호사의 말이 채 끝나기도 전에 또다시 집의 초인종이 요란한 소리를 내며 울렸다. 오늘은 왜 이렇게 찾아오는 사람이 많은 건지, 우진은 자리에서 일어났다.

"누구십니까?"

-안녕하세요. 도우진 씨 댁 맞습니까?

말끔한 정장 코트 차림의 한 여자가 인터폰 화면에 모습을 드러냈다. 어디서 본 것 같은 얼굴에 우진은 잠시 화면에 집중했다.

"이사장님 비서네요."

"뭐요?"

"아까 말씀드렸던 그 똑소리 나는 비서 말입니다."

언제 왔는지 옆에 다가와 말하는 이 변호사였고, 그런 그의 말에 다시금 인터폰 속 화면을 뚫어지게 쳐다보는 우진이었다. 이렇게 젊은 여자가 비서일 거란 생각은 해보지 않았다. 비서라고 해서 막연히 남자라고만 생각했던 터였다.

-도우진 씨 댁 아닌가요?

여자는 곱상한 얼굴로 되물었고 우진은 어디서 본 듯 낯익은 얼굴에 시선을 고정시켰다.

분명 어디서 본 거 같은데 어디서 봤더라?

"올라와요."

우진은 여전히 풀리지 않는 문제에 답을 찾기 위해 갸웃거렸고 그사이 이 변호사가 1층 현관문을 열어줬다. 하지만 우진은 이 변호사가 옆에서 뭘 했는지도 모른 채 골똘히 생각에 잠겼다.

"분명 봤는데, 아, 문……."

"제가 열어드렸습니다."

"빠르기도 하네."

우진은 자신 대신 문을 열어줬다는 이 변호사의 말에 황당하다는 듯 표정을 짓고는 다시금 소파로 돌아가 자리에 앉았다.

"초인종 누르면 현관문도 열어줘요. 그쪽이."

"그러죠."

이 변호사의 대답을 듣고 난 우진은 다시 생각에 빠졌다. 병원 환자로 왔던 사람인 듯도 하고 클럽에서 만난 수많은 여자 중 하나인 듯도 하고, 분명한 건 어디서 본 적이 있는 얼굴이었다. 그렇지 않다면 이렇게 낯이 익을 수 없을 테니 말이다.

"김 실장, 왔어요?"

"어? 이 변호사님도 계셨어요?"

우진은 이 변호사와 여자의 목소리가 들리자 그제야 고개를 돌려 현관 쪽을 바라봤다. 단발머리에 깔끔한 정장 코트 차림을 한 여자의 옆모습이 보였다. 하얀 피부에 꽤 또렷해 보이는 인상을 가진 여자였다.

"이제 가려던 참입니다."

"저기, 그런데 도우진 씨는?"

"저기 소파에 앉아 있네요."

여자는 우진을 찾았고 이 변호사는 턱으로 우진을 가리켰다. 이미 우진은 이 변호사와 여자를 바라보고 있었고 그가 앉아 있는 것을 확인한 여자는 빠른 걸음으로 그에게 다가왔다.

"안녕하세요. 도성환 이사장님 비서 김순이라고 합니다. 반갑습니, 어?"

"김순이?"

우진은 자신의 귀에 들려온 그 촌스런 이름이 떠올랐다. 방명록에 적힌 정체를 알 수 없던 이의 이름이었다. 그리고 놀란 눈으로 자신을 바라보는 여자를 가까이서 보고서야 우진은 생각나지 않았던 낯익은 얼굴의 정체를 깨달았다.

"휴대폰!"

자신의 휴대폰을 주워주고 한성병원까지 데려다준 여자. 바로 그 여자였다.

* * *

여기저기 흩어져 있는 옷들과 물건들이 어지럽혀 있는 테이블, 거기다 까칠해 보이는 남자의 얼굴을 보고 있자니 오지 말아야 할 곳에 온 것 같은 기분이 드는 순이였다. 어색하게 아무런 대화도 없이 앉아 있기를 10여 분.

어색함과 적막함 사이에 숨 쉬는 것조차 조심스럽던 순이는 용기를 내 먼저 말을 걸어볼 생각이었다.

"흠흠! 저기……."

"여기 온 목적이 뭡니까?"

목소리가 잘 나오지 않아 잠시 주춤하는 사이, 먼저 말을 꺼낸 사람은 우진이었다.

기운 없이 소파에 붙여뒀던 등을 간신히 떼어내며 우진은 자세를 고쳐 앉았다. 그러고는 어색하게 자신을 보며 눈동자만 굴리던 여자를 바라봤다. 살짝 웨이브 진 단발머리에 큰 눈. 섬세해 보이는 얼굴의 라인이 시선을 끄는 여자였다.

우진은 그날 자신과 함께 병원에 왔던 여자가 응급실 밖에서 한참을 더 있다가 갔다는 이야기를 이모로부터 전해 들었었다. 이름도 모르고, 연락처는 더더욱 몰랐기에 고맙다는 이야길 하고 싶어도 할 수가 없었다. 그런데 그런 여자를 여기서 다시 이런 식으로 만나게 될 줄은, 상상외의 전개였다.

잔뜩 날 선 우진의 목소리에도 순이는 표정의 변화가 없었다. 이럴 것이란 걸 충분히 예상했었기 때문이었다.

"목적이라고 할 만큼 거창한 이유는 없습니다. 이사장님께서 불편한 건 없으신지 가보라고 하셔서 온 겁니다."

"34년을 모른 척하고 사시더니, 이제 와서 아버지 흉내라도 내겠다는 겁니까?"

우진의 눈빛이 제법 날카롭게 변했다. 그 모습에 순이는 잠시 자신의 입술을 깨물었다.

어쩌면 저 남자의 마음도 충분히 이해가 될 것 같았다. 34년을 살면서 단 한 번도 만난 적 없던 아버지란 존재가 지금 얼마나 그에게 당황스러움으로 다가왔을까?

"마음이 편하지 않으실 거라 저도 생각합니다. 본댁으로 들어가시기 전에 도우진 씨와 따로 식사를 한번 하고 싶다 하십니다."

이사장님이 어렵고 어렵게 꺼낸 이야기였다. 34년간 숨겨진 아들이 있었다고. 단 하루도 같이 살아본 적은 없었지만 늘 그 아이가 커가는 모습을 몰래 지켜보며 행복해하셨다고 했다. 그 아들의 모친이 사고로 사망을 했을 때, 오랜 고민 끝에 함께 살고 싶은 마음을 숨기지 않기로 하셨다고 말이다.

물론 지금 이 이야기는 해줘봐야 저 남자 귀엔 들어가지도 않겠지?

"직접 오라고 하지? 나도 그 사람 얼굴 한번 봐야겠어."

순이의 말이 거슬렸는지 남자는 유쾌하지 않은 표정을 지으며 말했다. 어느새 말꼬리도 짧아져 있었다.

"죄송합니다. 그렇지 않아도 오늘 오시려 했는데 일정이 있으셔서 함께 오지 못하셨습니다. 대신 도우진 씨께서 편한 날짜를 알려 주시면 그날 시간을 빼시겠다고 하셨습니다."

"진짜 이해가 안 되는 사람이네."

순이의 말에 우진은 어이없다는 듯 웃었다. 너무 황당해서 머릿속이 잘 정리되지 않았지만 이 상황이 너무 어이가 없었다.

"저도 잘은 알 수 없지만 분명 이유가 있으실 거예요. 이렇게 하시는 이유가."

순이의 표정이 꽤나 진지해졌다. 남자의 복잡한 심정도 어느 정도 이해가 되고 있었고, 이곳에 자신을 보내기까지 꽤나 고민하셨을 이사장님의 심정도 이해가 되었다.

34년을 만나지 못했을 만한 이유가 무엇인지 여쭤보고 싶었지만 분명 그렇게 할 수밖에 없는 피치 못할 사정이 있었을 거라 순이는 생각했다.

직원들 하나하나 가족처럼 생각하시는 분이 하물며 자신의 자식을 제대로 책임지지 못한 데는 그만한 사정이 있지 않았겠는가 말이다.

"장례식장도 그 사람이 보내서 왔다 간 거였나?"

우진은 방명록에 적혀 있던 여자의 이름을 떠올리며 말했다.

이 촌스런 이름이 이 여자의 이름이고, 그렇다면 이 여자는 그 사람 대신 장례식장을 왔다는 거겠지?

"그건 오해세요. 전 그쪽이 이사장님 아들이란 걸 여기 와서 알았거든요."

그러고 보니 자신의 얼굴을 보고 꽤 놀라 하던 여자의 얼굴이 떠올랐다. 진작 알고 있었다면 오늘 그렇게 놀라지 않아도 되었을 것이니 말이다.

"그럼 이건 왜?"

"왠지 마음이 편하지 않아서요."

"오지랖이 넓으시군."

"제 생각에도 그런 것 같습니다."

우진은 여자의 말에 피식 웃고는 소파에서 일어났다. 기분 나쁠 법도 한데 순순히 그렇다고 인정하는 쿨함이 제법 마음에 드는 우진이었다. 하지만 지금은 무엇보다 그저 쉬고 싶은 마음이 먼저였다. 머리도 지끈거렸고 제대로 된 식사도 하지 못해 기운이 없었다. 더는 머리가 복잡해지는 걸 원치 않았다. 그저 쉬고 싶었다.

"오늘은 피곤하니까 그만 돌아가. 생각해보고 연락할 테니까."

"여기 제 명함 올려놨습니다. 내일 저녁까진 연락 주세요."

순이는 자신의 명함 한 장을 테이블 위에 올려두며 말했다. 더 이상 대화를 하고 싶어 하지 않는 남자의 마음이 무심한 그의 표정에 드러났다. 까칠해진 얼굴이 말해주듯 어머니가 그렇게 되시고 나서 꽤나 힘든 시간을 보내고 있는 게 순이의 눈에도 보였다.

그렇게 갑자기 돌아가셨으니 마음이 많이 아프겠지. 거기다 뜬금없이 아버지란 사람이 나타나 만나자고 하니 얼마나 마음이 복잡할까?

"식사는 챙겨 먹는 게 좋겠어요. 얼굴이 많이 안 좋아 보여요."

"귀찮아."

우진은 방으로 들어가려다 걸음을 멈추고 뒤돌아섰다. 여자는 여전히 거실에 서 있었고 자신을 걱정하는 눈으로 바라보고 있었다. 오지랖이 넓은 것인지 성격이 그런 것인지 모르지만 그런 여자의 말이 이상하게 마음에 찡함을 안기고 있었다.

"제가 그럼 부엌을 좀 써도 될까요?"

"뭐?"

"챙겨 먹기 힘들잖아요. 제가 뭐라도 만들어놓고 갈게요."

순이는 이미 마음을 정했는지 입고 있던 재킷을 벗어 소파에 걸쳐 놓았다. 그러고는 우진이 뭐라 말을 꺼내기도 전 이미 부엌으로 향했다.

분명 뭘 먹은 사람 같진 않았고, 그 정신에 혼자 밥 챙겨 먹을 사람이 몇이나 될까 싶어서였다.

이사장님 부탁도 있고 했으니까…….

'혹여 제대로 식사도 챙기지 못하고 있다면 김 실장이 좀 챙겨 주게. 부탁하네.'

이사장은 그렇게 순이에게 부탁했었고 순이는 걱정 마시라 말했다. 일면식도 없는 사람 집에 찾아가 밥을 하겠다고 나선다는 건 쉬운 일이 아닐 것이라 생각했던 순이지만, 정작 그의 얼굴을 보고 있자니 안타까운 마음이 들어 그냥 일어날 수가 없었다.

"됐으니까 그만 가봐."

"신경 쓰지 말고 쉬어요. 전 국만 끓여놓고 갈게요."

그냥 가라고 말하고 싶었지만 쉽게 말을 들을 것 같지 않아 우진은 그대로 방으로 들어와 침대에 누워버렸다. 그러곤 눈을 감았다.

여자의 얼굴이 잠시 떠올랐다. 차가운 인상과는 달리 밥은 챙겨 먹었냐는 여자의 말이 이상하게 우진의 마음을 찌르고 있었다.

우진은 자신의 휴대폰을 꺼내 들었다. 얼마 전 자신과는 결혼할 수 없다며 매몰차게 거절한 전 여자친구 세영이 생각났다. 그녀의 말과 행동에 상처는 받았지만 그래도 3년을 함께한 사이였다. 곁에 아무도 없다고 생각하니 세영이 먼저 떠올랐다. 하지만 그녀는 이미 우진에 대한 것은 다 잊은 것인지 휴대폰엔 메시지 하나 남기지 않았다.

"참 냉정하다, 이세영."

제대로 대화도 해보지 않았던 여자는 밥을 해주겠다고 저러고 있는데, 정작 세영은 우진이 먼저 어머니가 돌아가셨다는 연락을 남겼음에도 아무런 연락이 없었다. 이미 끝난 사이라는 건 누구보다 잘 알고 있었지만, 그녀의 냉정함에 우진은 또다시 상처받고 있었다.

* * *

"김 실장, 고생했어. 고맙네."
"김 실장 전화예요?"

한성의료재단 이사장 도성환은 다가와 자신의 코트를 받아 드는 아내를 보며 끄덕였다. 김 실장을 우진에게 보냈다는 이야길 이미 전해 들은 아내는 그 만남이 어땠을지 궁금해하는 눈치였다.

"제대로 먹지도 자지도 않은 것 같다고 하는구만."

"그렇겠죠. 그 마음이, 마음이 아닐 테니까요."

"내일 저녁까지 기다려봐야 알 것 같소."

성환 자신도 우진이 선뜻 만나겠다고 나서지 않을 것이란 걸 잘 알고 있었다. 지금 이런 상황에서 자신의 존재가 얼마나 낯설고 원망스럽겠는가. 하지만 내심 밀려오는 서운함은 어쩔 수 없는 것으로 보였다.

"우진이가 마음을 좋게 먹었으면 좋겠네요. 잘 지낼 수 있을까요?"

그 나이의 여자들보다 곱게 늙은 아내의 얼굴에 수심이 가득해 보였다. 그도 그럴 것이었다. 34년간 한 번도 만나보지 못했던 아들, 그렇게 다 큰 아들을 집 안에 들여 함께 산다는 것이 보통 일은 아닐 것이다.

"노력해야겠지."

성환의 얼굴에도 수심이 깊게 자리 잡았다. 걱정되는 것은 아내 뿐만이 아니었던 것이다. 자신에 대한 원망이 생각보다 깊을 수도 있고, 자신이 모르고 있던 우진의 어떠한 것이 있을지도 모르는 일이었다. 하지만 성환은 드디어 아들과 함께 살게 된 이 기회를 놓치고 싶지는 않았다. 그리고 그런 남편의 마음을 아내 역시 너무나 잘 알고 있었다.

"김 실장이 우진이 옆에서 잘 도와주면 좋겠네요."

"잘 도와줄 거야. 김 실장 똑소리 나는 건 나나 당신이나 잘 알고 있잖아."

"그러니까요."

* * *

우진은 자신의 손에 들려 있는 명함 한 장을 뚫어지게 보고 있었다. 전날 국만 끓여놓고 간다던 여자는 새로 밥도 해놓고 찌개도 끓여놓고 거기다 몇 가지 반찬도 만들어놓고 갔다. 자신이 잠든 사이에 우렁각시처럼 빨리도 만들어놓고 사라진 것이었다. 귀찮더라도 꼭 챙겨 먹으라는 메모까지 남겨놓고 말이다.

"오지랖은."

우진은 그녀가 차려놓고 간 밥을 맛있게 먹었다. 얼마 만에 먹어보는 따뜻한 밥이었는지 모를 일이었다. 그 군침 도는 따뜻한 밥과 된장찌개의 향기에 우진은 꾹 눌러 참아왔던 눈물을 쏟아내고 말았다.

어릴 적 미혼모의 몸으로 자신을 낳은 어머니를 원망했던 적도 있었다. 커서는 바쁘다는 핑계로 어머니의 외로움을 모른 척하고 살았다. 자신의 행복이 어머니의 행복일 거란 오만한 믿음도 있었다. 그런 후회들이 떠올라 우진은 한참을 서럽게 울었더랬다.

애써 참아왔던 눈물을 쏟아내고 나니 한결 마음이 편해지는 기분이 들었다. 그리고 갑자기 나타난 아버지에 대한 생각도 함께 자라나기 시작했다. 굳이 이런 일을 만든 이유는 무엇일까? 정말 자신에게 바라는 건 무엇일까? 이런 온갖 상념이 들기 시작했고 모든 답은 그 사람에게 있다는 생각이 들었다.

우진은 잠시 생각하다 명함에 적혀 있는 전화번호로 전화를 걸었다. 이렇게 된 거 한 번은 만나봐야겠다는 마음이 들었다.

-네, 김순이입니다.

전화기 너머로 또랑또랑한 목소리가 들려왔다. 그 촌스러운 이름과 함께.

"도우진입니다."

-아! 안녕하세요? 다행이네요. 안 그래도 연락이 없어서 걱정했는데.

"……."

밝은 순이의 목소리를 듣던 우진은 잠시 자신의 할 말을 멈추었다. 만나야 한다고 생각하지만, 지금 이 순간까지도 갈등이 되는 건 어쩔 수 없었다.

그러나 그의 전화를 받는 순이는 알 것 같았다. 지금 저 침묵이 남자의 고민이라는 걸. 곧 작은 한숨을 내쉬는 우진이었다.

-음식은 입에 맞던가요? 어떤 걸 좋아하는지 몰라서 내가 좋아하는 걸로 만들어봤는데.

"잘 먹었어. 찌개 간이 세긴 했지만."

사실 맛은 있었다. 울컥울컥 눈물이 올라와 입으로 밥이 들어가는지, 코로 들어가는지 잘 모를 일이긴 했지만 말이다. 하지만 마음과는 달리 말은 삐딱하게 나가고 있었다.

-생각보다 입맛이 까다롭네요? 짜면 물 좀 타서 먹지 그랬어요?

나름 신경 써서 끓여 놓은 찌개가 간이 안 맞았다는 소리에 순이는 뽀로통하게 대답했다. 보통의 사람들은 맛이 없어도 맛있게 먹었다고 할 텐데 어찌 저리 올곧고 똑바르게 말하는지 순이는 은근 빈정이 상하려 했다.

"농담이야. 먹을 만했어."

우진은 전화기 너머로 느껴지는 여자의 뽀로통한 목소리에 키득거렸다. 물 타 먹으라는 톡 쏘는 말에서 나 지금 기분 나쁘다! 라는 티가 팍팍 나고 있었다.

생각보다 귀여운 구석이 있네.

-그렇다면 다행이네요. 어떻게, 생각은 좀 해보셨어요? 언제가 좋으시겠어요?

아까보다 조금 누그러진 분위기가 느껴지자 순이는 조심스럽게 본론을 꺼냈다. 조금 전 우진이 꺼내기 어려워했던 답에 대한 질문을 넌지시 던져본 것이다.

"내일 저녁 6시 이후가 좋을 것 같은데."

-네. 장소는 원하는 곳이 따로 있으세요? 있으시면 그쪽으로 잡겠습니다.

"그건 그 사람 편한 곳으로 하라고 해."

-네, 그렇게 하겠습니다. 시간과 장소 정해지면 연락드리겠습니다.

"그리고……."

-네? 더 하실 말씀 있으십니까?

"오늘 저녁에 시간 되면 좀 만났으면 좋겠는데."

생각하지도 못한 우진의 이야기에 순이는 깜짝 놀라 눈만 깜빡거렸다.

저를요?

"어제 일 고맙기도 하고, 묻고 싶은 것도 좀 있고 해서 말이야."

-음…….

우진의 말에 어떠한 대답을 해야 할까 잠시 고민하던 순이는 그가 이사장님에 대한 것을 물어볼 것이란 생각이 들었다. 그것이 아니라면 자신에게 물어볼 말이 또 뭐가 있겠는가? 아무래도 이사장님에 대한 걸 물어보려는 거겠지? 오늘도 이사장님 고민이 많아 보이시던데.

오후가 되도록 우진의 연락이 없는 걸 확인한 이사장은 꽤나 초조해 보였고, 그 모습을 보던 순이도 마음이 편하지 않았던 터였다.

-그럼 저녁 8시쯤 뵐까요? 그 시간이면 가능한데요.

"그럼 그 시간에 보는 걸로 하지. 장소는…….."

-네, 그럼 저녁에 거기서 뵙죠.

장소까지 정한 후 통화를 끝낸 순이는 잠시 휴대폰을 멍하니 바라봤다. 어제 봤던 남자의 초췌한 얼굴이 떠올랐고 방금 전까지 들었던 남자의 중저음의 목소리가 아직도 귓가에 남아 있었다. 처음 봤던 날도, 어제도 이상하게 안쓰러운 남자라는 생각이 들었다.

자꾸 모성본능을 자극하는 남자라니까. 키도 크고 분명 잘생긴 얼굴이긴 한데 말이야.

어제 그의 집에서 만났을 때 순이는 사실 좀 놀랐었다. 성난 남자에게 맞아 피떡이 되어 있었을 때는 몰랐지만 다시 만난 그는 분명 초췌하긴 했지만 깔끔하고 잘생긴 얼굴을 가지고 있었었다. 짙은 눈썹과 쌍꺼풀 없는 날렵한 눈매는 이사장님과 판박이였던 것 같다.

"유전자의 힘은 무섭다니까. 그렇게 오래 떨어져 살았어도 똑닮은 걸 보면."

이사장님과 우진의 얼굴을 번갈아 떠올리며 순이는 작게 미소지었다.

02. 그 여자와 그 남자 사이에

　신사동에 위치한 분위기 좋은 이탈리안 레스토랑 안에 들어서자 벌써 꽤 많은 사람들이 자리를 차지하고 있었다. 눈길을 끄는 인테리어에 화려한 조명, 거기다 군침 도는 음식들의 향까지 느껴지자 순이는 금세 배가 고파졌다.

　예약 안 하면 오기 어려운 곳인데, 신경을 좀 쓴 건가?

　직원의 안내에 따라 길지 않은 계단을 올라 2층으로 올라가자 한쪽 자리에 미리 와 있는 우진이 눈에 들어왔다. 여태껏 본 모습과 달리 말끔한 슈트 차림이었다.

　"제가 좀 늦었죠?"

　오는 길에 차가 좀 막혀 약속 시간보다 조금 늦은 것이 내심 신경 쓰였던 순이의 말에 우진은 작게 고개를 흔들었다.

"나도 방금 왔으니 신경 안 써도 됩니다."

말끔하게 차려입은 것도 그렇고 부스스했던 머리칼도 깔끔하게 정리가 되어 있으니 정말 잘생긴 남자란 게 느껴졌다.

"말을 놓으셨다가, 안 놓으셨다가 그러시니까 적응이 안 되네요?"

순이는 자리에 앉으며 빙긋 웃었다. 전화통화를 하는 동안 내내 반말을 하더니, 지금은 또 격식을 차리는 말투였다. 물론 처음에 반말을 들었을 때는 살짝 언짢을 뻔했지만 듣다 보니 또 적응이 된달까?

"내가 그랬나? 그럼 편하게 하지, 뭐."

"우와, 너무 쿨하게 놓으시는 거 아닌가요?"

순이는 자신의 말에 1초의 망설임도 없이 말을 놓는 남자의 모습에 놀랍다는 표정으로 말했다. 하지만 우진은 이 정도는 뭐 별거 아니라는 듯 고개를 까딱거릴 뿐이었다. 그러고는 메뉴판을 순이에게 밀어주며 말했다.

"내가 그쪽보단 나이가 많을 것 같거든. 배고플 텐데, 골라."

"저보다 많긴 합니다만…… 뭐 편하게 하세요."

"그러지. 아, 와인도 마시나?"

"좋아해요."

우진은 순이가 메뉴를 정하기를 기다리며 유심히 그녀의 얼굴을 살폈다. 실내조명 덕분인지 매끄러워 보이는 피부가 빛을 머금고 더 반짝거려 보였다. 거기다 살짝 웨이브가 들어간 단발머리와, 그 끝을 타고 내려오는 갸름한 턱선도 나쁘지 않아 보였다.

직업 탓인지 언뜻 본 인상은 차갑고 새침해 보이긴 하지만 가까이서 본 그녀가 풍기는 분위기는 꼭 그렇게 차갑지만은 않은 듯했다.

"그 사람 비서로는 오래 일했나 보지?"

코스요리와 와인을 주문한 후 어색하게 웃는 여자에게 우진은 궁금했던 걸 물었다. 어제 그 사람에 대한 이야기를 할 때 그녀가 꽤 충직한 비서라는 느낌이 들었기 때문이다.

"해가 바뀌었으니 이제 4년 차가 됐네요."

"그렇군."

"궁금하신 건 어떤 건가요? 제가 아는 한에선 다 말씀드릴게요."

"별거 없어. 34년을 모르고 살았으니 어떤 사람인지 대충은 알아야 할 것 같아서 말이야. 가까이서 본 김순이 씨라면 잘 알 것 같아서."

우진의 대답에 순이는 고개를 끄덕거렸다.

하긴 나라도 궁금할 거야. 아무것도 모르고 만나기엔 겁도 날 테고.

그런 생각이 들자 순이는 또다시 남자가 짠해지려 하고 있었다. 내일 만나기로 했지만 그 결정을 내리기까지도 고민이었을 것이고, 막상 만나려니 어떤 사람인지 아는 게 없으니 분명 겁도 날 것이었다. 남자에겐 아버지와 만나는 일이 이산가족 상봉과는 다른, 낯설고 두려운 일이 아니겠는가?

"직접 만나보시면 아실 테지만 좋은 분이세요. 물론 일적으로 훌륭하시기도 하지만, 마음으로 사람을 아끼는 분이세요. 그러니 도우진 씨도 만나보시면 알 수 있을 거예요."

"마음으로 사람을 아끼는 분이라. 상상이 안 되네."

우진은 마음으로 사람을 아끼는 사람이란 그 말이 오히려 거슬렸다. 정말 그런 사람이라면 왜 그동안, 아니 어머니 장례식장엔 최소한 왔어야 하는 게 아닌가 말이다.

"식사하지."

순이는 순식간에 차가워진 분위기를 감지했다. 자신의 말이 그에겐 모순처럼 느껴졌을지도 모를 일이었다.

사실 그것은 순이 역시 생각하고 있는 부분이었다. 좋은 분이고 존경스러운 분이라지만, 자신의 아들에게 왜 그렇게 오랜 세월 곁을 주지 않으셨을까? 그의 모친이 그렇게 되었을 때 왜 찾아가지 않으셨을까? 몹시 궁금한 일이었다.

내가 말실수를 했나 보네. 하긴 직원들조차 가족같이 생각하시는 분이 자기 아들한테는 왜 그러셨을까?

우진이 뿜어내는 차갑고 냉랭한 분위기에 순이는 어색하게 식사에 집중했다. 애피타이저부터 디저트가 나올 때까지 음식에 대한 소소한 대화를 제외하곤 그 어떤 대화도 없는 어색한 식사였다. 분명 아주 맛있는 음식을 먹고 있었지만 순이는 앞에 앉아 있는 남자가 신경 쓰여 제대로 맛을 느끼지도 못하고 있었다.

"아무래도 내가 불편하게 만든 것 같군."

"아, 아니에요. 제가 아무래도 말실수를 한 것 같네요."

차를 마시며 우진은 넌지시 먼저 이야기를 꺼냈다. 자신이 불러

놓고 상대를 어색하게 만든 것이 신경 쓰였다. 하지만 순이는 도리어 자신이 실수를 한 것 같다 말했고, 그런 여자의 말에 우진은 마주 앉은 그녀의 얼굴만 바라보았다.

"어제 일도 고맙고, 그 전에 일도 고마워서 만나자고 한 건데 말이야."

우진은 분위기를 차갑게 만든 자신의 행동이 머쓱한지 웃으며 말했다. 그녀가 나눠준 따뜻함이 우진에게 얼마나 고마웠던 것인지 잊지 않고 있는데 말이다.

하지만 순이는 남자의 말에 고개를 흔들었다. 자신이 그에게 뭔가 대접받을 일은 한 것은 없다는 뜻이었다.

"그렇게까지 고마워할 일 아니에요. 그리고 이렇게 맛있는 것도 먹었고요."

"어쨌든 앞으로 잘 부탁해. 자주 볼 수 있을지는 모르지만."

우진은 빙긋 웃는 순이를 보며 말했다. 그 사람을 만나기로 했고, 그 집에 들어가기로 마음먹은 이상 분명 다시금 만날 사람이었다.

"아마 자주 보게 될 거예요. 병원으로 출근하게 되시면요."

"그래?"

"네. 매일 볼지는 모르지만 오다가다 보게 될 거예요."

본 병원으로 우진이 출근하게 될 거란 이야기를 이 변호사를 통해 전해 들었던 순이는 빙긋 웃었다. 그는 아직 잘 모르고 있는 것 같지만 본 병원으로 출근하게 된다면 생각보다 훨씬 힘든 생활을 하게 될지도 모를 일이었다.

더 짠해지는 거 아닌가 몰라? 의사들 텃새가 보통이 아니라던데.

순이는 자신보다 다섯 살이나 많은 남자의 앞날을 걱정하고 있었다. 이미 병원 안에는 이사장님의 숨겨진 아들이 있다는 사실이 공공연하게 떠돌고 있었고, 다음 주부터 본 병원으로 출근하게 되었다며 의사들 사이에 핫이슈로 떠오른 동시에 그들을 긴장하게 만들고 있었다.

"그럼 앞으로도 김순이 씨한테 도움을 좀 받아야 될까?"

"네? 도움요?"

"난 그 사람에 대해서 아는 게 너무 없거든. 같이 살게 되면 분명 어려운 게 많을 것 같아. 김순이 씨가 많이 도와줘."

"제가 도울 일이 있을까요?"

"아마도."

우진의 대답은 확고했다. 낯선 환경에 던져질 자신에게 순이는 어쩌면 정보통이자 꽤 든든한 아군이 되어줄지도 모른다는 생각이 들었다. 그러나 우진의 생각과는 달리 여자는 곤란한 얼굴을 하고 있었다. 아니, 어쩌면 당혹스러운 표정일지도 모르겠다.

"곤란해?"

우진은 난감해 보이는 여자의 표정이 신경 쓰여 되물었다. 하지만 여자는 고개만 흔들 뿐 딱히 대답은 하지 않았다. 다만 표정은 여전히 곤혹스러워 보였다. 당당해 보이던 지금까지의 모습과 달리 낯선 모습의 여자를 우진은 의아한 듯 바라보았다.

그러자 여자는 잠시 머뭇거리다 몸을 테이블 쪽으로 바짝 당겨 붙이며 자신의 손을 입 쪽에 가져다 댔다. 그러고는 우진만 들릴

만한 자그마한 목소리로 속삭였다.

"저, 죄송한 말씀이지만 그 순이 씨란 소리 좀 안 하시면 안 될까요?"

"뭐?"

"그 순이 씨 말고, 그냥 김 실장이라고 불러주시면 좋겠는데요?"

어딘지 빨개진 얼굴로 난감하다는 표정의 여자였다. 아무래도 촌스러운 이름이 콤플렉스였던 모양이다. 빨간 토마토처럼 얼굴이 익어 있는 여자의 난감한 얼굴을 보던 우진은 그만 참지 못하고 웃음을 터트려버렸다.

"푸핫, 뭐야. 꽤 귀여운 구석이 있네."

진심으로 그렇게 생각했다. 얼굴은 귀까지 빨개져서 난감한 듯 속삭이는 여자의 모습이 얼마나 귀엽던지, 생김과는 달리 순진한 구석이 있다고 생각한 우진이었다. 하지만 우진의 웃음소리가 커질수록 순이의 얼굴은 더욱 빨갛게 익어갔다.

* * *

빨갛게 달아올랐던 얼굴은 한참이 지나서야 원래의 피부색을 찾아 돌아왔다. 차를 마시는 동안 순이의 빨개진 얼굴을 보며 키득거리던 우진은 가게를 나서는 순간까지도 자꾸만 웃음이 새어 나와 키득거렸고, 그의 모습에 순이는 연신 눈을 흘기는 것으로 응수하고 있었다.

"이제 그만 좀 웃으시죠?"

"응. 푸큽, 그만 웃, 크큽, 웃어야지."

"그렇게 억지로 웃음 참는 티도 그만 내시고요!"

연신 웃음을 참느라 괴상한 소리를 내는 남자의 모습에 순이는 그만 삐! 소리를 질렀다. 괜찮아졌던 얼굴에 또 불이 붙은 것처럼 달아오르려 했다.

진짜, 너무 웃는 거 아니야? 민망하게.

"아니 김순이 씨가, 아니, 아니, 김 실장이 말하는 게 귀여워서."

귀엽다는 말에 내가 혹할 줄 알아? 완전 재밌어서 웃는 거 다 티 났거든요?

"됐네요."

속마음이 입 밖으로 나오려는 걸 꾹 참으며 순이는 퉁명스럽게 말했다. 민망함에 얼굴이 빨개지려 했지만 다행스럽게도 바깥의 차가운 공기 덕분에 다소 진정이 되고 있었다.

식사를 하는 동안 감돌았던 어색함은 기억조차 나지 않을 정도로 분위기는 이미 부드럽게 풀려 있었고, 순이는 자신의 눈치를 살피며 키득거리는 남자의 얼굴을 잠시 바라봤다. 자신의 콤플렉스를 대수롭지 않게 여기는 듯 신나게 웃고 있는 남자의 얼굴이 얄밉게도 무척 잘생겨 보여 자꾸만 시선이 가고 있었다.

김순이, 너 이렇게 남자 얼굴 밝히는 여자였구나. 그랬던 거였어.

"놀리려던 건 아니니까 오해하지 말고."

"괜찮아요. 다들 제 이름 들으면 웃거나, 놀라거나, 둘 중 하나니까요."

아주 어릴 때부터 이름으로 놀림을 받거나, 심지어 안됐다는 눈빛을 보내는 친구들도 있었다. 오죽하면 이름 불리는 게 싫어서 부러 직책이 있는 반장이며 학생회장을 했겠는가 말이다. 그럼 '순이야' 대신 '반장!', '회장!'으로 불릴 수 있었고, 그렇게 불리는 것을 스스로도 좋아했던 기억이 난다.

우진은 한참을 웃고 나서 겨우 진정이 된 듯 입가에 미소를 머금은 채 말했다.

"순전히 이름 때문은 아닌 것 같은데."

"네?"

아마 그녀가 이름으로 사람들을 놀라게 하거나 웃게 만드는 건 이유가 따로 있다는 생각이 들었다. 저렇게 도시적인 외모의 여자 이름이 순이라는 말을 들었을 때 누구라도 쉽게 매치가 되지 않아 당황스러울 것이었다. 자신이 그랬던 것처럼.

"이름하고 얼굴하고 매치가 잘 안 돼. 순이가 순이같이 생겼으면 모르겠는데, 김 실장은 세영, 아니, 음……. 수지나 윤아, 이런 느낌이거든?"

우진은 순간 자신의 입에서 나온 이름에 당황했다.

자신이 아는 가장 세련된 여자는 세영뿐이라 그랬는지 무의식 중에 그녀의 이름을 꺼내버렸다. 하지만 김 실장에게 그녀의 이름을 매치하는 건 그녀에게 실례를 범하는 기분이 들었다.

"그거 위로라고 하시는 건 맞죠?"

우진이 왜 당황하고 있는지 알 길 없는 순이는 그가 어색하게 던진 위로 아닌 위로의 말을 웃으며 받아쳤다. 순이가 순이같이 생긴 게 어떤 건지 잘 가늠이 되지 않았지만 어쨌거나 촌스럽게 생기진 않았다는 걸로 받아들이기로 했다.

"사실이야. 그보다 집이 어디야? 데려다줄게."

"아니에요. 택시 타면 금방이에요. 그보다……."

"응?"

"다음번엔 제가 식사 대접할게요. 오늘 너무 비싼 걸 먹어서요."

받은 만큼 돌려준다. 그게 아주 사소한 것이라도.

이것이 순이 인생의 모토였다. 받은 만큼 베풀면서 살아야 한다. 어릴 적부터 순이의 부모님께선 그렇게 말씀하셨다. 하지만 마음먹은 것처럼 살기란 굉장히 어려운 일이다. 유명한 연예인 부부처럼 몇억씩 기부를 하거나 할 순 없지만 주위 사람들에게 받은 만큼 꼭 돌려주는 것으로 자신의 모토를 지켜나가고 있는 여자였다.

"그렇게까지 비싸지 않았는데. 부담을 줬나 보군?"

"그런 건 아니고요."

우진은 순이의 말에 잠시 고민하는 듯싶더니 자신의 손목을 들어 시간을 확인했다. 10시 30분. 어중간한 시간이었다. 자신은 자의든 타의든 지금 현재 백수지만, 그녀는 내일 이른 아침 출근해야 하는 직장인이니 말이다.

"그럼 지금 그냥 간단하게 맥주를 사는 게 어때? 딱 한 잔씩 마시면 좋을 것 같은데."

빙긋 웃으며 제안하는 남자의 말을 순이는 단칼에 거절할 수가 없었다. 자신도 술이 조금 부족한 듯했었다. 아니, 어쩌면 시간이 부족하다고 느끼고 있는지도 모를 일이었다. 어색한 순간도 있었지만 꽤 기분 좋은 식사를 했고, 의외로 우진과의 대화가 무척 즐겁게 느껴졌기 때문이었다. 더군다나 저 웃을 때 들어가는 보조개와 눈웃음은 어쩐지 사람을 무방비하게 만든다고 할까?

"그럼 그렇게 해요. 딱 한 잔씩만."

순이는 의외로 쉽게 대답했고, 그런 여자의 반응에 우진의 입꼬리가 쓰윽 올라갔다. 그녀의 쿨함이 좋게 보였다.

뺄 줄 알았는데 그런 게 없어. 쿨한 건 아주 마음에 든단 말이지.

새침데기 같은 외모와는 달리 시원스러운 성격이 우진은 마음에 들었다. 물론 그녀에 대해 아는 건 거의 없지만 짧게나마 알게 된 순이라는 여자는 분명 우진에겐 꽤 기분 좋은 사람이었다.

"쿨해서 좋네."

"그런 소리 좀 들어요."

빙긋 웃으며 순이는 우진보다 두어 발자국 앞서 걷기 시작했다.

평일엔 거의 술을 마시지 않는 순이는 오랜만에 느껴보는 자유로운 기분에 조금 신이 나 있었다. 에너지 넘치는 20대 초반의 젊은 사람들과 커플들이 지나다니고 있었고, 여기저기서 흘러나오는 불빛과 음악들도 그녀의 마음을 들뜨게 만들었다. 그리고 이렇게 기분이 좋은 이유 중 하나는 우진과 함께한 즐거운 식사도 포함되어 있었다.

우진보다 조금 앞서 걷고 있던 순이는 빙글 뒤돌아섰다. 그러고는 자신의 뒤를 따라 걷던 우진을 바라봤다. 말끔한 슈트 차림의 모습이 실내에서 보는 것과는 다른 느낌을 주고 있었다. 초췌했던 얼굴은 온데간데없이 말이다.

우진은 뒤돌아 걸으며 자신을 바라보는 순이의 시선을 피하지 않았다. 살며시 불어오는 바람에 길지 않은 머리칼이 날리며 그녀의 뺨을 스치고 가는데 이상하게 그 모습이 우진의 시선을 고정시켰다. 바람을 타고 좋은 향기가 느껴지는 것 같기도 했다.

"도우진 씨는 술 잘 마셔요?"

"음, 그때그때 다른 것 같은데? 그건 왜?"

"이사장님은 술을 매우 잘 드시거든요. 요즘은 건강 때문에 거의 안 드시지만."

"흐음, 그렇군."

우진은 순이의 입에서 나온 그 사람의 이야기에 별다른 반응을 보이지 않았다. 다만 그의 눈은 위태롭게 걷고 있는 여자에게로 집중되고 있었다.

아슬아슬해 보이는 그녀의 구두 굽에서 시선을 뗀 우진은 순이의 얼굴로 시선을 옮겼다. 바람에 실려 부드럽게 얼굴을 스치고 있는 그녀의 머리카락이 나풀거리자 그것을 손으로 쓸어보고 싶은 충동이 느껴진다.

내가 지금 무슨 생각을 하고 있는 거지?

우진은 잠시 묘한 기분에 휩싸였던 자신의 정신을 가다듬으며 순이의 얼굴 쪽으로 향해 있던 시선을 아래로 내렸다.

여자들이 흔히 킬힐이라고 부르는 것만큼은 아니지만 족히 7센티는 되어 보이는 여자의 힐이 위태로워 보였고 이번엔 그 힐이 우진을 신경 쓰이게 만들었다. 사람들도 제법 다니는 길이니 부딪치기라도 하면 저 얇은 다리가 부러질지도 모를 일이었다.

"김순이 씨, 그보다 그만 제대로 걷는 게 좋지 않겠어? 그러다 넘어지……."

"꺄악!"

우진이 말을 채 끝내기도 전이었다. 그녀의 뒤쪽으로 급히 뛰어
가던 남자가 순이의 몸을 치고 갔고 그 힘에 떠밀려 순이의 몸이
휘청거렸다. 순간 얇게만 보이는 그녀의 다리는 중심을 잡으려 애
썼지만 부질없는 짓이었다.

우진이 순간적으로 튀어 나갔지만 그가 스파이더맨이나 슈퍼맨
이 아닌 이상 순이를 멋지게 낚아채기란 어려운 일이었고, 순이의
몸은 야속하게도 그대로 훅 넘어가고 말았다.

1초, 2초, 3초.

우진은 그녀의 엉덩이를 타고 올라오는 고통이 자신에게도 느
껴지는 듯 차마 순이를 볼 수 없어 질끈! 눈을 감아버렸다. 아마 여
기가 번화한 거리가 아니었다면 엉덩방아 찧는 소리가 생생히 들
렸을 것이다.

"아……."

창피해, 이게 무슨 일이야!

자신의 무게를 오롯이 받아낸 엉덩이가 아파 비명을 지르고 있었
지만 순이는 작은 신음만 낼 뿐 다른 소리는 내지 못했다. 온몸을 타
고 올라오는 통증이 느껴졌지만 딱 아픈 만큼 창피함이 몰려왔다.

그렇다고 눈까지 감을 필욘 없잖나? 지금 진짜 쪽팔리는 건 나
거든?

넘어져 있는 자신을 일으켜 세워주진 못하고 눈을 감고 모른 척
하고 있는 우진의 행동에 두 배로 민망해진 순이는 바닥에 내동댕

이쳐진 자신의 몸을 일으켜 세우려 했다. 하지만 한쪽 발을 바닥에 딛는 순간 찌릿한 아픔이 다리와 척추를 통해 올라왔고 순이는 그 대로 길가에 쪼그리고 앉아버렸다.

"아야, 아, 진짜."

못 살겠다, 김순이. 조금 신났다고 방심해가지고, 이게 뭔 꼴이 야? 쪽팔리게 진짜. 울고 싶다, 울고 싶어!

남자의 힘에 떠밀리는 탓에 중심을 잡지 못하고 넘어지면서 발 목을 다친 모양이었다. 욱신욱신 발목이 아파왔고 힘이 들어가지 않고 있었다. 밀려드는 창피함에 순이는 자신의 무릎에 얼굴을 묻 어버렸다.

"아아."

얼굴을 무릎에 묻자 무게가 실려 발목 쪽에 더 부담이 되고 있 었지만 순이는 고개를 들 수가 없었다. 세상 살면서 이렇게 부끄러 웠던 적이 얼마나 있었을까?

"다쳤어? 많이 아파?"

마치 자신이 순이가 된 것처럼 여자의 고통을 나눠 느끼던 우진 은 쪼그려 앉아 있는 여자를 발견하고는 그제야 성큼 그녀 앞으로 다가와 물었다. 여자와 시선을 맞추려 바닥에 같이 쪼그리고 앉았 지만 순이의 얼굴은 보기가 어려웠다.

이제 와서 그런다고 모를 줄 알아? 당신 아까 쪽팔려서 눈 감은 거 다 봤거든?

"됐어요."

순이의 중얼거림이 들렸지만 그 퉁명스러움은 눈치채지 못한 우진은 잔뜩 걱정스런 목소리로 되물었다.

"발목? 발목 다친 거야?"

아, 혹시 창피해서 고개를 못 드는 건가? 아무래도 좀 심하게 쪽 팔리긴 하겠지? 절대 웃으면 안 된다, 도우진!

쥐구멍이 있다면 숨고 싶은 심정이 아닐까? 아마도 그럴 것이다. 아크로바틱을 하는 것처럼 뒤로 훅! 넘어졌다. 그것도 이렇게 사람들이 많이 지나다니는 길 한복판에서. 만약 우진 자신이었다면 눈 딱 감고 기절한 흉내라도 냈을 것이다.

"김순이 씨, 고개 들어봐. 어느 쪽 발목인데? 오른쪽? 왼쪽?"

"……."

"순이 씨, 설마 우는 건 아니지?"

"……."

"응? 뭐라고?"

당황스러워하는 우진의 목소리가 느껴졌지만 아무런 반응이 없었다. 그러나 이내 우진의 물음에 순이는 작게 중얼거렸고, 그런 여자의 목소리에 집중하려 애쓰던 우진은 가까이, 가까이 여자 쪽으로 몸을 기울였다.

"다시 말해봐. 뭐라고?"

"그, 순이 씨 좀 그만하시면 좋겠는데……."

고개를 빼꼼 든 채 순이는 투덜거렸다. 넘어진 것보다 그 순이 씨란 말이 더 거슬렸나 보다.

"이 와중에 그게 중요해?"

"창피하단 말이에요."

"내 참. 못 말리는 여자네."

우진은 미간에 주름이 질 정도로 인상을 쓴 채 고개를 절레절레 흔드는 순이의 모습에 그만 피식 실소가 터지고 말았다. 아무래도 어떠한 경우이건 그녀의 약점은 김순이. 자신의 이름인가 보다.

"일단 힐 벗어봐. 아프다며. 좀 봐야겠어."

우진은 순이의 발목을 살피며 말했다. 심하게 다친 건 아닌 듯 보이지만 혹시 모르니 상태를 확인해야 했다.

그러나 순이는 쉽게 구두를 벗지 못하고 조금 망설이고 있었다. 아무리 스타킹을 신었다곤 하지만 발을 보이는 일은 조금 용기가 필요한 일이었다.

"성형외과 의사라면서 이런 것도 볼 줄 알아요?"

"기본적인 건 어느 정도."

머뭇거리며 구두를 벗는 순이의 마음이 어떤지 알지 못하는 우진은 그저 자신의 시선을 그녀의 발목에 둔 채 대충 대답하고 있었다. 지금 이 순간 그에게 중요한 건 순이의 발목뿐이었다.

"좀 접질린 것 같은데? 어때? 아파?"

우진의 차가운 손이 발목에 닿자 순이는 '흡!' 하고 크게 숨을 들이마셨다. 여기가 밖이라 천만다행이란 생각이 들었다. 그렇지 않다면 이렇게 가까운 거리에서 자신의 숨소리를 우진이 고스란히 들었을 테니 말이다.

진정하자, 진정하자, 김순이! 남자 손길 한 번에 이렇게 쉽게 당황하면 안 되는 거잖아? 좀 잘생겼다고 이렇게 긴장하고 그런 사람 아니잖아, 너!

소란스러워지는 자신의 마음에게 훈계까지 해가며 순이는 애써 태연한 척하고 있었지만 바깥바람에 차가워져 있는 손가락이 발목 여기저기를 만지고 지나가자 어쩔 수 없이 몸에 힘이 들어가고 있었다.

"크게 다친 것 같진 않은데 제대로 확인이 어렵네."

어둡기도 하고 사람들이 지나다니는 곳이라 우진은 더 이상 제대로 된 확인은 어렵다는 생각이 들었다. 아무래도 차에 가서 한 번 더 살펴봐야 할 것 같아 집중하고 있던 시선을 돌려 여자를 바라봤다.

발그레한 얼굴로 언제부터 자신을 보고 있었던지 우진과 눈길이 마주치자 여자는 고개를 휙 돌려버렸다.

"일어나 봐. 부축해줄 테니까."

우진은 자리에서 일어나며 자신의 손을 내밀었다. 큰 키로 순이의 눈높이에 맞춰 쪼그려 있던 탓에 허리가 뻐근한 느낌이 들었다. 그냥 봤을 땐 몰랐는데 구두 굽의 높이로 보아 여자의 키는 대략 163에서 5 사이 정도로 가늠되었다.

생각보다 아담 사이즈네. 그냥 봤을 땐 커 보였는데.

"고맙습니다."

순이는 우진이 내민 손을 머뭇거리며 잡았고, 우진은 그런 여자를 조심스럽게 일으켜 세웠다.

"걸을 수 있겠어?"

"네. 좀 잡아주시겠어요?"

다리가 휘청거릴 것 같은 기분이 들어 순이는 우진에게 부축을 부탁했고 우진은 선뜻 고개를 끄덕였다. 여자가 말하지 않아도, 아니 거절을 한다 해도 잡아줄 생각이었다.

"후우."

마음 같아선 힐을 벗어 던지고 싶었지만 길거리기도 했고 우진이 있어 차마 그렇게 할 수도 없었다.

"아무래도 안 되겠네."

"네?"

"통증 있잖아, 지금."

"괜찮아요. 참을 수 있어요. 심하지 않은데……."

우진은 괜찮다 말하는 여자의 말에 고개를 한번 갸웃거리더니 순이가 어떠한 방어태세도 갖추지 못한 사이 자신의 얼굴을 그녀에게로 훅! 가져다 댔다. 가까이 다가와 있는 남자의 얼굴이 순이의 눈에 그대로 들어왔고, 놀란 순이는 그저 눈만 깜빡거리고 있었다.

당황하는 모습은 귀엽네. 귀여워.

당황스러워하는 순이의 얼굴을 바라보며 우진은 씨익 웃었다. 영문 모를 우진의 행동에 여전히 순이는 눈만 깜빡깜빡거렸다.

"업혀."

"네?"

"업히라고. 아님 안아줘?"

* * *

치마를 입은 순이를 위해 재킷을 허리춤에 둘러준 우진은 그녀를 등에 업고 자신의 차로 데려갔다. 멀지 않은 거리였지만 그 시간이 꽤나 느리게 가는 것 같았다. 넓은 우진의 등에 몸을 기댄 순이는 그의 체온이 느껴지자 괜히 쑥스러워 헛기침을 연신 해댔다.

"편하게 기대. 안 그럼 떨어져."

"무겁지 않아요?"

"무거워."

무겁다는 우진의 말에 순이의 몸에 바짝 힘이 들어갔다. 그런다고 체중이 줄어드는 건 아닐 텐데도 그 말 한마디가 신경 쓰여 몸에 힘을 뺄 수가 없었다.

"농담이야."

우진은 자신의 차 뒷좌석에 천천히 순이를 내려놓고는 발목의 상태를 한 번 더 유심히 살폈다. 심하게 붓진 않았고 발목도 제법 움직이는 것으로 보아 뼈가 상한 것은 아닌 것으로 보였다.

"뼈가 잘못되거나 그런 건 아닌 것 같지만, 혹시 모르니까 내일 꼭 병원 가고."

우진은 순이의 옆자리에 자연스럽게 자리 잡고 앉았다. 넓지 않은 차 안은 조용했고 우진과 순이의 움직임에 따라 바스락거리는 옷의 마찰음 소리만이 나고 있었다. 그런 분위기에 순이도 우진도 괜히 긴장이 되었다.

아까부터 히터도 틀지 않은 차 안은 두 사람의 온기로 이미 충분히 노곤해지고 있었다. 그리고 어색함에 몸을 비비적거리던 순이의 눈빛이 어느새 자신을 바라보고 있던 남자의 눈빛과 부딪쳤다. 그리고 둘은 무어라 말할 틈도 없이 서로의 시선을 받아내고 있었다.

"저기……."

흔들리지 않는 남자의 뜨거운 눈빛이 자신에게 닿자 순이는 순간 몸을 돌리려 했다. 하지만 우진은 재빠르게 그런 여자의 몸을 자신 쪽으로 돌려세웠다. 갑작스런 우진의 행동에 순이는 동그란 눈을 더 크게 떴다.

왜, 왜 이러는 거야. 사람 심장 떨리게.

"왜 도망가? 겁나?"

우진은 순이를 놓아주지 않은 채 물었다. 갑작스런 상황에 당황한 기색이 역력했고, 이런 그의 행동에 겁을 먹은 것인지 속눈썹마저 파르르 떨고 있었다. 얄궂게도 그 모습이 귀여워 우진은 순이를 더 놓아주고 싶지 않아졌다.

"거, 거, 겁 안 나거든요? 이제 집에 가야 돼요."

"신데렐라야? 12시 아직 멀었는데."

"자, 장난은 그만하시구요."

애써 당황한 모습을 보이지 않으려 순이는 태연하게 말했지만 자신도 느낄 정도로 목소리는 떨려오고 있었고 긴장감에 의해 손엔 이미 땀이 차고 있었다. 진정됐던 얼굴도 다시금 불이 붙는 것처럼 화끈거렸다.

"김순이 씨는 당황하면 좀 귀여운 것 같다."

우진은 자신의 얼굴을 조금 더 여자에게 가까이하며 말했다. 당황해서 어디다 둬야 할지 모르는 여자의 시선이 여기저기 방황하고 있었고 그 모습은 어딘지 모르게 우진의 마음을 자극했다.

"이, 이러는 건 좀 아닌 것 같은……."

빨라도 너무 빠르다고. 우린 이제 겨우 세 번 봤고, 그중에 딱 한

번 같이 밥을 먹었고, 좀 잘생기긴 했지만 그렇다고 내가 그렇게 잘생긴 남자한테 혹해서 키스를 막 하고 그러는 여자는 절대! 절대 아니거든요?

"쉿."

머릿속에 빨간 불이 켜졌다 꺼졌다를 반복하며 경고등이 울리고 있었지만 순이는 결국 다가오는 남자의 얼굴을 거부하지 못한 채 슬며시 눈을 감았다. 어느새 자신의 볼을 만지며 끈적한 눈빛을 보내고 있는 우진을 밀어낼 수 없는 순이였다.

부드럽고 따뜻한 입술의 감촉이 순이의 입술을 스치고 지나갔다. 푸딩처럼 물컹거리면서도 따뜻한 그의 혀끝이 순이의 입술을 집요하게 간질였다.

간지러워. ……근데 너무 입술만 핥는 거 아니야?

우진의 혀는 윗입술과 아랫입술을 번갈아 핥았다. 그러고는 그녀의 코, 인중, 턱까지 핥으며 내려갔다.

웃, 인중이랑 턱은 좀 아니지 않나? 난 이런 건 별론데.

우진의 적극적인 혀놀림으로 침 범벅이 되어가는 자신의 얼굴이 내심 신경 쓰이는 순이였다.

"저, 저기 잠시만요."

순이는 자신에게 집중하던 우진의 몸을 살며시 밀어내며 말했다. 아무래도 메이크업이 지워질 것 같아 신경이 쓰이는 참이었다.

"우진 씨 이건 너무 빠른 것 같고, 저는 이렇게 침 범벅은, 그러니까 싫다기보다, 음……."

혹시나 남자의 기분을 상하게 할까 싶어 순이는 조심스럽게 말을 이어나갔다.

"멍!"

"멍?"

웬 개소리야?

지금 자신은 우진의 마음이 상하지 않게 최대한 진중하고 조심스럽게 말을 하고 있는데 우진은 대답 대신 개소리를 내고 있었고 순이는 황당함에 그를 노려보려 했다.

"멍멍!"

멍멍? 이거 어디서 많이 듣던 소린데?

어디서 나는 개소린가 싶어 잠시 생각에 빠져 있던 순이는 귓가에 울리는 우렁찬 개소리가 어딘지 낯익다는 생각이 들었다.

-삐빅삐빅. 삐빅삐빅.

그리고 그 개소리의 정체가 떠오를 즈음, 요란한 소리를 내며 자명종 시계가 울리기 시작했다. 이 요란하고 시끄러운 소리. 익숙한 개소리. 순이는 힘겹게 눈을 뜬 채 길게 한숨을 내쉬었다.

"후우, 김순이, 미쳤구나. 미쳤어!"

"멍멍!"

"그래, 뚱. 엄마가 밥 줄게, 밥 준다!"

꿈. 우진과 키스를 하던 건 모두 한낱 꿈이었던 것이다. 눈을 뜬 곳은 우진의 차 안이 아닌 순이가 멍멍이 뚱이와 함께 살고 있는 오피스텔이었고, 코며 인중이며 핥아대던 것은 우진이 아닌 키우고 있는 뚱이가 밥 달라고 조르는 것이었다.

"내가 미쳤구만. 욕구불만인가? 왜 그런 꿈을 꾸고 난리지."

순이는 부스스한 머리를 정리하지도 않은 채 터벅터벅 걸어가 비어진 뚱이의 밥그릇에 사료를 채워줬다. 다행히 발목은 어제 집에 돌아와 찜질을 좀 해줘서 그런 것인지 생각보다 크게 아프지 않았다.

찹찹거리는 소리를 내며 맛있게 사료를 먹고 있는 뚱이를 보고 있던 순이는 그 옆에 쪼그리고 앉아 뚱이의 밥 먹는 모습을 잠시 바라보며 생각에 잠겼다.

어제 발목 상태를 확인한 우진은 늦었다며 순이를 집까지 바래다줬고, 다시 보자는 말을 남기고 돌아갔다. 특별한 일은 없었고, 꿈속에서 벌어졌던 일은 전혀 일어나지 않았다.

뭐야? 이 아쉬운 것 같은 마음은? 김순이 너 진짜 제대로 미쳤구나, 미쳤어!

꿈속에서 그가 보낸 뜨거운 눈빛이 떠올라 순이는 고개를 흔들었다. 스파크가 튀었던 그 눈빛. 꿈에서 그는 꽤 멋진 남자였다. 순간 마음이 두근거릴 정도로 말이다.

순이는 다시 한번 고개를 세차게 흔들었다. 왜 그런 꿈을 꾼 건지 어이가 없었지만 더는 생각하지 않기로 했다. 더 꾸물거리고 있다간 입사 8년 만에 처음으로 지각을 할 것 같으니 말이다.

"정신 차리자. 정신!"

03. 폭풍우

겨울 날씨라고 하기에 요 며칠은 꽤나 봄에 가까운 날씨였다. 봄이 올 것처럼 햇볕도 바람도 따뜻함을 품고 있었다. 아직 봄이 오기엔 한참인데도 어쩜 그렇게 따뜻했는지 사람들의 마음을 설레게 했었다. 그러나, 어제의 따스함은 모두 거짓인 것처럼 오늘은 칼바람이 불어오고 있었다.

"김 실장, 출발하지."

"네, 이사장님."

차를 대기시켜놓고 이사장을 기다리던 순이의 귀가 빨개지려는 찰나, 도착한 이사장으로 인해 그제야 겨우 차에 오를 수 있었다.

"그럼 출발하겠습니다, 이사장님."

평소 어떤 미팅이나 모임이 있을 때보다 이사장의 얼굴은 진지했고, 굳어 있었다. 그도 그럴 것이 34년 만에 자신의 아들과 제대로 만나게 되는 날이니 그 마음이 어떠할지 순이는 짐작조차 잘 되지 않았다.

"김 실장."

"네, 이사장님."

"일전에 그 집에서 만나본 우진이는 어떠하던가?"

이사장은 차창 밖으로 시선을 돌리며 물었다. 늘 사진으로만 접해본 아들을 직접 보고 온 순이의 생각이 궁금했다. 제법 날카롭고 눈치가 있는 아이니, 그런 그녀가 보고 온 아들의 인상이 어떨지 궁금해졌다.

"이사장님과 꽤나 닮은 분이셨습니다. 어머니 일로 힘들어하시는 것 같았고요."

"그렇구만."

어제저녁 함께 식사를 했다는 건 까맣게 모르고 계실 이사장님께 본의 아니게 비밀 아닌 비밀을 만든 것 같아 마음이 편하지 않은 순이였다. 더구나 그녀의 말에 씁쓸하게 웃는 이사장의 얼굴을 보고 있자니 순이의 마음은 더욱 불편해졌다.

"나를 원망하겠지? 내가 그 녀석한테 너무 못 할 짓을 했어."

깊은 한숨을 내쉬며 말하는 그의 목소리에서 안타까움이 뚝뚝 떨어지고 있었다.

"도우진 씨 마음을 제가 다 알 수는 없지만 이제 아이가 아니니까, 너무 걱정하지 않으셔도 될 것 같습니다. 어른스럽게 대처하시는 분 같아요."

그에 대해 아는 건 정말 별로 없지만 신중히 고민하고 아버지를 만나겠다는 결정을 내렸던, 같이 살기 위해 모르는 게 많으니 도와 달라 말하던 우진의 모습을 떠올리는 순이였다.

보통 사람이라면 아버지에 대한 원망으로 가득 차 그를 보겠다는 말조차 하지 못했을 것이다. 그렇기에 순이는 우진이 꽤나 어른스럽게 상황을 이겨낼 것이라 생각하고 있었던 것이다.

"그런가? 김 실장이 그렇게 말하니 마음이 좀 편해지는군."

말은 그렇게 하면서도 이사장의 얼굴은 여전히 긴장감이 역력해 보였다. 그리고 그런 이사장의 모습을 보던 순이는 어젯밤 자신을 집 앞까지 데려다준 우진의 모습을 떠올렸다.

겨울바람치곤 꽤나 따뜻한 바람이 불어오고 있었고, 오피스텔 입구까지 순이를 데려다준 우진은 안으로 들어가려던 그녀를 불러 세웠다.

"김순이 씨."

"김 실장요."

이 정도면 일부러 그런다고 봐도 되는 거지? 그런 거지?

자꾸만 순이 씨라고 이름을 부르는 우진을 흘겨보자 우진은 그런 순이의 반응이 재밌는지 키득거렸다.

"혹시 모르니까 찜질도 좀 하고 자. 내일 병원은 꼭 가고."

"그럴게요. 신경 써줘서 고맙습니다."

꽤 다정한 눈빛으로 자신을 걱정해주는 우진의 모습에 순이는 작게 미소 지었다. 그렇게 제대로 넘어지는 모습을 보여준 것만 생각하면 너무 창피하고 부끄러워 쥐구멍에라도 숨고 싶었지만 그로 인해 이 남자의 다정함을 알게 된 건 나쁘지 않은 기분이었다.

"아까 내가 부탁했던 것에 대한 대답은 언제 해줄 생각인가?"

"네?"

"앞으로 김 실장 도움을 좀 받고 싶다고 했잖아."

"아! 물론 도움 될 일이 있다면 도와야죠."

그렇게 오랜 세월 보지 못하고 살았어도 핏줄이란 끌리는 걸까? 이사장님과 잘 지내기 위해 노력하려는 우진의 모습은 순이에겐 감동으로 다가오고 있었다. 자신이 우진의 입장이었다면 절대 이렇게 하지 못했을 것이다.

"그럼 난 김 실장만 믿을게. 들어가봐."

우진은 순이의 대답이 만족스럽게 느껴졌다. 여러 가지 복잡한 감정도 함께 들긴 했지만 우진은 그저 웃을 뿐이었다. 그러고는 고개를 꾸벅 숙이며 인사하고 돌아서는 순이를 향해 손을 흔들었다.

발을 내디딜 때마다 아릿한 통증이 척추를 타고 올라왔다. 그러는 통에 본인의 의지와 달리 뒤뚱거리며 걸을 수밖에 없었고, 뒤에서 그런 모습을 보고 있을 우진의 시선이 신경 쓰여 순이의 얼굴이 화끈거리기 시작했다.

이제 그만 가도 되는데. 사람 민망하게 정말.

"김순이 씨!"

몇 발자국 채 걷지 못했을 때였다. 저만큼 뒤에서 자신을 보고 있던 우진의 큰 목소리가 들려왔다.

"진짜 자꾸 그러실 거예요? 김 실장이라고 부르시라니까요!"

우렁찬 우진의 목소리에 깜짝 놀란 순이는 재빨리 몸을 돌려 소리쳤다. 그렇게 당부를 했는데도 자꾸 순이라고 부르는 걸 보면 이 남자 지금 자신을 놀리는 재미에 맛을 들린 게 분명했다.

"나는 김 실장보다 김순이 씨 쪽이 더 마음에 드는데?"

"놀리시는 거죠?"

"아니, 이건 진심. 그러니까 난 쭉 이렇게 부를 테니까 적응하라고"

우진의 눈이 어느새 반달 모양으로 변해 있었다. 날카로워 보이던 눈꼬리가 아래로 떨어지며 그의 눈은 더없이 귀엽게 변해 있었다.

"저는 싫어요! 도우진 씨가 다시 생각해보세요!"

'그렇게 살인미소 날리지 말라고요. 그건 좀 마음 약해지잖아요.

순이는 우진의 말에 어림없다는 듯 대꾸하곤 몸을 돌려세웠다. 그러고는 통증도 잊은 채 빠른 걸음으로 엘리베이터에 올랐다. 잘생긴 남자보다 더 위험한 남자는 살인미소를 날리는 남자란 걸 오늘 처음으로 알게 된 순이였다.

'그런 얼굴로, 그런 눈빛으로, 그렇게 웃는 건 진짜 심장에 안 좋다고요.

"김 실장님? 김 실장님!"

약속 장소에 도착했음에도 멍하게 다른 생각에 빠져 있는 순이를 최 기사가 불러 깨웠다.

우진 생각에 빠져 있던 순이는 최 기사의 목소리에 그제야 주위를 두리번거렸다. 아무래도 깊이 생각에 빠져 있었던 탓에 약속 장소에 도착한 것도 모르고 있었던 모양이다.

"김 실장, 어디 몸이 안 좋은 건가?"

"아닙니다. 잠시 딴생각을 하느라 그랬습니다."

"김 실장이 그럴 때도 있어?"

"죄송합니다."

"아니, 아니야. 그러지 말고 오늘은 일찍 퇴근하도록 해."

청담동 고급 한정식집의 잘 가꿔진 정원을 걸으며 이사장은 말했다. 요즘 여러 가지 업무로 김 실장을 힘들게 한 것 같아 미안한 마음이 들었다. 더구나 오늘은 더 이상의 스케줄도 없으니 일찍 퇴근해도 충분하다 여기는 이사장이었다.

"도우진 씨 오시는 거 보고 퇴근하겠습니다."

약속 시간보다 10여 분 일찍 도착한 터라 예약해둔 룸으로 들어섰을 때 우진의 모습은 보이지 않았고 이사장은 먼저 자리를 잡고 앉았다.

이미 잔뜩 긴장되어 보이는 이사장을 두고 순이는 룸의 문을 닫고 나왔다. 오랜 시간 만나지 못한 아들을 기다리는 아버지의 마음이 어떨까 잠시 생각해보니, 괜히 자신도 덩달아 긴장이 되는 것 같았다.

그래도 그렇게 보고 싶던 아들을 만나게 되는 날이니 오늘은 분명 이사장님껜 좋은 날이 될 것이란 생각이 들고 있었다.

예약을 하지 않으면 오기 힘든 고급 한정식집이지만 저녁 시간이 되자 이미 많은 사람들이 들고나고 있었다. 넓은 정원을 사이에 두고 뚝 떨어져 있는 별채의 룸을 예약한 터라 이곳으로 사람들이 지나다니지는 않았지만 넓은 통 유리창으로 보이는 건너편 건물엔 이미 많은 사람들이 분주하게 움직이고 있었다.

"김 실장."

힐을 신은 발이 저려오려 할 쯤이었다. 시간이 꽤 흘렀음에도 모습을 드러내지 않고 있는 우진을 기다리고 있던 이사장의 목소리가 들렸다.

"네, 이사장님."

"지금 몇 시쯤 되었지?"

"7시입니다."

"차가 많이 밀리는 모양이구만."

약속 시간 30분이 지나 있었다. 아무리 차가 밀린다 하더라도, 지금쯤이면 도착을 해야 할 시간이었다. 하지만 우진은 도착하지 않았고, 기다리고 있던 이사장의 목소리는 씁쓸함을 감추지 못하고 있었다.

'뭐야? 진짜 차가 많이 밀리나? 그래도 30분씩이나……'

순이는 초조해하고 있는 이사장을 대신해 휴대폰을 꺼내 들었다. 그러고는 우진의 번호를 찾아 눌렀다.

어디서 들어본 적 있는 음악이 흘러나왔다. 노래 제목은 잘 기억이 나지 않지만 한때 길거리를 지나다니면 많이 들어봤던 사랑 노래였다.

-네, 도우진입니다.

길지 않은 신호가 간 후 우진의 낮은 중저음의 목소리가 휴대폰을 통해 들려왔다. 그의 목소리가 들리자 어딘지 반가운 기분이 드는 순이였다.

"네, 저 김 실장입니다."

-알아.

"차가 많이 밀리나요? 아직 오질 않으셔서 전화드렸어요."

-왜? 늦는다고 뭐라고 하시던가?

"네?"

어딘지 공격적인 그의 목소리에 순이는 당황했다. 예민해져 있는 것 같다고 할까? 뭔가 날카로운 목소리였다.

-아니야. 금방 도착해.

"아, 다 오셨어요? 다행이네요."

-발목은 이제 괜찮은가 보네? 힐 신고 서 있는 모습 보니까.

"네?"

-하얀 치마도 괜찮은 것 같고.

"어떻게? 도착했어요?"

자신의 옷차림을 알고 있다는 듯 말하는 우진의 말에 순이는 주위를 두리번거리며 시선을 옮겼다.

언제 도착했는지 통 유리창 밖에서 자신을 보고 있는 우진이 보였다. 말끔하게 차려입은 남자의 몸으로 정원에 설치해둔 조명 빛이 남자를 더욱 빛나게 하고 있었다.

"안 들어오고 거기서 뭐 하세요?"

자신을 바라보고 있는 남자의 시선을 피하지 않은 채 순이는 물었다.

-마인드컨트롤.

"긴장되세요?"

-조금.

우진은 빙긋 웃으며 작게 중얼거리듯 말했다. 그리고 그런 남자의 솔직함이 귀엽게 느껴져 순이도 작게 웃어버렸다.

"얼른 들어오세요. 이사장님 꽤 기다리셨어요."

-김순이 씨.

"네?"

우진의 입가에 머물러 있던 미소가 사라졌다. 그리고 조금 전과 달리 꽤 진지한 목소리로 순이의 이름을 불렀다. 그녀에게 하고 싶은 말이 있었다.

-날 도와준다고 했던 말, 믿어도 되는 건가?

"그럼요. 도울 게 있으면 돕겠다고 했잖아요."

-그럼, 당신은 내 편이라고 생각해도 되는 거겠지?

"편이요? 풋, 갑자기 무슨 편이에요? 편먹고 뭐 하실 생각이세요?"

우진의 말에 순이는 그만 피식 웃어버렸다. 진지한 목소리로 농담을 하고 있는 남자의 엉뚱함이 귀엽게 느껴졌기 때문이다.

-그런 건 없고. 아무튼 김순이 씨가 내 편이라고 생각하니까 든든하네.

"농담 그만하시고 얼른 들어오세요."

-그래.

우진은 웃으며 대답하는 여자의 모습을 잠시 바라본 후 휴대폰을 품속에 집어넣었다. 그러고는 걸음을 옮겨 건물 안으로 들어섰다. 크고 웅장해 보이는 건물 안은 대리석 바닥과 비싸 보이는 도자기들, 그리고 동양화 등이 걸려 있어 흡사 갤러리에 온 것 같은 기분을 들게 했다.

'건물부터 사람 기죽이네.'

어딘지 모르게 걸음마저 조심스럽게 만드는 분위기에 우진은 피식 웃어버렸다. 길지 않은 복도를 걷다 보니 어느새 순이가 서 있는 곳까지 다다랐고 우진은 자신을 보자마자 고개 숙여 인사하는 순이에게 다가갔다.

"발목, 괜찮아?"

"네. 덕분에요. 병원도 다녀왔고요."

"다행이네. 여긴가?"

우진은 순이가 서 있던 곳 앞의 문을 바라보며 말했다. 막상 도착하고 보니 꽤나 긴장이 되는 모양이었다.

"후우."

우진은 밀려드는 긴장감에 크게 심호흡했다. 그러고는 몇 번이고 매만진 넥타이를 다시금 매만졌다. 늘 하고 다니는 넥타이가 오늘따라 유독 편하지 않게 느껴졌다. 우진은 자신의 목을 조이는 듯 답답하게 하는 넥타이를 손으로 풀어헤쳤다. 깔끔하게 정돈된 모습이 그로 인해 흐트러졌다.

또각. 대리석 바닥을 울리는 힐의 굽 소리가 짧게 들려왔다. 그리고 이내 향긋한 향이 우진의 코끝을 스치고 지나갔다.

"긴장하지 마세요. 만나보면 좋은 분이란 걸 알게 될 거예요."

어느새 코앞까지 다가온 순이는 우진의 흐트러진 타이를 다시금 정리해주며 말했다. 긴장하지 말라 말하는 여자의 목소리와 자신의 타이를 만지는 하얀 손가락이 우진의 시선을 끌어당겼다.

하얀 피부, 동그란 이마, 오뚝한 콧날, 긴 속눈썹, 잘 정리된 여자의 솜털까지. 순이가 타이를 만져주는 짧은 시간 동안 우진은 무엇 하나 놓치지 않고 보고 있었다.

"다 됐네요. 안 불편하죠?"

남자의 타이를 말끔하게 정리한 자신이 뿌듯한지 순이는 밝은 얼굴로 우진을 올려다봤다.

'위험한 여잘세. 순진한 거야? 순진한 척하는 거야? 아님 고순가?'

우진은 순이의 행동에 그만 웃어버렸다. 방금까지 긴장되었던 마음은 온데간데없고 방금 자신의 타이를 만지던 여자의 하얀 손가락을 만져보고 싶다는 생각이 들었다.

만약 34년 만에 아버지란 사람을 만나는 날이 아니었다면, 아니이 여자를 이런 식으로 알게 되지 않았다면, 아니 평소의 자신이었다면 분명 저 여자의 손가락에 입을 맞췄을지도 모를 일이었다.

"이사장님, 도우진 씨 오셨습니다."

"타이, 고마워."

우진은 자신이 왔음을 알리는 순이에게 작게 속삭이곤 룸 안으로 들어섰다.

* * *

정갈하게 차려진 음식들이 식욕을 자극하기에 부족함이 없었지만 마주 앉은 두 사람은 식사 생각이 전혀 없는 듯 서로를 바라보고 있었다.

유전자의 힘이 얼마나 무서운 것인지 오랜 세월 보고 살지 않았어도 모르는 사람들이 보면 부자지간이라는 걸 의심치 않을 정도로 둘은 닮아 있었다. 키는 우진이 훨씬 컸지만 짙은 눈썹, 이마 모양, 코와 귀 모양까지 우진은 마주 앉은 사람과 자신이 닮았다는 걸 인지하고 있었다.

"배고플 텐데 식사하자."

적막을 먼저 깬 것은 이사장인 성환이었다. 한참을 바라본 아들에게 잘 떨어지지 않는 입을 겨우 열어 던진 말이었다.

"왜 갑자기 나타나셨습니까?"

식사를 막 시작하려던 성환은 우진의 물음에 들었던 수저를 내려놓았다. 아마 우진이 자신을 만나면 가장 먼저 물어볼 말이 이것일 거라 스스로도 생각하고 있었던 질문이었다. 하지만 막상 질문을 받고 나니 성환은 말이 잘 떨어지지 않았다.

"34년을 모르는 척하고 사시더니, 갑자기 이러시는 이유가 뭡니까?"

조용히 그저 자신을 바라보고 있던 아들은 폭풍 전야의 밤바다 같은 것이었다. 거센 파도가 몰아치기 전 잠시 자신의 속내를 숨긴 채 조용히 반격을 준비하는 파도 말이다.

"이제는 너를 만나도 된다고 생각했기 때문이다."

"왜요? 어머니가 돌아가셨기 때문입니까? 책임질 필요도 없고, 그로 인해 명성에 누가 되지도 않을 시점을 고르신 거 아닙니까?"

성난 우진의 분노가 느껴졌지만 그의 말투는 어느 때보다 차갑고 냉정했고, 성환은 그런 우진의 분노가 생생히 전해져 잠시 눈을 감았다. 우진의 가슴속에 켜켜이 쌓여 있던 분노가 고스란히 느껴졌다.

"그런 게 아니다. 내가 지금 무슨 말을 해도 변명같이 들리겠지만, 너를 잊고 산 적은 없다. 너무 늦었다는 건 잘 알고 있지만 이제라도 너를 내 아들로 살게 하고 싶다."

"그러신 분이 저한테 그런 덫을 놓으셨습니까? 투자금 명목으로 강 선배 협박하시면서요?"

"그건, 그렇게 하지 않으면 네가 이렇게 만나러 오지 않았을 것 아니냐?"

우진은 지금 어느 때보다 분노하고 있었다. 어린 시절 집 안에 틀어박혀 혼자 울고 있던 어머니의 얼굴이 떠올랐다. 학창 시절 동네 아줌마들이 수군거리며 자신을 보던 것을 알고 있었다.

학교에서도 기죽지 않으려 누구보다 노력했다. 그러나 꼬리표처럼 미혼모의 자식이란 말은 늘 우진을 따라다녔다. 그 꼬리표로부터 벗어나고자 얼마나 많은 노력을 했는지, 우진 외엔 그 누구도 알지 못할 일이다.

그런데, 자신은 그렇게 어머니와 힘든 시절을 보내는 동안 아버지란 사람은 누구보다 잘 먹고 잘 살았고, 사회에서 인정받는 사람이 되어 있었던 것이다.

"아무래도 좋습니다. 덫이든 뭐든, 원하는 대로 해드리죠."

"우진아."

"대신 조건이 있습니다."

"조건?"

"집에 와서 살라 하시니 그렇게 할 겁니다. 단, 제가 뭘 하든 터치는 하지 마십쇼. 그럴 나이가 이제 아니거든요."

"그건 내가 원하는 것이 아니다. 가족으로 함께 지내고 싶은 것이지……."

"그리고 딱 3개월입니다. 그 이상은 같이 살 생각이 없습니다."

"뭐?"

우진의 말에 성환의 표정이 굳어졌다. 문득 자신이 무리하게 일을 진행시켰다는 생각이 들었다. 조금 더 우진에게 시간을 주어야 했던 건 아닐까 싶은 생각이 들었지만 이미 되돌릴 수 없는 성환이었다.

"가정이 없는 분도 아니시고, 핏줄이라고 해도 한 번도 만난 적 없던 사람과 사는 것도 힘들 판에 새어머니라니, 그건 좀 아니지 않나 해서요."

"그건 걱정하지 않아도 될 문제다. 너와 함께 지내기 위해 노력할 사람이고."

"3개월입니다. 그 이상은 욕심내지 마세요."

"……조건은 그게 다냐?"

단호한 우진의 목소리에 성환은 어쩔 수 없다는 듯 고개를 끄덕였다. 단 3개월이라도 함께 지낸다 하는 것에 만족해야 할 상황이었다.

"병원 일도 마찬가집니다. 들어오라 하시니 3개월은 있겠습니다. 어차피 미용수술만 하던 터라 별로 도움도 안 되실 테지만."

"좋다. 그건 네가 편한 대로 하거라. 그럼 이제 된 것이냐?"

"강 선배 투자금으로 다시는 협박하지 마세요. 그거면 됩니다."

"좋다. 그건 약속하마."

"그리고 마지막으로, 이건 부탁입니다."

"부탁?"

성환은 우진의 갑작스런 말에 눈을 크게 뜨고 시선을 마주했다. 여전히 날 선 목소리였지만 자신에게 부탁을 한다고 하니 그게 무엇일지 무척이나 궁금해졌다.

"3개월 동안 김순이 씨를 제 비서로 쓰겠습니다. 뭐, 비서라고 해봐야 별로 할 일도 없겠지만요. 그냥 낯선 곳이니 누군가의 도움은 받아야 될 것 같아서요."

"김 실장을?"

"네. 저번에 보니 사람이 꽤 괜찮아 보이더군요."

우진의 말에 성환은 고개를 끄덕거렸다. 어차피 우진이 집으로 들어오면 여러 가지로 낯설 테고, 녀석을 도와줄 사람을 붙여줄 생각이었다. 그 일을 김 실장에게 맡길 생각은 하지 않았지만 김 실장만큼 그 일을 잘해줄 사람도 딱히 떠오르지 않는 상황이었다.

"그래. 김 실장이라면 믿을 수 있지."

"이야기 끝났으니 전 이만 일어나 보겠습니다."

안으로 들어와 물 한 모금 마신 게 다였던 우진은 더 이상 자리에 앉아 있고 싶지 않았는지 맛있게 차려진 음식엔 눈길조차 주지 않았다.

"식사라도 하고 가거라."

"됐습니다. 소화시킬 자신이 없어서요. 그럼 가보겠습니다."

우진은 자리에서 일어나 거침없는 말과는 달리 공손하게 인사했다. 그러곤 씁쓸해 보이는 성환의 얼굴은 쳐다보지도 않은 채 문을 열고 밖으로 나왔다.

그러한 인생도 있을 것이라, 그럴 수도 있다. 그렇게 생각하려 했다. 자신을 버렸어도, 어머니를 버렸어도, 심지어 어머니가 자신의 있는 병원 장례식장에서 쓸쓸하게 이곳과 이별하는 순간에도 찾아오지 않은 사람이지만 그래도 그런 인생도 있을 수 있다고 여길 생각이었다. 하지만 자신과 닮은 그의 얼굴을 보자 참았던 울컥거림이 터져 나와버렸다.

"이러시려고 저한테 편이 되어달라고 하신 건가요?"

"……."

집으로 돌아간 줄 알았던 순이의 눈빛이 따갑게 우진에게 날아들었다. 자신의 타이를 만져주며 다정한 눈길을 보내던 순이의 모습은 없었다. 다만 차갑게 자신을 질책하는 눈빛만이 우진에게 날아들고 있었다.

* * *

"이건 김순이 씨가 나한테 뭐라고 할 문제는……."

"알고 있습니다. 도우진 씨를 비난하려고 하는 게 아니라, 그런 건 아니고……. 이렇게 그냥 가시는 건 좀……."

순이는 무언가 더 말해야 했지만 더 이상 말을 이어가지 못했다. 자신이 우진의 입장이었다면 이렇게 이사장님을 만나러 오지 않았을지도 모를 일이었다. 그만큼 우진이 힘든 결정을 했다는 걸 순이는 알고 있었다.

하지만 그런 우진의 마음이 안타까우면서도 한편으론 오랫동안 봐온 이사장님의 마음이 어떨지 생각하게 되는 건 어쩔 수 없었다.

종일 긴장하신 모습으로 안 하던 실수도 하시고, 이곳에 오는 동안도 초조함을 숨기지 못하셨으니까 말이다.

"뭐 하나 물어봐도 될까요?"

말없이 자신을 내려다보는 우진에게 순이는 시선을 마주했다. 우진은 웃지도, 인상을 쓰지도 않은 채 순이를 바라보고 있었다.

"말해."

"저한테 편이 되어달라고 하신 말. 무슨 뜻으로 하신 거예요? 뭔가 다른 걸 생각하시고 하신 말씀이죠?"

"그렇다면?"

"그게 뭔지 말해주세요."

1차원적으로 우진이 이사장님과 잘 지내기 위해 자신을 필요로 하는 거라 생각한 것이 얼마나 큰 착각인가. 순이는 자신의 머리를 몇 대 쥐어박고 싶은 심정이었다. 사람이라면 그렇게 쉽게 이 상황을 인정할 수 없을 것인데, 자신도 그렇게 할 자신이 없으면서 우진은 그럴 것이라 단정 지었던 것이다.

"글쎄? 이제부터 생각 좀 해보려고. 평화협정이든, 그 반대든."

"……."

순이는 금방이라도 얼음이 떨어져 내릴 것 같은 눈빛으로 문을 노려보는 남자의 표정에 주눅이 들어 자신도 모르게 두어 발자국 뒤로 물러섰다. 꼭 처음 클럽에서 우진을 봤을 때, 그때의 우진을 보고 있는 것 같은 기분이 들었다.

'그런 표정은 좀 무섭잖아. 웃고 있을 때랑 달라도 너무 다르다고.'

순이의 속마음을 알 일 없는 우진은 더 이상 이곳에 있고 싶지 않아 입구 쪽으로 몸을 돌렸다. 이 건물 안의 공기마저 싫은 기분이 들었다. 열여섯 사춘기 소년도 아니면서, 왜 이렇게 화가 사그라지지 않는지 우진 스스로도 답답한 기분이었다.

"대답, 해주고 가야죠. 내가 왜 그쪽한테 필요한지, 도대체 뭘 할 생각인지……."

밖으로 나가려던 우진의 시선이 자신의 옷자락으로 향했다. 순이의 하얀 손이 남자의 슈트 끝자락을 잡고 있었다.

"주제 넘는다는 거 잘 알아요. 하지만 나한테 편들어달라고 했으니까, 이유 정도는 내가 알아도 되잖아요?"

우진이 아무런 대답 없이 그저 자신의 얼굴을 바라보고 있자 순이는 긴장이 되는지 중얼거렸다.

두 사람 사이의 일에 아무런 혈연관계도 없는 생판 남인 자신이 끼어들어 할 수 있는 일이 없다는 걸 알고 있지만, 그럼에도 저 룸 안에서 혼자 쓸쓸하게 앉아 계실 이사장님과, 분노로 씩씩거리는 우진을 그냥 보고 있기엔 순이의 마음이 편하지 않았다.

우진은 자신의 옷깃을 잡은 채 놓아주지 않는 그녀를 바라봤다. 큰 눈을 더 크게 뜨고 자신의 얼굴을 살피고 있었다. 그런 능력이 있다면 자신의 생각을 읽어내기라도 할 기세였다.

"저 사람이 어떤 사람인지 알고 싶어졌어. 저 인자한 얼굴 뒤에 나와 어머니를 버린 비정한 모습이 숨겨져 있겠지. 그걸 알고 싶을 뿐이야. 제일 가까이서 보고 있으니 잘 알 것 같아서 말이야."

먼저 다가와 타이를 만져주던 여자는 이제 잔뜩 털을 세우고 자신을 경계하는 고양이처럼 변해 있었다.

우진은 조금 더 자신의 몸을 여자 쪽으로 틀었다. 그러자 고민에 빠져 있던 순이도 남자의 움직임에 생각을 멈추고 고개를 들었다. 그러고는 그 크고 동그란 눈으로 다시금 우진을 뚫어지게 바라봤다.

'이러다가 얼굴에 구멍 나겠네. 눈에서 레이저 쏘겠는데.'

우진은 큰 눈으로 여전히 자신의 생각을 읽으려 애쓰는 여자의 모습을 보며 피식 웃어버렸다. 낯설기도 하고 귀엽기도 한 이상한 기분이 들었다. 한 가지 확실한 건 그 모습을 보고 있자니 쉽게 걸음이 떨어지지 않는다는 것이다.

"그럼 나도 뭐 하나 물어봐도 되나?"

우진은 순이의 흘러내린 단발머리를 바라봤다. 성난 고양이를 달래듯 우진은 여자의 가느다란 갈색 머리카락을 손끝으로 건드렸다. 부드러운 느낌이 우진의 손바닥 안을 스치고 지나갔다.

갑작스러운 남자의 행동에 순이는 어떠한 반응도 보이지 못하고 그저 눈동자로 남자의 손끝을 좇을 뿐이었다. 그의 손이 스치고 지나가는 곳마다 세포들이 깨어나는 것 같은 기분이 들었다. 꼭 머리카락에 생명이 있는 것처럼 말이다.

"그렇게 뚫어지게 쳐다보면 남자는 보통 '저 여자가 나를 유혹하는구나'라고 생각하거든? 그거 알고 있는 거야?"

"네? 그게 무슨……."

"거기다 이렇게 옷까지 부여잡고 놔주지 않으면 더 진한 오해를 하게 되거든?"

"그, 그게 무슨! 그런 거 아니거든요?"

남자의 갑작스런 말에 순이는 얼른 잡고 있던 우진의 옷을 놓아 버렸다. 그러고는 절대 아니라며 강하게 말했지만 이미 당황스러움에 어찌할 바를 모르고 있었다.

당황스러움에 얼굴은 달아오르고, 시선은 이리저리 흔들리고 있는 여자를 보던 우진은 한 걸음 더 가까이 순이에게 다가섰다.

넓고 조용한 실내에 우진의 구두 굽 소리가 쨍하니 울렸다. 그러고는 이내 남자의 매끈한 얼굴이 순이의 얼굴 바로 앞까지 불쑥 들어왔다. 오늘 아침 꿈에 봤던 그 장면처럼 우진의 얼굴은 점점 순이에게 가까워지고 있었다.

'뭐야? 데자뷰야? 이것도 꿈인가? 아니야, 꿈은 아니잖아? 이것도 꿈이면 김순이 너 진짜 문제 있는 거다!'

순이는 자신의 꿈속에서 봤던 장면과 비슷한 상황이 다시금 눈앞에서 벌어지자 또다시 꿈을 꾸고 있는 것인지 아닌지 헷갈려왔다. 다만 코끝을 스치는 쌉싸름한 향기는 꿈에선 맡아보지 못했던 우진의 향기였다.

"그렇게 빨개지면 더 놀리고 싶어지고."

차가워 보이는 인상과 달리 다정한 순이의 분위기가 마음에 들었던 우진에게 조금 전 그녀의 모습은 꽤 낯선 모습이었다. 잔뜩 털을 세우고 사람을 경계하는 고양이처럼 순이는 무표정한 얼굴로 우진을 뚫어지게 바라보며 그를 경계하고 있었고, 그런 순이의 모습은 우진의 마음을 이상하게 자극하고 있었다. 왜인지 오기 아닌 오기가 생기는 그런 기분 말이다.

"장난 그만 치세요."

순이는 빨개진 얼굴을 수습하지도 못한 채 고개를 옆으로 돌려 버렸다. 우진의 숨결이 느껴질 만큼 가까웠던 거리가 부담이 되었다. 그의 향기가 코끝에 남아 자꾸만 마음이 울렁거리고 있었다.

고개를 돌린 채 시선을 마주치지 않으려는 순이의 모습에 우진은 그녀에게 바짝 다가가 있던 얼굴을 들어 올렸다. 그러고는 부드러웠던 머리칼을 다시 한번 스치듯 매만졌다. 그녀의 시선은 우진에게 멀어져 있었지만 그의 손길이 스치자 긴장된 모습으로 그의 손끝에 정신을 집중하고 있는 모습이 고스란히 우진의 눈에 들어왔다.

"편이 되어달라고 했지, 나쁜 짓 하라고 안 했으니까 너무 걱정 마."

머리카락을 매만지던 우진의 손이 그대로 아래로 떨어져 순이의 어깨를 툭툭 두드렸다. 바짝 긴장하고 있는 여자의 모습을 보니 더는 놀리면 안 될 것 같은 기분이 들었다.

빙긋 웃으며 조금 전과 달리 부드러운 목소리로 말하던 우진은 여전히 자신을 쳐다보지 않는 순이의 얼굴을 바라본 후 그대로 걸음을 옮겨 밖으로 나갔다.

대리석 바닥을 울리던 구두 굽 소리가 멀어지자 순이는 제대로 쉬지 못했던 숨을 크게 몰아쉬었다.

"후우."

가까이 다가온 우진의 숨결이 느껴질 때부터 순이는 제대로 숨을 쉬지 못했다. 긴장감에 흐트러진 자신의 숨소리를 우진이 들을 것 같아서였다. 꿈에서처럼 갑작스레 얼굴을 들이민 남자로 인해 순이는 혹시나 그가 키스를 하려는 건 아닌가 걱정했었다.

'그런 꿈을 꿔가지고, 이게 무슨 꼴이람.'

얼굴이 아직도 화끈거리고 있었다. 조금도 긴장하지 않고 여유롭게 자신을 쳐다보던 우진의 눈빛이 떠올랐다.

"사람 놀라게 하고 있어."

순이는 중얼거리며 열기로 화끈거리는 자신의 뺨을 손으로 감싸 쥐었다. 평소 손발이 차가운 게 이럴 때 얼마나 도움이 되는지 수족냉증인 걸 지금처럼 감사하게 생각해 본 적 없었던 순이였다.

04. 알 수 없는 남자

"도우진이 웬일이냐? 여자 끼고 술 마시는 자리엘 다 오고?"

우진의 대학 동기이자 친구인 현우는 쭉쭉빵빵한 여자를 양옆에 끼고 술을 마시고 있었다. 강남의 고급 룸들 중에서도 상위 1%에 속하는 유명한 술집이었다. 얼마 전까지 이런 곳엔 오라고 사정을 해도 오지 않던 녀석이 오늘은 왜인지 군말 없이 여기까지 찾아온 것이다.

"신소린."

"호오, 신기한 일일세. 세영이랑 확실히 찢어진 거 맞구만?"

현우는 자리에 앉자마자 술잔에 술을 채우는 우진을 바라봤다. 세영을 만나는 동안 참고 살았던 한량 본능이 깨어나는 것인지 오랜만에 보는 우진의 모습에 현우는 자신이 더 신이 나 있었다.

잘 놀고 잘 마시는, 한 번 사는 인생 즐기며 살자 말하던 우진의 모습을 오랜만에 본 것이다.

"세영이 이야긴 꺼내지 말고."

스무 살 대학 동기로 만나 지금까지 14년간 친구로 지냈으니 우진이 세영에 대한 마음이 어떠했는지는 현우 역시 잘 알고 있었다. 그 도도하고 콧대 높은 세영을 만나면서도 절대 기죽지 않았던 우진의 가장 아픈 약점은 미혼모의 아들이란 것이었다.

재벌 집 며느리가 되는 게 소원인 세영이 그런 우진과의 결혼을 생각하지 않는 건 어쩌면 당연한 일이었는지도 모르겠다.

"알았어. 그 나쁜 년 이야긴 이제 안 꺼낸다."

현우는 자신의 옆에 앉아 몸을 비비적거리며 술을 따르는 여자를 바라보며 웃었다. 현우가 좋아하는 스타일은 아니지만 하루 놀기엔 이런 적극적인 애들이 딱 좋으니까 말이다.

"근데 나 어제 이상한 이야기 하나 들었다?"

현우는 자신의 술잔에 든 술을 털어 넣으며 말했다. 어제 나간 모임에서 들었던 묘한 이야기를 떠올리며 현우는 우진의 얼굴을 살폈다.

"무슨 이야긴데?"

이름만 들어도 모르는 사람이 없을 모 식품회사의 아들인 현우는 웬만한 정보통들은 명함도 못 내밀 만큼 빠삭한 정보를 주워듣고 다니는 터라 우진이 녀석이 무슨 이야길 꺼낼지 내심 궁금해졌다.

"어제 차병원 원장 딸 생일이라서 거기 모임 갔었거든? 너도 알지? 차혜미."

"알아. 너랑 선 봤던 여자. 그런데?"

"우진이 네가 한성재단 이사장의 숨겨놓은 아들이란 소문이 있 더라? 자기 아버지한테 들었다면서 나한테 물어보던데?"

현우의 말에 우진은 별다른 대꾸 없이 그저 술잔을 들어 씁쓸한 듯 술을 홀짝거렸다. 이 동네는 왜 그렇게 소문도 빠르고 말도 많 은지.

"에이, 아니지? 아닌 거지?"

말없이 술만 마시는 우진의 모습이 어딘지 이상하게 느껴져 현 우는 집요하게 물었지만 우진의 입은 쉽게 떨어지지 않고 있었다. 다만 그의 얼굴에 스쳐 가는 씁쓸한 표정이 그의 말을 대신하고 있었다.

"진짜야?"

"어머, 이 오빠 그런 엄청난 집 아들이야?"

깜짝 놀란 현우와 그의 곁에 앉아 있던 여자는 놀란 표정으로 우진을 바라봤다. 곱상하니 잘생긴 외모라 눈길이 가긴 했지만 그 런 집안의 아들이라고 하니 더 호감이 가는 모양이었다. 다만 우진 의 살벌한 분위기에 쉽게 다가갈 수 없어 애꿎은 현우에게 몸을 더욱 밀착시키고 있었다.

"니들 시끄러우니까 그만 꺼져."

가슴의 절반은 드러내놓고 앙앙거리는 여자들의 목소리가 거슬 렸는지 현우는 버럭 소리를 질렀다. 지금 여자를 끼고 술을 마실 분위기가 아니란 건 충분히 눈치로 느껴졌다.

'어쩐지, 저놈이 여자 있는 데 술을 마시러 온다 했더니. 속이 말이 아니었던 모양이군.'

"말해봐. 어떻게 된 일인지."

평소 장난기 가득한 현우의 얼굴은 어느새 한껏 진지해져 있었다. 우진의 심각해진 표정을 보니 그 소문이 거짓은 아닐 것이란 확신이 들고 있었다.

"나도 잘 모르겠다."

"와우, 어메이징! 이 반응을 보니 진짜가 확실하네?"

현우는 믿을 수 없는 사실에 힘이 풀리는지 자신의 몸을 소파에 기대며 중얼거렸다.

웬만한 재벌가에도 기죽지 않을 만큼 영향력 있는 의료재단이자, 전국 곳곳에 세워져 있는 큰 병원만 해도 얼마나 되며, 그 병원이 벌어들이는 수익만 해도 사실 어마어마할 것이다. 우리나라 사람이라면 그게 큰 병이든 아니든 그 병원 한 번 안 가본 사람이 없을 것이니 말이다.

"술이나 줘봐."

"그래, 일단 마셔라. 마시면서 이야기 좀 들어보자."

우진이 자신의 술잔을 채워주는 현우를 보며 끄덕였다. 개천에서 용 난다는 말은 이미 오래전 이야기가 된 것처럼 우진이 의대를 다니는 동안 그곳에선 난다 긴다는 집안의 자제들도 많이 다니고 있었다. 아버지란 사람이 준 건물과 보내오는 돈이 있었기에 기죽지 않고 그런 녀석들과 어울려 다녔지만 홀어머니 밑에서 자란 우진을 바라보는 시선 중 곱지 않았던 시선도 많았다.

하지만 현우는 달랐다. 심심해서 의대에 왔다던 녀석은 다른 녀석들과 달리 아무런 색안경 없이 우진과 가까워졌다. 같이 술을 마셨고, 같이 여행을 다녔고, 숱한 여자들을 함께 울리기도 했다.

"내가, 그 사람 집에 들어가서 살아보려고 한다."

"와우, 이건 아까 들은 이야기보다 더 쇼킹한데? 진짜 들어가서 산단 말이야?"

"어. 도대체 군이 왜 34년 만에 나를 찾아왔는지, 알아야겠어."

'그리고…… 왜 어머니를 버렸는지, 나를 버린 이유가 무엇인지 알아야겠어.'

우진은 다시금 채워진 자신의 술잔을 들었다. 목구멍을 타고 수없이 술이 넘어갔지만 취하지는 않았다. 술을 마시면 마실수록 뚜렷하게 생각나는 것은 일어나는 자신을 보며 씁쓸한 표정을 짓던 그 사람과 자신의 옷깃을 잡고 바라보던 순이의 얼굴이었다.

"그나저나, 그 비서 예쁘냐?"

"뭐?"

"네가 말한 그 비서 예쁘냐고. 그렇지 않고서는 네가 그렇게 계속 입에 올릴 리가 없는데?"

"예쁜가?"

현우의 말에 우진은 다시금 순이의 얼굴을 떠올렸다. 옅은 갈색머리, 그에 맞춘 가지런하게 정리된 눈썹과 하얀 피부, 큰 눈. 제법 매력 있는 얼굴이다.

"매력은 있어."

"오호, 단발머리라고 했지? 내 스타일인데. 궁금하네."

현우의 호기심 가득한 얼굴에 우진은 피식 웃어버렸다. 그러고 보니 녀석이 좋아하는 외모에 가까운 것 같기도 했다.

"넌 안 보여줘."

"왜!"

"네가 데리고 놀 만한 그런 여자는 아니야."

우진은 부드러웠던 여자의 머리카락 촉감이 생각나 자신의 손바닥을 쳐다봤다. 순이의 머리카락을 다시금 자신의 손으로 쓸어넘겨주고 싶은 생각이 들었다. 몹시 부드러웠고 기분 좋은 감촉을 떠올리며 우진은 다시금 현우와 술잔을 기울이기 시작했다.

* * *

"모처럼 주말에 집에 와놓고 표정이 왜 그래? 응? 뚱아, 엄마 왜 저래?"

몸매를 드러내는 딱 달라붙는 요가복을 입고 활 자세를 취하던 순이의 둘째 언니 지영은 집에 오자마자 소파에 누워 꼼짝도 하지 않는 동생의 모습이 이상하게 느껴졌다.

쓸데없이 부지런을 떠는 스타일이라 꼼짝하지 않고 앉아 있는 꼴을 보기 어려운 동생이 오늘따라 유난히 말도 없고 움직임도 없는 것이 영 신경이 쓰이고 있었다.

"무슨 일 있어?"

"언니."

"왜?"

멍한 표정으로 TV를 보고 있던 순이는 중얼거리듯 자신의 언니를 불렀고 지영은 그런 동생의 부름에 하고 있던 요가 자세를 멈추고 매트 위에 똑바로 앉아 동생을 바라봤다.

'왜 저래? 혼이 나간 얼굴이네. 무슨 일 있나?'

"말을 해! 불렀으면."

"34년 동안 한 번도 만나지 못했던 아버지가 갑자기 찾아와서 같이 살자고 하면 언니는 어떤 기분일 것 같아?"

"그게 무슨 소리야? 드라마 이야기야? 사랑과 전쟁?"

순이의 입에서 나온 영문 모를 소리에 지영은 이해가 되지 않는다는 듯 고개를 갸웃거렸다.

"무슨 사랑과 전쟁이야. 아버지랑 아들 이야기라니까."

"부자지간에 34년 동안 못 만날 일이 뭐가 있어?"

"못 만날 이유가 있었던 것 같은데 그건 나도 모르겠고. 아무튼, 어떨까, 그 기분이?"

"글쎄다? 아버지란 기분이 들긴 할까? 무슨 이유가 됐든 나 같으면 꼴도 보기 싫을 것 같은데?"

지영의 대답에 순이 역시 고개를 끄덕였다. 아마 모든 사람이 저렇지 않을까? 그런데도 그 자리에 나온 우진의 마음은 정말 어떠했을까?

"그치?"

"근데 그건 왜? 누가 34년 만에 아버지를 만났어?"

"응. 이사장님한테 아들이 있었더라고. 그것도 34년 동안 한 번도 만나지 않았던 숨겨진 아들."

"헐? 진짜? 대박이다. 너네 이사장님 그렇게 안 봤는데."

"그 아들이랑 같이 살고 싶어 하셔. 얼마 전에 그 아들 어머니가 돌아가셨거든."

"어우야, 그 아들이란 사람 심정이 장난 아니겠네?"

"아마도. 그래도 아버지가 만나고 싶다고 하니까 만나러 왔더라고. 금방 일어나긴 했지만."

"그래도 예의는 있는 사람인가 보네. 나 같으면 쌍욕을 했을 텐데."

"근데, 그게 이상하다? 그렇게 어렵게 용기 내서 만나러 왔는데, 분명 예의는 갖추고 있는데, 그 눈빛이…… 아무튼 뭔가 다른 게 더 있는 것 같다고 할까? 나한테 자기편이 되어줄 수 있냐고 물었어."

이사장님과 잘 지내고 싶어서라고 막연히 생각했지만 생각을 곱씹을수록 우진이 다른 생각을 하고 있을지도 모른다는 생각이 들었다. 그게 무엇인지 정확히 알 길이 없어 답답한 순이였다.

"그럼 뻔하네."

"뻔해?"

순이의 이야길 듣고 있던 지영은 자신만만한 표정을 지어 보였다. 그녀의 머릿속에 한 가지 생각이 스치고 지나갔기 때문이다.

"34년 만에 아버지를 만났어. 그런데 그 아버지의 비서를 자기편으로 만들고 싶어. 그럼 뻔한 거 아니야?"

"뻔해? 뭐가? 그게 뭔데?"

"복수. 복수하고 싶어서 그런 거 아니겠어? 아버지 비서를 자기

편으로 만들어서 약점이라도 잡고 싶은 거 아니야? 너만큼 이사장에 대해서 잘 아는 사람이 누가 있어? 안 그래?"

지영의 말이 어딘지 설득력 있게 다가왔다. 어쩌면 우진이 하고 싶은 것도 그런 게 아닐까? 표현하진 않았지만 그 가슴속에 어쩌면 터질 듯한 울분이 자리 잡고 있을지도 모른다는 생각이 들었다.

"근데 순이야."

"응?"

"그 아들이란 사람 잘생겼니?"

"뭐?"

"잘생겼냐고. 너 잘생긴 사람한테 엄청 약하잖아."

지영의 말에 순이는 우진의 얼굴을 떠올렸다. 닿을 듯 가까운 거리에서 느꼈던 그의 숨결도 생생히 기억이 나고 있었다. 매끈한 얼굴, 쌉싸름한 향기, 자신의 머리칼을 쓸어 넘기던 남자의 긴 손가락이 생각나 순이는 고개를 흔들었다. 왠지 또 얼굴에 불이 붙을 것 같은 기분이었다.

"왜 얼굴이 빨개지냐? 엉?"

"그런 거 아니야."

"잘생겼구만? 그치? 그치? 그치?"

얼굴까지 빨개져 고개를 절레절레 흔드는 순이를 보자 지영은 확신 아닌 확신이 들었다. 분명 순이의 취향을 저격할 만한 미남이 분명하다고 확신하는 지영이었다. 그리고 그런 지영의 확신에 방점을 찍은 것은 바로 순이 자신이었다.

"……진짜, 잘생겼어. 특히 웃을 때."

날카롭던 눈꼬리가 살짝 아래로 처지며 귀여운 반달눈이 되던 우진의 모습이 떠올랐다. 그런 눈으로 자신을 바라보며 다시금 자신의 머리카락을 쓸어 넘긴다면……. 어쩌면 순이는 눈을 질끈 감아버릴지도 모를 일이었다.

'위험해. 너무 친하게 지내지 말자. 그런 꽃미소에 넘어가면 안 돼. 이사장님하고 일한 세월이 있는데, 폐가 되는 일은 할 수 없잖아. 김순이! 정신 차리자. 도우진은 경계대상 1호라고! 1호!'

05. 얼굴이 반칙

　평소보다 한 시간 일찍 순이는 잠에서 깨어났다. 전날 잠을 설친 탓에 피곤하긴 했지만 어느 때보다 기합이 들어간 몸짓으로 출근 준비를 시작했다. 머리 세팅부터 시작해 치마 주름 하나까지 꼼꼼히 살피고 확인하며 출근 준비를 마친 순이는 크게 심호흡하며 마음을 가다듬었다.

　"후우, 가보자!"

　옅은 핑크색의 블라우스가 유독 순이의 얼굴색과 어우러져 사랑스런 분위기를 만들고 있었지만 순이의 표정은 어느 때보다 긴장되어 있었다.

　어제저녁, 잠자리에 들려던 순이는 이사장님 댁에 들어간 우진의 전화를 받았다. 병원으로 출근을 하게 됐으니 일찍 나와 병원 안내를 부탁한다는 전화였다. 이사장님의 부탁도 있었고 월요일부터 그의 비서로 근무하게 되었던 터라 거부할 생각은 아니었지만 우진을 다시 만난다는 게 왜인지 자꾸 부담으로 다가오고 있었다.

'그 잘생긴 얼굴이 문제라니까? 거기다, 남의 머리카락은 왜 만져서는……'

순이는 차에 올라 자신의 머리를 쓸어 넘겼다. 우진이 스치듯 만지고 갔던 그 감촉이 떠올랐다. 분명 몹시 당황했지만 그 남자의 손에서 눈을 뗄 수 없었다. 당황스러우면서도 그런 남자의 행동이 불쾌하지 않았다.

"아무래도 요즘 욕구불만이 분명해. 남자를 만나야 되나?"

순이는 한숨을 내쉬며 풀어져 있던 머리를 질끈 묶었다. 또다시 우진이 머리카락을 만지지 못하도록 순이 나름의 방어책을 마련한 것이었다. 하지만 그런 순이의 간절한 마음은 우진을 만난 지 3분도 되지 않아 모두 물거품이 되고 말았다.

"뭐, 뭐 하는 거예요?"

우진은 출근한 순이의 머리스타일을 보자마자 마음에 들지 않는다는 표를 내고 있었다. 잘생긴 얼굴 미간 사이로 주름이 자리 잡았다. 질끈 하나로 묶은 머리스타일이 꼭 고등학생 같은 느낌이 들게 했고, 그건 순이와 어울리지 않는 느낌이었다.

결국 우진은 그녀의 뒤로 가 묶여 있는 머리끈을 손으로 쑥 잡아당겨버렸다.

"이건 NG. 묶는 것보다 이편이 예뻐."

우진은 순이의 머리끈을 손가락에 끼워 뱅글뱅글 돌리며 말했다. 순이의 당황한 표정을 보면 자꾸만 놀리고 싶어지는 기분이 든다.

"주세요."

"안 돼. 난 이편이 더 마음에 들거든? 그러니까 이건 압수."

머리끈을 돌려줄 마음이 전혀 없어 보이는 우진의 말에 순이는 어쩔 수 없다는 듯 흐트러진 머리카락을 손으로 대충 가다듬었다.

내가 왜 그쪽 맘에 들게 행동해야 하는 거죠? 라고 따져 물어볼까 싶었지만 순이는 말을 아꼈다. 그와 일하게 된 첫날부터 투닥거리고 싶지 않았다. 거기다 자꾸만 저 잘생긴 얼굴에 시선이 가고 마는 나약한 자신의 마음을 다독이느라 다른 데 신경 쓸 여유가 사실 그녀에겐 없었다.

"성형외과 과장님은 따로 만나셨죠? 불편하거나, 필요한 거 있으시면 말씀해주세요."

소파에 앉아 순이를 바라보던 우진은 김순이가 아닌 비서 김 실장을 대면하고 있었다. 군더더기 없이 깔끔한 말투에 옅은 미소를 띠고 있었지만 그 웃음은 일전에 봤던 웃음과는 분명 다른 느낌이 들었다.

'흐음, 일할 때는 저런 얼굴을 한단 말이지? 누가 봐도 비서 얼굴이군?'

우진은 외과병동 한편에 마련된 자신의 방을 둘러보았다. 큰 병원이라 그런 것인지 진료실과 개인이 쓸 수 있는 공간을 분리해둔 것이 아주 마음에 들었다. 전에 있던 병원의 방에 비하면 작은 감이 있었지만 이 정도면 충분히 괜찮은 환경이라고 생각하고 있었다.

"뭐, 혼자 쓰기엔 나쁘지 않아. 그보다 아침은 먹었어?"

"아뇨. 아침은 아직……."

평소라면 시리얼이라도 먹고 나왔을 테지만, 오늘은 일찍 나오느라 우유 한 모금도 제대로 마시지 못하고 나왔다. 누가 일찍 나와서 병원 안내를 해달라는 바람에 말이다.

"그럼 밥부터 먹지? 나도 못 먹었거든."

"아뇨, 저는 괜찮습니다."

"혼자 밥 먹기 싫어서 그래. 그리고 밥 안 먹었다며. 같이 먹자."

우진은 소파에서 일어나 자신을 바라보고 있는 여자 곁으로 성큼성큼 걸어갔다. 그러자 우진이 가까이 걸어오는 만큼 순이는 뒤로 한 발 한 발 물러서기 시작했다.

"왜 도망가? 내가 잡아먹어?"

"그, 그런 건 아니고요."

'그 잘생긴 얼굴에서 멀어지려고 그럽니다! 흰 가운 입고 그렇게 잘생기면 반칙 아닌가요?'

아무래도 스스로 미친 것 같았다. 왜 이렇게 남자의 얼굴만 보면 시선을 뗄 수가 없는 건지, 뭘 먹고 자랐기에 저렇게 잘생긴 건지, 이 병원에 많고 많은 의사들을 봐왔는데 왜 유독 저 사람은 저렇게 가운이 잘 어울리는 건지!

"가자고, 난 병원 근처에 어디가 맛집인지 모르잖아? 그쪽이 도와줘야 하는 거 아니야?"

'말은 또 왜 저렇게 잘한대? 대꾸할 말이 없어지네.'

"알았어요. 가시죠."

순이는 어쩔 수 없다는 듯 작게 한숨 쉬며 말했다. 어쩌겠는가? 그와 일을 해야 하는 현실은 바뀌지 않을 것이고, 잘생긴 남자한테 약한 건 자신의 잘못인걸.

"좋아. 가자고."

우진은 대답이 몹시 만족스러웠는지 환하게 웃으며 말했고, 이미 자신의 대답을 듣기 전 밖으로 나선 순이의 뒤를 따라 후다닥 뛰어갔다.

"같이 좀 가자고!"

* * *

"여기 순대국밥 두 그릇 주세요."

병원에서 그다지 멀지 않은 작은 국밥집에 들어가자마자 순이는 그렇게 외쳤다. 넓은 가게에 꽤나 많은 사람들이 아침부터 자리 잡고 있었지만, 그 많은 사람 중 우진만 그곳이 어색한 듯 두리번거리고 있었다.

"국밥도 먹어?"

우진은 순대국밥을 주문하는 순이를 바라보며 물었다. 전혀 순대 같은 건 입도 안 댈 것처럼 생겼는데 아침부터 순대국밥이라니? 브런치나 먹으러 갈 줄 알았던 우진은 의외의 메뉴에 조금 당황한 모습이었다.

"저보고 메뉴 정하라고 하셨잖아요? 설마 국밥 안 드세요?"

순이는 어리둥절해 보이는 우진의 질문에 대답했다. 어디든 좋으니 메뉴를 정하라는 우진의 말에 병원 사람들이 가장 자주 오는 국밥집으로 그를 데려왔지만 우진이 생각한 메뉴와는 달랐던 모양이다.

"잘 먹어. 한동안 안 먹긴 했지만. 근데 순이 씨가 여길 데려올 줄은 몰랐네. 의외야."

"전 가리는 음식 없이 다 잘 먹어서요."

자리에 앉아마자 세팅되는 반찬들을 보며 순이는 물을 따라 우진에게 건넸다. 배고프면 일할 때 집중력이 떨어지는 순이는 어찌 되었건 이렇게라도 밥을 먹게 돼서 다행이란 생각이 들었다.

'초코바로 버텨야 하나 했는데, 어쨌든 잘됐지, 뭐.'

"김순이 씨는 만나는 남자 없어?"

"네?"

"너무 일만 하는 거 같아서 말이야. 주말도 없이."

우진은 순이가 건네는 물을 마시며 물었다. 자신이 이사를 하던 날도 그 사람 집에 들러 이것저것 지시를 받고 있던 모습이 생각났다. 평일은 그렇다 쳐도 주말엔 푹 쉴 법도 한데 토요일 이른 아침부터 순이는 일로 바빠 보였다.

"아, 보통은 주말은 쉬는데, 이사장님이 부탁하실 게 있다고 해서요. 도우진 씨 이사하는 것도 그렇고."

"흐음, 결론은 사귀는 사람 없다. 그거네?"

"글쎄요? 그건 왜 궁금해하시는데요?"

'그냥 궁금해서. 왜 나도 그게 지금 궁금한지 모르겠지만, 그래도 알고 싶거든? 이라고 할 순 없잖아.'

"그냥, 데이트할 시간은 주고 일 시켜야 하나 싶어서."

우진은 무심한 듯 말했다. 자신도 그게 왜 궁금한지, 그녀에 대한 이 호기심은 무엇인지 아직 확신이 서지 않았기 때문이었다.

"그럼 도우진 씨는 만나는 분 있으세요?"

"만나는 사람, 지금은 없어."

우진은 때마침 나온 순댓국의 맛을 보며 대답했다.

가리는 것 많은 세영을 만나다 보니 자연스럽게 국밥집 같은 곳은 잘 다니지 않았었다. 대학 다닐 땐 그렇게 친구들과 어울려 자주 다녔는데 말이다.

"오랜만에 먹으니까 맛있네."

"여기, 병원 의사선생님들 많이 와요. 빨리 나오고 맛도 있고."

"흐음, 그렇군."

뜨거운 국물을 후후 불어가며 열심히 먹고 있는 여자의 모습을 바라보고 있자니, 세영의 얼굴이 스치듯 지나갔다. 비릿한 고기 냄새가 싫다며 근처도 가기 싫어하던 세영과는 너무 다른 모습이었다.

'소탈하니 보기 좋네. 누구랑 달리.'

세영과 비교해 보면 같은 여자라도 순이는 무척 다른 존재처럼 느껴졌다. 소탈하고, 똑 부러지고, 그러면서도 따뜻한 느낌이 드는 여자였다. 세영이 화려한 붉은 장미 같은 느낌이라면, 순이는 몽글몽글한 수국이나 벚꽃 같은 느낌이었다.

저렇게 잘 먹는 모습도 보기 좋고 말이다.

"순이 씨?"

열심히 먹는 순이의 모습을 보며 흐뭇해하던 우진의 귀에 순이를 부르는 낯선 목소리가 들려왔다. 꽤나 낮고 정중한 남자의 목소리였다. 그리고 그것은 흐뭇해하던 우진의 귀를 쫑긋 세우기에 충분했다.

"어? 한 선생님, 안녕하세요?"

뜨거운 국물에 집중하던 순이는 자신을 부르는 소리에 고개를 들었다. 그러자 우진의 뒤로 낯익은 얼굴 하나가 밝은 얼굴로 자신을 보고 있었다.

"뭐야? 아침 먹으러 왔어?"

가까이 다가온 남자는 깔끔한 셔츠에 슈트를 차려입고 있었고, 그는 우진은 보이지도 않는지 순이에게 시선을 떼지 않은 채 그녀를 반가워하고 있었다.

거기다, 순이 역시 자신의 이름을 스스럼없이 부르는 남자에게 꽤나 밝은 얼굴로 인사를 하고 있었다.

'저건 누구야? 이름 부르는 거 싫다더니, 엄청 반가워하네?'

"네, 아침 먹으러 왔어요. 한 선생님도 식사하러 오셨어요?"

"응, 어제 저 녀석들이랑 한잔했거든."

한 선생은 고개를 까딱거리며 뒤에 앉아 있는 사람들을 가리켰다. 그러자 순이는 알 만하다는 듯 고개를 끄덕였다.

"새로 온 인턴 선생님들인가 봐요?"

"응. 그보다 같이 온 분은? 우리 병원 가운 같은데?"

"아, 네. 이쪽은……."

"반갑습니다. 도우진입니다."

밥을 먹고 있던 우진은 순이의 눈빛이 자신에게 닿자 기다렸다는 듯 자리에서 일어났다. 그러고는 한 선생이라는 남자에게 손을 내밀었다. 우리 병원이란 말을 하는 것으로 보아 그 역시 한성병원에 근무하는 사람인 듯했다.

"아, 이야기 들었습니다. 반갑습니다. 한선우라고 합니다. 외과에서 근무하고 있고요."

선우는 소문 속의 남자를 만나게 된 것이 반갑다는 듯 그가 내민 손을 꽉 쥐었다. 이사장님의 숨겨놓은 아들이란 소문이 병원 내에 파다했고, 그가 오늘부터 출근한다는 이야긴 이미 전해 듣고 있었다. 이렇게 빨리 그의 얼굴을 보게 될 줄은 몰랐지만 말이다.

"그렇군요."

우진은 자신을 보고 있는 남자를 유심히 쳐다봤다.

'제법 봐줄 만하게 생기긴 했네.'

나이는 자신과 비슷한 또래 정도로 보였고, 키는 자신보다 조금 작은 듯했지만 그것도 별로 크게 차이가 나 보이진 않았다. 남자인 우진이 봐도 제법 남자다운 인상을 풍기는 사람이었다.

"하하, 얼른 식사하세요. 순이 씨도 얼른 먹고."

"네, 한 선생님도 식사 맛있게 하세요."

우진의 뜨거운 시선이 불편했는지 선우는 어색하게 웃으며 말했다. 그러고는 순이의 어깨를 몇 번 토닥거린 후 자신의 자리로 돌아갔다.

'뭐야, 저건? 뭔데 저렇게 자연스러워?'

여자의 어깨를 토닥거리던 남자의 모습이 어찌나 자연스럽던지 우진은 살짝 기분이 상하려 하고 있었다.

"이름 부르는 건 싫다더니 그것도 사람 봐가면서 다른가 봐?"

"네?"

"이름 불리는 거 싫다며."

우진은 숟가락을 다시 손에 쥐며 말했다. 자신이 느끼기에도 이건 오버가 분명했다. 그럼에도 말은 이미 입 밖으로 툭 튀어나와버렸다.

"아, 한 선생님은 저도 포기했어요. 도우진 씨처럼 꿋꿋하게 이름으로 부르시는 분이거든요."

"아주 친해 보이네."

"그런가요?"

우진의 말에 순이는 그저 별다른 말없이 빙긋 웃었다. 그게 우진의 호기심을 더욱 자극한다는 생각은 꿈에도 못하고 있는 듯했다.

'뭐야? 진짜 뭐 있는 것처럼……'

맞으면 맞다. 아니면 아니다. 똑 부러지게 말하지 않은 채 그저 웃음으로 넘기는 순이의 모습에 우진은 슬슬 오기가 발동하려 했다. 방금 그 한 선생이란 사람에게 보인 웃음은 접대용 웃음이 아니었다는 것 정도는 우진도 구분이 가능한 일이었다.

"사귀는 사이? 아님 썸? 좋아 보이던데."

우진은 무심한 듯 물었지만 순이는 그런 남자의 얼굴을 뚫어지게 바라보았다. 그런 것은 왜 자꾸 묻느냐는 눈빛이었다.

그리고 그 눈빛에 우진은 괜한 것을 물었다 싶었다.

'이건 질투하는 것 같잖아?'

우진은 말없이 자신을 바라보는 순이의 눈빛에 당황했다. 아무래도 자신이 제대로 오버스런 행동을 한 것이다.

'젠장, 괜히 말은 꺼내서 곤란하게 됐네.'

"아니 뭐, 말 꺼내기 싫으면 안 해도……."

우진은 자신이 꺼낸 말을 수습하려 했다. 뭔가 단순한 호기심이 아닌 질투 섞인 말이 튀어나온 듯해 우진 스스로도 당황하던 참이었다. 하지만 그의 말이 채 끝나기도 전 순이의 입이 먼저 열렸다.

"생명의 은인이에요."

* * *

"그래서? 오늘부터 진짜 이사장님 아들이 온단 소리야?"

"네. 조금 전에 국밥집에서 봤어요. 비서실 김 실장님이랑 있던데요?"

"비서실 김 실장님이라면 이사장님 비서?"

"네. 미인이시던데요?"

이번에 외과 인턴으로 들어온 녀석 하나가 조금 전 국밥집에서 봤던 우진과 순이에 대한 이야기를 선배들에게 자랑스럽게 꺼냈다. 모두 의국에 파다하게 퍼져 있는 소문을 모르지 않으니 우진에 대한 호기심 역시 최고조에 이르러 있었다.

청렴하고 존경받는 사회인으로 꼽히던 이사장이 자신의 치부가 될 것이 뻔한 아들의 존재를 공개한 것도 보통 일은 아니었지만 그런 아들을 자신의 병원으로 끌어들이기까지 한 것을 보아 무슨 이유가 있는 것은 아닐까 뒷말이 많은 것도 사실이었다.

"한 선배, 선배도 봤어요? 그 이사장님 아들요."

"잘생겼던데?"

선우는 조금 전 만났던 우진을 떠올리며 말했다. 인사 외에 따로 나눈 대화는 없었으니 그에 대해 잘 알 수는 없지만 첫인상은 그다지 좋아 보이진 않았다. 특히 자신을 보는 눈빛이 꽤나 저돌적이었다.

식사를 끝낸 후 자신을 보며 감흥 없이 고개를 까딱거리던 우진의 모습이 떠올랐다. 이사장님 아들이고, 인기 있는 과 중 하나인 성형외과 의사에, 그 정도 외모면 병원 내에서도 꽤나 인기가 있을 것이다.

"이 사장님 아들이라 부럽네요. 부러워!"

"뭐가 그렇게 부러워?"

선우의 시큰둥한 반응에 후배 영훈은 그런 선우의 반응이 못마땅한 듯 잔뜩 불만스런 표정으로 툴툴거렸다.

"다요. 밖에서 데려왔든, 아니든, 아들이라고 공표했고, 병원에까지 데려다놨으니 나중엔 병원도 물려주겠지, 뭐. 솔직히 그 정도면 금수저 물고 태어난 거 아니에요? 거기다 김 실장이랑 밥도 먹고."

"김 실장이랑 밥 먹는 것도 부럽냐?"

선우는 영훈의 말이 재미있다는 듯 키득거렸다. 얼마 전 비서실 사람들과 병원 식당에서 점심을 먹던 순이에게 연락처를 물어봤다가 단번에 거절당했던 영훈이 생각난 선우였다.

"흐음, 그래. 부러워할 수 있지, 일전에 일 생각하면."

"아, 선배!"

선우의 장난 가득한 말에 영훈이 버럭 소리를 질렀지만 선우는 그런 영훈의 반응이 더욱 재미있다는 듯 말을 이어나갔다.

"김 실장이 좀 그런 철벽스러운 면이 있긴 하지? 크큭."

"아, 진짜 이러실 겁니까? 애들 있는데?"

"쟤들도 소문 들어서 알고 있을 거야. 아마."

선우는 뒤에 앉아 어색하게 웃고 있는 인턴들과 레지던트들을 가리키며 말했다. 병원 식당, 그것도 보는 눈이 많은 점심시간이었으니 이미 그들도 영훈이 김 실장에게 까였다는 소문 정도는 듣고 있었던 터였다.

"아, 진짜! 쪽팔려서. 그 연락처가 뭐라고 그렇게 튕기는 건지."

"김 실장 눈이 높은 거겠지?"

영훈의 투덜거림에도 선우는 여전히 그런 영훈을 놀리는 게 재밌는지 장난을 쳤고 영훈은 잔뜩 골난 표정으로 선우를 바라봤다. 그러고는 다시금 투덜거리기 시작했다.

"솔직히 김 실장도 별거 아니네요. 도도한 척하더니, 결국은 평범한 의사보단 밖에서 데려온 놈이라도 이사장 아들은 좋다 그건가 보네. 그러니까 밥도 먹고 그러지. 이제 보니 순 속물이야. 안 그래요?"

"최영훈, 말이 좀 심한 것 같……."

선우의 놀림과 이사장 아들과 밥을 먹었다는 김 실장의 이야기에 화가 났는지 격한 말을 쏟아내고 있었다. 그리고 수용할 수 있는 범위를 넘어선 말에 선우는 그런 영훈을 말리려 했다. 하지만 문이 부서져라 들려오는 쾅! 하는 소리에 모두들 말을 멈추고 문 쪽으로 시선을 돌렸다.

외과병동 의국실 문이 벌컥 열렸고, 잔뜩 곤란한 얼굴의 외과장과 누가 봐도 화난 듯한 얼굴의 우진이 안으로 들어오고 있었다.

"저 사람이, 아까 김 실장님이랑 밥 먹던 사람이에요. 이사장님 아들."

조금 전 국밥집에서 만난 순이와 이사장 아들에 대한 이야기를 해주던 후배 하나가 영훈에게 다가와 잽싸게 그가 누구인지 알려줬다.

방금 안에서 하던 이야기를 다 들었는지 우진은 불쾌하다는 표정을 숨기지 않고 있었고, 성큼성큼 그들 앞으로 다가가 그곳에 있는 사람들의 얼굴을 바라봤다. 조금 전 국밥집에서 봤던 얼굴들이 몇 명 눈에 띄었고, 선우의 얼굴도 보였다.

'생명의 은인? 생명의 은인 좋아하네. 자기 욕하는데 말리지도 않는 저런 놈이 뭐라고.'

선우를 생명의 은인이라 말하던 얼굴이 떠올랐다. 수줍은 듯 아련한 듯 알 수 없는 묘한 표정을 순이는 짓고 있었다. 처음 보는 여자의 표정이었다.

"여긴, 병원이 아니라 어디 동네 목욕탕인가? 의사들 대화 수준이 참 알 만하네."

우진은 그렇게 말하며 피식 웃어 보였다. '밖에서 데려온 놈'이란 말을 똑똑히 들었다. 거기다 순이에 대한 비아냥도 함께 말이다.

"뭐요?"

우진의 말에 가장 먼저 발끈한 것은 영훈이었다. 자신을 깠던 김 실장과 함께 밥을 먹었다는 우진의 비웃음이 영훈의 성난 마음에 불을 붙이고 있었다.

"그쪽은 입조심 좀 해야 될 것 같지? 밖에서 데려온 놈이라도 내가 이사장 아들이긴 하거든."

"뭐?"

발끈한 영훈이 눈을 부릅뜨며 우진을 노려보았지만, 우진은 그런 영훈의 행동이 귀엽기라도 한 듯 여전히 얼굴에서 웃음을 거두지 않은 채 그에게 천천히 다가갔다.

모두의 시선이 우진에게 향해 있었지만 그는 그런 눈길 따윈 신경 쓰지 않는 듯했다.

밖에서 데려온 놈이란 말은 어차피 사실이니까 별다른 감흥이 없었지만 순이에 대한 이야기는 달랐다. 그녀는 오늘부터 자신의 비서이고, 그것은 고로 자신의 사람이란 뜻이었다. 그런데, 그런 여자가 저런 모자란 놈의 욕을 들을 이유가 없지 않은가?

한 뼘 정도 키 차이가 나는 영훈을 가까이서 내려다보던 우진은 입가에 미소를 머금고 말했다.

"나는 그런 욕 들어도 별로 감흥이 없는데, 김 실장 이야긴 다르지. 앞으론 조심 좀 해야겠어. 아무리 의사라도 그 입 찢어지면 아프잖아?"

06. 이렇게 떨리는 마음이란

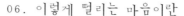

"강영모 38세. 화학약품 접촉으로 인한 Burn(화상) 환자로 제2 병원에서 트랜스퍼되어 왔습니다. autodermic graft(자기피부이식) 예정입니다. 현재 통증 완화를 위해⋯⋯."

레지던트 하나가 환자에 대한 보고를 하고 있는 동안 회의장은 평소와 달리 어수선한 기운이 감돌고 있었다.

방금 전 치프인 영훈에게 입조심하라며 살벌한 기운을 뿜어낸 우진을 목격한 외과 사람들뿐 아니라 이사장 아들에 대한 궁금증을 가지고 있던 병원 의사들은 회의장에 앉아 있는 우진을 힐끔거리며 쳐다보고 있었다.

그러나 정작 당사자인 우진은 그런 시선 따윈 느끼지 못하는 듯 다리를 꼬고 앉아 자신의 휴대폰에 집중하고 있었다.

발을 까딱거리며 휴대폰에 집중하고 있는 우진의 뒤에 앉은 선우는 무표정한 얼굴로 그런 우진을 바라보고 있었다.

'자기 욕은 괜찮아도 김 실장 이야긴 다르다?'

선우는 방금 전 우진이 했던 말이 떠올랐다. 함께 아침을 먹고 있던 모습이 제법 친근해 보이긴 했었지만 이사장의 비서로 일하고 있는 순이와 이사장님의 아들인 우진이 밥을 먹는 모습이 이상하다 할 수는 없었다. 다만 무슨 이유에선지 우진의 말은 묘하게 선우의 귀에 남아 맴돌고 있었다.

"그럼 수술 스케줄 문제로 넘어가보지. 음……."

외과장은 환자들의 차트를 보며 잠시 고민에 잠겨 있었다. 평소라면 크게 문제되지 않게 조율이 가능하지만 이번만은 문제가 좀 달랐다. 갑자기 이사장의 아들이 들어왔기 때문이었다.

기존 선생들의 스케줄을 쪼개 나눠주는 것은 기존 의사들에게 좋지 않은 감정을 심어주는 것이 될 것이고, 그렇다고 수술을 나눠주지 않는다면 이건 이사장 아들을 고의적으로 따돌린다는 화살을 받을 수 있는 문제였다.

"이번에 트랜스퍼되어 온 환자들 수술을 도 선생님이 맡으면 어떨까요? 화상 환자 외에도 김우식 환자나, 정영란 환자 같은 경우는 정형외과 수술 외에도 성형외과와 컨설트해야 할 부분도 있어 보이는데요."

외과장의 고민이 깊어갈 쯤 선우는 잠시 차트를 바라보며 말했다. 재건 수술은 성형외과 쪽과 컨설트해야 하는 부분이고, 기존 환자가 아닌 새로 온 환자의 수술을 맡기는 것이니 다른 의사들의 불만도 크지 않을 것이었다.

"오, 그래. 그렇게 하면 될 것 같구만. 도 선생 생각은 어떤가요?"

자신이 고민하던 부분을 시원하게 해결해주는 한 선생을 바라보며 흐뭇한 표정을 짓던 외과장은 이번엔 우진의 얼굴을 바라보며 그의 동의를 얻고 있었다.

한 선생과 과장의 이야기에도 흥미 없다는 듯 휴대폰을 바라보고 있던 우진은 그제야 고개를 들어 과장의 얼굴을 바라봤다.

"저는 싫은데요?"

"싫다고요?"

외과장이 난색을 표하며 물었다. 가뜩이나 이사장 아들이라 다른 의사처럼 말도 편하게 못 놓고 있는 판에, 자신의 말을 딱 잘라 한 번에 거절하다니 체면이 말이 아니었다. 거기다 못한다는 것도 아니고 싫다는 말을 하다니. 과장은 우진을 뚫어지게 쳐다봤다.

"아시다시피 전 미용수술 전문이라서요."

우진은 곤란해하는 외과장을 바라보며 빙긋 웃었다. 아주 여유로워 보이는 얼굴에 과장의 뒷골이 뻐근하게 땡겨왔다.

'뭐 저런 놈이 다 있어?'

"그래도 수술은……."

"자신 없는 수술 했다가 사고 나면 어쩌시려고요? 과장님이 책임지십니까? 그렇다면 하고요."

"이봐요, 도 선생, 그래도 이건……."

"책임 못 지실 것 같으면 전 수술 스케줄에서 빼주십쇼. 뭐, 정수술 스케줄을 잡아야 된다면 제가 가슴 성형은 알아주니까 그런 쪽으로 넘겨주시고요. 그 외에 필요하면 수술 참관은 하겠습니다. 그럼 되겠죠?"

"허허, 참……."

외과장은 한마디도 지지 않는 우진의 말에 고개를 절레절레 흔들었다. 이사장 아들이 성형외과 전문의라며 자신의 과로 온다고 했을 땐 이게 웬 동아줄인가 싶어 내심 뿌듯해했다. 그야말로 잘만 하면 로또라고 생각하며 어떤 놈이 올까 궁금해했는데, 이건 완전 제어 안 되는 시한폭탄 같은 놈이 하나 들어온 것이다.

'내가 미쳤지, 내가 무슨 복이 있다고. 어휴! 어휴!'

"다들 수술 스케줄 짜야 하니까 전 먼저 나가도 되겠죠? 수고하십쇼."

우진은 당황해하는 과장과 다른 의사들의 시선에 터지려는 웃음을 속으로 삼키며 꾸벅 인사했다. 이른 아침부터 면담에 회의까지 듣고 앉아 있자니 온몸이 뻣뻣하게 굳어 오는 느낌이 들었다.

'사우나를 갔다 와야 하나? 아무래도 너무 일찍 일어났어.'

우진은 주위의 시선은 보이지도 않는지 뻐근해진 목을 이리저리 돌리며 회의장을 빠져나왔다. 그제야 참고 있던 웃음을 터트렸다.

벙 쪄 있던 사람들의 얼굴이 떠올랐다.

"크큭, 앞으로 재미있어지겠어."

* * *

순이는 우진의 개인실 옆에 마련된 자신의 책상에 앉아 한숨을 쉬고 있었다. 오늘 하루가 참 더디게 가고 있다는 생각을 했다. 아침부터 잔뜩 긴장한 채로 있어서 그런지 점심시간이 다가오자 피곤함이 두 배가 되어 밀려오고 있었다.

이사장님이 마련해놓은 우진의 개인실은 웬만한 교수들 방만큼 잘 꾸며져 있었다. 크기는 좀 작을지 몰라도 그곳의 가구며 인테리어도 갑자기 준비한 방치고는 제법 깔끔하게 잘 꾸며져 있었다.

물론 순이가 섭외한 인테리어 업체의 솜씨긴 했지만 말이다.

"이유가 뭘까?"

우진의 개인실을 둘러보던 순이는 그렇게 중얼거렸다. 이렇게 작은 부분까지 신경 쓰시는 분이 바람을 피운 것도 믿기지 않지만 밖에서 자식을 낳은 것도 모자라 그렇게 태어난 자신의 아들을 왜 모르는 척하고 사셨는지 그 이유가 궁금해지고 있었다.

밖에서 자식을 낳은 것은 그렇다 쳐도, 이렇게 데리고 살 생각을 하셨다면, 진작 그렇게 하셨어야 하는 게 아니었을까?

생각하면 할수록 어딘지 모순적인 느낌이 들었다. 무슨 이윤지 알아보고 싶은 마음도 함께 들고 있었다. 그 이유가 무엇인지 알지 못한다면 우진이 말하던 것처럼 인자한 얼굴 뒤에 또 다른 모습을 보게 될 것 같은 무서운 느낌이 들었다.

"아냐, 그러실 분 아니잖아."

순이는 고개를 흔들었다. 그동안 봐온 이사장님의 모습과 지금의 행동은 분명 매치가 되지 않고 있었지만 그렇다 해도 그간 이사장님이 보여준 모습을 부정할 순 없었다. 따뜻하고 좋은 분이셨다. 그것은 변함없는 사실이다.

"뭐가 그러실 분이 아니야?"

한참 혼자 중얼거리며 고개까지 흔들어대던 순이의 얼굴 바로 앞에 우진의 얼굴이 불쑥 들어왔다.

"어, 언제 왔어요?"

언제 왔는지 가까이 자신의 얼굴을 들이밀고 빙긋 웃고 있는 우진의 모습을 본 순이는 깜짝 놀라 몸을 뒤로 빼며 대꾸했다. 얼마나 놀랐는지 심장이 쿵쿵거리는 소리를 내고 있었다.

저렇게 불쑥불쑥 얼굴은 왜 자꾸 들이미는지, 순이는 그의 행동이 마음에 들지 않는다는 듯 힘껏 노려봤다.

"방금. 사람 온 것도 모르고 멍해 있던데?"

우진은 순이의 눈빛에 움찔하며 고개를 들었다. 눈빛이 꽤나 매서웠다.

'귀엽긴.'

우진은 순이의 행동에 짐짓 태연한 척 웃음을 숨기고는 소파에 기대앉았다. 푹신한 느낌이 등 전체로 퍼져 나가자 조금 편안한 기분이 들었다.

"차 한잔 드시겠어요?"

"아니. 조금 있다가 밥 먹을 텐데, 뭐."

순이는 자리에서 일어났다. 오늘은 어차피 첫날이라 딱히 볼 환자도 없을 것이고, 수술은 더더욱 없을 것이 분명했다. 하지만 내일부턴 환자도 받고, 수술도 참여해야 할 것이니 순이는 그의 스케줄을 미리 알아둘 필요가 있다고 생각했다.

"수술 스케줄은 나왔죠? 저한테 알려주세요."

"수술 없는데?"

"네?"

가까이 다가온 순이를 보며 우진은 아무렇지 않게 대답했다. 방금 전 회의실에서 무슨 일이 있었는지 알 길 없는 순이는 그의 말에 당황한 듯 되물었다.

"수술 스케줄이 없다고요? 이상하다? 내일부턴 있다고 들었는데?"

"3개월은 없을 예정."

"3개월이나 없다고요?"

우진은 아무렇지 않게 말했지만 그의 입을 통해 나오는 말마다 순이를 당황시키고 있었다.

"응."

"한성병원에 있는 동안은 수술을 하지 않겠다는 말씀인가요?"

"이해력 빨라서 좋네."

우진은 순이의 말에 고개까지 끄덕이며 대답했다. 당황해하는 모습이 얼굴 표정으로 고스란히 느껴졌지만 우진의 대답이 바뀔 리 없었다. 처음부터 생각했던 일이었다.

"이러시는 이유가 뭐죠?"

잠시 생각에 잠겨 있던 순이가 물었다. 남자의 표정은 여전히 여유 가득한 얼굴이었다.

"미용수술만 하던 사람이 여기서 할 일이 뭐가 있어. 안 그래? 거기다 남의 환자 뺏어 오는 뻔뻔한 짓은 같은 업종에 종사하면서 할 짓은 아니고."

"그 말도 안 되는 거짓말, 제가 믿어드려야 하나요?"

우진은 어느새 무심한 얼굴로 자신을 보고 있는 순이의 얼굴을 마주했다. 그런 그녀의 표정을 보고 있자니 우진의 입꼬리가 저절로 올라갔다. 여자는 '당신 거짓말, 난 이미 다 알고 있어'란 말을 우회적으로 돌려서 하고 있었다.

우진은 소파에 기대어 있던 몸을 일으켜 세웠다. 그러고는 똑바로 서서 눈으로 자신의 움직임을 좇고 있는 순이에게 다가갔다.

"믿든 안 믿든 그건 순이 씨 마음. 대신 들었던 이야기 그대로 그 사람한테 보고해주면 돼."

"일부러 수술 스케줄 안 잡으셨다고 말이죠?"

"3개월 동안 수술할 마음이 전혀 없다는 것도 같이 보고해주고."

우진의 말에 순이는 작게 한숨 쉬었다. 그가 무슨 생각을 하는지 도무지 감이 오지 않았다. 얼굴 가득 미소를 머금고 여유로운 얼굴로 자신을 바라보고 있는 남자의 모습이 또다시 낯설게 보였다.

"이렇게 하실 생각이셨다면 병원엔 왜 온다고 하셨어요?"

답답해하는 순이의 말에 우진은 입가에 머금고 있던 미소를 지웠다. 같이 일을 하기로 마음을 먹었으니 어떤 말이든 그녀가 납득할 만한 대답을 해야 한다고 생각하지만 우진은 말을 아끼고 있었다.

저 진지한 눈빛은 거부하기 힘든데 이걸 어쩌나?

"궁금해?"

"네. 궁금해요."

0.1초 만에 빠르게 대답하는 순이로 인해 우진은 결국 키득거리며 웃어버렸다. 그녀는 정말 궁금해서 미치겠다는 얼굴이었다. 고개 숙여 웃던 우진은 그런 자신을 뚫어지게 바라보는 여자를 보며 빙긋 웃었다.

"그럼 그때 못 마신 맥주, 오늘 사지 그래?"

* * *

낮 동안 따뜻했던 기온은 저녁이 되자 다시금 겨울의 제 모습을 찾고 있었다. 바람은 자신이 겨울바람이라는 걸 확인시켜주고 싶은 것처럼 차갑고 매섭게 불어왔다.

"후우, 춥다."

우진의 일과를 이사장님께 보고하는 것을 마지막으로 순이의 하루 일과도 마무리되어가고 있었다. 다만 평소라면 집으로 돌아가 뚱이와 산책을 하거나 반신욕을 하는 것으로 하루의 피로를 풀었을 테지만 지금은 차가운 바람을 맞으며 오기로 한 우진을 기다리고 있었다.

순이는 목도리에 얼굴을 묻었다. 일찍 일어나서 피곤하다며 사우나에 다녀온다던 우진을 기다리며 순이는 잠시 생각에 빠졌다.

우진이 맥주를 제의하던 그 순간, 그의 생각이 알고 싶어 제안에 고개를 끄덕였지만 이게 잘하는 짓인지 확신이 서지 않고 있었다. 거기다, 그 남자의 미소에 자꾸만 약해지는 나약한 자신을 알기에 더욱더 걱정이 앞섰다.

"이게 잘하는 짓인지 모르겠네. 이 오지랖, 병이라니깐."

빵!

순이 본인이 생각해도 이 정도면 국가대표 오지라퍼라는 생각이 들어 한숨을 내쉬고 있던 찰나였다.

검은색의 차량 한 대가 순이가 서 있는 길가 쪽으로 다가와 경적을 울렸다. 검게 선팅된 창문이 열리며 우진이 모습을 드러냈다.

"춥지? 어서 타."

우진은 운전석에서 팔을 뻗어 차 문을 열어주며 말했고, 순이는 그의 차에 몸을 실었다.

바깥의 찬바람과 달리 우진의 차 안은 히터의 열기로 따뜻하고 아늑한 느낌이 들었다. 거기다 무슨 향인지 상쾌한 차 안의 향기도 무척 마음에 드는 순이였다.

"안에서 기다리지 왜 나와 있어?"

안전벨트를 하는 순이를 확인한 우진은 그제야 차를 출발시키며 말했다. 오는 길에 차가 막혀 도착하기로 한 시간이 생각보다 늦어져 미안해서 하는 말이었다.

"방금 나왔어요. 차가 좀 막히죠?"

"조금."

"가까운 곳으로 가요."

조금 늦은 것이 미안했는지 힐끔거리며 자신을 쳐다보는 우진의 시선을 느낀 순이는 대수롭지 않은 일이라는 듯 말했다. 이 시간대 이 주변이야 원래 막히는 곳이니까.

"밥부터 먹어야 하지 않아?"

"음…… 좀 고픈 것도 같네요. 점심 못 드셨죠?"

"응. 그럼 고기로 해야겠네. 밥도 먹고 술도 먹고. 오케이?"

"네. 좋아요."

고기라는 소리에 순이의 얼굴이 금방 환하게 바뀌었다.

평소 가리는 음식이 없다던 여자는 아무래도 그중 특별하게 고기를 좋아하는 모양이었다. 얼굴에 너무 티가 나잖아?

"그럼 특별히 끝내주게 맛있는 집으로 모실게."

우진은 자신만만한 얼굴로 차를 몰기 시작했다. 병원에서 조금 떨어져 있는 곳으로 차를 몰고 온 우진은 번화한 대학가 거리의 한 골목길로 들어서서 속도를 줄이기 시작했다. 사람들이 많은 편은 아니었지만 골목이 좁아 차의 속도를 내기가 어려웠다.

그렇게 골목길을 조금 달린 후 우진은 작은 가게 앞에 차를 주차시켰다. 그러고는 먼저 내려 순이 쪽 차 문을 열어주며 말했다.

"다 왔어."

"여기예요?"

간판도 제대로 없는 아주 작고 허름한 가게를 보며 순이는 궁금하다는 듯 물었다. 그러자 우진은 빙긋 웃으며 고개를 끄덕였다. 여태껏 본 모습 중 가장 신나 보이는 얼굴이었다.

"이렇게 생겼어도 안은 깨끗해. 맛도 있고."

우진은 반신반의하는 순이의 팔을 잡아당기며 말했다. 10년 넘는 세월을 다닌 가게지만 여자와 단둘이 온 것은 이번이 두 번째였다. 세영을 만나기 시작할 때 딱 한 번 함께 온 적이 있었지만 결국 제대로 음식도 먹지 못하고 자리를 떠야 했다.

"우와, 밖에서 보는 것보다 훨씬 좋네요?"

우진의 손에 이끌려 가게 안으로 들어선 순이는 가게 안을 보고 놀란 듯 말했다. 가게 밖의 모습은 이게 식당인지 아닌지도 구분이 안 될 정도로 허름해 보였는데, 안은 따뜻한 조명과 깨끗하게 잘 정돈된 가게였다. 거기다 코를 자극하는 연탄불고기의 냄새가 침샘을 자극하며 진동하고 있었다.

"앉아. 이쪽 자리가 좋아."

우진은 순이를 이끌고 가게 안쪽 창가 자리에 자리를 잡고 앉았다. 대학 시절 자주 오던 단골집이었고, 이쪽 자리는 늘 우진과 그의 친구들이 독차지하던 자리였다.

"어이구, 이게 누구여? 우리 뺀질이 아니여?"

우진과 순이가 자리를 잡고 앉자 물과 컵을 가져다주던 아주머니는 우진의 얼굴을 알아본 듯 반갑게 인사했다.

"아, 이모, 뺀질이가 뭐야. 내가 그 별명 졸업한 지가 언젠데."

"얼씨구? 뺀질이 졸업하기가 어디 쉽남? 얼굴은 더 뺀질뺀질 잘생겨졌구만!"

"잘생긴 건 원래부터 잘생겼고. 순이 씨, 인사해. 이 가게 사장님."

"아, 안녕하세요."

우진은 적응이 되지 않는지 어색하게 자신을 바라보고 있는 순이에게 가게 사장을 소개시켜줬다. 그리고 그런 우진을 보던 순이는 그가 이곳을 꽤 오랫동안 다녔다는 걸 알 수 있었다. 가게 입구에서 보여줬던 그의 신나 보이던 얼굴은 이곳에 가득한 추억 때문이었던 모양이다.

우진은 어색하게 인사하는 순이를 잠시 바라본 후 그녀의 컵에 물을 채워 건넸고, 순이는 그가 건네는 컵을 입에 가져다 대며 다시금 대화를 나누는 우진과 아주머니를 번갈아 바라봤다.

단골집이었구나. 저렇게 넉살 좋은 면도 있었네?

어딘지 정감 가는 분위기의 가게라고 생각했는데, 우진의 넉살 좋은 모습을 보고 있자니 꼭 오래전부터 순이 자신도 다니던 가게 같은 착각이 들었다. 그만큼 정겹고 편한 분위기가 흐르는 곳이었다.

"아이고, 저 주둥이 아직 살아 있구만! 그보다 같이 온 예쁜 아가씨는 애인?"

우진과 대화를 나누던 사장은 맞은편에 앉아 있는 순이를 보며 말했다. 10년 넘게 이곳을 들락거렸어도 여자와 단둘이 온 적은 예전에 딱 한 번 이후론 이번이 처음이었고 그런 우진을 잘 알고 있었기에 함께 온 여자는 당연히 우진의 애인으로 생각한 사장이었다.

"아니, 애인은……."

"애인 같아 보여?"

당황스런 질문에 어떤 대답을 해야 할지 망설이던 순이보다 우진의 대답이 먼저 튀어나왔다.

"애인이라고 하기엔 뺀질이한테 아가씨가 너무 아깝다."

"그건 좀 아닌 것 같긴 한데, 아무튼 그렇다네, 김순이 씨?"

우진은 자신이 원하는 대답은 아니었다는 듯 눈썹을 찡긋거리고는 순이 쪽으로 시선을 옮겼다. 우진의 장난에 순이는 대답 대신 고개를 작게 흔들었다.

"허허실실 속없는 놈 같아도, 정은 있는 놈이니까 아가씨가 잘 좀 해줘요. 고기는 내가 서비스로 많이 줄게. 알겠지?"

"네. 감사합니다."

이미 사귀는 사이쯤으로 오해를 하고 계시는 사장님의 말에 순이는 고갤 끄덕이며 웃어 보인다. 아니라고 해도 믿지 않을 분위기에 어색하게 웃어 보이자 그런 순이의 모습에 우진은 참고 있던 웃음이 터져 나오려 했다.

"연탄불고기랑 된장찌개면 되겠어?"

"소주랑 맥주 한 병씩 주세요. 순이 씨 음료수는?"

"아뇨, 음료수는 됐고, 맥주는 두 병 주세요."

순이는 손가락 두 개를 펴 브이 자로 만들며 말했고. 우진은 물론 부엌으로 향하던 사장 역시 고개를 돌려 순이를 바라보았다.

보기보다 쿨한 면이 있다는 건 이미 알고 있는 우진이었지만, 그런 걸 알 리 없는 사장은 시원스런 순이의 대답에 미소를 지으며 우진에게 엄지를 척! 하니 치켜세워 보였다.

"순이 씨, 이거라는데?"

우진은 사장이 그랬던 것처럼 순이를 바라보며 엄지손가락을 치켜세웠다.

병원 안에서 김순이는 완벽한 비서의 얼굴이었다. 때때로 자신의 말에 당황하는 모습을 보이긴 해도, 금방 자신의 평소 얼굴로 돌아와 담담함을 유지했고, 상냥함을 장착하고 있었다. 하지만 처음부터 비서가 아닌 김순이의 모습을 먼저 봤던 우진은 병원 밖에서 무장해제 되는 순이의 모습이 더 마음에 들었다. 이렇게 시원스런 면도 그렇고, 병원에서 볼 수 없었던 저런 풍부한 표정도 마음에 들었다.

예쁘다 하는 여자들은 수없이 보고 지냈다. 이미 충분한데도 더 예뻐 보이고자 자신의 몸에 칼을 대는 것도 겁내 하지 않던 여자들도 많았다. 그리고 우진이 만났던 다른 여자들도 그러했다. 모델도, 꽤 산다는 집 딸들도, 완벽해 보이는 세영도 그러했다.

하지만 비싼 레스토랑이나 분위기 좋은 곳이 아닌 이런 허름한 연탄불고기집에 앉아 우진의 말에 집중하며 방긋방긋 웃고 있는 여자는 순이가 처음이었다.

그래서일까?

우진은 이상하게 순이의 얼굴에서 시선을 뗄 수가 없었다.

어느덧 초벌구이 되어 있는 고기들이 불판에 올라 지글지글 소리를 내며 익어가고 있었고, 순이가 주문한 맥주와 소주도 반찬들과 함께 테이블 위에 자리 잡았다.

"저기 혹시 제 얼굴에 뭐 묻었어요? 아까부터 자꾸…….."

순이는 자신의 얼굴을 자꾸 힐끔거리는 남자의 시선이 신경 쓰여 물었지만 우진은 그저 아무것도 아니라는 듯 고개를 흔들며 적당히 채워진 술잔을 내밀었다. 그러고는 순이의 손에 들린 맥주잔에 쨍 소리가 나게 잔을 맞추며 말했다.

"오늘 좀 예뻐 보이는 것 같아서."

아무렇지도 않은 듯 무심하게 말한 우진은 시원하게 술을 들이켰다. 쑥스럽고 당황스런 말을 아무렇지 않게 내뱉은 우진과 달리 무방비 상태로 공격을 당한 순이는 잠시 침묵을 지켰다.

예쁘다고? 저런 부끄러운 말을 어쩜 저렇게 눈 깜짝 안 하고 할 수 있는 거지?

순이는 몇 초가 지나서야 우진의 말에 민망함이 몰려오는지 고개를 돌려 주위를 둘러보았다. 혹시 다른 이가 들었을까 싶어서였다.

"뭐 해? 안 먹어?"

우진은 아무 일도 없었다는 듯 술을 마시며 말했고 순이는 두리번거리던 것을 멈추고 손에 들려 있던 술을 꼴깍꼴깍 쉬지 않고 다 마셔버렸다. 따끔하게 목구멍을 타고 넘어가는 알코올이 그대로 느껴졌고 한 잔을 그대로 다 마셔버리고서야 순이는 잔을 내려놓고 우진을 바라봤다.

"……든요."

"응?"

시원하게 원샷을 한 후 자신을 바라보며 중얼거리는 순이의 말을 알아듣지 못해 우진이 되물었다. 술 때문인지 순이의 얼굴은 빨갛게 달아오르고 있었다.

"원래 예쁘다고요."

새침하게 말한 순이는 민망함에 얼른 고개를 돌렸다. 우진의 말에 민망함과 더불어 어색함이 밀려와 던진 말이었지만 해놓고 나니 후회가 물밀듯 밀려들었다.

내가 미쳤나 봐. 괜한 이야기 꺼내서 분위기 더 이상해졌잖아! 어휴, 김순이, 이 푼수!

귀가 뜨끈뜨끈한 것이 느껴질 정도로 민망함에 달아오른 순이였다. 괜한 이야길 했다고 후회하고 있는 순이와 달리 우진은 그런 여자의 얼굴을 바라보며 잠시 말을 잃었다.

귀 끝까지 빨개진 걸 보고 있자니 자기가 말해놓고도 민망했던 모양이다.

그런 뻔뻔함, 웬만한 사람은 소화하기 힘들지. 크큭.

"큽, 술 한 잔 더 줄까?"

우진은 터지려는 웃음을 참으며 말했다. 옆으로 돌아간 순이의 얼굴은 제자리로 돌아올 생각을 하지 않고 있었다. 다만 우진의 말에 작게 고개를 끄덕이는 것으로 대답을 대신하고 있었다.

병원 밖에만 나오면 왜 저렇게 귀여워져? 위험해. 위험한 여자야.

우진은 테이블 위에 놓인 순이의 술잔에 술을 채우며 생각했다. 저렇게 민망해할 거라면 말을 왜 꺼냈는지 물어보고 싶었지만 그럼 정말 여자의 얼굴에 불이 붙을 것 같아 차마 물어보지 못하고 그녀의 얼굴을 살피고 있었다.

"그만 민망해하고 얼른 먹어. 배고프잖아."

우진은 자꾸만 터지려는 웃음을 참아내며 순이를 달랬다. 저대로 놔뒀다간 식사는 시작도 못 할 것이 분명해 보였다. 하지만 민망해하는 그녀의 반응이 귀여워 자꾸만 놀려주고 싶은 기분이 들곤 했다.

"도우진 씨가 먼저 그런 민망한 이야기 꺼내서 그런 거잖아요."

"알았어. 얼른 먹어."

툴툴거리며 민망해하는 순이를 달래듯 우진은 잘 익은 고기를 그녀의 앞 접시에 올려주었고 순이는 그제야 옆으로 돌아갔던 고개를 간신히 다시 돌려 정면을 바라보았다.

지글지글 익어가는 고기가 맛있는 향기를 내고 있었고, 우진은 그런 고기들을 타지 않게 잘 구워 순이 쪽으로 옮겨놓고 있었다.

"제가 먹을게요. 얼른 드세요. 식사도 못 하셨잖아요."

"알았어. 먹어."

순이 앞에 잘 익은 고기가 그득해지자 우진은 그제야 자신도 고기를 입 안에 넣었다. 오랜만에 맛보는 거라 그런지 연탄불의 향기와 달콤한 고기 양념이 그의 입 안을 가득 채우며 행복하게 만들었다.

07. 첫날밤?

한 잔, 두 잔 홀짝거리던 술은 제법 많이 비워졌고 그에 따라 순이와 우진을 취하게 만들었다. 기분 좋게 술을 마시다 보니 어느덧 여자의 볼은 잘 익은 사과처럼 발그레 물들어 있었다.

그동안 순이는 우진에게 몇 번이나 수술을 하지 않겠다고 했던 이유를 물었지만 우진은 그럴 때마다 교모하게 대답을 피하며 다른 이야기로 화제를 돌렸다. 그 이야기를 꺼내고 싶어 하지 않는 듯 보였다.

하고 싶지 않은 이야긴가? 무슨 생각을 하는 건지 정말 궁금한데. 도통 대답을 들을 수가 없네.

자신의 시선이 얼마나 뜨겁게 남자에게 날아들고 있는지 정작 본인은 모르는 듯 생각에 빠져 있는 순이로 인해 우진은 피식 웃음이 터지려 했다. 저렇게 뚫어지게 바라보면 쉽게 착각하는 존재가 남자라는 걸 그녀는 모르고 있는 모양이다. 부딪혀오는 남자의 시선도 모른 채 다른 생각에 빠져 있는 순이를 보던 우진은 남아 있던 술잔의 술을 들이켰다.

"김순이 씨가 보는 그 사람은 존경스럽고 청렴한 사람인가?"

"네?"

멍해 있던 순이의 귀에 날아든 남자의 목소리는 그 어느 때보다 차분하고 진지했다.

"그 사람, 김순이 씨한테는 청렴하고 존경스러운 사람이냐고 물었어."

우진의 표정이 너무 진지해 순이는 선뜻 대답할 수가 없었다. 여태껏 알고 지낸 이사장님의 모습과 그가 자신의 아버지를 떠올리며 해왔을 생각의 차이가 묻지 않아도 엄청나다는 건 알 수 있었다.

우진이 말하는 '그 사람'이란 이사장님이 분명했고, 순이가 봐온 이사장님은 매우 존경할 만한 분이었다. 우진을 알기 전까지 그 믿음은 흔들려본 적이 없었다. 하지만 자신의 아들은 그동안 한 번도 찾지 않은 이사장님의 모습은 분명 순이에게 꽤나 낯선 모습이었다.

"좋은 분이신 건 변함이 없어요. 하지만……."

순이는 잠시 대답을 머뭇거렸다. 우진의 얼굴을 보고 있자니 왜인지 마음이 찌르르하게 아파오려 했다.

"왜 그러셨을까? 그런 생각은 했어요."

그쪽을 만나고 나서요. 그러실 분이 아니라고, 무슨 이유가 있었을 거라고 생각하면서도 그쪽 마음을 생각하면 이사장님이 너무 하셨다는 생각을 하게 되는 것 같아요.

"나는 이런 생각으로 들어온 거야."

우진의 표정에 잠시 쓸쓸함이 스치고 지나갔지만 이내 아무렇지 않게 평소처럼 빙긋 웃어 보였다. 아주 짧은 찰나였지만 그를 바라보고 있던 순이는 그의 얼굴을 스치고 지나간 표정을 놓치지 않았다.

그래서일까? 웃고 있는 남자의 모습이 마음을 아프게 했다.

"이런 생각이라면? 어떤……."

"그 사람이 원하는 대로 해줄 마음은 없어. 투자금 명목으로 10억 가까운 돈이 걸려 있으니 3개월만 참아보는 거야."

우진은 빙긋 웃으며 말한 뒤 술잔에 술을 따랐다. 찰랑거리며 잔에 흔들리는 술처럼 그의 마음도 요동치고 있었다.

그래, 참는 거다. 3개월만 참아낸다면 더 이상 투자금으로 협박할 일은 없을 것이고, 그 기간 동안 청렴한 얼굴 뒤로 얼마나 잔인한 얼굴을 숨기고 있는지 알아볼 수 있을 테니까.

3개월간 그의 곁에서 확인하고 싶은 건 그것이다. 청렴한 얼굴 뒤로 숨겨놓은 그의 잔인한 얼굴.

필요하다고 여긴 적이 없었기 때문에, 아버지란 존재가 원망스럽지는 않았다. 하지만 혼자 평생을 마음 아파하며 살았고, 사고로 준비도 없이 생을 마감한 어머니를 떠올리면 존재하지 않았던 원망과 분노가 우진을 괴롭혔다.

"나한테 편이 되어달라고 한 건 그럼 무슨 뜻이에요?"

괴로운 듯 술을 마시는 우진에게 순이가 물었다. 일전에 그가 대답하지 않았던 말이 무슨 뜻인지 이제는 알려줄 것 같은 기분.

"당신은 그 사람에게 거짓을 말할 것 같지 않아서. 내가 어떻게 생활하든, 그 사람에게 그대로 전해줄 사람 같거든."

"그게 무슨 말이에요?"

"난 지금부터 그 사람 가면을 벗겨볼 생각이야. 그러기 위해선 수단과 방법을 가리지 않을 생각이고, 내가 어떻게 사는지 그 사람에게 보고해줄 사람이 필요해. 거짓 없이, 아주 솔직하게."

"그건 제가 아니라도 할 수 있는 일 아닌가요?"

"그럴지도 모르지. 하지만 난 당신이랑 일하고 싶어."

"왜죠?"

진심으로 궁금했다. 다른 비서라도 이사장님의 명령을 거절할 순 없다. 그게 누가 되었든 분명 솔직하게 우진의 일과를 보고할 것이었다. 그럼에도 그는 순이 자신이어야 한다고 했다.

왜 나죠? 꼭 내가 아니라도 이사장님께 거짓말을 할 사람은 없어요. 그런데도 왜 나인 거죠?

우진은 이유를 알고 싶다는 듯 자신을 바라보는 순이의 눈빛을 읽고 있었다. 그 이유가 무엇인지 명확하게 듣고 싶어 하고 있었다.

"또 된장찌개를 끓여줄 것 같아서."

"네? 된장찌개요?"

순이는 우진의 대답에 어이없다는 듯 그를 바라봤다. 선뜻 이해가 되지 않는 그의 말에 갸우뚱거리고 있었다.

된장찌개? 그게 뭐라고? 설마 그거 때문에 나를 비서로 두겠다는 거야?

정말 이해가 되지 않았다. 다만 그럼에도 불구하고, 빙긋 웃고 있는 남자의 얼굴이 오늘은 어딘지 마음이 아파 보여 순이는 더 이상 물어볼 수가 없었다.

우진은 다시금 자신의 술잔에 입을 가져다 댔다. 씁쓰름한 술이 목구멍을 타고 넘어갔고, 그녀에게 하고 싶던 마지막 말 한마디를 그 술과 함께 목구멍 너머로 넘겨버렸다.

내 바닥을 보더라도, 나를 그때처럼 위로해줄 것 같거든. 김순이, 당신은.

"마시자고. 나 오늘 술 좀 받는 것 같거든?"

"더요? 내일 출근……."

"걱정 마. 걱정 마. 일단 마시자고."

우진은 출근 걱정은 접어두라는 듯 손을 휘휘 저었다. 어차피 이사장실로 출근하는 것도 아니고 자신과 일하고 있으니 출근 걱정은 접어두라는 것이었다.

우진의 행동이 좀 못 미덥긴 했지만 순이는 그가 건네는 술잔을 받아 들었다. 이렇게 된 거 마셔보자란 생각이 들었다. 그의 안타까운 얼굴을 보고 있자니 왠지 오늘은 그의 술친구가 되어주어야 할 것 같은 기분이었다.

* * *

목이 바짝 타는 듯한 기분이 들어 뒤척거리던 순이는 결국 잠에서 깨어났다. 익숙한 천장이 눈에 들어왔지만 어제 과음한 탓인지 눈앞이 빙글빙글 돌고 있었다. 거기다 지끈거리는 머리까지. 순이 는 결국 눈을 다시 감았다.

아, 어제 얼마나 마셨더라? 머리 아파.

고깃집을 나와 우진의 선배가 한다는 근처 술집으로 자리를 옮겨 술을 마셨다. 과음할 생각은 없었는데, 마시다 보니 술이 나를 마시는 건지, 내가 술을 마시는지 구분이 되지 않았던 것 같다.

"아…… 머리 아파."

눈을 감고 있어도 지끈거리고 빙빙 도는 느낌이 들었다. 얼마 만에 그렇게 만취하도록 마셨는지 기억조차 나지 않았다.

쓸쓸해 보이는 남자 얼굴이 마음 아파 마시기 시작했던 술인데, 얼마나 마셨는지 집에 어떻게 왔는지가 생각이 나지 않았다.

어제 어떻게 집에 들어왔더라? 집 앞까지 데려다줬던 것 같은데.

괜찮다는 만류에도 우진은 집 앞까지 순이를 데려다줬다. 그 역시 꽤나 술을 마신 것 같았지만 순이가 먼저 취했던 것은 확실하다.

"후우, 몇 시지? 출근해야 하는데……."

출근 걱정은 하지 않아도 된다던 우진의 말이 떠올랐지만 그렇다고 회사를 결근할 수는 없는 노릇이었다. 그건 김순이 인생에서 있어서는 안 될 일 중 하나였다.

순이는 잘 떠지지 않는 눈을 떠 침대 맞은편 넓은 창문을 바라보았다. 커튼 뒤로 어스름한 빛이 들어오는 것이 보였다. 아무래도 아직 새벽녘인 듯했다.

"후우."

천만다행으로 지각은 안 할 것 같아 순이는 안도의 한숨을 내쉬었다. 그러고는 침대 옆 협탁으로 손을 뻗어 휴대폰을 집어 들었다.

5시 45분. 아직 새벽이 분명했다.

한 시간만 더 자자. 아, 술이 좀 깨야 할 텐데. 머리 아파. 머리 아파!

순이는 휴대폰을 다시금 올려놓고 눈을 감았다. 그러고는 몸을 뒤척이며 옆으로 돌아누웠다. 겨울이라 그런지 온열매트를 깔아 놓은 침대 위가 따뜻하고 폭신해 굳이 애쓰지 않아도 막 잠이 들려던 참이었다.

딱 한 시간만 더 자고 일어나 출근 준비를 해야겠다고 생각하는 순이의 몸이 별안간 무엇인가 다른 힘에 의해 쑥 하고 앞으로 당겨졌다. 누군가 자신을 끌어안는 느낌이 들었다.

뭐, 뭐지?

강아지 뚱이와 순이 단둘만 사는 곳에서 누군가 자신을 끌어안을 일이 무엇이 있겠는가?

심장이 벌렁벌렁 빠르게 뛰기 시작했고 순이는 두려움에 잘 떠지지 않는 눈을 힘겹게 떴다. 낯선 듯 익숙한 스킨 향이 코를 자극했다. 그녀의 눈에 보이는 건 다부져 보이는 남자의 상체, 그것도 무엇 하나 걸치지 않은 벌거벗은 상체였다.

뭐, 뭐야? 뭐지? 이 사람은 누구야?

심장이 튀어나올 듯 뛰기 시작했고, 무섭고 두려운 마음에 식은

땀까지 나려 하고 있었다. 자신의 침대에 누워 있는 사람이 누군지 확인해야 했지만 조금만 고개를 들면 보일 남자의 얼굴을 확인하는 것은 꽤나 용기가 필요한 일이었다.

도둑놈? 아니, 아니야. 도둑놈이 이러고 있을 리 없잖아? 그럼 꾸, 꿈인가? 꿈이겠지?

순이는 덜덜 떨리는 마음을 겨우 진정시키며 조금씩 고개를 위로 들어 올렸다. 그 와중에 머릿속을 스치고 가는 하나의 얼굴이 있었다.

설마, 설마 아닐 거야. 그럴 리가 없잖아?

제발 꿈이길 바랐다. 자신의 머릿속을 스치고 가는 남자의 얼굴이 이곳에 있지 않기를, 지금까지 꿨던 한낱 꿈처럼 제발 꿈으로 끝나길 바랐다.

하지만 순이의 그런 바람은 조금의 배려 없이 환하게 웃으며 자신을 바라보는 남자로 인해 산산이 깨어졌다.

"잘 잤어?"

"이거, 꿈이죠? 그렇죠?"

너무 생생하게 들려오는 남자의 목소리에 순이는 눈을 깜빡이며 되물었다. 여자의 목소리가 떨리고 있었다. 믿어지지 않는 현실에 제발 꿈이길 바라고 또 바랐다.

"아니? 꿈 아닌데?"

"왜, 왜, 도우진 씨가 제 침대에……."

"뭐야? 기억 하나도 안 나?"

"무슨 기억요?"

우진의 미간에 주름이 잡혔다. 아무것도 기억하지 못하는 순이의 반응 때문인 것이 확실했지만 순이는 정말 아무것도 기억이 나지 않고 있었다. 아니, 그가 여기 있을 것이란 생각조차 하지 못했는데, 그와 무슨 일이 있었는지 어떻게 알겠는가?

순이는 우진의 반응에 덮고 있던 이불을 걷어 자신의 몸을 확인했다.

왜? 도대체 나 어제 뭐 한 거야?

속옷만 입고 있는 자신의 모습을 발견한 순이는 목 끝까지 이불을 끌어당겼다. 그러고는 울먹이는 목소리로 우진에게 물었다.

"아니죠? 그렇죠?"

제발 아니라고 해줘요. 제발. 부탁이에요.

"뭐가?"

당황스러움에 어쩔 줄 몰라 하는 여자와 달리 우진은 순이의 반응이 실망스러워 그녀를 안고 있던 한쪽 팔을 풀어버렸다.

"우리가, 그러니까, 저기…… 후우."

말이 잘 나오지 않아 순이는 크게 한숨 쉬었다. 할 수 있다면 어제로 시간을 돌리고 싶은 심정이었다. 적당히 마시지 못한 자신이 원망스러웠다.

고개를 돌리고 있던 우진의 입에서도 긴 한숨이 흘러나왔다. 그러고는 누운 상태로 꼼짝도 하지 않고 눈동자만 왔다 갔다 하는 순이를 바라보며 말했다.

"잤냐고?"

우진의 말에 순이의 고개가 빛의 속도로 끄덕거려졌다. 그 모습을 보고 있던 우진도 그녀가 지금 제발 아니길 바라고 있다는 것이 느껴졌다. 하지만 그녀의 기대를 충족시켜줄 마음이 조금도 없는 우진은 순이가 목까지 덮고 있던 이불을 끌어 내렸다.

"뭐, 뭐 하는 거예요!"

우진의 행동에 당황한 순이가 소리치며 이불을 다시 끌어 올리려고 했지만 우진은 그런 여자보다 빠르게 움직여 순이의 손목을 낚아챘다. 그러고는 버둥거리는 여자의 팔목을 잡아 그녀의 머리 위로 오게 만들었다.

당혹감, 곤혹스러움, 수치심. 이 모든 감정들이 한꺼번에 몰아치며 순이를 당황시키고 있었지만 우진은 그런 여자의 손목을 놓아줄 마음이 없는지 그대로 여자의 몸 위로 올라섰다.

자신의 아래 깔려 있는 여자를 보던 우진은 빨갛게 달아오른 여자의 얼굴을 보며 빙긋 웃었다. 그러고는 천천히 그녀의 얼굴 쪽으로 가까이, 더 가까이 다가가고 있었다.

코앞까지 다가온 남자의 숨결이 순이의 입술 위를 스치고 지나갔다. 버둥거리며 손을 빼보려고 했지만 남자의 힘을 당하기란 어려웠다. 결국 순이는 더는 남자를 바라볼 수 없어 눈을 감아버렸다.

"눈 떠."

"싫어요."

"떠봐."

"싫다니까요?"

"눈 안 뜨면 이대로 키스한다?"

눈을 감은 채 자신을 보지 않는 여자에게 협박 아닌 협박을 하는 남자의 말에 순이는 감았던 눈을 번쩍 떴다. 어느새 코앞까지 다가온 남자로 인해 순이는 자신도 모르게 흡! 하고 숨을 크게 들이마셨다.

당황스러움에 어쩔 줄 몰라 하는 순이의 반응을 지켜보던 우진은 그제야 순이에게서 떨어졌다. 그러고는 손가락으로 자신의 목덜미를 톡톡 치며 말했다.

"이거 봐."

"네?"

"이거. 어제 그쪽이 이렇게 만든 거야."

우진이 가리키고 있는 손가락을 따라 시선을 옮긴 순이는 그의 목덜미에 빨갛게 물들어 있는 멍 자국을 발견했다. 저게 벌레에 물린 자국이 아니라면 그것의 정체는 하나뿐이었다.

"못 살아!"

순이는 기억나진 않지만 자신이 저지른 만행이 무엇인지 알 것 같은 기분이 들었다. 결국 남자 손에 잡혀 있던 이불을 낚아채 머리끝까지 덮어버렸다.

미쳤어! 미쳤어! 욕구불만이라고 했더니 이런 사고를 치냐? 김순이 너, 제정신 아니구나? 진짜 미친 거지! 이제 어떻게 하려고 이런 짓을 벌인 거냐고!

순이는 밀려드는 민망함과 당혹스러움에 결국 눈물이 찔끔 나오려고 했다. 이제 저 남자의 얼굴은 어떻게 볼 것이며, 어떻게 같이 일을 한단 말인가!

머리끝까지 이불을 뒤집어쓰고 나올 생각을 하지 않는 여자를 보고 있던 우진은 피식피식 자꾸만 새어 나오는 웃음을 힘겹게 참고 있었다. 당황해하는 여자가 왜 이렇게 귀여운지 여자에겐 미안한 말이지만 자꾸만 놀려주고 싶어진다.

우진은 이불을 뒤집어쓰고 있는 순이의 몸을 자신 쪽으로 바짝 끌어당겨 안았다. 반항할 정신도 없는지 순이의 몸은 그대로 우진에게 폭삭 안겨들었다.

"기억 못 한다고 하니까 서운하네."

서운하다고요? 서운해요? 이 상황에서 그게 할 말이에요? 난 지금 그쪽 얼굴 쳐다볼 용기도 안 나는데.

"진짜 기억 하나도 안 나?"

우진은 여전히 꼼짝하지 않는 순이에게 물었다. 어젯밤 일을 하나도 기억 못 한다니, 그렇게 뜨거운 밤을 보냈으면서?

순이는 우진의 말에 그저 끄덕끄덕 고갯짓만 하고 있었다. 정말 조금도 기억이 나지 않았다.

"그럼, 기억나게 해줄까?"

"뭐라고요?"

"이번엔 안 잊어버리게 제대로 해준다고."

우진의 말에 놀랐는지 순이의 몸이 흠칫거렸다. 슬금슬금 엉덩이를 뒤로 빼며 우진에게서 떨어지려고 하고 있었다.

이불 속에서 꿈틀거리는 모양새가 꼭 애벌레같이 보였지만 우진은 짐짓 웃음을 참으며 다시금 멀어지는 순이의 몸을 자신에게로 끌어당겼다.

"아, 진짜! 자꾸 장난칠 거예요?"

도망가지 못하게 자꾸 자신을 끌어당겨 품에 가두는 우진의 행동에 더는 못 참겠는지 순이가 이불을 걷어차며 버럭! 소리를 질렀다. 온몸이 뜨거울 정도로 민망해하고 있는 자신과 달리 우진은 이 상황이 재밌는지 자신을 놀리고 있는 게 분명했다.

이불을 걷어차고 나온 순이의 눈에 빙긋 웃고 있는 남자가 보였다.

"이제야 제대로 쳐다보네. 잘 잤어? 김순이 씨?"

08. 순이 vs 우진 (1)

깔끔한 화이트 톤의 인테리어와 세련된 디자인의 침구들이 여자의 집 안을 더욱 화사하고 깔끔하게 만들고 있었다. 호텔에서 보던 하얀 침구와 베개도, 폭신해 보이는 러그도, 그녀의 취향이 고스란히 묻어 있었다.

하얀 아일랜드 식탁에 파스텔 톤의 식탁보가 씌워져 있었고 우진은 그곳에서 턱을 괴고 앉아 음식을 만들고 있는 순이를 바라보고 있었다. 보글보글 찌개 끓는 소리와, 열심히 채소를 다듬는 순이의 모습을 보고 있자니 왜인지 흐뭇한 기분이 들었다.

이래서 다들 결혼이란 걸 하나?

이 와중에 딱 하나 마음에 안 드는 것이 있다면 요리를 하고 있는 순이의 근처에 자리 잡고 앉아 주인 곁에 오지 못하게 하려는 듯 잔뜩 자신을 경계하고 있는 못생긴 강아지뿐이었다.

"쟨 왜 저렇게 못생겼어?"

"원래 그런 종이에요. 그리고 불독 중엔 진짜 잘생긴 편이거든 요?"

우진은 '어딜 봐서?'라고 대답할 뻔했지만 그런 말을 했다간 왠 지 쫓겨날 것 같은 기분이 들어 말을 아꼈다.

"이름이 뭐야? 뚱보? 못난이?"

못생겼다는 말은 알아듣는 것인지 이번엔 조금 전보다 더 날카 로운 눈빛으로 으르렁거리는 강아지를 보며 우진은 한숨 쉬었다.

잉글리시 불독이라고 하던가? 아기자기하고 깔끔한 걸 좋아하 는 것 같은데 강아지 취향은 왜 이런 것인지.

"뚱이요. 귀엽죠?"

방금 전까지 자신에겐 시선조차 주지 않고 음식 만드는 것에 열 중하던 여자는 뒤돌아서 환하게 웃었다. 저 못생긴 강아지가 어지 간히 좋은 모양이었다.

"어울리는 이름이네."

"흠흠, 아무튼 내가 왜 도우진 씨랑 이러고 있는지 모르겠네요."

어색하게 웃고 있는 우진을 보던 순이는 투덜거리며 말했다. 오 늘 아침에 있던 이 모든 일이 꿈이면 좋겠지만 저렇게 웃고 앉아 있는 남자를 보고 있자면 이건 누가 뭐라고 해도 완벽한 현실이었 다.

"냄새 좋다."

순이의 말을 듣고 있던 우진은 아무렇지 않다는 듯 웃으며 말했고 순이는 어쩔 수 없다는 듯 다시 뒤돌아서서 하던 일을 마저 하기 시작했다. 하지만 온 신경은 뒤에 앉아 자신을 보고 있는 우진에게로 향하고 있었다. 보이진 않지만 우진의 시선과 표정이 어떨지 보일 듯이 느껴져 온몸에 긴장감이 흘렀다.

아, 미치겠다! 민망해 죽겠네. 어쩌려고 그랬지? 왜 기억은 또 안 나고 난리냐고요.

아무리 생각을 쥐어짜내도 기억이 나지 않자 순이는 답답한 듯 고개를 흔들었다. 우진이 집 앞까지 데려다주고, 물 한잔 마신다며 집 안까지 들어왔던 것은 어렴풋하게 생각이 나지만 그 뒤부턴 정말 기억상실증에 걸린 사람처럼 완전히 지워져버렸다. 이런 것을 두고 필름이 끊긴다고 하는 건가?

"말해준다고 해도 듣기 싫다더니. 답답하지?"

우진의 말에 국을 담고 있던 순이의 손이 일순 멈칫했다.

독심술을 하나? 눈치만 빨라가지고!

"그래도 안 들을래요. 듣고 나면 더 못 볼 것 같단 말이에요."

생각이 나지 않아 분명 답답해 죽을 노릇이지만 순이는 우진의 이야길 들을 자신이 없었다.

우진은 전날 밤 순이가 무엇을 했는지 확인시켜주고 싶은 듯 목덜미에 난 멍 자국부터 자신의 등에서 옆구리 쪽으로 내려오는 손톱자국도 확인시켜줬다. 따갑고 쓰라리다며 말이다. 그걸 보고 나니 그의 입에서 다음은 무슨 이야기가 나올지 안 들어도 알 것 같았다.

그러니 그 이야길 듣고 싶겠냐고! 내가 덮친 거면 이 쪽팔림을 어떻게 할 거야? 죽어도 안 들을 거야!

"너무 싫어하니까 좀 서운해지려고 하네."

우진은 자신과 있었던 일을 생각조차 하기 싫어하는 순이의 반응에 서운하다는 티를 팍팍 내고 있었다. 그러나 그녀는 그가 무슨 말을 하든 듣고 싶지 않다는 듯 잘 끓인 콩나물국을 올려놓으며 퉁명스레 말했다.

"그만 놀리시고 식사하시죠?"

"알았어. 잘 먹을게."

"그 전에 빨리 윗옷 입으시고요. 밥 차려주면 옷 입는다고 했잖아요."

"알았어."

균형 잡힌 근육과 넓은 어깨는 그렇다 쳐도 남자의 목덜미에 남아 있는 붉은 멍 자국은 도저히 바라볼 자신이 없던 순이는 얼른 그에게 옷을 입을 것을 독촉했다.

"이제 됐어?"

순이의 다그침에 옷을 가져다 입은 우진은 이제 만족하냐는 듯 웃으며 말했다. 하지만 순이의 얼굴은 여전히 어두웠다.

"으음……."

"왜?"

"아니에요. 잠시만요."

순이는 무엇인가 마음에 들지 않는다는 표정으로 남자를 바라보다 이내 자신의 방 안으로 들어갔다. 그러고는 한참을 그렇게 나오지 않고 있었다.

"흠."

그녀가 무엇을 하고 있는지 궁금해 자리에서 일어나던 우진의 귀에 방문이 열리는 소리가 들렸고, 무엇인가를 꺼내 들고 거실로 나오는 순이의 모습이 보였다.

"왜 그래?"

우진이 영문을 모르겠다는 듯 물었지만 순이는 아무런 대답 없이 들고 나온 무엇인가를 꺼내 들었다.

목에서 어깨로 떨어지는 곳에 또렷하게 남겨진 붉은 멍 자국이 옷으로도 가려지지 않자 순이는 도저히 그것을 볼 수 없었다. 그 멍 자국이 눈에 들어올 때마다 어젯밤 무슨 일이 있었던 것이 분명하다는 생각이 들어 저절로 얼굴이 새빨개졌다.

상처 치료용 밴드를 꺼내 와 목덜미에 붙이는 순이의 손가락이 우진의 목덜미를 스치듯 지나갔다. 차가운 손가락이 지나가자 전날 마신 술로 뜨끈거리던 몸의 열기가 순식간에 내려가는 기분이었다.

"이거라도 붙이고 있어요. 다 보인단 말이에요."

민망함에 빨개진 얼굴로 중얼거리는 순이의 모습을 보던 우진은 자신에게서 멀어지는 그녀의 손목을 낚아챘다. 그러자 조금 전보다 더욱 커진 순이의 눈빛이 우진에게 날아들었다.

당황하는 순이의 모습을 즐기기라도 하듯 우진은 여자의 손을 자신의 몸 쪽으로 잡아당겼다. 끌려가지 않으려 순이 나름 애를 쓰긴 했지만 우진의 힘을 이기긴 어려웠다.

"놔주세요."

순이는 날아드는 우진의 시선을 피하며 말했다. 갑작스런 행동에 심장이 또다시 쿵쾅쿵쾅 거침없이 뛰기 시작했다.

이 사람은 왜 이렇게…… 사람을 놀라게 하는 거야?

요동치는 여자의 심장 사정은 알지 못하는지 우진은 순이가 붙여놓은 밴드 위로 그녀의 손을 가져다 댔다.

차가운 손가락의 감촉이 기분 좋게 느껴지는 우진이었다.

"나랑 잔 게 그렇게 싫어?"

우진의 목소리가 꽤나 낮고 진지해져 있었다. 조금 전 장난 가득했던 웃음도 이미 입가에서 지워져 있었다.

"말해봐. 그렇게 싫어?"

이미 붉게 물든 여자의 얼굴을 바라보던 우진은 순이의 손을 자신의 입가로 가져갔다. 그러고는 하얗고 얇은 여자의 손가락 하나하나에 가볍게 입을 맞췄다.

"왜 이래요, 그만……."

손가락에서 느껴지는 우진의 입술 감촉에 놀라 그에게 잡힌 손을 빼내려 했지만 남자의 손안에 잡혀 있는 순이의 손은 쉽사리 빠져나오지 못했고, 오히려 벗어나려 하면 할수록 우진은 자신의 손을 더욱 끌어당기고 있었다.

"싫어?"

우진의 낮은 목소리와 함께 그의 숨결이 순이의 손가락을 스치고 지나갔다. 어딘지 무척이나 야릇한 기분이 들어 순이는 결국 고개를 돌려버렸다. 심장이 입 밖으로 튀어나올 것 같았다.

진정하자. 진정해! 진정해야 돼. 제발!

쿵쿵거리며 거세게 뛰고 있는 심장을 달래보려 애썼지만 손끝을 스치는 우진의 입술이 자꾸만 방해를 하고 있었다.

"장난은 그만두세…… 웃!"

순식간이었다. 순이의 말이 채 끝나기도 전 말캉하고 따뜻한 무엇인가가 순이의 손가락을 스치듯 훑고 지나갔다.

그의 온기를 품은 혀끝이 손가락을 스치자 순이의 고개는 다시금 그를 향했다. 깊고 짙은 눈빛이 순이를 향해 있었다.

"난 싫지 않았어. 어젯밤."

우진은 순이의 손에 다시금 입을 맞추며 중얼거렸다. 그는 간밤에 자신의 품에 안겨 있었던 여자를 떠올렸다. 늘 긴장되어 있던 여자의 가녀린 몸이 우진의 품 안에서 한껏 편해져 있었다. 우진의 입술이 스치고 지나가는 곳마다 파르르 떨려오던 여자의 사랑스러운 몸을 다시금 안아보고 싶어졌다.

"예뻤어. 부끄러워하는 모습도 귀여웠고."

"그만 놀리세요."

"입술도 부드러웠고."

더 이상 그의 입에서 어떤 이야기도 나오지 않길 바랐지만 우진은 어젯밤을 떠올리고 있었고, 기억나지 않는다는 여자의 기억을 되살리고 싶은 듯 말을 이어나갔다.

"따뜻하고."

우진의 입술이 얇은 순이의 검지손가락을 지분거렸다. 살뜰하게 입을 맞추며 파르르 떨리는 여자의 손길을 느끼고 있었다. 차가웠던 손은 어느새 우진의 온기를 품고 따뜻해져왔다.

우진이 자신의 손에 입을 맞출 때마다 순이는 덜컹거리는 심장을 달래려 애쓰고 있었다. 짙은 남자의 눈빛을 어젯밤 봤었던 것 같은 기분이 들었다.

아무래도 내가 사고를 치긴 쳤나 봐. 이렇게 심장이 튀어나올 것처럼 뛰면서도 싫지 않은 걸 보면…….

우진의 입술이 닿는 곳마다 정전기가 통하는 것처럼 찌릿찌릿했고, 그럴 때마다 순이는 다리에 힘이 풀릴 것 같았다. 어쩌면 어제도 저 입술 때문에 이성이 날아갔을지도 모르겠다는 생각이 들었다.

"이제 그만해요. 제발요……."

순이는 잘 나오지 않는 목소리를 쥐어짜내듯 말했다. 더 이상 그의 숨결을 느끼고 있다간 저 남자에게 이대로 안겨도 좋을 것 같다는 생각이 들 것이다. 분명 그럴 것 같았다.

우진은 부탁하는 순이의 목소리에 맞추고 있던 입술을 떼어냈다. 그러고는 천천히 여자의 달아오른 얼굴을 바라봤다.

저런 얼굴이 사람을 얼마나 자극하는지 모르고 있겠지?

곤란한 듯, 부끄러운 듯 붉어진 얼굴이 순이 자신을 얼마나 사랑스럽게 보이게 만드는지 그녀 자신은 모르고 있는 것이 분명하다.

저런 얼굴로 우진의 목에 팔을 걸고 입을 맞추던 여자의 모습이 떠올랐다. 지난밤, 여자의 촉촉한 입술은 우진의 입술과 하나가 되었고 힘겹게 남자의 입술을 받아내고 있었다. 그러고는 이내 미끄러지듯 그의 목덜미에 입을 맞췄다.

우진은 간밤에 있던 일이 떠올라 어느덧 얼굴에 미소가 걸렸지만 이내 그 미소는 어딘지 아쉬움으로 변해가고 있었다.

아무리 생각해도 위험한 여자야. 밤새 사람을 한숨도 못 자게 만들다니.

우진은 무언가 떠오른 듯 쓸쓸한 미소를 지었다. 그러고는 자신이 입을 맞췄던 순이의 손가락에 다시 쪽 소리 나게 입을 맞추고는 이내 여자의 하얀 손가락을 살짝 힘주어 깨물었다.

"아얏!"

손가락을 깨물어 오는 남자로 인해 놀란 순이의 손이 그에게서 떨어져 나갔다. 꽉 잡고 놓아주지 않았던 남자의 손이 이번엔 순순히 그녈 놓아주었다.

갑작스런 상황에 당황한 얼굴로 순이가 바라보자 우진은 그런 여자의 시선을 피하지 않고 있었다.

"복수."

"네?"

영문을 모르겠다는 여자를 바라보던 우진은 자신의 목덜미에 붙어 있던 밴드를 떼어냈다. 그러고는 손가락으로 붉은 멍 자국을 톡톡 치며 말했다.

"자세히 봐. 당신이 어젯밤 얼마나 거칠었는지."

* * *

"아무래도 당분간은 그냥 지켜봐주시는 게 어떠실까요?"

이른 아침부터 이사장실로 호출이 된 순이는 우진의 일로 이사장과 대화를 나누고 있었다.

수술을 하지 않겠다고 선언한 지 일주일째.

우진은 아침 회의에 참석하거나 수술 참관을 할 뿐 그 외에 진료를 보거나 수술을 하는 일은 없었다. 남은 시간엔 사우나를 가거나, 일이 있다며 병원을 나가 퇴근 시간쯤 되어 돌아오곤 했다.

식사하는 곳도 순이를 데려가려던 그가 무슨 이유에선지 일이 있다며 자리를 비울 때는 순이의 동행을 원하지 않았다.

"도대체 무슨 생각을 하는지……. 병원 내 소문도 상당히 좋지 않은 것 같던데?"

"아무래도 조금 튀는 행동을 하고 계시니까요. 특별히 주의하겠습니다."

"아무래도 내가 너무 성급했나 보구만."

이사장의 얼굴에 수심이 가득해 보였다. 같이 살기로 했지만 우진의 얼굴을 보기란 어려운 일이었고 병원에서도 자리에 있지 않으니 흉흉한 소문만 더해가고 있었다.

우진이 그러는 이유를 이사장이 모를 리 없었다.

"아무래도 두 분이 대화를 좀 해보시는 게 어떻겠습니까?"

"음……."

순이의 말에 이사장은 고개를 끄덕였다. 하지만 자신과 마주치지 않으려 애쓰는 우진과 어떻게 대화를 나눠야 할지 이사장 역시 큰 고민이었다.

"수술 문제는 저도 설득해보겠습니다."

"음, 그래. 김 실장, 부탁하지. 그리고 제주도 메디컬 요양센터 문제 말인데, 그걸 진행시켜볼까 하는데 어떤가?"

이사장은 오래전부터 준비해오고 있던 제주도 복합 메디컬 요양센터에 관한 문제를 순이에게 물었다. 그는 단순한 요양뿐 아니라 제대로 된 치료를 받을 수 있는 요양센터 건립을 오랫동안 준비해왔었고 그 일을 순이가 돕고 있었다.

"기획안 준비할까요?"

"음, 그 일을 우진이 녀석이 맡아서 할 수 있을까?"

"도우진 씨에게 맡기실 생각이세요?"

이사장의 말에 순이가 놀란 듯 물었다. 몇 년 동안 공들인 사업이란 걸 누구보다 잘 알고 있는 순이는 그의 말이 꽤나 파격적으로 들렸다.

"그럴까 싶은데, 자네 생각은 어떤가?"

"저 외람된 말씀입니다만, 도우진 씨를 병원으로 부르신 이유를 여쭤봐도 될까요?"

단순히 곁에 두시려는 의도였다면 요양센터 일을 맡기겠단 말씀도 안 하셨겠지? 그게 얼마나 공들이신 사업인데……

"능력이 된다면 물려줘야지. 내 하나밖에 없는 핏줄 아닌가."

"네. 알겠습니다. 그럼 일이 진행된 것까지 도우진 씨에게 말씀드릴까요?"

"그래. 다음 주에 제주도 세미나도 있고 하니 같이 갔다 오는 게 어떻겠는가?"

"알겠습니다. 그렇게 하겠습니다."

순이는 이사장님께 고개 숙여 인사한 후 이사장실을 나섰다.

"후우."

방금 전 얼굴 가득 미소를 머금고 있던 순이의 얼굴에서 웃음이 사라지며 짧은 한숨이 흘러나왔다.

이사장님의 부탁이 있기도 하고, 일을 하기 위해 가는 것이지만 아무래도 우진과 제주도를 간다는 것이 마음에 내키지 않았다. 더군다나 우진과는 6일째 일적인 일 외에 그 어떤 대화도 나누고 있지 않은 어색한 상황이었다.

"나쁜 놈!"

순이는 우진의 개인 진료실 쪽으로 향하며 중얼거렸다.

며칠 전 자신의 집에서 함께 눈을 뜬 날, 제대로 기억조차 하지 못하는 자신을 놀려먹은 우진에 대한 화가 아직도 풀리지 않고 있었다.

"후우, 절대 휘둘리면 안 돼. 정신 차리자!"

순이는 어느덧 도착한 우진의 진료실 앞에서 각오를 다지고 있었다. 자꾸만 남자의 페이스에 휘말려 허우적거리는 자신의 모습이 너무 싫었다.

딸칵.

순이는 진료실 문을 열고 안으로 들어섰다. 진료를 보거나 수술을 하지 않았지만 우진은 수술 영상을 진지하게 보고 있었고, 들어오는 순이를 발견하곤 빙긋 웃어 보였다.

저 웃음에 넘어가면 안 돼. 절대 안 돼.

"다음 주에 있을 제주도 세미나에 참석하라고 하십니다. 그리고 제주도에 건설될 복합 메디컬 요양센터에 관한 이야깁니다."

"복합 메디컬 요양센터?"

우진의 웃는 얼굴에도 순이는 휘둘리지 않겠다는 일념으로 얼른 이사장실에서 듣고 온 이야기를 꺼내 들었다.

"네. 이사장님께서 몇 년 전부터 준비해오신 일입니다. 기획안 초안은 내일 저녁까지 준비하겠습니다."

"그걸 나한테 왜?"

"도우진 씨께서 맡아주셨으면 하십니다. 부지 매입은 이미 끝난 상태고요. 본격적인 일은 기획안 상정 후 진행될 예정입니다."

"내가 맡아서 하라고?"

"네. 그럼 전 이만 자리로 돌아가겠습니다. 필요하신 게 있으시면 불러주시고요."

순이는 자신의 이야기가 끝나자 꾸벅 인사하며 말했다. 우진과의 대화가 길어지는 것이 불편한 듯 보였다.

"아직도 화났어?"

딱딱한 어투로 말하는 순이의 모습에 우진은 궁금하다는 듯 물었다. 일주일째 공적인 대화 외엔 말도 못 붙이게 하는 여자의 모습이 꽤 낯설었다.

"화났습니다."

"그만 풀지? 미안하다고 했잖아."

"일적으로 불편하게 하지 않을 테니 걱정 마세요."

솔직하게 화났다고 말하는 순이로 인해 우진은 더욱 미안해지면서도 할 말이 없어지고 있었다. 이러려고 한 것은 아니었는데 제대로 그녀의 심기를 건드린 것 같았다.

"김순이 씨, 미안하다니까?"

나가려는 순이의 팔목을 잡아채며 우진이 말했다. 그러자 순이
는 그가 잡고 있는 자신의 손목을 빼내며 차가운 얼굴로 그를 바
라봤다.

"또 물리고 싶지 않으시면 그만두시죠?"

자신의 집에서 함께 잠이 깬 그날 우진이 손가락으로 가리킨 곳
엔 어렴풋이 치아 자국이 나 있었고, 그로 인해 끝까지 일이 진행
되진 않았다고 말했다. 그저 순이의 모습이 귀여워 조금 놀려주고
싶었다고 말이다.

"또 물어드릴까요?"

"알았어. 나가봐."

성난 고양이처럼 갸르릉거리는 순이의 모습에 우진은 어쩔 수
없다는 듯 대답했다. 저렇게 화가 오래 갈 줄은 몰랐던 터라 우진
도 이 상황이 무척 당황스러웠다.

자신의 품에 안겨 달뜬 신음을 내뱉던 여자는 부끄러워하던 모
습과 달리 적극적으로 그의 목덜미에 키스마크를 남겼다. 그러고
는 붉게 물든 그것을 앙! 하고 깨무는데 우진 역시 여간 놀란 게 아
니었다. 어찌나 아프던지! 그건 당해보지 않은 사람은 모를 것이
다. 더군다나 그녀의 안을 탐하려던 순간 그렇게 된 것이었고 한껏
달아오른 우진의 몸을 모르는지 순이는 그대로 우진의 품에 파고
들어 잠이 들었다. 그러니 잠 한숨 자지 못하고 열기를 식혀야 했
던 우진 역시 억울하긴 마찬가지였다.

조금 놀려줄 생각이었는데, 이제 어쩐다? 저렇게 화내면 무지 신경 쓰이잖아.

잔뜩 화가 나 곁을 내주지 않는 순이의 모습에 어느덧 초조해하고 있는 자신을 발견한 우진은 씁쓸한 미소를 지어 보였다. 왜 이렇게 저 여자에겐 자꾸만 약해지는지, 어떻게 화를 풀어줘야 할까 우진은 고민하고 있었다.

"흐음, 제주도라."

순이가 내려놓고 간 세미나 일정표를 보고 있던 우진은 의자 등받이에 몸을 기대었다. 푹신한 느낌이 등으로 느껴지자 우진은 순이가 나갔던 문을 잠시 바라본 후 컴퓨터 모니터로 시선을 돌렸다.

"기분 전환이 필요해."

* * *

길고 높은 담, 웅장해 보이는 대문이 지키고 있는 집으로 우진의 검은색 차가 들어섰다.

밤 11시. 결코 늦은 시간은 아니었지만 우진은 조용하기 짝이 없는 이 동네가 마음에 들지 않았다. 커다란 집들이 성처럼 높은 담을 쌓아 지어져 있는 이 동네는 이상하게 위압감을 들게 만들었다. 분명 멋지게 지어진 집들이지만 어딘지 차갑게 느껴지는 곳이었다.

"후우."

차고에 차를 주차시키고서도 우진은 내릴 생각을 하지 않고 있었다. 깔끔하게 정리된 정원과 붉은색 벽돌로 만들어진 이층집은 우진의 귀가를 기다리는 듯 따뜻한 빛을 뿜어내고 있었지만 우진은 쉽사리 안으로 들어갈 마음이 들지 않았다.

이 집에 들어와 살기로 한 후 우진은 첫날을 제외하곤 한 번도 이곳에서 잠을 잔 적도, 그들과 대화를 나눈 적도, 식사를 한 적도 없었다. 그저 잠시 들어와 옷만 갈아입고 나가는 것이 전부였다.

우진은 운전석의 의자를 조금 뒤로 기울이며 몸을 기댔다. 그러고는 그대로 눈을 감았다.

평소처럼 현우가 쓰지 않는 오피스텔로 들어가려던 우진에게 이사장의 전화가 걸려왔고, 하고 싶은 이야기가 있으니 집으로 들어오라는 말에 우진은 고민 끝에 이곳으로 차를 돌렸다.

하지만 그와 마주 보고 앉아 이야기를 나눈다는 생각을 하고 있자면 머리가 지끈거리며 아파왔다.

"후우, 적응 안 되는 곳이군."

우진은 지끈지끈 아파오는 이마 위로 자신의 팔을 올리며 중얼거렸다.

그동안 살면서 정말로 아버지란 존재를 원망하며 살아본 적이 없었다. 아주 어릴 땐 사생아라는 말이 듣기 싫어 아버지가 누구냐며 어머니께 물었던 적도 있었지만 아무런 대답도 해주지 않는 어머니를 보며 우진은 어렴풋하게 느끼고 있었다. 말할 수 없는 사람, 혹은 말해선 안 되는 사람일지도 모른다고 말이다.

나이를 먹고 사춘기를 겪으며 우진은 더욱 확실히 알게 되었다. 그 아버지란 사람이 자신과 함께 살지 않아도 넉넉한 돈을 보내주고 있고, 그로 인해 풍족하고 여유 있는 생활을 할 수 있으며, 그렇기에 다른 보통의 가정과 비교해서도 나쁘지 않다는 걸 말이다. 아버지가 있어도 형편이 어려워 고생하는 친구들이 여럿 있었다. 그렇기에 자신은 어쩌면 복 받은 놈이란 생각도 했었던 것 같다.

그렇기에 아버지란 사람을 만나지 못해도, 미워하거나 원망하지 않았다. 그는 그 나름대로 자신과 어머니를 책임지고 있었으니 말이다.

하지만 그를 만나고 나선 이상하게 가슴속에 응어리 같은 것이 울컥울컥 치밀어 오를 때가 있다. 사춘기 소년도 아니면서 이제 와 그 사람이 원망스럽게 느껴지는 것이 우진 역시 당황스러웠다.

똑똑.

우진이 생각에 빠져 있을 때였다. 누군가 차창을 두드리는 소리가 들렸고 우진은 그제야 감고 있던 눈을 떠 밖을 바라보았다.

단정하고 고상한 분위기를 내는 중년의 여자. 이사장의 부인이었다.

"우진 군?"

"……."

"우진 군 여기서 뭐 해요? 날도 추운데."

여자는 걱정 가득한 얼굴로 말하고 있었고 우진은 아무런 대답 없이 그런 중년의 부인을 바라보고 있었다.

"얼른 들어가서 편하게 쉬어요. 이사장님 주무시니까."

우진이 차 안에서 이러고 있는 이유를 알기라도 하는 듯 이사장의 부인은 부드러운 목소리로 우진을 달래듯 말했다.

"저 신경 쓰지 마시고 들어가세요. 이제 들어갈 겁니다."

하지만 우진은 창문을 내리며 차가운 어조로 말했다. 그녀는 자신의 호의가 우진을 얼마나 어렵고 불편하게 만드는지 모르는 모양이었다.

"그래요. 그럼 너무 늦지 않게 들어와요."

우진의 반응에 민망했지만 부인은 애써 웃으며 말하고는 그대로 안으로 들어가버렸다.

그런 부인의 뒷모습을 보고 있자니 우진은 어딘지 찝찝한 기분이 들었다. 부인의 친절함을 마주할 때면 우진은 어딘지 죄인이 된 기분이 들었다. 그녀에게 자신의 어머니가, 자신이 얼마나 괴로운 존재였을까?

그럼에도 자신이 들어온 날 그녀는 우진에게 말했다.

'어렵겠지만, 어려워하지 말고 편하게 생각해줘요. 우리 잘 지내봐요, 우진 군.'

그 말을 들었을 때 우진은 어디든 숨고 싶은 마음이 들었다. 어머니가 불쌍하단 생각이 들면서도 지금 자신을 보고 있는 저 사람의 기분은 어떨까? 그런 생각을 하게 되었다. 그때부터 부인의 얼굴을 제대로 볼 수가 없어진 우진이다.

"도대체 뭐냐, 이 더러운 기분은."

09. 순이 vs 우진 (2)

내일 오전에 있을 성형외과 세미나와 외과학술회로 인해 우진
과 순이는 저녁 시간 공항에 나와 있었다. 최근 날씨가 따뜻해서
그런 것인지 꽤나 많은 사람들이 공항 안을 채우고 있었다.

하얀 셔츠에 청바지 차림. 거기다 편안해 보이는 굽 낮은 구두
를 신은 여자의 모습이 신선하면서도 낯설었다. 평소 병원에서 보
던 모습보다 훨씬 감각 있고 어려 보이는 순이의 차림이 우진은
마음에 들었다.

"시간 됐는데 들어가지?"

자리에 앉아 비행기 시간을 기다리던 순이는 우진과 눈도 마주
치지 않고 있었고, 우진은 그런 순이의 반응을 알면서도 넌지시 말
을 던졌다.

"아직 안 돼요."

"왜?"

"아직 한 분 안 오셨잖아요."

탑승 수속을 하러 들어가려던 우진은 순이의 말에 갸우뚱거렸다. 처음 듣는 소리였다.

"우리 둘 말고 또 누가 와?"

"말씀 못 들으셨어요? 학술회 있어서 외과에서 한 분 더 오시기로 했는데……."

"아, 그랬나? 들었던 것도 같고."

오늘 오전 병원에서 과장이 했던 말이 떠올랐다. 집중해서 듣지 않았던 터라 정확히 기억은 나지 않지만 제주도에 가는 일행이 한 명 더 있다는 소린 들었던 것도 같다.

"누군데 약속 시간도 못 지키는 거야?"

"외과 김진수 선생님이라고 들었어요. 왜 이렇게 늦으시지?"

"누군지 몰라."

요즘 우진의 관심사는 오로지 순이의 기분을 어떻게 하면 풀어줄 수 있을까에 집중되어 있었기에 그 외의 것들은 관심 밖의 일이었다.

"커피라도 사다 줄까?"

"아니에요."

순이의 목소리가 조금의 감정도 담기지 않은 듯 무미건조하게 들려왔다. 환하게 웃어주던 아이 같은 웃음을 보지 못한 지 일주일이 넘기 시작하자 우진의 마음은 초조하고 답답해져온다.

"아무래도 우리 먼저 들어가죠. 좀 늦으시나 봐요."

순이는 보고 있던 시계에서 시선을 거두며 자리에서 일어났다. 3박 4일간의 출장이 시작부터 꼬이는 것은 원치 않는 순이였다.

"그래. 들어가지."

"좀 떨어져 걸어요."

자리에서 일어난 우진이 자신의 바로 옆에 바짝 붙어 걷기 시작하자 순이는 그에게서 조금 떨어지며 말했다.

"알았어."

"순이 씨!"

순이의 말에 서운하다며 투덜거리던 우진의 말이 끝나자마자 누군가 그들의 뒤에서 그녀의 이름을 불렀다.

먼저 뒤돌아선 순이의 눈에 익숙한 얼굴이 들어왔고, 순이의 이름을 부르는 말에 우진도 뒤돌아서서 다가오는 사람의 얼굴을 확인했다.

"한 선생님?"

"한 선생?"

일전엔 국밥집에서 보았던 의사. 순이가 생명의 은인이라고 말했던 남자였다.

"후우! 미안해. 늦었지?"

"김진수 선생님이 오시는 거 아니었어요?"

얼마나 뛰어온 것인지 턱까지 차오른 숨을 몰아쉬며 선우는 말했다. 그의 깔끔하고 흐트러짐 없던 단정한 머리카락도 뛰어온 탓인지 바람에 흐트러져 있었다.

"김 선생, VIP 환자 재수술 들어가서 대신 왔어."

"아, 정말요? 얼마나 뛰어오신 거예요? 땀까지 흘리시고."

"후우, 늦을까 봐. 다행히 늦지는 않았네."

걱정스런 말투로 말하는 순이에게 빙긋 웃어 보인 남자는 거친 숨을 진정시켜가며 고갤 돌려 우진을 바라봤다. 갑작스레 나타난 한 선생이 반갑지 않은지 우진의 표정이 굳어 있었다.

왜 하필이면 저 자식이야?

우진은 그를 생명의 은인이라 말하며 미소 짓던 순이의 모습이 떠올랐다. 거기다 저렇게 걱정스레 물어보는 여자의 모습을 보고 있자니 한 선생이 더욱 반갑지 않게 느껴졌다. 거기다 자신에겐 냉정하던 여자가 한껏 걱정스런 표정으로 선우를 챙기고 있었고 그건 우진의 신경을 더욱 거슬리게 하고 있었다.

"늦어서 미안합니다."

"알면 다행이고. 아무튼 들어갑시다."

우진은 선우의 말에 대충 대답하곤 먼저 걸음을 옮기기 시작했다. 제주도에서의 일정이 썩 즐겁지만은 않을 것 같은 기분이 들었다.

'나한텐 방금까지 얼음이 뚝뚝 떨어지더니 너무하는군.'

우진은 앞서 걸어가던 걸음을 멈추고 뒤를 돌아봤다. 뭐가 그리도 재미있는지 순이는 선우의 말에 고개까지 끄덕이며 웃고 있었다. 그것을 보고 나니 우진은 더욱 기분이 나빠졌다. 스멀스멀 질투 비슷한 감정이 올라오고 있었다.

'아무리 나한테 화가 났다고 해도, 달라도 너무 다른 거 아니야?'

분명 자신에게 환하게 웃어주었던 여자였다. 그런데 이렇게 한순간에 차갑게 변하다니. 그저 조금 귀여워서 놀려주고 싶었던 것이 이렇게 일을 꼬이게 할 줄은 그땐 생각지도 못했었다.

'젠장, 속이 뒤틀리는군.'

* * *

"순이 씨, 생선 좋아하지? 저녁은 회를 먹을까?"

제주도에 도착하니 저녁 식사 시간이 되었다. 밝았던 하늘도 어느덧 어둑어둑해졌고 적당히 출출한 기분이 들고 있었다.

선우는 생선을 좋아한다고 했던 순이의 말이 떠올라 그녀에게 물었고 순이는 선우의 말에 살짝 미소 짓고는 고개를 돌려 우진을 바라봤다. 두어 발자국 뒤에 서 있던 우진을 바라보던 순이는 잠시 말이 없었다.

"음……."

그와 함께 일하면서 알게 된 사실 중 하나. 딱히 가리는 음식은 없다고 말하던 우진은 생선의 미끄덩거리는 식감은 별로 좋아하지 않는다고 했었다.

'아무리 밉다고 해도, 못 먹는 걸 억지로 먹게 할 순 없잖아.'

"난 상관없으니까 당신 먹고 싶은 걸로 먹어."

지나가는 말로 했던 소리를 기억하고 있었던 모양인지 순이는 선우의 말에 쉽게 대답하지 못하고 있었고 우진은 그런 여자의 생각을 읽고 있는 듯 먼저 대답했다.

"아, 도 선생님이 생선회를 별로 안 좋아하나 보군요?"

"김순이 씨 먹고 싶은 걸로 먹어요. 난 밥 생각 없으니까."

우진은 선우에겐 시선조차 주지 않은 채 말했고 이내 미리 예약
해놓은 렌터카 쪽으로 걸음을 옮겼다. 정말 밥 생각이 없기도 했지
만 이런 기분으로 저들과 함께 식사를 하고 싶은 마음은 더더욱
없었다.

"후, 머리는 왜 이렇게 아픈 거야?"

우진은 지끈거리며 밀려오는 두통에 관자놀이를 꾹꾹 눌렀다.
아무래도 스트레스를 받거나 신경을 쓰면 습관처럼 오는 편두통
인 듯했다. 하지만 그런 우진의 상태를 알지 못하는 순이는 기분이
좋아 보이지 않는 그가 슬며시 걱정되고 있었다. 비행기를 타러 가
는 순간에도, 비행기 안에서도 그의 얼굴은 굳어 있었고 자신에게
도 더 이상 그 어떤 대화조차 시도하지 않았다.

'내가 너무 심했나? 아무리 봐도 화난 표정이 분명한데…….'

처음엔 우진과 잠자리를 했다고 생각했기에 몰려드는 당혹스러
움과 민망함에 그의 얼굴을 볼 수가 없었다.

공과 사는 확실하게 구분한다고 생각했는데 그의 목에 선명하
게 나 있는 붉은 멍 자국과 치아 자국을 보고 있자니 스스로 한 짓
이 너무 부끄럽고 창피했다. 앞으로 함께 일할 사람과 이런 짓을
저질렀으니 그 뒷감당을 할 자신도 없었다. 그렇게 그의 말에 속아
전전긍긍하던 자신을 보며 재밌어했을 우진을 생각하면 지금도
화가 난다. 하지만 그가 가까이 다가오면 또다시 온몸의 세포들은
긴장하게 되고 그렇게 얄밉고 밉다가도 저렇게 화난 모습을 보면

괜히 신경이 쓰여 힐끔힐끔 그의 얼굴을 살피게 된다.

아무래도 저 사람한텐 자꾸 약해진단 말이야.

"그럼 우리끼리 먼저 먹을까?"

"아……. 저기 한 선생님, 죄송한데 저는 도우진 씨랑……."

"응? 아! 알았어. 얼른 가봐."

저만큼 걸어가고 있는 우진의 뒷모습에서 눈을 떼지 못하는 순이의 모습에 선우는 웃으며 얼른 가보라 손짓했다.

"네. 식사는 조금 있다 다시 정해요."

순이는 선우에게 미안하다는 듯 꾸벅 인사했다. 그러고는 조금의 망설임 없이 우진이 있는 곳으로 걸음을 옮겼다.

그런 순이의 모습을 바라보던 선우의 입가엔 미소가 걸렸다.

알고 지내온 시간만큼 선우는 그녀에 대해 잘 알고 있었다. 순이는 자기가 해야 할 일은 똑소리 나게 해내는 사람이었다. 일에 대한 욕심도, 지기 싫어하는 승부욕도 그녀의 장점이라 말하던 선우였다.

"하여튼 뭐든 열심이라니까."

* * *

"도우진 씨!"

평소 걸음이 느린 편이 아닌 순이지만 긴 다리로 휘적휘적 걸어가는 남자의 걸음을 쫓기란 쉬운 일이 아니었다. 한 번도 뒤돌아보지 않고 걸어가던 우진을 쫓던 순이는 결국 큰 소리로 그를 불러

세웠다.

자신을 부르는 소리에 걸음을 멈춘 남자를 본 순이는 그를 향해 얼른 걸음을 옮겼다. 얼마 안 되는 짐이긴 하지만 그걸 들고 뛰려니 여간 힘든 게 아니었다. 하지만 그렇게 뛰어온 순이의 모습에 우진은 의아한 시선을 보내고 있었다.

"후우, 걸음이 왜 이렇게 빨라요? 힘들어 죽겠네."

"뭐야?"

"그렇게 가버리면 어떻게 해요?"

"왜 왔어? 밥 먹고 오라니까."

"어차피 호텔부터 갈 생각이었어요."

우진의 시큰둥한 반응에 순이는 새초롬한 표정으로 대답했다. 시큰둥한 우진의 반응으로 미루어 보아 자신에게 화가 난 것이 분명해 보였다. 며칠간 계속 미안하다고 사과하며 자신의 기분을 풀어주려 노력하던 그의 모습이 떠올랐다. 화나고 민망했던 마음에 그의 사과를 모른 척했지만 그러면서도 너무 내가 심한 건 아닐까? 고민했었다.

"됐으니까 한 선생이랑 와. 난 피곤해서 가서 좀 쉬어야겠어."

"어차피 같은 호텔로 갈 텐데 같이 가면 되죠. 피곤하면 제가 운전할까요?"

순이는 우진의 손에 들려 있던 차 키를 얼른 뺏어 들었다. 그러고는 뒷좌석으로 가 자신의 짐을 실어놓았다. 그러곤 피곤하다 말한 우진을 바라보며 그의 얼굴색을 살폈다. 피곤해 보이기도 했지만 미간에 잡혀 있는 주름이 그의 기분을 나타내는 것처럼 보였다.

내가 역시 너무 심했나? 얼굴 표정도 안 좋고…….

"맘대로 해."

우진은 자신의 얼굴을 살피는 여자의 행동에 어쩔 수 없다는 듯 그녀가 했던 것처럼 자신의 짐을 뒷좌석에 실었다. 그러고는 조수석에 몸을 실었다.

화난 게 아니라면 어디가 아픈가? 얼굴색도 안 좋은 것 같고…….진짜 곤란한 사람이야. 이렇게 사람 신경 쓰이게 만드는 것 보면.

순이는 작게 한숨 쉬고는 자신도 운전석에 올랐다. 조수석에 앉아 있는 우진은 의자를 뒤로 젖혀둔 채 눈을 감고 있었다.

"어디 아파요?"

"신경성 두통."

우진은 여전히 눈을 감고 있었고 자신의 팔을 이마에 올려놓고 있었다.

"약 먹어야 하는 거 아니에요?"

아프다고 말하는 남자를 바라보며 순이가 물었다. 그는 정말 몸이 좋지 않은지 얼굴색도 창백해 보였고 얼굴 가득 인상을 쓰고 있었다.

"걱정할 정돈 아니야. 신경 쓰지 말고 운전해."

"알았어요. 그럼 눈 좀 붙여요."

"응."

우진의 대답을 듣고서야 순이는 차를 운전하기 시작했다. 제주 공항에서 차로 40분 정도 걸리는 거리에 있는 호텔은 고급스런 느낌이 물씬 풍기는 곳이었다.

쉽게 갈 수 없는 곳이기도 했지만 무엇보다 바다가 보이는 좋은 전망의 룸에서 묵게 되는 것이 내심 설레었다. 하지만 정작 제주에 도착해선 아름다운 제주의 풍경보단 우진이 더욱더 그녀의 신경을 잡아끌고 있었다.

순이가 운전을 하는 동안 우진은 계속되는 두통에 괴로운 듯 창문을 열어 찬바람을 맞기도 했고 다시금 눈을 감고 잠을 청해보려 노력했다. 하지만 편두통이란 놈은 쉽게 가실 생각을 하지 않고 우진의 머리를 지끈거리게 만들었다.

"후우, 미안한데 잠깐 차 좀 저기 세워봐."

30분 정도 달렸을 때였다. 두통 때문인지 속이 울렁거려 우진은 더 이상 참기가 힘든 모양이었다. 결국 그는 갓길에 차를 멈추라 했고 순이는 그의 말에 얼른 차를 정차시켰다. 그의 입에선 꽤나 괴로운 듯한 소리가 흘러나왔다.

"후우."

"많이 아파요? 나 두통약 있는데 하나 먹을래요?"

"아냐. 찬바람 좀 맞으면 괜찮을 것 같아."

가끔 여자의 그날이 오거나, 신경을 많이 쓰면 편두통이 오곤 하는 순이는 비상약으로 두통약을 챙겨 다녔고 오늘도 어김없이 두 알을 챙겨왔다. 하지만 우진은 괜찮다고 말하곤 차 문을 열어 밖으로 나갔다.

어두워진 주변을 둘러보던 우진은 쌀쌀한 바람을 맞으며 크게 심호흡했다. 차를 세운 곳이 귤 농장 근처라서 그런지 향긋한 향기가 그의 코로 들어왔고 기분 좋은 상큼함을 느끼며 우진은 눈을 감았다.

지끈거리며 자신을 괴롭히는 두통은 여전했지만 차에 있을 때보다 한결 답답한 마음은 사라지고 있었다.

"감기 걸려요."

여전히 좋지 않은 표정으로 찬바람을 맞고 있는 우진의 곁으로 순이는 그의 외투를 챙겨 다가왔다. 봄이라곤 해도 아직은 밤바람이 쌀쌀하게 느껴지고 있었다.

"고마워."

"아니에요."

우진은 순이가 건네준 자신의 외투를 걸쳐 입었다. 그러고는 자신을 걱정스럽게 바라보는 순이의 얼굴을 바라봤다.

"나한테 화나 있었지 않았나?"

우진은 공항에서 자신을 제대로 바라보지도 않았던 순이를 떠올리며 말했다. 영영 자신과는 말도 하지 않을 것처럼 굴던 여자가 지금은 걱정스런 눈으로 자신을 바라보고 있었다.

"나랑 말도 안 할 것처럼 굴더니."

"그러게 누가 그렇게 사람 놀리래요?"

우진의 핀잔 아닌 핀잔에 순이는 툴툴거렸다. 그날 일을 생각하면 여전히 당황스럽고 화가 나려 하지만 서울이 아닌 제주도까지 날아와서인지 아니면 두통에 괴로워하는 우진 때문인지 아까보다 한결 마음이 누그러졌다.

"미안해. 내가 좀 지나쳤어."

조금 전보다 더 나직하고 부드러운 우진의 목소리에 순이는 그를 바라봤다. 두통이 심했는지 여전히 얼굴색이 좋지 않은 그의 모습을 보고 있자니 가슴 한편에 무엇인가 쿡 하고 찔려오는 기분이 들었다.

"알았어요. 특별히 이번만 용서할게요. 그보다 두통은 괜찮아요? 역시 약 하나 먹는 게 좋지 않을까요? 얼굴색이 안 좋아요."

"조금 더 있어보고, 정 안 될 것 같으면 먹을게."

우진은 순이의 걱정에 괜찮다는 듯 고개를 흔들며 말했다. 찬바람을 맞으며 순이와 대화를 하고 있으니 두통은 조금씩 괜찮아지는 듯했다.

"제주도는 그래도 서울보단 따뜻하네요."

우진의 말에 고개를 끄덕인 순이는 숨을 크게 들이마셨다. 향긋한 귤 향기가 코끝을 찌르듯 느껴졌고, 여전히 차갑긴 하지만 어딘지 봄을 품고 있는 듯한 바람이 기분 좋게 다가왔다. 어두워서 주변이 잘 안 보이긴 하지만 그래도 낯선 곳이 주는 설렘이 있었다.

"따뜻한 곳이니까."

"이제 갈까요? 한 10분 정도 더 가면 호텔에 도착할 거예요."

자신의 말에 맞장구쳐주는 우진을 바라보던 순이의 입가에 미소가 걸렸다. 다행히 조금 전보단 인상이 많이 펴져 있는 남자를 보니 조금 안심이 되고 있었다.

"김순이 씨."

"네?"

빙긋 웃으며 차로 향하던 순이를 우진이 불러 세웠다.

"그 두통약 지금 하나 주겠어?"

로맨틱 순이 181

"아! 아무래도 먹는 게 나을 것 같죠? 꺼내드릴게요, 잠시만……
읍!"

두통이 쉽게 가시지 않는지 우진은 순이에게 두통약을 꺼내달
라 말했고 순이는 고개를 끄덕였다. 운전석 문을 열던 손을 멈추고
자신의 가방이 있는 뒷좌석으로 걸음을 옮겼다.

그리고 그때였다.

그다지 멀지 않은 거리를 우진은 빠르게 뛰어왔다. 그러고는 뒷
좌석으로 향하던 순이의 몸을 돌려세워 순식간에 그녀의 입술에
자신의 입술을 맞췄다. 차가워진 바람에도 식지 않은 우진의 뜨거
운 입술이 순이의 입술에 그대로 부딪혀왔다.

* * *

지나가는 차도 별로 없는 한적한 길에서 순이는 온몸이 얼어붙
는 듯한 기분을 느끼고 있었다.

심장이 비정상적으로 빨리 뛰고 있었고, 갑작스럽게 입술에 닿
는 뜨거운 느낌에 눈조차 제대로 감을 수가 없는 상태였다. 심장
소리가 쿵쿵거리며 선명하게 들려왔다.

두통약을 달라는 그의 말에 뒷좌석에 실어놓은 가방을 꺼내려
했을 뿐이었다. 그런데 갑자기 몸이 휘청였고 뜨거운 숨결이 입술
위로 쏟아져 내렸다. 옅은 스킨 향이 순이의 코를 스치고 지나갔
다. 우진의 향기가 느껴지자 꺼져 있던 조명이 켜지는 듯 정신이
깨어났다.

키스.

여자의 입술을 맛보던 우진의 세심한 혀끝이 순이의 입술을 핥고 지나갔고 그 낯선 느낌에 순이는 그제야 남자를 밀어내려 손을 들어 올렸다.

"으읍!"

순이가 하려는 행동이 무엇인지 눈치라도 챘는지 우진의 입술이 조금 더 힘을 주며 눌러왔다. 그러고는 숨이 턱까지 차올라 괴로워하는 순이의 짧은 신음이 들리자 우진은 그제야 순이의 입술에서 떨어졌다.

우진이 떨어져 나가자 잔뜩 긴장해 있던 몸에 힘이 풀리며 순이는 그 자리에 주저앉았다. 입술을 불에 덴 것 같은 기분이 들었다. 그리고 눈물이 나려 했다.

놀람, 당황스러움, 그리고 어딘지 억울한 기분이 들었다.

왜 이렇게 이 남자는 뭐든 쉬운지 모르겠다. 왜 이렇게 사람을 놀라게 하는지 모르겠다.

"괜찮아?"

자리에 주저앉은 순이를 일으켜 세우려 우진이 손을 뻗었지만 그런 우진의 손을 잡지 않았다. 다만 세게 그의 손을 쳐내버렸다.

"놀랐어?"

이런 반응을 보일 것이란 생각을 안 했던 모양인지 우진은 당황스러운 기색이 역력해 보였다. 여자의 눈빛이 꽤나 따갑게 쏟아졌다. 그리고 순이는 쪼그리고 앉아 있던 몸을 일으켜 세우며 말했다.

"내가 그렇게 쉬워요?"

"뭐?"

"내가 그렇게 만만하냐고요. 아무렇게나 키스해도 될 만큼 제가 그렇게 우스워요?"

평소라면 쑥스러움에 그의 눈을 피했을지도 모를 순이지만 지금 그녀는 단단히 화가 나 있었다.

제주도에 오기 전까지 굳어 있던 마음이 그와 대화를 나누며 스르르 녹아가던 참이었다. 그가 진심으로 미안하다고 했기 때문에, 그의 말이 거짓이 아니라고 생각했기에 순이는 그의 짓궂은 장난도 용서할 수 있었다.

그런데 사과를 하자마자 이렇게 자신에게 키스를 할 줄은 생각지도 못했다. 마음과 달리 본능만 앞세우는 그의 모습이 자신을 가볍게 여기고 있다는 생각이 들었다.

"그래요, 술 마시고 실수했다고 쳐요. 나도 많이 마셨으니까 그날은. 그래도 이건 아니잖아요? 한 번 그랬다고 해서, 그래서 내가 그렇게 만만해 보여요?"

"그런 말이 어디……."

"그럼 아니란 말이에요? 이렇게 함부로 키스하는 거, 도우진 씨는 그게 별일 아닐지 몰라도 나한텐 아니라고요! 나한텐 중요한 일이에요. 아무 남자랑 막 할 수 있는 그런 게 아니라고요!"

"……."

"그러니까, 나한테 이런 식으로 함부로 하는 거 더는 안 참아요. 안 참을 거예요."

저 사람이 의미 없이 하는 행동에 더는 설레지 말자. 그저 나 놀리는 게 재미나서 하는 건데, 바보같이 왜 이렇게 심장이 뛰는 거냐고! 이 멍청아!

순이는 왜인지 억울한 기분이 들어 눈물이 나오려 했다.

그의 웃는 모습에, 눈빛에, 자신의 머리칼을 쓰다듬던 남자의 손길에 얼마나 가슴 떨렸는지 그는 모를 것이다. 함께 일하는 사람으로 이 감정이 얼마나 좋지 않은 것인지 누구보다 잘 알고 있다. 그렇기에 더는 안 되는 일이었다. 이 사람의 손길에 설레는 것도, 이 사람과 이런 키스를 나누는 것도, 더는 안 되는 일이었다.

"내가 너한텐 그 정도밖에 안 돼?"

잔뜩 화가 나 자신에게 말을 쏟아내는 순이를 바라보던 우진의 입에서 성난 목소리가 흘러나왔다.

"이거 놔요. 이렇게 함부로 하지 말라고요!"

빠져나가려 버둥거리는 순이의 팔을 잡아 자신을 보게 만든 우진의 손에 잔뜩 힘이 들어갔다.

"마음 가는 여자한테 키스하고 싶은 건 남자의 본능이야. 아무 여자나 괜찮아서 하는 게 아니라고."

우진의 손에서 빠져나오려 버둥거리던 순이의 몸이 일순 정지했다.

"방금 뭐라고……."

"당신이 신경 쓰여. 그 자식한테 다정하게 굴면 열 받는다고."

놀란 눈의 순이가 우진을 바라보자 그는 마른침을 삼키며 다음 할 말을 잠시 멈추었다. 여자의 흔들리는 눈빛이 애처롭게 보일 지경이었다. 하지만 우진보다 먼저 말을 꺼낸 것은 순이였다.

"이렇게 사람 놀리면 재밌어요?"

흔들리던 순이의 눈동자는 어느새 남자에게 고정되었다. 제발 그의 말이 장난이길 바라고 있었다.

"재미없어. 당신 놀라게 만들었다면 미안하지만, 내 마음이 그렇게 됐어."

제발 장난이길 바랐던 순이의 기대는 그의 말 한마디에 산산이 부서졌다.

보지 말아야 할 것을 보고 만 듯한 기분이 들었다.

그저 장난이라고 넘길 수 있었던 일이 그의 눈빛을 보자 그냥 넘길 수만은 없는 일이 되고 말았다. 진지하고 깊은 남자의 눈빛이 그의 진심을 고스란히 내보이고 있었다.

쿵쿵쿵.

심장이 또다시 요란한 소리를 내며 뛰기 시작했다. 살면서 이토록 심장이 거세게 뛸 수 있다는 것을 오늘 처음 알게 되었다.

진정해! 이사장님 아들이야, 내가 모시는 분이야. 공과 사는 구분해야 하잖아? 그 정도는 할 수 있는 애 아니었어? 이런 말에 이렇게 주책없이 가슴 설레고 그러면 안 되잖아.

"당장 뭘 어쩌자는 게 아니야. 내 마음이 그렇다는 거야."

당혹스러워하고 있는 순이를 달래듯 우진이 부드럽게 말을 이어갔다. 격양되어 있던 목소리도 어느새 부드럽게 그녀를 감싸고 있었다.

"같이 일하면서 이런 감정이 드는 건 서로한테……."

주절주절 자신이 무슨 말을 하는지도 모른 채 말을 내뱉고 있는 순이를 바라보던 우진은 조금 떨어져 있던 두 사람의 간격을 줄이며 그녀에게 다가섰다.

"내가 그렇게 별로야?"

"네?"

"그렇게 정색하면서 바로 거절해야 할 만큼 별로냐고 물었어."

우진의 진지한 얼굴이 그녀 가까이 다가왔다. 옅은 스킨 향이 순이의 코를 또다시 자극하고 있었다.

"나는 당신이 웃을 때 귀엽다고 생각해. 그런 허름한 고깃집에서도 내 이야기를 열심히 들어주던 모습이 좋게 느껴졌어. 취해서 제대로 발음조차 안 되지만 그래도 날 부르는 게 귀여웠어."

"……."

우진의 느릿한 말이 귓속으로 들어올 때마다 얼굴에 불이 붙은 듯 화끈거려왔다. 저런 말을 어쩜 저렇게 대놓고 하는지, 민망함은 오로지 순이의 몫인 듯했다.

"그래서 알아가고 싶어. 당신이 어떤 여잔지, 어떤 좋은 점이 있는지, 또 날 얼마나 설레게 만들지 알고 싶다고."

"그만해요. 그래도 이건 안 되는……."

"당신이 내 비서고, 그 사람 밑에서 오래 일했고, 주변 사람들 시선이 어떨지 생각하지 말고, 당신 생각은 어떤데? 내가 그렇게 별로야?"

어느새 가까이 다가온 우진의 입술 사이로 흘러나오는 그의 숨결이 순이의 입술을 스치고 지나갔다. 닿을 듯 말 듯한 거리를 그렇게 유지하며 우진은 순이의 대답을 독촉하고 있었다.

내가 당신 비서가 아니라면? 이사장님의 비서가 아니었다면? 주변 사람들의 시선을 하나도 생각하지 않는다면?

순이는 우진의 말을 머릿속으로 곱씹고 있었다. 그가 웃을 때면 자신도 모르게 입꼬리가 올라갔고, 그의 손길에, 눈빛에 마음 설레어했다. 부정할 수 없는 사실이었다. 하지만 그의 마음에 덜컥 자신의 속내를 드러내기엔 마음에 걸리는 것이 많은 것 또한 사실이었다.

대답을 기다리고 있던 우진의 시선과 순이의 시선이 얽혀 들었다.

"저는……."

"두 사람, 거기서 뭐 합니까?"

* * *

지이잉, 지잉.

아까부터 휴대폰은 계속 울리고 있었지만 순이는 전화를 받으려 하지 않고 있었다.

"전화 받아봐. 도 선생 전화인 것 같은데."

한참을 기다려도 오지 않는 순이와 우진의 차를 찾아 나섰던 선우는 호텔에서 그리 멀리 떨어지지 않은 한적한 길가에 서서 대화를 나누던 두 사람을 발견했다.

대화를 나눈다고 하기엔 두 사람의 거리가 너무나 가까웠지만,

그 이유를 물어보진 않았다. 다만 자신과 함께 차에 오른 순이의 붉은 뺨을 보고 있자니 어떤 상황이었는지 묻지 않아도 알 것 같은 기분이 들었다.

"죄송해요. 찾으러 나오시게 만들어서."

"아니야. 어차피 저녁도 먹을 겸 나오려던 참이었어. 배고프지 않아?"

순이는 계속 울리고 있는 휴대폰을 바라보다 겸연쩍은 웃음을 지어 보였다. 아무것도 묻지 않는 선우의 배려가 고마우면서도 민망하게 느껴졌다.

"별로요. 그보다 피곤해서 쉬어야 할 것 같아요."

"그래."

10분 거리의 길을 달려 선우와 순이가 탄 차량이 먼저 호텔에 도착했다. 뒤따라왔을 우진의 차가 보이지 않아 순이는 잠시 걱정스런 눈으로 주위를 둘러보았다.

갑작스럽게 나타난 선우 덕에 대화는 자연스럽게 중단되었고, 순이는 우진이 듣고자 했던 이야기를 더는 꺼내지 않았다.

다행이라고 생각했다. 선우가 나타난 덕분에 대답을 자연스럽게 피할 수 있었다.

"순이 씨 편하게 쉬어도 되겠다. 도 선생 저기 오네."

선우의 말에 순이의 고개가 얼른 호텔 입구로 향했다. 도착할 때가 되었는데도 오지 않던 우진을 은근 걱정하고 있던 터였다.

긴 다리로 성큼성큼 빠르게 걸어오는 우진의 얼굴엔 이미 아무런 표정도 담겨 있지 않았다.

화 많이 났겠지?

순이의 눈이 다가오는 우진의 얼굴을 살폈다. 무표정한 얼굴로 앞만 보고 걷는 우진의 눈동자엔 순이는 담겨 있지 않았다.

"저기 도 선생님, 식사는?"

어느새 선우와 순이가 있는 곳까지 걸어온 우진은 그대로 둘을 지나치려 했지만 선우의 부름에 잠시 가던 걸음을 멈추어 섰다.

"난 됐으니까 둘이 알아서 해."

우진의 시선이 잠시 순이를 향했지만 이내 그는 그들을 지나쳐 지나갔다.

진짜 화 많이 났구나.

"후우."

찬바람이 쌩쌩 부는 우진의 뒷모습을 보고 있던 순이의 입에서 작은 한숨이 새어 나왔다.

그가 진심을 말했다는 걸 알면서도 대답을 피해버렸고, 그를 두고 그가 신경 쓰인다 말했던 선우의 차를 타고 오기까지 했다. 그저 그 자리를 피하고 싶어 그랬던 것이지만 그의 입장에선 기분 나쁜 상황이었을 것이었다.

"식사할 거야?"

"아뇨. 죄송해요, 아무래도 좀 쉬어야 할 것 같아요."

"간단하게라도 좀 먹어야 하지 않아?"

"괜찮아요."

"순이 씨."

"네?"

우진이 올라간 후에도 어딘지 어두운 표정을 하고 있는 여자의 모습이 신경 쓰이던 선우는 조용히 그녀를 불렀다.

"도우진 씨랑 무슨 사이야?"

"네?"

그녀의 곤란한 얼굴을 보며 묻지 말아야지 했던 말을 선우는 꺼내 들었다.

"나야 순이 씨가 그럴 사람 아니란 거 잘 알지만 모르는 사람들은 고운 시선으로 보지 않을지도 몰라. 더군다나 이사장님 아들이고……. 무슨 소문이라도 돌면 곤란한 건 둘 다 마찬가지 아니겠어?"

다른 사람 일에 관심 많은 사람들은 벌써부터 둘 사이를 엮어 소문을 만들고 있었다. 치프 영훈이 했던 말처럼 평소 다른 남자들의 대시에는 꿈쩍하지 않던 그녀가 우진에겐 꽤 다정한 모습을 보이곤 하는 것이 좋게만은 보이지 않았고, 그로 인해 이러쿵저러쿵 말이 돌고 있는 것도 사실이었다.

"그런 사이 아니에요. 저도 잘 알고 있고요."

선우의 말에 순이가 고개를 끄덕이며 말했다. 이미 자신도 생각하고 있는 부분이었다.

"일에 대한 책임감이 높은 것도 좋지만, 그렇게 잘해주다 보면 남자들은 단순해서 날 좋아하는 걸로 받아들이기도 하거든. 난 순이 씨가 그걸 잘 구분했으면 좋겠다. 책임감과 좋아하는 마음은 다르잖아?"

책임감? 이런 마음이 책임감 때문이라고?

선우의 말에 순이는 작게 고개를 흔들었다.

선우의 말처럼 주변의 시선이나 구설들이 두렵고 무섭긴 하다. 우진의 마음이 기쁘면서도 쉽게 받아들일 수 없는 것이 그런 이유였고, 그리고 무엇보다 열심히 쌓아온 이제까지의 노력이 그런 것들로 인해 폄하되는 것은 원치 않았다. 하지만 분명한 것은 자신의 감정이 책임감이나 의무감과는 완전히 다른 것이라는 거다.

인정해야 돼. 그 사람 때문에 설레던 건 진짜잖아. 그건 내가 더 잘 알고 있잖아.

"그러니까 일만 너무 하지 말고, 다른 사람이랑 연애도 좀 하고 그래."

"연애요?"

"너무 남자는 거들떠도 안 보다가 도우진 씨랑 잘 지내고 그러니까 병원 남자들이 질투하잖아."

선우는 빙긋 웃으며 말했다. 가끔 이사장님과 모습을 나타내는 순이를 궁금해하던 병원 의사들이 있다는 건 선우 역시 잘 알고 있는 일이었다.

"질투라뇨, 말도 안 돼요."

"왜 말이 안 돼? 진짠데?"

"한 선생님도 재미없는 농담 하시는 거 알죠?"

선우의 말에 순이는 말도 안 된다는 듯 고개를 흔들었다. 처져 있는 자신의 기분을 살려주려 꺼낸 이야기란 건 알지만 가끔 저렇게 재미없는 농담을 하는 선우의 개그코드는 몇 년이 지나도 적응이 안 되는 순이였다.

"나도 질투해. 난 순이 씨가 나 말고 다른 남자한테는 냉정한 줄 알았거든. 근데 오늘 보니까 아닌 것 같아서 좀 질투가 나네."

"……."

질투한다는 자신의 말에 놀란 토끼 눈이 된 순이를 보던 선우는 그녀의 모습에 큭큭거리며 웃었다.

"농담이야. 기분 풀라고 해본 소리야."

"후우, 놀랐잖아요! 그런 농담을……."

"그러니까 얼른 들어가서 쉬어. 난 대학 선배가 와 있어서 지하 바(Bar)에 다녀오려고."

"네. 그럼 먼저 올라갈게요."

순이는 선우에게 꾸벅 인사하곤 호텔 엘리베이터에 올랐다.

오늘 하루 일도 많고 신경 쓰는 일도 많았던 탓인지 유독 힘들고 피곤하게 느껴졌다. 몸에 오한이 드는 것처럼 으슬으슬 춥기 시작했다.

3박 4일의 일정이 시작도 되지 않았는데 벌써부터 몸이 지치는 것 같은 기분이 들었다. 이런 상태로 4일을 잘 버텨낼지 걱정이 되고 있었다.

"후우, 일단 일만 생각하자. 놀러 온 게 아니니까……."

12층까지 올라온 엘리베이터가 멈췄다. 폭신하고 안락한 침대에 누워 얼른 잠을 청하고 싶었다. 그렇게 해야만 오늘 하루가 겨우 끝날 것만 같다.

하지만 순이는 몇 발 걷지 않아 다시 걸음을 멈추어 섰다.

조금 전 자신을 그대로 지나쳐 올라갔던 우진이 순이가 묵을

1202호실 앞에 떡하니 서 있었기 때문이다.

쿵쾅쿵쾅.

문에 기대어 서 있던 남자를 발견하자 또다시 순이의 심장이 쿵쿵거리며 뛰기 시작했다. 그 어떤 것보다 심장의 반응이 가장 진실하다는 걸 순이는 이제 알 것 같았다.

"도우진 씨?"

1202호 앞에 다다를 때까지 자신에게 고개를 돌리지 않는 우진을 순이는 조심스럽게 불러보았다.

"늦었네."

다가온 순이를 보던 우진의 입에서 흘러나온 짧은 말은 아무런 감정도 실려 있지 않았고, 그런 남자의 반응에 순이는 그의 마음이 지금 어떤 상태인지 추측하고 있었다.

"왜 여기에 이러고 있어요? 컨디션도 안 좋으면서."

그의 미간이 좁아지며 눈썹이 꿈틀거렸다. 그녀의 말이 마음에 들지 않는다는 듯.

"그렇게 비서로만 남고 싶어?"

"……"

"후우."

아무런 대답이 없는 순이의 모습에 우진은 크게 한숨 쉬었다. 그러고는 잘 정돈되어 있던 자신의 머리칼을 짜증스럽다는 듯 손으로 털며 헝클어놓았다.

"당신도 나한테 아주 마음이 없진 않다고 생각했는데, 내 착각이었나 보군."

"……."

"알았어. 오늘 들었던 말, 내가 했던 행동, 다 잊어버려. 없던 일로 하자고."

"저기……."

"걱정 마. 내일부턴 오로지 비서로 대할 테니까. 들어가서 쉬어."

무언가 말하려 했지만 말이 잘 나오지 않았다. 냉정해진 우진의 반응에 심장이 세차게 요동쳤지만 자신의 마음을 솔직하게 꺼내들 용기는 나지 않고 있었다.

"아깐 놀라게 해서 미안했어."

우진은 결국 그 말을 남기고 그곳에서 걸음을 옮겼다. 곤란한 얼굴의 여자를 보고 있자니 더는 그녀를 괴롭혀서는 안 될 것 같은 기분이 들었다.

그녀도 자신과 비슷한 감정을 가지고 있을 거라고 생각했던 것은 어쩌면 자신의 오만이었을지도 모른다는 생각이 드는 우진이었다.

"그런 게 아니라면 그렇게 고민 없이 그 자식 차에 오르진 않았겠지."

우진의 입가에 씁쓸한 미소가 걸려 있었다.

10. 조금 더 가까이, 가까이

넓은 호텔 연회장에 모여 앉은 사람들은 한가운데 걸린 모니터를 집중해서 바라보고 있었다. 정숙한 분위기가 감돌고 있었지만 진행자의 말을 하나도 놓치지 않으려는 듯 그들은 더욱 집중에 집중을 가하고 있었다.

"오늘날 현대인들은 과거보다 훨씬 외모에 대한 관심이 높은 사회에서 살고 있습니다. 또한 최근 한국 사회는 사회구성원들의 외모를 중요하게 여기고 있으며……."

진행자의 이야기에 모두 집중하는 이 순간에도 우진은 자신의 휴대폰을 만지작거리고 있었다.

출장 첫날 일정인 세미나는 오전부터 오후까지 진행될 예정이었고 우진은 순이에게 오늘 하루 편하게 쉬고 있으란 문자를 보냈다.

[네. 필요하실 때 연락 주세요.]

순이가 보낸 몇 글자 되지도 않는 답장을 보고 있던 우진의 마음이 심란해져오고 있었다.

여자의 감이란 게 무섭다고는 하지만 남자에게도 여자의 무서운 감처럼 짐승과도 같은 촉이란 게 존재한다. 특히나 숱한 여자를 만나며 갈고닦아진 성능 좋은 우진의 촉은 그녀도 분명 자신에게 마음이 있다는 걸 감지했지만 그녀의 입에선 그가 원하는 대답은 단 한 번도 나오지 않았다.

서로가 느꼈던 유대감과 좋은 감정들은 모두 우진의 착각인 것만 같이 느껴졌다. 그런데 이상하게 마음 한구석에선 다른 감정이 꿈틀거리고 있었다.

"흠…… 이 여자를 어떻게 하나."

우진은 자신의 휴대폰을 바라보며 중얼거렸다.

원하는 대답은커녕 다른 남자의 차에 올라 사라지던 여자의 뒷모습을 생각하면 진심으로 화가 났지만 그럼에도 불구하고 어제 저녁부터 오늘 아침까지 식사를 건너뛰었을 여자가 슬슬 걱정되는 우진이었다.

한편, 우진이 식사를 하지 않은 순이를 걱정하던 시각.

순이 역시 자신의 휴대폰을 보며 끙끙거리고 있었다.

호텔 카페 라운지에 앉아 한참을 고민에 빠져 있던 순이는 더는 안 되겠다는 듯 자신의 휴대폰을 테이블 위에 탁 소리가 나게 올려놓았다.

"후우, 그만 생각하자. 그만!"

차가운 표정으로 자신을 바라보던 우진의 뒷모습이 자꾸만 떠올라 마음이 편치 않았다. 그와의 가까워졌던 마음의 거리는 어느새 처음 그를 보았을 때처럼 멀게만 느껴졌다.

그렇게 도망치면 안 되는 일이었는데…….

순이는 커피를 한 모금 마시며 생각했다.

그에 대한 마음이 어떤 것인지 어렴풋하게 느끼고 있었지만 온전히 자신의 마음을 그에게 보이기엔 망설여지는 부분이 많은 것이 사실이었다. 하지만 그럼에도 순이는 그가 돌아서던 그 순간부터 후회하고 있었다.

조금 더 용기를 내야 했던 것은 아닐까? 이제 그 맑던 눈웃음은 내게 보여주지 않겠지?

이런 생각들이 밀려오며 마음을 답답하게 만들고 있었다.

"아이잉, 오빠! 간지럽다니까?"

"가만히 있어봐."

순이의 심란한 마음은 결코 알 리 없는 낯선 사람의 목소리가 들려왔다. 코에 휴지라도 박아 넣은 것처럼 맹맹한 콧소리를 내는 여자 목소리에 순이는 고개를 돌렸다.

넓은 라운지 한쪽 테이블에 앉아 깔깔거리며 웃고 있는 한 커플이 눈에 들어왔다. 커플은 바짝 붙어 앉아 서로의 볼을 감싸 쥐고는 입을 맞추기도 하고 남자는 여자의 머리를 쓰다듬어주기도 하며 서로의 애정을 한껏 뽐내고 있었다.

"아이참! 사람들 많은데 이러지 말아용. 영이 이러는 고 시로용!"

여자가 귀여워 죽겠다는 듯 볼을 쓰다듬고 꼬집는 남자와 그런 남자의 행동이 누가 봐도 싫지 않아 보이는 여자는 행동과는 달리 한껏 콧소리를 내며 싫다고 말하고 있었고, 그로 인해 가뜩이나 수심 깊던 순이의 얼굴이 찌푸려졌다.

저 정도면 축농증 아니야? 혀도 반밖에 없는 것 같은데?

손발이 오글거려 펴지지 않는 순이는 아랑곳 않고, 커플은 이번엔 서로의 앞에 놓인 음식을 먹여주며 하하호호거리고 있었다.

"자기야, 난 이게 머꾸 시퍼욤!"

"아이구, 우리 아기! 요게 요게 먹고 싶었어욤?"

머꾸 시퍼욤은 도대체 어느 나라 말이야? 거기다 아기? 아기라고 하기엔 너무 나이 들어 보이거든?

닭살을 밀면 족히 한 트럭은 밀려 나올 여자의 애교에 순이는 고개를 절레절레 저었다. 우진과의 일로 기분이 별로인 것도 있지만 저 커플의 과한 애교와 콧소리를 듣고 있자니 마셨던 커피마저 세상 구경을 하러 올라올 것 같았다.

이 좋은 제주도까지 와서 이게 뭐 하는 짓이람.

순이는 남아 있던 커피를 입에 털어 넣었다.

신경을 써서 그런 것인지 자꾸만 머리도 지끈거렸고 약하게 열도 좀 나고 있었다. 아무래도 기분 전환 삼아 찬 바닷바람이라도 맞아야 될 것 같았다.

내일부턴 도우진 씨랑 같이 다녀야 할 텐데, 이제 어색해서 어떡하지?

세미나 일정이 끝나는 내일부턴 우진과 함께 요양시설이 세워질 부지의 시찰부터 하나하나 함께 둘러봐야 한다. 하지만 이런 복잡하고 어색한 분위기로 그와 대면할 생각을 하니 벌써부터 앞이 캄캄해지고 있었다.

도우진 씨 생각은 잠시 그만하기로 했잖아? 그만하자, 그만!

순이는 자신의 볼을 손바닥으로 찰싹 때렸다. 잠시 아무런 생각도 하지 않으려 했는데 얼마 지나지 않아 또다시 우진을 생각하고 있는 자신의 모습이 스스로도 당황스러웠다.

이렇게 자꾸만 달려가는 마음을 어떻게 잡아둬야 할까?

"후우……."

생각이 생각을 낳고, 한숨이 한숨을 낳고 있었다. 우진에 대한 생각을 잠시 접어두려 했지만 그의 뒷모습이 자꾸만 떠올랐고, 순이는 또다시 머리가 지끈거렸다.

"후…… 몸살이 오려나?"

순이의 한숨이 깊어지고 있었다.

* * *

"긴 시간 다들 고생하셨습니다. 즐겁게 식사들 하시고 3시까지 이곳에서 다시 뵙겠습니다."

길었던 세미나의 1부가 끝이 나자 모두들 꽤나 지쳐 보이는 얼굴이었고 참석자들은 근사한 호텔 뷔페를 먹기 위해 일사불란하게 자리에서 일어났다.

이런 세미나는 이번 한 번이면 충분해. 지겨워도 너무 지겹잖아.

우진은 보고 있던 자료를 정리하며 고개를 절레절레 흔들었다. 아무리 생각해도 자신의 스타일이 아니었다. 같은 이야길 하고 또 하는 이 시간이 지루하기 짝이 없었다.

제주도까지 와서 이런 호텔에 박혀 하루 종일 세미나라니. 저 늙은이들은 체력도 좋아.

우진은 펼쳐져 있던 자료들을 챙겨 연회장을 빠져나왔다. 벌써 꽤 많은 사람들이 식사를 하러 간 것인지 뷔페로 향하는 우진의 앞엔 듬성듬성 몇 사람이 보일 뿐이었다.

우진은 떨떠름한 표정을 지어 보이곤 손에 들려 있던 휴대폰을 바라보았다. 12시가 조금 넘은 시간이었다.

밥은 챙겨 먹었겠지? 종일 뭐 하나 모르겠네.

왠지 제대로 된 식사는 못 했을 것 같은 순이의 얼굴이 떠올랐다. 그렇게 적나라하게 거절을 당해놓고도 신경이 쓰이는 걸 보면 그녀에 대한 마음이 어느 정도인지 너무나 잘 알게 되는 우진이었다.

"미친놈."

"강 교수, 들었어?"

"뭘요?"

순이의 생각에 입맛이 씁쓸해져오던 우진의 귀에 중후한 남자의 목소리와 카랑거리는 여자의 목소리가 들려왔다.

세미나 진행하던 사람 아닌가? 무슨 대학 교수라고 했던 거 같은데?

세미나장에서 카랑카랑한 목소리로 진행을 하던 중년의 여교수였다. 지루함에 몸이 뒤틀렸지만 그녀의 카랑카랑한 목소리 때문에 결국 잠은 자지 못한 우진이었다.

"한성의료재단 이사장 아들 말이야. 이번에 세미나 참석했다던데?"

"그 소문의 아들 말이에요?"

"그래, 그 아들 말이야."

한성의료재단? 내 이야기 하는 건가?

서너 발자국 뒤에서 걷고 있던 우진은 자신의 이야길 하는 두 사람의 말에 귀를 기울이고 있었다. 이쪽 세계는 도대체 얼마나 좁은 것인지, 벌써 자신의 이야길 모르는 사람이 없는 것이 썩 유쾌하지 않은 기분이었다.

"그래요? 난 왜 몰랐지?"

"대단하지? 이 바닥 소문이 얼마나 무서운데 혼외자식을 공개하고 말이야. 도 이사장도 보통 사람은 아니야."

중년의 남자는 고개를 절레절레 흔들었다. 그 정도 사회적 지위와 위치에 오른 사람이 자신의 치부를 드러내는 것은 보통의 용기론 어림없는 일이란 건 분명했기 때문이다.

"그 사람 원래 보통 사람은 아니잖아요. 옛날 소문만 봐도 뭐⋯⋯."

여교수는 남자의 말에 동의하며 말했지만 이내 말끝을 흐리고 있었다.

옛날 소문? 그게 뭐지?

우진은 호기심을 끄는 말에 한 걸음 가까이 그들에게 다가갔다.

"옛날 소문?"

그래, 나도 궁금하다고. 옛날 소문, 그게 뭐야?

"음⋯⋯."

여교수는 쉽게 말을 꺼내기 어려운 듯 옆의 남자를 바라본 후 고민에 빠진 듯했다. 그 모습을 뒤에서 보고 있는 우진도, 그녀의 옆의 남자도 호기심에 목이 빠질 것 같았다.

"뜸 들이지 말고 말해봐."

남자는 여교수에게 대답을 재촉하고 있었다. 그러자 여교수는 그런 남자의 얼굴을 한 번 더 바라본 후 고개를 가로저었다.

"뭐 좋은 이야기도 아니고, 그냥 못 들은 걸로 해요. 소문이었을 뿐이고⋯⋯."

"에이, 그래도 사람 궁금하게 말을 꺼내놓고⋯⋯."

"밥이나 먹으러 갑시다."

여교수는 더 이상 이야기를 꺼내고 싶지 않다는 듯 남자의 말을 싹둑 잘라내며 화제를 돌렸고 더는 물어봐도 원하는 대답을 듣지 못할 것이란 걸 잘 아는 남자는 어쩔 수 없다는 듯 고개를 끄덕이며 걸음을 옮겼다. 그리고 그런 두 사람의 뒤에 서서 걷고 있던 우진의 얼굴엔 복잡 미묘한 표정이 감돌고 있었다.

여교수를 쫓아가 무슨 이야기냐고 묻고 싶었지만 우진은 궁금증을 잠시 꾹 눌러 담으며 휴대폰을 꺼내 들었다. 그러곤 이내 익숙하게 한 번호를 찾아 통화 버튼을 눌렀다.

-유후! 어쩐 일이냐?

한껏 업이 된 촐랑거리는 남자의 목소리에 우진은 자신도 모르게 피식 웃었다.

"뭐가 그렇게 신났어?"

-원래 늘 즐겁지, 나는! 그보다 웬일이야?

현우는 오랜만에 걸려온 우진의 전화가 반가운 모양이었다.

"부탁할 게 하나 있어서. 뭐 좀 알아봐줘라."

-뭘 알아봐주면 되는데?

"도성환. 그 사람에 대해서 알아봐줘. 특히 예전에 무슨 소문이 있었는지, 뭐든 좋아. 사소한 거라도."

-흐음, 그건 어렵지 않은데……. 너 무슨 생각 하는 거냐?

"생각은 무슨……. 그냥 좀 궁금해서 그래."

-뭐, 좋아. 네가 뭘 하든 난 네 편이니까. 오케이! 언제까지 알아봐줄까?

"최대한 빠르게. 부탁하자."

현우의 말에 우진은 작게 미소 지었다. 여자 좋아하고 가볍게 사는 녀석이지만 그 누구보다 우진을 이해해주는 녀석이었다.

-우진아.

"왜?"

전화를 끊으려던 우진을 현우가 나지막한 목소리로 불렀다. 그러곤 무슨 말을 꺼내려는지 잠시 뜸을 들이다 말을 이어나갔다.

-세영이, 다음 달에 결혼한다.

현우의 말에 우진은 잠시 침묵했다.

"그래?"

-응. GH식품 장남이랑 결혼하나 봐. 그 나쁜 년, 너랑 헤어진 지

얼마나 됐다고.

"결국 GH 장남으로 낙점했나 보군."

현우의 걱정과는 달리 우진은 담담하게 말하고 있었다.

두 사람이 헤어지기 한 달 전, 사귀는 동안에도 틈틈이 선 자리를 만들어 내보내던 그녀의 부모님은 GH식품의 아들과 세영의 선 자리를 만들었고, 세영은 우진의 반대에도 불구하고 그 자리에 나갔었다. 부모님의 말씀을 거역할 수 없다는 핑계를 대면서 말이다.

-괜찮지?

현우는 담담한 목소리로 말하는 우진이 신경 쓰이는지 조심스럽게 물었다. 그가 그녀를 얼마나 좋아했는지는 친구인 현우 역시 잘 알고 있었다.

"괜찮아. 아무튼 그것 좀 부탁하자."

우진은 덤덤하게 말하고는 전화를 끊었다.

세영과 헤어질 때 이미 이런 때를 예상하고 있었다. 생각보다 빠른 타이밍이긴 했지만 분명 그녀는 부모님이 골라준 상대 중 가장 조건이 좋고 괜찮은 사람을 고르고 고를 것이었다. 그러곤 누구보다 아름답고 행복한 표정으로 결혼식장에 들어갈 것이 분명했다.

우진의 얼굴에 씁쓸한 웃음이 스쳤다. 3년간 사랑했던 여자의 결혼 소식에 아무렇지 않다면 거짓말이겠지만 자신이 생각했던 것보다 훨씬 담담한 기분이 들고 있었다.

"누구 덕분이지."

우진은 걸음을 옮기며 중얼거렸다.

이렇게 담담한 기분이 든다는 건 자꾸만 신경이 쓰이는 한 여자 때문이 분명했다. 하루 종일 혼자 시간을 보내고 있을 순이의 얼굴이 떠올랐다.

온전히 비서로서 대하기로 마음먹어놓고선 자꾸만 휴대폰을 들여다보게 되는 자신의 모습에 우진은 피식 웃음이 새어 나왔다.

"아무래도 내가 반한 거야. 그 여자한테."

* * *

"이사장님, JW주얼리 이해정 대표님께서 메모 남기셨습니다."

회의를 마치고 나온 이사장에게 새로 온 비서는 메모지를 하나 건네며 말했다. 노란 포스트잇에는 JW주얼리 대표의 연락처가 적혀져 있었다.

"알았어. 나가봐요."

성환은 비서가 전해준 메모지의 연락처를 바라봤다. 갑작스럽게 자신에게 연락처를 남긴 이 대표의 생각이 무엇일까 쉽게 가늠이 되지 않고 있었다.

"흠……."

성환은 들고 있던 메모지를 책상에 올려두고는 적혀 있는 번호로 전화를 걸기 시작했다. 그의 얼굴에 묘한 긴장감이 서려 있었다.

-네, 이해정입니다.

전화기 너머로 카랑카랑한 여자의 목소리가 들려왔다.

"도성환입니다."

-아, 회의 중이라던데 빨리 끝났네요? 꽤 오랜만이죠?

"무슨 일로 연락하셨습니까?"

여유로운 여자의 목소리와는 달리 성환은 사무적이고 딱딱한 어투로 말하고 있었다. 그의 표정 역시 그의 목소리만큼 굳어 있었다.

-한국에 일이 있어서 들어갈 예정인데 좀 만났으면 좋겠는데요?

"전 만날 이유가 없습니다. 할 이야기는 더더욱 없고요."

-정말 없을까요? 난 있다고 생각하는데.

여자는 무척이나 여유롭게 웃고 있었지만 그녀의 말투는 어딘지 날카롭고 공격적이었다.

"전 드릴 말씀 없으니 이만 끊겠습니다."

성환은 더 이상 통화를 하고 싶지 않은 듯 그녀가 무어라 하기 전 통화를 종료했다. 전화기를 들고 있던 손에 피가 통하지 않을 정도로 힘이 들어가 있었다.

성환은 수화기를 세차게 내려놓고는 자리에서 일어났다. 그러고는 넓은 창가로 다가가 잠시 밖을 바라보며 섰다.

"이제 와서 무슨 말을 더 하려고……."

답답해져오는 마음만큼 그의 얼굴에도 수심이 내려앉고 있었다.

* * *

잠에서 깨어나자 머리가 몽롱하고 몸이 붕 뜬 느낌이 들고 있었다. 약기운 때문인지 침대에 누워 있어도 머리가 뱅글뱅글 도는 기분이었고 거기다 식은땀을 얼마나 흘린 것인지 베개도 축축해져 있었다.

"아……."

순이는 잘 떠지지 않는 눈을 떠 밖을 바라보았다. 어느덧 하늘은 어둑어둑해져 있었다.

얼마나 잔 거지?

점심시간이 조금 지나서 잠이 든 것 같은데 눈을 떠보니 밖은 이미 어두워져 있었다. 하지만 푹 잤다는 느낌은 전혀 없이 몸은 천근만근 더 무겁기만 했다.

순이는 자느라 받지 못한 급한 전화는 없는지 체크하기 위해 침대를 더듬거려 휴대폰을 찾았다. 아무렇게나 던져놓은 휴대폰은 이미 배터리가 다했는지 꺼져 있었다.

"충전기에 꽂아둔 게 있을 텐데."

순이는 고개를 돌려 협탁 위에 놓여 있던 보조 배터리를 집어들었다. 고개를 살짝 돌렸을 뿐인데 뇌가 함께 흔들리는 것처럼 어지럽고 지끈거려왔다.

끙끙거리며 배터리를 갈고 나자 기다렸다는 듯 휴대폰은 진동을 울리며 메시지들을 쏟아냈다.

부재중 전화 열한 통.

그중 모르는 번호 두 통을 제외하곤 선우의 전화가 대부분을 차지하고 있었다. 그리고 가장 마지막 전화 한 통.

약에 취해 잠이 든 지 얼마 지나지 않은 시간에 걸려온 전화. 바로 우진이었다. 기껏 휴대폰에 찍힌 숫자일 뿐이지만 우진을 본 것처럼 반가운 마음이 들었다.

"받았어야 하는데……."

기운 없는 몸을 일으켜 세워 침대 헤드에 기대고서야 순이는 휴대폰을 다시금 손에 들었고, 잠시 망설이던 손은 빠르게 휴대폰의 통화 버튼으로 향했다.

뚜르릉 하는 소리가 들렸고 이내 간결한 신호음이 흘러나왔다.

-도우진입니다.

잠시 후 우진의 낮은 중저음의 목소리가 전화기를 타고 넘어오자 순이는 마른침을 꼴깍 삼켰다. 이렇게 남자와의 전화가 긴장된 것은 처음이었다.

"저 김 실장입니다."

-알아. 통화 안 되던데?

건조하고 사무적인 목소리에 순이는 작게 한숨 쉬었다. 우진의 목소리를 듣고 있자니 자신이 무슨 짓을 한 것인지 깨닫게 되는 기분이었다.

"죄송해요. 자느라……. 그보다 무슨 일로 전화하셨어요?"

-별일은 아닌데…….

우진은 잠시 말끝을 흐렸고 순이는 그런 그의 다음 말을 기다리고 있었다.

-근데 목소리가 왜 그래? 어디 아파?

잠겨 있는 여자의 목소리에 우진이 궁금하다는 듯 물었다.

"아, 자다 깨서 그래요. 조금 전에 일어나서요."

로맨틱 순이 209

-그래?

순이는 애써 괜찮은 척 말했다. 머리는 지끈거리고 눈앞은 어지러웠지만 왜인지 아프다는 이야기는 입 밖으로 나오지 않았다.

"네. 급한 일 있었던 건 아닌 거죠?"

-없었어. 그만 쉬어.

"네. 그럼 내일 아침에 봬요."

짧고도 사무적인 통화를 끝내고 다시 침대에 누운 순이는 머리 끝까지 이불을 끌어당겼다.

서운해하면 안 되는 거잖아? 네가 이렇게 만들어놓고 왜 도우진 씨 말에 자꾸 서운해하는 건데?

평소와 달리 사무적이고 딱딱한 어조로 말하는 우진에게 서운한 마음이 들었다. 그를 그렇게 만든 건, 이렇게 공과 사를 정확하게 구분하고 싶었던 것은 자신이면서 말이다.

"바보 같아."

언제부터 이런 겁쟁이가 되었을까? 아무것도 꺼리는 것 없이 온전히 내 마음만 보고 달려갔던 적도 있었던 것 같은데 나이를 먹을수록 주변의 시선이나 자신의 상황을 고려하지 않고 마음 가는 대로 행동하는 일은 줄어들고 있었고, 끝을 생각하지 않은 만남은 거의 없었던 것 같다.

그러지 않는 사람도 있다고 하겠지만 적어도 순이는 그랬다.

우진을 좋아한다고 해서, 그에게 마음이 자꾸 간다고 해서, 선뜻 그와 어떠한 일을 할 수는 없었다. 그는 자신이 일하고 있는 회사 대표의 아들이고 자신은 그와 함께 일하는 그의 비서니까. 그 끝이 나쁘지 않다는 보장도 없는 길을 마음만 가지고 내달릴 용기가 지금 순이에겐 없었다.

딩동.

머릿속을 어지럽히는 생각들에 눈물이 찔끔 나오려던 때 누군가 초인종을 눌렀다.

"응?"

딩동.

얼른 문을 열라고 독촉하듯 다시금 울리는 초인종 소리에 순이는 머리끝까지 덮고 있던 이불을 걷어내고 자리에서 일어났다. 천근만근 무거운 몸이 누워 있을 때보다 더욱 무겁게 느껴졌다.

"후우, 누구세요?"

* * *

"얼굴이 왜 이래?"

힘겹게 문을 열자 눈앞에 낯익은 얼굴이 나타났다.

평소와 달리 아무것도 바르지 않은 머리카락은 그를 어려 보이게 만들었고 내추럴한 머리카락만큼 편해 보이는 트레이닝복 차림을 하고 있는 우진이었다.

"도우진 씨?"

"목소리가 이상하다 했더니……. 이 식은땀은 뭐야?"

서 있기 힘든지 벽에 기대어 자신을 바라보는 여자의 모습에 우진의 눈매가 날카롭게 변했다. 붉어진 얼굴 위로 식은땀이 송골송골 맺혀 있었다.

"감기 기운이 조금…… 앗!"

서 있을 기운이 없는지 자꾸만 앞으로 쏠리는 여자의 몸을 보고 있던 우진은 그대로 순이의 몸을 번쩍 안아 들었다.

놀란 순이의 눈은 보이지도 않는지 우진은 아무런 말 없이 그녀를 안고 침대로 향했다. 그러고는 조심스럽게 침대에 순이를 올려놓았다.

"저기……."

당황한 순이가 무어라 말하기 전, 우진의 큰 손이 순이의 이마로 향했다. 작고 동그란 이마에 손을 올리자 손바닥 전체로 뜨거운 열기가 올라왔다. 손바닥 안으로 퍼져 나가는 열기에 우진은 얼굴을 찌푸렸다. 이 지경이 되도록 혼자 아파하고 있었을 여자의 모습이 떠오르자 그 미련함에 화가 났다.

"몸 상태가 이 지경인데 왜 아무 말 안 했어? 나한테는 적어도 말을 했어야지!"

전화기 너머로 들려오던 여자의 목소리가 이상하다 싶어 찾아온 것이 얼마나 다행스런 일인가.

"똑똑한 사람이 왜 이렇게 미련하게 굴어? 내가 안 와봤으면 어쩔 뻔했어? 밤새 끙끙 혼자 앓고 있었을……."

답답한 마음에 소리치던 우진의 손이 이마에서 떨어지려 할 때였다. 그의 성난 목소리를 듣고 있던 순이는 멀어져가는 그의 손을 붙잡았다.

"죄송해요."

순이의 손은 미세하게 떨리고 있었고 떨리는 손만큼이나 목소리 역시 울먹이며 떨려왔다.

"뭐가?"

혼자 끙끙 앓고 있었을 그녀의 모습을 떠올리자니 여전히 화가 났지만 자신의 손을 잡고 있는 그녀의 손을 통해 전해져오는 떨림에 집중하는 우진이었다.

"도우진 씨 마음, 그런 식으로……."

순이의 울먹임이 커지고 있었고 그 흐느낌이 우진의 손바닥 가득 퍼져 나갔다.

"그 이야기라면 더 이상 안 해도 돼. 괜찮으니까."

괜찮다 말하는 우진의 말에 순이는 세차게 고개를 흔들었다.

"그런 게 아니에요."

순이는 우진을 바라보았다. 그의 큰 손이 자신에게 닿을 때 심장이 아래로 쿵 하고 떨어지는 기분을 느꼈다. 차갑게 자신을 대하던 우진이 아픈 자신을 걱정해 화를 내고 있는 이 순간이 얼마나 기쁘고 고마운지 그는 모를 것이었다.

감고 있던 눈을 뜬 순이는 어느새 흘러내리는 눈물을 제대로 닦지 않은 채 힘겹게 몸을 일으켜 세웠다. 그러곤 여전히 화가 나 있는 우진의 눈을 바라보았다.

쿵쿵쿵.

또다시 심장이 세차게 뛰었다.

오르는 열 때문인지 눈앞은 여전히 어지럽고 속은 울렁거렸지만 순이는 우진의 눈빛을 피하지 않았다.

지금 말해야 돼. 지금이라면 말할 수 있어.

고르지 못한 순이의 숨소리에 방금 전까지 화를 내고 있던 우진은 한풀 꺾인 목소리로 말했다.

"상태가 안 좋아 보이는데 아무래도 병원을……."

"부재중 전화가 이렇게 반가우면서도 안타까운 적은 처음이에요."

적막한 공간에 순이의 떨리는 목소리만이 울려 퍼졌다.

"이런 건 안 되는 거라고 다짐하면서도 자꾸만 생각하게 돼요."

"……."

"끝이 안 좋을까 봐 너무 겁이 나는데, 무서운데, 그래도 차가운 도우진 씨 보는 게 더 겁나요."

울먹거리며 자신의 마음을 말하고 있는 순이의 목소리에 우진은 귀 기울이고 있었다.

"심장이 아플 정도로 뛰는 건 처음이에요."

잠시 뜸을 들이던 순이의 마지막 말이 끝나자 우진은 기다렸다는 듯 힘없는 순이의 몸을 끌어당겨 자신의 품에 안았다.

"나 역시 마찬가지야. 말은 그렇게 했지만 종일 당신 생각만 했으니까."

우진은 작고 보드라운 여자의 등을 쓸어내렸다. 심장이 아플 정도로 뛴다는 그녀의 말이 얼마나 기쁜지 아무도 모를 것이다.

"그러니까 그만 울어. 자꾸 울면 열 올라서 힘들어."

우진은 자신의 품에서 순이를 잠시 떼어놓으며 말했다. 눈물을 그렁그렁 머금고 있는 순이를 보자 얼굴 가득 미소가 피어올랐다.

"이젠 나한테 그렇게 웃어주지 않을 거라고 생각했어요."

"그럴 리 없잖아."

"……다행이다."

우진의 말에 그제야 얼굴에 미소를 머금은 순이는 안심이 되는지 크게 심호흡했다.

"근데 정말 병원 안 가도 괜찮겠어? 상태가 안 좋아 보이는데."

우진은 순이의 얼굴색을 살피며 말했다. 식은땀에 잔뜩 젖어 있는 머리칼, 붉어진 얼굴, 오르는 열 때문에 고르지 못한 숨소리까지, 그냥 두기엔 걱정스런 모습이었다.

"아무래도 좀 쉬긴 해야 할 것 같아요. 아까부터…… 너무 어지러워서……."

애써 웃고 있었지만 아까부터 몸이 덜덜 떨려오고 열이 올라 귀가 멍해지는 느낌이 들었던 터였다.

"일단 누워 있어. 의무실 다녀올게."

우진은 힘들어 보이는 순이의 몸을 조심스럽게 침대에 눕혔다. 잠시 닿은 몸이 뜨끈뜨끈한 것을 보니 열이 꽤 높아 보였다.

"금방 올게."

우진은 순이의 볼을 한번 쓰다듬고 자리에서 일어나 의무실로 향했고 순이는 침대에 누워 잠시 눈을 감았다.

방금 우진이 만지고 갔던 볼이 화끈거리는 기분이 들었다. 그의 다정한 목소리와 눈빛을 다시 보게 되어서 정말 다행이란 생각이 들었다. 두렵고 무섭지만 솔직하게 마음을 이야기할 수 있어서 다행이었다.

"말하길 잘했다."

* * *

붉어진 얼굴, 송골송골 맺혀 있는 땀방울, 거친 숨소리.

의무실에서 가져온 링거를 맞고서야 조금 편해졌는지 순이는 곤히 잠이 들었고 우진은 그런 순이의 얼굴을 물수건으로 닦아주고 있었다. 잠이 들어서도 꽤 힘이 드는 것인지 끙끙 앓는 소리를 내기도 했지만 다행히 잠은 깨지 않고 있었다.

'심장이 아플 정도로 뛰는 건 처음이에요.'

곤히 잠들어 있는 순이의 얼굴을 보고 있자니 아까 전 그녀가 했던 이야기가 떠올랐다.

그렇게 마음을 찌르르하게 만든 고백은 우진 인생에 처음이었다. 사랑한다, 좋아한다, 그런 말이 아니었음에도 우진은 그 어떤 말을 들었을 때보다 기뻤고 행복했다.

우진은 들고 있던 물수건을 내려놓았다. 그러곤 보드라운 순이의 뺨을 어루만졌다.

"끝이 안 좋을까 봐 겁이 난다라……."

우진은 순이가 울먹이며 했던 이야기를 떠올렸다. 그녀가 무엇을 걱정하는지 알 것 같았다.

새로운 시작이 겁나지 않은 사람이 몇이나 될까? 끝이 겁나지 않은 사람은 또 얼마나 될까?

우진 역시 사랑했던 사람이 있었고 아파봤고 괴로워봤다.

그렇기에 새로운 시작이 쉽거나 어렵지 않은 것은 아니지만, 그렇다고 피할 생각은 없었다. 두렵고 겁나는 만큼 피하지 않을 것이고 솔직하게 마음 가는 대로 이 여자를 아껴줄 것이다.

우진은 곤히 잠든 순이의 동그랗고 보드라운 이마를 만진 후 천천히 입술을 내렸다. 보드라운 살결에 입술이 닿자 그녀의 미열 때문인지 뜨끈한 열기가 느껴졌다.

"내가 잘 해야겠지."

우진은 잠들어 있는 순이의 얼굴을 한 번 더 쓰다듬으며 중얼거렸다.

이 말은 그녀에게 하는 다짐이자 본인 스스로에게 하는 다짐이었다. 한발 용기를 내어 다가와준 순이를 지켜주고 싶은 마음이 드는 우진이었다.

11. 달달해서 좋다

"몸이 안 좋다고 하던데 이제 괜찮은 건가?"

길지 않은 출장을 끝내고 회사로 복귀한 순이에게 이사장은 걱정스런 얼굴로 물었다. 제주도에 있는 동안 몸살로 꽤나 힘들었단 소리를 들었기 때문이었다.

"네, 이제 괜찮습니다. 걱정 끼쳐 죄송합니다."

"아니야, 아닐세. 내가 너무 무리를 시킨 거지."

성환은 자신이 지시한 일과 우진의 일을 보필하고 있는 순이에게 미안한 마음이 들었다. 믿을 만한 사람이라 일을 맡긴 것은 맞지만 빡빡한 일정을 소화하는 것이 쉬운 일은 아닐 것이었다.

"주말 동안 몸조리하고 푹 쉬어. 고생 많았어."

"네. 따로 지시할 사항은 없으시고요?"

"음, 당분간은 우진이 녀석이 뭘 하는지 보고만 해주면 돼."

"네. 알겠습니다. 그럼 이만 나가보겠습니다."

순이는 이사장에게 인사하고 이사장실을 나섰다.

몸 상태를 걱정해주시는 이사장님을 보고 있자니 얼굴이 화끈 거렸다. 우진과 꼭 닮은 얼굴이 자꾸만 그를 보고 있는 것 같아 부끄러워졌다.

"후, 긴장했네. 이사장님 얼굴 뵐 때마다 이러면 안 되는데."

"뭐가 그러면 안 되는데?"

언제 온 것인지 등 뒤에서 불쑥 우진의 음성이 들렸고 그 소리에 순이는 깜짝 놀라 걸음을 멈추었다.

"놀랐잖아요!"

"뭐가 그럼 안 돼? 혼자 중얼거리던데?"

순이의 놀란 얼굴이 귀엽다는 듯 우진은 빙긋빙긋 웃으며 그녀를 바라보고 있었다. 하얀 가운 주머니에 손을 찔러 넣고 여유로운 걸음으로 순이의 옆에 다가섰다.

"이사장님 얼굴 뵙는데 도우진 씨 생각이 나서……."

쭈뼛쭈뼛, 민망함에 우진에게서 고개 돌린 순이는 그렇게 쭈뼛 거리며 말하고 있었다.

"흐음, 내가 그렇게 보고 싶었어?"

"그, 그런 건 아니고요!"

민망함에 버럭 하는 순이가 귀여운 듯 우진은 여전히 빙긋거리며 순이를 바라보고 있었다. 감기몸살로 제주도에 있는 동안 바깥 출입도 자제하고 호텔에서만 시간을 보낸 보람이 있는지 감기는 말끔히 떨어진 것 같았다.

"이제 뭐 할 거야?"

우진은 천천히 걸음을 옮기는 순이를 따라 걸으며 넌지시 물었다.

"음, 부모님 댁 가서 뚱이 데려오고, 그리고……."

"뚱이? 아, 그 못난이?"

"못난이 아니라니깐요?"

"부모님 댁에 맡겨놨으면 좀 늦게 찾으러 가도 되는 거지?"

"왜요?"

우진의 말에 순이는 궁금하다는 듯 물었다. 그의 말처럼 부모님 댁에 맡겨 놓았으니 늦게 찾으러 가도 아무런 문제가 되지 않을 건 분명하니까.

순이는 그의 입에서 무슨 말이 나올지 기다리고 있었고 우진은 그런 여자의 마음을 읽기라도 한 것처럼 그녀의 앞으로 걸어가 마주 섰다. 그러곤 주머니에서 준비해온 티켓 두 장을 꺼내 들며 말했다.

"첫 데이트 하자고. 나랑."

* * *

인천국제공항은 이른 아침 시간임에도 불구하고 수많은 사람들이 오가고 있었다. 그런 많은 사람들 중에서도 입국장 한 곳에선 유달리 눈에 띄는 무리들이 있었다.

굽 높은 하이힐, 유명 브랜드의 고급 정장 차림, 블론드색에 가까운 밝은 색의 웨이브 진 단발머리, 붉은 립스틱. 화려하고 시선이 가는 여인은 입국장을 빠져나와 자신의 비서들과 함께 준비된 차량으로 향했다.

"대표님, 논현동으로 모실까요?"

차량에 올라탄 비서는 해정의 피곤한 얼굴색을 살피며 물었다. 13시간의 기나긴 비행시간이 꽤나 고단했던 모양이었다.

"아니, 일단 갈 곳이 있어. 출발해."

해정은 쓰고 있던 선글라스를 벗었다. 아침 햇살이 차창으로 쏟아져 내리고 있었고 오랜만에 보는 한국의 풍경은 여전히 익숙하고도 친근감을 들게 했다.

"어쩜 이렇게 안 변했을까?"

해정은 쓸쓸한 미소를 지었다.

"대표님, 한국은 오랜만이시죠?"

이 비서는 밖의 풍경을 보며 쓸쓸한 미소를 짓는 해정에게 물었다. 그녀의 비서로 일한 지 3년. 비즈니스차 세계 각국을 돌아다니는 해정이 유일하게 오고 싶지 않아 하던 곳이 바로 한국이었다.

"응. 이 비서는 미국에서 쭉 자랐다고 했던가?"

"태어난 건 한국에서 태어난 것 같습니다. 태어난 지 얼마 안 돼서 지금의 부모님께 입양되었습니다. 두 분 다 미국분이십니다."

"그럼 한국은 처음인가?"

해정은 이제 갓 서른이 된 비서의 옆모습을 바라보았다. 하얀 피부에 곱상한 외모를 가진 미인이었다. 빠릿하고 스마트한 사람이라 해정이 아끼는 이였다. 아마 해정 자신에게도 아이가 있었다면 이 비서 또래 정도 되었을 것이라 생각했다.

"스무 살 때 온 적이 있습니다. 친부모님을 뵙고 싶어서요."

"만났어?"

"아뇨. 뵙지 못했습니다. 어머니께서 저를 만나지 않으려 하신다고 들었습니다."

"음, 그랬구나. 무슨 사정이 있었겠지?"

"그런 거라고…… 지금은 생각하고 있습니다."

해정은 비서의 말에 고개를 끄덕였다. 자신이 배 아파 낳은 자식을 보내야 했던 이유가, 만나지 못하는 이유가 분명히 있을 것이란 생각이 들었다.

"이 비서, 이번엔 다른 생각 하지 말고 관광도 다니고 그래. 일정은 빡빡하지 않으니까."

"대표님?"

"나도 오랜만에 한국에 온 거니까, 못 봤던 사람들도 만나보고 하려고."

해정은 작게 미소 지었다. 평소 일에 관해선 그 어떤 사람보다 철두철미한 그녀의 낯선 모습에 이 비서는 잠시 머뭇거렸다. 이런 일은 그녀의 곁에 있으면서 처음 겪어보는 일이었다.

"감사합니다."

차는 미끄러지듯 도로 위를 내달렸고 해정은 다시금 차창 밖으로 시선을 돌렸다. 이미 차창 밖에는 제 갈 길 바쁜 차들밖에 보이지 않았지만 해정의 눈은 다른 것을 보고 있는 듯했다.

햇볕은 또 왜 이리 좋은지. 쨍하게 내리쬐는 햇볕을 바라보던 해정은 눈을 감았다. 마음속 깊은 곳이 울렁거려왔다.

* * *

사람의 마음이란 게 이렇게 봇물 터지듯 터져 나올 수 있는 것일까?

우진에게 솔직한 마음을 말하고 나선 그간 스스로 걱정했던 것들은 까맣게 잊은 듯 순이는 우진의 모든 것에 설레기 시작했다. 그의 눈빛, 목소리, 손짓, 심지어 바람에 날리는 머리카락까지 모든 것이 그러했다.

저녁을 먹고 영화를 보고 커피를 마시는 동안에도 우진의 손은 여전히 순이의 손을 꽉 잡고 놓아주지 않았다. 이 관계에 대한 고민을 하던 순이를 놓아주고 싶지 않다는 말을 돌려 하기라도 하는 듯 그렇게 우진의 손은 그녀의 집 앞까지 오는 동안도 꿈쩍하지 않고 있었다.

그리고 그런 남자의 행동에 순이는 자신이 꼭 중학생 소녀가 된 기분이 들었다. 그저 손과 손이 맞닿았을 뿐인데 심장은 요동치고 있었고 주변이 온통 자신의 심장 소리로 가득 차는 것 같았다. 숨을 제대로 쉴 수 없을 만큼 긴장도 되었다.

"오늘 즐거웠어요."

"놓아주기 싫은데 너무 빨리 왔네."

어느새 순이의 오피스텔 가까이 도착한 우진은 빙긋 웃으며 말했다. 함께 있는 시간은 왜 이리도 빠르게 흐르는지, 우진은 가까워진 순이의 오피스텔 건물을 올려다보며 중얼거렸다. 몹시 아쉬운 마음이 들었다.

"아쉽네."

"그래도 가야죠. 벌써 11시가 넘었어요."

우진의 말에 순이는 수줍은 표정이 되었다. 그의 솔직한 표현들이 아직은 적응기가 필요할 듯하지만 분명한 것은 싫지 않다는 것이다.

"알았어. 푹 자고 내일 봐."

우진은 종일 잡고 있던 순이의 손을 아쉬운 눈길로 한 번 더 바라보고서야 놓아주었다. 그녀의 손이 빠져나간 자리가 허전하게 느껴졌다.

"네. 우진 씨도 조심히 들어가세요."

"응. 도우진 씨보단 우진 씨가 듣기에 좋네. 이만 갈게."

우진은 기분 좋은 웃음을 남기고 뒤돌아섰다.

"어쩜 좋아, 왜 이렇게 쑥스러운 거야?"

우진의 말에 왜 이렇게 수줍은 기분이 드는지 순이는 자신의 뺨을 두 손으로 감싸 쥐며 중얼거렸다. 긴 다리로 휘적휘적 걸어가 어느새 작아진 우진의 뒷모습마저 지금 순이에겐 멋있어 보였다.

* * *

귓가를 때리듯 들려오는 강렬한 사운드, 흐느적거리며 비트에 몸을 맡긴 사람들. 화려한 불빛. 그 모든 것이 투명한 유리벽 너머 일어나고 있는 일이지만 정작 그것을 보고 있는 남자와 여자는 바깥과는 달리 침묵을 유지하고 있었다.

날씬한 몸매를 더욱 드러내는 딱 달라붙는 하얀색 원피스. 굵게 웨이브 진 갈색 머리카락은 풍성함을 뽐내며 여자의 등 뒤로 흘러 내리고 있었다. 사람의 눈길을 사로잡는 화려한 외모만큼이나 붉은 입술은 알 듯 모를 듯 묘한 미소를 머금고 있었다.

"그 웃음은 뭐냐?"

남자는 여자의 미소가 거슬리는지 마땅치 않은 표정을 지어 보이며 자신의 술을 털어 넣었다.

"왜 우진 씨 이야기 나한테 안 했어?"

여자 역시 자신의 술잔을 비워내며 말했다. 그러자 마주 앉은 현우의 입에선 어이없다는 듯 실소가 터져 나왔다.

"하하, 이 시점에 우진이 이야기가 네 입에서 나오는 건 좀 신선 하다, 세영아?"

현우의 눈살이 잔뜩 찌푸려졌다. 어느 정도 예상하고 있던 일이 지만 막상 현실이 되고 보니 세영의 태도는 현우의 기분을 상하게 만들고 있었다. 하지만 세영은 현우의 반응쯤은 이미 예상했었다 는 듯 아무렇지 않게 이야길 이어갔다.

"한성재단 이사장 아들이라며? 진짜야?"

"진짜면? 사생아가 아니라서 구미가 당기냐?"

현우는 기분이 나쁘다는 것을 조금도 숨기지 않고 표정에 드러 냈다.

"그래."

"하하, 너 참 뻔뻔하다, 이세영?"

세영의 담담함이 현우를 자극했다.

오랜 시간을 우진과 친구로 지냈다. 우진은 자신의 콤플렉스와 같은 출생에 대한 것을 잘 숨기며 살아왔다. 그로 인해 허허실실 장난스런 모습을 보이지만 현우는 누구보다 우진의 마음을 잘 알고 있었다.

하지만 그런 녀석에게 세영은 늘 칼날 같은 존재였다. 의대를 수석으로 졸업하고 잘나가는 의사가 되어 꽁꽁 숨기고 싶었던 우진의 꼬리표를 세영은 가장 중요하게 생각했고 그것으로 인해 우진의 마음을 할퀴고 베이게 만들었다.

"말해봐. 우진 씨 정말 이사장 아들이야? 병원도 옮겼다던데?"

"그래. 이사장 아들 맞아. 지금 그 병원에서 후계자 수업 받고 있고. 됐냐?"

후계자 수업이라는 말에 세영의 미간은 좁아졌다. 방금까지 평온을 유지하던 얼굴은 어느새 서늘한 느낌을 풍기고 있었다.

"우진 씨는 그런 이야길 왜 나한테 안 했대?"

"우진이가 너한테 그 이야길 왜 해야 하는데? 넌 그냥 헤어진 전 여자친구일 뿐이야. 그것도 잔인하게 상처 내면서 자신을 차버린!"

"그래, 나 그런 년이야. 몰랐던 거 아니잖아? 그러니까 말해봐. 우진 씨 병원 옮기고 집도 옮겼다는 거 전부 다 진짜란 말이지?"

"어디서 소식은 다 들었나 본데 정신 차리고 결혼 준비나 잘해.

이제 와서 네가 그런다고 너 받아줄 놈 아니야."

"우리 싫어서 헤어진 사이 아니야. 하루 이틀 만난 사이도 아니고."

"사랑하지도 않았지. 넌 그저 외로움을 달래는 수단으로 우진이랑 만났던 거야. 우진이 마음 이용하면서 네 맘에 드는 남편감 고르고 다녔잖아, 안 그래?"

현우의 날 선 목소리가 룸 안을 메웠다. 세영의 뻔뻔함에 넌더리가 날 것 같았다.

"그래, 사생아 도우진은 결혼할 수 없는 상대자였어. 거기다 난 평범한 의사의 아내로 살고 싶은 마음도 없었거든. 근데 한성재단 아들이라면 말은 달라지지. 포기하고 싶지 않아, 그런 남자."

세영은 날 선 현우의 목소리에도 조금도 주눅 들지 않았다. 오히려 자신이 듣고 싶었던 이야길 다 들어서인지 만족스런 표정으로 다리를 꼬고 앉았다.

"내가 우진이 놈이랑 친구로 지내면서 그 녀석한테 딱 하나 미안한 게 뭔 줄 아냐?"

"……."

"널 우진이한테 소개시켜준 일이야."

* * *

또각, 또각, 또각.

멀리서부터 들려오는 구두 굽 소리에 소파에 앉아 눈을 감고 있던 우진의 입가엔 슬며시 미소가 걸렸다.

또각, 또각, 또각.

자신과 가까워질수록 구두 굽 소리는 빨라지고 있었다.

"빨라지는 걸 보니 화가 나셨군?"

진료실 소파에 반쯤 눕다시피 몸을 기대고 있던 우진은 빙긋 웃으며 몸을 일으켰다.

"3, 2, 1, 제로."

"도우진 씨!"

우진의 카운트를 듣고 있었던 것처럼 타이밍을 맞춰 진료실 문이 열렸고 카랑카랑한 순이의 하이톤 목소리가 울려 퍼졌다.

한 손엔 늘 들고 다니는 수첩 하나를 쥐고 또 다른 한 손은 앞으로 흘러내린 머리카락을 쓸어 넘기며 인상을 쓰는 순이의 모습이 오늘따라 섹시해 보인다.

입 밖으로 이런 말을 꺼내면 분명 더 화낼 테지만.

"정말 이러실 거예요?"

"화내면 얼굴에 주름 생겨."

우진은 자신을 보며 씩씩거리는 순이의 곁으로 성큼성큼 다가갔다. 그녀가 화를 내는 이유가 무엇인지 알고 있었지만 짐짓 모른 척하며 이유를 물었다.

"왜 이렇게 화가 나셨을까?"

"몰라서 물어요? 제 주름 걱정되면 진료 스케줄을 잡아야죠?"

의국에 갔다 왔나 보군?

성난 고양이처럼 갸르릉거리는 순이의 모습을 보며 우진은 미소 지었다.

"화내는 것도 예뻐 보이는데 나 어쩌지?"

이번엔 나오려는 말을 참을 수 없었던지 우진은 중얼거렸고 그의 거침없는 공격에 순이는 당황한 듯 두 눈을 깜빡거렸다.

"또, 또 그런…… 그런 걸로 넘어가려고!"

"그건 아니고, 일단 앉아서 이야기합시다, 김순이 씨?"

우진은 잔뜩 골이 난 얼굴로 자신을 바라보는 순이의 손을 잡아 끌었다.

"이, 이거 놔줘요. 누가 들어오면 어쩌려고……."

자신의 자리 옆에 순이를 앉힌 우진은 자신의 긴 팔로 여자의 허리를 바짝 끌어안았다.

"환자도 안 보는데 오긴 누가 와?"

"그래도요, 병원 선생님들이라도 오면 큰일……."

자신의 몸을 끌어안고 놓아주지 않는 그의 손을 풀어내리던 몸을 비틀었지만 자신의 손을 덮어오는 우진으로 인해 말을 멈출 수밖에 없었다.

"VIP 수술만 하라고 해서 하기 싫다고 했더니 진료 스케줄을 안 주네."

"그러니까, 왜요? VIP 수술은 왜 싫은데요?"

자신의 어깨에 턱을 괴며 중얼거리는 우진에게 차분히 묻는 순이였다.

"여기가 미용수술만 하는 곳이면 그냥 아무나 상관없는데, 여긴 대학병원이잖아? 그럼 급한 사람부터 수술하는 거지 VIP만 기다렸다 하라는 건 말이 안 돼. 그 수술은 나 아니라도 하고 싶어 하는 사람 많을 텐데 말이야."

"흐음, 그런 거예요?"

그의 말이 맞는 소리란 생각이 들었다. VIP 수술은 서로 맡고 싶어 하는 게 사실이니까 말이다.

"외상 환자들이나 복원수술 환자들은 시기를 놓치면 수술해도 힘들어. 피부 조직은 시기를 놓치면 자생력이 떨어져서 효과도 낮고."

"그럼 그렇게 말하지 그랬어요?"

"됐어. 순이 씨랑 데이트할 시간을 만들어주는데 거절할 리가 있나?"

"농땡이!"

"그래서 당신이랑 이러고 있을 수 있는 거잖아?"

어깨를 스치며 전해져오는 우진의 목소리에 순이의 심장이 쿵! 하고 내려앉았다. 그의 직설적인 저 언어 습관은 여전히 적응이 잘 되지 않는다. 어쩌면 좋을까? 어떻게 된 남자이기에 숨소리마저 멋있는 건지.

"이사장님이 걱정 많으세요."

"흐음."

이사장이란 말에 아무런 대꾸 없이 가만히 순이의 이야길 듣고 있는 우진이었다.

"저도 도우진 씨가 병원 선생님들한테 욕먹는 거 싫어요."

"누가 걱정을 너무 해서, 얼른 진료 스케줄 잡아야겠네."

순이의 말이 기분 좋게 들렸는지 우진은 빙긋 웃었다. 자신에 대한 안 좋은 소리야 우진 본인이 제일 잘 알고 있었지만 크게 신경 쓰지 않는 성격이니 그러려니 했던 것인데 순이의 입장에선 그게 몹시 신경이 쓰였던 모양이다.

"진짜죠?"

"응. 다음 스케줄은 빽빽하게 채워놓을 테니까 이번 주는 즐기자고."

"알았어요."

"그렇게 좋아?"

스케줄을 잡겠다는 말이 뭐가 그렇게 좋은지 고개를 돌려 환한 얼굴로 웃는 순이의 모습에 우진은 자신이 더 흐뭇해졌다.

"당연하죠! 이제 욕 안 먹어도 될 테니까."

"그런 귀여운 소리 하면 뽀뽀하고 싶어지는데, 해도 돼?"

화르륵.

우진의 말에 순식간에 얼굴에 불이 붙는다.

저, 저 언어 습관 좀 뜯어고쳐야지. 건강에 너무너무 해로워.

직설적으로 훅 들어오는 남자의 말에 놀란 마음을 진정시킬 새도 없이 이번엔 남자의 얼굴이 순이의 얼굴 가까이로 들어왔다.

"해도 돼?"

"안 된다고 해도 할 거면서⋯⋯."

어느새 볼을 쓰다듬는 남자의 온기가 볼에 그대로 전해지자 순이의 심장은 세차게 뛰기 시작했다.

"정답."

여자의 입술을 눈으로 맛보기라도 하듯 뚫어지게 쳐다보던 우진은 천천히 순이의 얼굴 쪽으로 더 다가갔다. 달콤한 향기가 느껴지자 우진의 피도 뜨겁게 끓어올랐다.

천천히, 천천히 순이의 입술 언저리까지 도착한 우진은 긴장감에 숨도 제대로 쉬지 못하는 순이의 모습이 귀여워 피식 웃어버렸다.

귀여워서 미치겠네.

"여기 도우진 선생……."

우진의 입술이 순이의 입술 위에 닿으려 할 때였다.

갑작스런 남자의 목소리에 빛의 속도로 떨어진 둘의 시선은 문 쪽으로 향했다. 옅은 갈색머리의 남자는 방금까지 붙어 있던 두 사람을 바라보며 씨익 웃고 있었다.

"도우진 선생님, 진료 안 보고 뭐 하십니까?"

민망함에 벌겋게 달아오른 순이와 들어온 남자를 보며 눈살을 찌푸리던 우진은 작게 한숨을 내뱉었다.

"후우, 저 자식!"

"아는 분이에요?"

민망함에 불이 붙은 얼굴로 우진에게 작게 속삭이는 순이였고 우진은 고개를 끄덕였다.

"내 친구야. 들어와. 거기 그러고 있지 말고."

우진은 어이없다는 듯 현우를 바라보며 말했다. 입구에 서서 씨익 웃고 있는 그의 눈이 '너희들이 하고 있던 걸 나는 다 봤다'고 말하고 있었다.

"어쩐 일로 왔어?"

"할 말 있어서 왔지, 그나저나 이 아리따운 분은 누구?"

현우는 당황스런 얼굴로 자신과 우진을 번갈아 보고 있는 여자를 바라봤다. 예쁘장한 얼굴을 더 어려 보이게 하는 단발머리, 하얀 피부, 큰 눈, 우진이 좋아하는 스타일이었다.

"내 여자친구야. 인사해, 이쪽은 현우라고 내 친구 놈이야."

"안녕하세요. 이현우라고 합니다."

"네, 안녕하세요. 저 그럼 먼저 나가 있을게요. 두 분 대화 나누세요."

우진의 친구에게 그런 모습을 보인 게 아무리 생각해도 민망해 순이는 황급히 자리를 떴다.

살면서 이렇게 부끄러워본 적이 있었나 싶어졌다.

창피해! 창피해!

우진의 눈빛에 꼼짝할 수 없어 그를 밀어내지 못했던 것이 후회되기 시작했다.

* * *

"병원까지 어쩐 일이야?"

"전에 알아봐달란 거 있었잖아. 할 말도 좀 있고."

순이가 밖으로 나가자 현우는 소파에 자릴 잡으며 말했다. 일전에 우진이 알아봐달라 했던 일도 있었고, 얼마 전 자신을 다녀간 세영에 대한 이야기도 전하기 위해서 이곳에 온 것이었다.

"아, 알아봤어?"

"응. 그나저나 방금 그 여자 진짜 여자친구야? 진짜로?"

"그럼 가짜겠냐?"

"호오? 뭐 하는 사람인데?"

"여기 재단 비서실장이야."

"비서실장?"

"응. 그보다 빨리 본론부터 말해."

우진은 흥미롭다는 얼굴로 자신을 보고 있는 현우에게 비타민 음료 하나를 건네며 말했다. 그러자 현우는 고개를 끄덕였다.

"흥미롭더라? 한성재단이 여기까지 오는 동안 엄청난 일들이 많았더라고."

"그게 뭔데?"

우진의 눈빛이 꽤나 진지해졌다.

제주도 세미나에서 교수들이 하던 이야기의 실체를 이제야 들을 수 있을 것 같은 예감이 들었다.

역시 뭔가 있었던 게 분명해.

"일단 한성재단의 지배구조부터 알아야 이해가 될 거야."

"지배구조?"

"응. 한성재단이 지금은 여개 개의 큰 병원에, 사회적인 의료봉사 사업도 하고 있지만 처음엔 그저 그런 종합병원이었어. 기업과 시에서 후원받아 운영되고 있었고."

"그런데?"

"너 재원건설 알지? 지금은 백화점이랑 리조트 사업하고 있는

JW그룹의 모태."

"알지."

대한민국 사람 중에 JW그룹 모르는 사람이 있을까? 전국에 가지고 있는 호텔 수만 해도 어마어마한 곳. 우진은 현우의 다음 말이 흥미로워졌다.

"거기서 한성병원을 지원하고 있었던 모양이야, 그 당시에 병원장이 재원건설 사장과 동문이었고."

"그래서?"

"당시에 재원건설 사장과 병원장은 의료사업의 확장을 같이 모색했던 것 같아. 막대한 자금력을 바탕으로 병원을 키우려던 두 사람에게 절실히 필요한 게 있었어. 바로 실력 있는 의사."

"돈만으로는 한계가 있을 테니까."

아무리 자금줄이 든든하다고 해도 칼을 잡아줄 실력 있는 의사는 병원 운영에 필수였을 것이 분명했다.

"그렇지. VIP 고객들을 상대로 백전백승할 의사가 필요하던 그때, 이 병원에서 가장 잘나가던 의사 둘이 있었어. 그게 누군지 알아?"

"누군데?"

"너희 아버지인 이사장과 이사장님의 형이었던 도윤환 씨야."

"큰아버지?"

"응. 그런데 진짜 문제는 여기서부터야."

현우의 표정도 어느새 진지해져 있었다.

"문제라니?"

"재원건설이랑 한성병원이랑 서로 더 많이 자기 사람을 심고 싶었던 거지. 때마침 두 사람 다 딸 하나씩밖에 없었기 때문에 두 사람 중 하나를 사위로 삼고 싶었던 모양이야. 재원건설에선 형이었던 도윤환을, 한성병원에선 너희 아버지를."

"그래서 뭐가 문제란 건데?"

"한성병원에서 사위 삼은 너희 아버지를 전면에 내세워 VIP 수술을 시키면서 홍보를 했는데 형님이었던 쪽도 만만치 않았던 거지. 재원건설의 후원도 있었고, 병원 내 입지도 형님 쪽이 우세했던 것 같아. 뭐, 두 사람 마음이 어땠는지는 모르겠지만 본의 아니게 권력 싸움에 형제가 앞장서게 된 거지."

"……."

병원 내 알력싸움에 나서게 된 형제와 서로 더 많이 가지기 위해 자신의 딸들을 내세운 두 사람. 비릿한 냄새가 올라오는 기분에 우진은 쓸쓸한 입맛을 다셨다.

"그렇게 권력 싸움의 승자는 너희 큰아버지인 도윤환 씨가 됐고, 차기 병원장으로 낙점되었던 그때, 도윤환 씨가 사고를 당했어. 갑작스런 교통사고."

"뭐?"

"그래서 병원장은 너희 아버지가 됐고 한성병원 재단을 운영 중이던 장인이 돌아가시고 나선 이사장이 된 거지."

"그게 다야?"

권력싸움에 앞장선 형제. 어쩔 수 없었던 상황이라 본다면 이해 못 할 일도 아니었다.

"아니, 그 사고가 너희 아버지, 지금 이사장 때문이란 소문이 돌았던 것 같아. 형님이 죽고 두 달 만에 병원장으로 취임된 까닭도 있을 거고, 사고가 나던 날 밤 마지막 통화가 이사장 전화였던 모양이야. 만나러 가다가 사고가 난 것 같고."

"……그 말은?"

"뭐, 어디까지나 소문이고 아무런 혐의점도 찾을 수 없어서 빗길에 미끄러져 사고사한 걸로 끝났지만 한동안 그 소문이 이 바닥에 쭉 깔렸던 것 같아."

"그랬었군."

우진은 고개를 끄덕이며 현우의 말을 머릿속에 정리하고 있었다. 우연이라고 하기엔 형님의 사고로 득을 본 게 많으니 그런 소문이 돌았을 수 있다.

"내가 들은 건 여기까지. 뭐, 내가 볼 땐 우연의 일치지. 아무리 그래도 형님을 죽이고 이사장 자릴 탐내겠어?"

"권력이란 게 그런 거 아니야? 뭐, 아무튼 고맙다."

"고마우면 술 한번 사. 여자친구도 정식으로 소개시켜주고."

"그래, 그럴게."

현우의 말에 우진은 고개를 끄덕이며 웃었다.

뽀뽀하려던 모습을 남에게 보였으니 지금쯤 밖에서 발을 동동 구르며 걱정하고 있을 순이의 모습이 안 봐도 보일 듯했다.

얼마나 놀랐을까?

"그리고 너 보니까 걱정 안 해도 될 것 같긴 한데……."

"왜? 또 할 말 있어?"

"세영이가 찾아왔었어. 너 한성재단 아들인 거 확인하러 왔더라."

현우의 말에 우진은 덤덤한 얼굴로 물었다.

"그래서?"

"이미 다 알고 있던데, 뭐. 너 병원이며 집이며 다 옮긴 거. 무슨 변덕인지 너랑 다시 잘해보고 싶다는 것 같았어."

"세영이답네."

12. 과거와 비밀

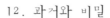

　식욕을 자극하는 맛있는 냄새를 풍기는 음식이 식탁 가득 차려
졌다. 무슨 잔치라도 있는 집처럼 한가득 상을 차려놓았는데도 그
음식에 선뜻 손을 내미는 사람은 없었다.

　"식사들 하셔야죠?"

　무겁게 가라앉은 분위기를 깬 것은 성환의 아내인 미숙이었다.

　일찍 들어온 우진과 성환으로 인해 참으로 오랜만에 즐거운 마
음으로 부엌에 섰다. 다 같이 식사할 생각에 마음이 들떠 안 하던
실수까지 했던 미숙은 반창고가 붙어 있는 손가락을 바라보면서
도 미소를 지었다.

　"그래, 식사하자꾸나."

　"네."

성환은 아내의 말에 수저를 들며 말했고 우진도 기다렸다는 듯
대답을 이었다.

"우진이가 뭘 좋아하는지 잘 몰라서 김 실장 도움 좀 받았어요."

"다 맛있어 보여요."

순이의 이야기에 잠시 멈칫했던 우진은 평소보다 훨씬 부드러
운 목소리로 대답했고 그 한마디에 미숙의 얼굴엔 환한 미소가 걸
렸다.

김순이 오지랖은 알아줘야 돼.

식탁 가득 우진이 좋아하는 음식들이 차려져 있었다.

그 꼼꼼한 성격에 내 식성 정도는 충분히 파악 가능했었겠지.

"김 실장하고 일하는 건 어떠냐? 불편한 것은 없고?"

"순이 씨 일 잘하는 건 저보다 더 잘 아시지 않습니까?"

"하하, 그렇구나. 입사해서 여태껏 결근 한 번 한 적이 없어."

이사장은 흐뭇한 표정을 지어 보였고 우진 역시 고개를 끄덕였
다.

"그래도 너무 일만 해서 걱정이에요. 좋을 나인데 연애도 좀 하
고 해야 할 텐데."

이 집에 우진이 들어온 후 처음으로 부드러운 분위기가 풍기는
식탁이었고 그 모습을 보고 있던 미숙의 입가에 미소가 걸렸다. 이
자리엔 없지만 김 실장에게 고맙다 말하고 싶은 심정이었다.

"하하, 이거 김 실장 휴가라도 보내줘야 되겠군."

아내의 말에 성환은 너털웃음을 지어 보였다.

"지금은 제 비섭니다."

잠자코 듣고 있던 우진이 수저를 들며 한마디 보탰다. 그러자 성환과 미숙의 시선이 우진의 얼굴로 날아들었다.

이런. 내가 오버했구나.

"흠흠! 가, 가라고 해도 아마 안 갈 겁니다."

"그래. 바쁜 일 마무리되면 우진이 네가 김 실장 휴가 좀 보내주거라."

성환은 부드러운 미소로 말했다. 이렇게 식탁에 둘러앉아 대화다운 대화를 나눠보는 것은 처음이었다. 한집에 같이 살면서도 서로가 어렵고 불편해 도무지 거리를 좁힐 수가 없었다.

"그렇게 하겠습니다."

성환과 우진이 다시 식사를 시작하자 미숙이 기다렸다는 듯 말을 이었다.

"아! 두 사람 모두 모레는 일찍 들어오셔야 해요."

"네?"

미숙의 말에 성환은 고개를 끄덕였고 우진은 무슨 일인가 싶어 되물었다.

"무슨 일로……."

"제사가 있어요."

"제사요?"

"네 큰아버지 제사다. 집에 오고 첫 제사니 꼭 참석했으면 좋겠구나."

얼마 전 현우가 말해주었던 이야기가 떠오른 우진은 성환의 얼굴색을 살폈다. 조금 전과 다름없이 몹시 평온한 얼굴이었다.

그 소문은 어디까지가 진실일까? 어머니와 자신을 버렸듯이 형님도 버릴 수 있었을까?

우진은 성환의 마음이 어떤 것인지 알고 싶다는 생각이 들었다.

"그리고 되도록 진료 스케줄도……."

"다음 주부터는 진료 볼 겁니다. 김 실장 잔소리가 워낙 심해서요."

우진의 덤덤한 목소리에 성환의 고개가 절로 돌아갔다. 아무렇지 않은 듯 식사를 하고 있는 우진의 모습에 흐뭇한 미소가 걸렸다.

김 실장에게 정말 포상 휴가라도 줘야겠구먼.

그토록 바랐으나 쉽지 않았던 일들이 김 실장 덕에 술술 풀리는 기분이 들어 성환의 얼굴에 미소가 걸렸다.

*　*　*

잔잔한 재즈 음악이 흘렀고, 투명한 와인 잔엔 붉은 와인이 찰랑거리고 있었다. 손님이라곤 몇 명 없는 가게 안에서 가장 눈에 띄는 손님이 바로 해정이었다.

깔끔한 흰색 정장차림의 중년의 여자. 얼굴만 봐서는 쉽게 나이를 가늠하기 어려워 보이는 여자는 화려하고 아름다운 외모를 가지고 있었다. 거기다 그녀가 입고 있는 옷, 구두, 액세서리까지 무엇 하나 명품 아닌 것이 없을 정도였다.

누구를 기다리고 있는 것인지 벌써 한 시간째 그 자리에 앉아 와인을 음미하고 있었다. 와인 잔을 흔들며 와인의 찰랑거림을 구경하기도 했고, 흘러나오는 노래를 흥얼거리기도 했다. 그러다가도 잠시 눈을 감고 무언가 생각에 빠지곤 했다.

또각또각.

실내에 들려오는 청아한 구두 굽 소리가 해정의 귀에 들어왔다. 또각거리는 소리는 해정에게 가까워질수록 그 속도와 소리가 줄어들었고 어느덧 우뚝 멈추었다.

"왔니?"

자신의 앞에 자릴 잡으며 앉는 사람의 인기척에 해정은 감았던 눈을 뜨고 자세를 고쳐 앉았다.

몇 년 만에 만나는데도 어쩜 저렇게 하나도 변하질 않았는지.

"응, 왔어."

해정의 오랜 친구인 미숙이었다.

"얼굴 좋아 보인다."

혜정은 들고 있던 와인 잔을 테이블에 내려놓으며 자신의 친구를 바라보았다. 모두들 세월이 흐름에 따라 나이를 먹고 주름이 생겨나는데 친구에게만은 세월이 비켜가는 듯 여전히 맑고 해사한 모습을 유지하고 있었다.

"너도 좋아 보여, 다행이다."

미숙은 부드러운 미소로 해정을 바라봤다. 화려한 외모 속 외로움을 안고 사는 친구가 때론 참 마음을 아프게 한다.

"……다녀왔어?"

미숙은 해정이 채워준 와인 잔을 들며 물었다. 망설임이 묻어나는 목소리였다.

"응, 다녀왔지. 그보다…… 넌 괜찮니?"

"응?"

몇 년 만에 얼굴을 마주하고 있지만 바로 어제 만난 사람들처럼 두 사람의 대화는 어색함이 없었다. 다만 해정의 얼굴색이 좋지 않은 것이 미숙은 신경이 쓰인다.

"……그 여자 아들이랑 같이 산다며?"

해정의 눈빛이 잠시 흔들리다 차갑게 내려앉았다.

"알고 있었니?"

이렇게 연락이 왔을 땐 분명 무엇인가 이유가 있을 것이라 미숙은 짐작했었다. 그게 우진에 대한 이야기라는 건 조금 의외였지만.

"한국에 없다고 해서 듣는 귀도 없는 건 아니니까."

해정의 말에 미숙은 들고 있던 와인을 한 모금 삼켜냈다. 쌉싸름한 맛이 입 안을 가득 에워쌌다.

"그 여자가 용케 허락을 했나 보네."

"……얼마 전에 사고로 죽었어, 그 사람."

"뭐?"

그 사실은 전혀 몰랐던 모양인지 해정은 놀란 눈으로 미숙을 바라봤다. 당황한 해정과 달리 미숙은 온화한 미소를 머금은 채 해정의 시선을 마주했다.

"그렇게 됐어, 교통사고였다더라고……."

"그랬구나. 사람 일은 참 모른다더니, 그 말이 딱이네."

원하는 대로 살아가는 인생이 얼마나 되겠냐마는 그래도 참 마음먹은 대로 살 수 없는 게 인생인 듯해 해정은 쓸쓸한 미소를 감출 수 없었다.

"그러게 말이야, 그보다 미국엔 언제 들어가? 이번에도 금방 들어가는 거야?"

"아니야, 이번엔 좀 오래 있을 생각이야, 한국에서 일도 하나 진행하고 있고 해서."

"그래? 잘됐다. 그럼 온 김에 한번 만나볼래? 내 아들."

"속도 좋아, 네 아들은 무슨……."

오랜 시간 아이를 갖기 위해 미숙이 노력했다는 걸 해정 역시 잘 알고 있었다. 다정한 남편, 좋은 집안, 착한 심성, 모든 걸 가진 그녀에게 하늘이 허락하지 않은 단 하나. 그것은 사랑하는 사람의 아이였다.

"이제 내 아들이지. 성환 씨랑 많이 닮았어. 피는 못 속이나 봐."

"……걱정했는데 괜찮나 보구나. 다행이야."

그렇게 갖고 싶던 자신의 아이는 결국 허락되지 않았다. 하지만 50대 중반의 나이에 아들이 생겼다.

"너도 한번 만나볼래? 까칠해 보이는데 속정이 깊은 것 같아. 아직 알아가는 중이라 잘 모르는 게 많긴 한데……. 만나보면 너도 알게 될 거야, 도씨 집안 피가 얼마나 무서운지."

"네 남편 무서워서 안 볼란다."

해정은 남아 있던 와인을 잔에 다시 채워 넣었다.

"네가 이해해. 그 사람 입장에선……."

애써 웃고 있지만 그 마음이 어떨지 짐작이 되어 미숙은 해정을 위로했다. 그러자 해정은 고개를 흔든다.

"알아. 서방님 입장에서야……."

세월이 얼마나 흘렀는데, 이 습관은 쉽게 바뀌지 않는 것인지.

"나도 참, 아직도 서방님 소리가 나오네. 이래서 습관이 무서운 거야."

"……그렇지. 그래도 그때가 재미있었어. 너랑 매일 시어머니 욕하고 그랬잖니."

미숙은 멋쩍어하는 해정에게 괜찮다는 듯 웃어 보였다.

어린 시절 집안 행사에서 만나 친구가 되었다. 정재계 인사들의 자녀들이나 재벌가의 2세들도 심심치 않게 나오던 모임에서 미숙을 처음 만난 해정은 불필요한 말은 하지 않고 또래와 달리 차분한 분위기의 미숙이 마음에 들었다. 소극적인 것 같았지만 할 말을 할 땐 또 얼마나 똑 부러지는지, 그런 미숙과 친구가 되고 싶었다.

"그랬었지."

그렇게 세상에서 둘도 없는 단짝이 되었다. 같은 대학에 들어갔고 양가 아버지들끼리의 친분도 있었던 터라 자연스레 사업도 함께 하게 되었다. 미숙의 아버진 종합병원을 운영 중이었고, 해정의 아버진 건설사를 운영하며 막대한 자금력으로 손꼽히는 사람이었다.

"그래도 그때로 돌아가고 싶지는 않아."

목구멍을 타고 넘어가는 와인의 맛이 유달리 쓰디쓰게 느껴진다. 누군가를 미워하고 원망하며 그렇게 가슴 쥐어뜯으며 사는 건 싫으니까.

"해정아."

"응."

"내 아들 이름 우진이야. 도우진. 내일 아주버님 제사에 처음으로 술 올릴 거야. 그러니까 너도 와."

"……."

다정다감한 성환에게 시집을 간 미숙과 달리 형인 윤환에게 시집을 간 해정은 결혼생활이 참 외로웠다. 무뚝뚝하고 멋없는 사람이었다.

"미숙아."

"응."

"난 아직도 그 사람, 용서 못 했어. 아직도…… 아직도 그 사람이 너무 미워……."

침착하려 애쓰던 해정의 고개가 결국 아래로 떨어졌다.

* * *

'오늘은 데이트 못 하겠다. 일찍 들어가봐야 돼.'

우진의 진료실 옆에 마련된 사무실에서 그의 스케줄 표를 정리하던 순이의 입가에 슬며시 미소가 걸린다.

'제사 있는 거 알고 있으니까, 걱정 마요. 얼른 들어가세요.'

'같이 갈까? 며느릿감으로 인사도 하고, 어때?'

하루라도 장난을 안 치면 입에 가시가 돋는지.

"사람 놀라게 한다니까."

말도 안 되는 소리라며 우진의 등을 떠밀어 퇴근을 시켰지만 며느리란 말이 기뻤는지 입가에선 미소가 떠날 줄 모르고 있었다.

이사장님과도 요즘은 괜찮은 것 같고.

아직 아버지인 그를 그 사람이라고 부르긴 하지만 전처럼 이사장의 이야기에 불쾌하다는 얼굴은 하지 않는 우진이었다.

[난 집 도착했어. 일찍 들어가고 저녁 챙겨 먹어. 그 못난이만 챙기지 말고.]

호랑이가 따로 없네.

우진의 생각에 피식거리던 순이의 휴대폰에 그의 문자가 떠올랐다.

"못난이 아니라 뚱이라니까, 자꾸 못난이래."

[알았으니까, 오늘은 착한 아들 하는 거예요. 알았죠?]

[착한 아들 하면 뭐 해줄 건데?]

"으음……."

뭘 해준다고 해야 하나?

[원하는 거 있어요?]

[제사 끝내고 순이 씨 집에 가도 되나? 같이 있고 싶은데.]

틈만 나면 껴안고, 손잡고, 뽀뽀하는 걸로도 모자랐던 것인지……. 순이는 그의 문자에 얼굴이 화끈거렸다.

[음란마귀! 절대 안 돼요!]

"요즘 진짜 음란마귀가 따로 없다니까?"

그럼에도, 그의 농담 섞인 말에도 마음이 설레는 걸 보면 그런 말조차 싫지 않은 모양이었다.

절대 우진 씨에겐 비밀이지만.

우진의 문자에 고개를 절레절레 흔들면서도 자꾸만 새어 나오는 미소에 난감해하던 때였다. 드르륵 하며 진료실 입구 문이 열리는 소리가 들렸다.

"진료 없다고 표시가 되어 있었을 텐데, 누구지?"

순이는 들려오는 소리에 자리에서 일어나 걸음을 옮겼다. 오후 6시가 다 되어가는 시각, 분명 오늘은 진료가 없다고 표시가 되어 있음에도 문을 열고 누군가 안으로 들어왔고 순이는 그 소리의 정체를 확인하기 위해 사무실 문을 열어젖혔다.

하얀 얼굴에 시선을 빼앗는 강렬한 붉은 입술, 날카로워 보이면서도 도회적이고, 그러면서도 고고해 보이는 아름다운 여자였다.

와아, 진짜 미인이네?

"저기 죄송하지만, 오늘은 진료가 없는 날입니다."

"알아요."

잠시 자신에게 닿았다 떨어진 여자의 시선은 짧은 한마디와 함께 진료실 안쪽으로 향했다.

"저기, 거긴 들어가시면⋯⋯."

순이가 무어라 말을 하기도 전이었다. 여자는 문을 열고 안으로 들어섰다.

도대체 뭐야?

"우진 씨는 퇴근했나요?"

주변을 두리번거리던 여자의 시선이 순이에게 향했다. 아름다운 얼굴에 불만이 가득해 보였다.

우진 씨? 아는 사인가?

"우진 씨 어디 갔어요?"

"아, 네. 오늘은 개인적인 일로 일찍 퇴근하셨습니다."

"개인적인 일? 어떤 일 때문이죠?"

순이의 말이 귀를 거슬리게 했을까? 여자의 시선이 날카롭게 내리꽂힌다.

"네? 그건 도 선생님 개인적인 일이라 제 입으로 말씀드릴 수가 없습니다. 그보다 용건이 있으신 거라면……."

"우진 씨 비서인가 보죠? 말해봐요, 그 정도는 알아도 되는 사이니까."

방금 전 짜증스러워 보이던 얼굴은 활짝 핀 꽃처럼 환해졌고 여자의 눈빛은 아주 당당한 자신감이 담겨 있었다.

그 정도는 알아도 되는 사이라고? 도대체 무슨 사이길래 저렇게 당당하지?

여자의 당당함에 안 좋은 느낌이 드는 순이였다. 이건 비서의 날카로운 감보단 여자의 본능, 혹은 직감.

"죄송합니다. 성함과 연락처 남겨주시면 전달해드리겠습니다."

"고지식하네, 정말. 그럼 여자친구 왔다 갔다고 해줘요. 그럼 알 테니까."

대화가 통하지 않는다고 생각했던지 여자는 잔뜩 인상을 쓴 채 순이를 노려보며 말했고 이내 걸음을 돌려 밖으로 나갔다.

여자친구?

평소 일할 땐 절대 인상을 구기지 않는 순이의 미간이 좁아진다.

"여자친구?"

그냥 친구? 아니, 그냥 친구라기엔…… 분위기가 뭔가 이상하잖아.

여자의 눈빛이 매우 따갑고 공격적이었던 것이 마음에 걸려 순이는 그녀가 나간 문을 향해 시선을 돌렸다. 최근에 본 여자 중에 그녀만큼 아름다웠던 여자는 없었다. 강렬한 인상만큼 그녀가 지나간 자리엔 향긋한 향수 냄새가 흩어져 있었다.

"도대체 뭐야?"

도우진 씨! 도대체 뭘 하고 다니는 거예요?

질투. 이미 병원 안에서도 우진을 보며 멋있다고, 데이트하고 싶다고 말하는 간호사들이 늘었다고 들었다. 그런 말이 들려올 때면 내심 흐뭇한 기분마저 들었었다. 그러나 오늘은 그런 기분이 아니었다.

"정말 너무 당당했다고."

조금의 눈치도 보지 않고, 조금의 망설임도 없이 튀어나온 말. 여자친구.

도대체 누굴까? 어떻게 아는 사람일까? 그녀의 정체가 궁금해진 순이였다.

* * *

"여보, 저 어제 해정이 만나고 왔어요."

"……."

퇴근한 남편 성환의 양복 재킷을 받아 들며 미숙이 말했다. 반갑지 않은 이름에 성환은 잠시 미간을 좁혔으나 이내 평온한 얼굴로 돌아왔다.

"……올해도 다녀왔나 보더라고요. 아주버님 납골당."

"그랬군. 우진이는 들어왔어?"

여전히 그 이야긴 하고 싶지 않은지 시선을 돌리는 남편의 모습에 미숙은 작게 한숨을 내쉬었다. 그렇게 오랜 시간이 흘렀어도 마음에 담아둔 응어리는 쉬이 풀리지 않는 모양이다.

"네, 방금 들어왔어요. 저기, 여보."

"응."

성환은 타이를 풀어내며 대답했다. 하지만 여전히 미숙의 얼굴은 바라보지 않는다.

"알고 있더라고요, 우진이 일. 우진이 참 속정도 깊고 좋은 아이라고 말해줬어요."

"……내가 당신한테 못 할 짓을 하게 만드는군."

성환은 옷을 걸어두는 미숙을 그제야 바라봤다. 세월의 무게는 비켜가지 못하지만 여전히 그의 눈엔 아름답고 다감한 아내였다. 그런 그녀에게 안겨준 마음의 짐이 성환을 안타깝게 만든다.

"그런 말 하지 마세요. 그렇게 원했던 일인데, 이건 하늘에 감사드릴 일이에요. 아시잖아요?"

오랫동안 아이를 갖길 소망했다. 좋다는 약도 먹어보고, 기도도 열심히 올렸다. 의학의 힘도 빌려봤지만 결국 두 사람의 아이는 미숙에게 오지 않았다. 그래서 마음을 비워냈다. 하늘이 이것만큼은 제게 허락하지 않는구나 싶어 마음을 비우고 또 비워냈다.

"미안하오. 당신에게 내가 면목이 없군."

"당신도 참, 별말씀을 다 하시네요. 전 나가서 마저 준비하고 있을 테니까, 얼른 나오세요."

우진의 이야길 꺼내기까지 성환이 얼마나 많은 시간을 고민했는지 알고 있었다. 그렇기에 오랜 시간이 흘러 그 이야길 꺼냈을 때 미숙은 더없이 반갑게 우진을 맞아들이기로 했다.

하늘이 자신의 배를 빌려 그의 아이를 허락하지 않은 이유는 오늘날 이런 일을 염두에 두고 하신 일이 아니었을까.

"누가 오신 것 같은데요?"

미숙이 거실에 모습을 드러내자 우진은 앉아 있던 소파에서 일어나며 말했다. 방금 누군가 집을 찾아왔고 음식 준비 중인 아주머니를 대신해 우진이 문을 열어줬다.

"누구? 이 시간에 올 사람이 없는데."

미숙은 고개를 갸웃거렸다. 이 시간에 찾아올 사람이 누구일까 생각해보다 선뜻 떠오르지 않는다.

또각또각, 여자의 구두 굽 소리가 들려왔다.

"해정아."

그리고 이내 모습을 드러낸 사람, 어제 미숙이 만나고 왔던 해정이었다. 그녀는 하얀 안개꽃 한 다발을 사들고 미숙의 집으로 들어섰다.

"제사상에 꽃 하나 올리려고 왔어."

"잘 왔어, 들어와. 들어와서 앉아. 그 사람 금방 나올 거야."

갑작스런 해정의 등장에 놀랄 법도 하건만 미숙은 그 어느 때보다 반가운 얼굴로 해정을 반겼다. 이곳에 오기까지 얼마나 많은 고민을 했을지 말하지 않아도 알고 있기 때문이다. 미숙은 해정이 건네는 꽃다발을 챙겨 거실 테이블 위에 올려두었다.

"얘가 네 아들?"

미숙을 따라 걸음을 옮기던 해정은 거실 소파 근처에 서 있던 우진을 알아보곤 말을 꺼낸다.

"응. 우진아, 인사해. 여기는……."

"인사는 무슨. 그보다 참 많이 닮았네. 누가 도씨 집안 핏줄 아니랄까 봐."

우진은 다가온 중년의 여인을 바라봤다. 미숙과는 참 다른 분위기를 풍겼다. 화려하고 세련된 분위기, 거기다 매우 서늘하고 공격적으로 보이는 눈빛을 가진 사람. 다정하고 온화해 보이는 미숙과는 달라도 너무나 다른 느낌. 그리고 느껴지는 묘한 이질감.

"……차 마실래?"

"아니, 그냥 물이나 한잔 줘."

해정의 시선이 여전히 우진에게 머물러 있었다. 도씨 집안의 DNA는 얼마나 강력하기에, 그 오랜 시간 떨어져 살았을 이 청년은 이리도 자신의 아버지를 쏙 닮았을까.

"정말 많이 닮았네. 특히 이 건방져 보이는 눈매가."

우진은 말과 달리 빙긋 웃으며 자신을 바라보는 해정에게서 시선을 거두지 못했다. 입은 웃고 있지만 눈은 왜인지 아주 슬퍼 보였다.

"누가 왔어? 손님이 온 것……."

편한 옷으로 갈아입고 밖으로 나온 성환은 거실에 서 있는 해정을 발견하곤 말을 채 끝내지 못했다.

"어쩐 일로 오셨습니까?"

밝았던 성환의 표정이 딱딱하게 굳는 것을 우진은 놓치지 않았다. 결코 반갑지 않은 손님을 발견한 듯 어두워지는 낯빛이었다.

이 여자분은 도대체 누구일까?

"남편 제사상에 술 한잔 올리고 싶어서 왔어요."

"……."

남편? 그럼 돌아가셨다는 큰아버지의 아내분?

성환의 딱딱한 얼굴이 그녀의 존재가 결코 반갑지 않은 존재라는 걸 말해주고 있었고 우진은 두 사람 사이에 흐르고 있는 긴장감을 놓치지 않고 주시하고 있었다.

"너무 싫은 표정 하지 마세요. 그 사람 제사상에 술 한 번 올려본 적 없어서, 처음이자 마지막으로 올리려고 온 거니까."

무슨 이유로 죽은 남편의 제사상에 술 한 번 올리지 않았을까? 어떤 사연이 있는 것인지 우진의 호기심이 일었다.

"그렇게 하세요."

여태껏 한 번도 제사 때 오지 않았던 해정의 등장이 반갑지 않긴 했지만 그렇다고 해서 그녀를 밖으로 내보낼 수 없었다. 성환은 어쩔 수 없다는 듯 말하곤 소파에 자릴 잡고 앉았다.

"그 사람도 서방님 아들을 보면 참 좋아했을 텐데요. 그렇죠?"

자리 잡고 앉는 성환의 뒤를 이어 해정 역시 자릴 잡고 앉는다. 그러곤 여전히 서서 자신과 성환을 번갈아 보고 있는 우진의 얼굴을 보며 빙긋 웃음을 지었다.

"……그렇겠죠."

"제대로 만난 적도 없을 텐데 어쩜 이렇게 닮았는지, 핏줄이 무섭긴 하네요. 물론 그 여자도 닮긴 했지만."

해정의 웃고 있던 눈꼬리가 차분하게 돌아왔다.

그 여자? 우리 엄마를 안다는 소린가?

"저희 어머니를 아십니까?"

우진은 해정의 표정을 살피며 물었다.

"두어 번 본 적 있어요."

해정은 잠시 떠오르려던 과거의 일을 꺼내고 싶지 않은 듯 테이블 위에 놓인 차가운 물을 한 모금 꼴깍 집어삼켰다.

"다들, 들어와서 식사부터 하세요!"

열심히 주방에서 뚝딱거리며 음식을 만든 미숙의 목소리가 울려 퍼진다.

"일단 식사부터 하시죠."

"식사까지 얻어먹고, 염치가 없네요."

"우진이, 너도 어서 밥 먹어야지."

해정의 영혼 없는 대답에 성환은 아무렇지 않은 듯 고갤 끄덕이곤 굳은 얼굴로 서 있는 우진에게 말했다. 갑작스레 나온 자신의 어머니 이야기가 우진의 표정을 굳게 만든 모양이었다.

"네."

아주 차갑고 무거운 분위기가 느껴진다. 웃고 있지만 웃고 있지 않은 것 같은 여자와 평소보다 더욱 말을 아끼는 이사장, 그 사이에서 고군분투하고 있는 이사장의 부인. 우진은 묘한 느낌에 그들을 살피며 식사를 하기 시작했다. 분명 저들 사이에 무언가 있다는 확신에 가까운 믿음이 생기고 있었다.

13. 복수

밤늦은 시각, 길지 않았던 제사의 과정들을 끝내고 모두 담담한 표정으로 거실에 앉아 있었다. 무거운 분위기는 여전했고 우진은 그런 두 사람을 유심히 살피고 있었다.

"이만 가볼게요. 술도 올렸고 확인하고 싶던 것도 확인했고……."

"잠시 이야기 좀 하시죠."

어색한 분위기에 해정이 먼저 말을 꺼내며 자리에서 일어서려 했지만 처음 들어와 그녀를 발견했을 때를 제외하곤 말 한 번 섞지 않던 성환은 그런 해정의 말을 잘라냈다.

"무슨 이야기요?"

"제게 하실 말씀 있지 않으십니까, 형수님."

"있긴 하죠. 비즈니스적인 문제도 있고요."

성환의 표정이 여전히 딱딱하게 굳어 있었고 해정은 그런 성환의 표정을 바라보며 싱긋 웃어 보였다.

　"두 분 일 이야기 하실 거면 서재로 들어가서 해주세요. 우진이랑 전 여기서 차 마시고 있을 테니까요."

　"그렇게 하시죠."

　"그래요."

　미숙의 말에 성환과 해정은 자리에서 일어나 서재로 향했다.

　"돌아가신 분과 아내분께서 사이가 좋지 않으셨던 모양이죠? 제사상에 처음 술을 올리신다니⋯⋯."

　두 사람이 서재로 걸음을 옮기자 우진은 기다렸다는 듯 궁금했던 걸 미숙에게 쏟아낸다.

　도대체 무슨 이유가 있어 남편의 제사상에 술 한 번 올리지 못하고, 아무리 형이 죽었다고 해도 남편의 동생이었던 사람과 형의 아내였던 사람의 사이가 저렇게 냉정할 수 있는 건가? 혹, 현우에게 들었던 그 소문과 관계가 있는 건 아닐까?

　끊임없이 호기심이 일어난다.

　"부부란 게 사이가 좋을 때도 있고 안 좋을 때도 있고 그런 거더라고. 우진이도 결혼해보면 알게 될 거야."

　미숙의 눈가가 부드럽게 휘어졌다. 하지만 우진이 듣고 싶어 하는 대답은 조심스럽게 피해 가고 있었다.

　"이사장님 전화를 받고 나가시다 사고가 나셨다는 이야기가 있던데요."

　하지만 이미 시작된 질문을 멈출 생각이 없는 우진이었다.

"……."

우진의 두 번째 질문은 미숙을 당황하게 만들었는지 그녀는 말없이 우진을 바라보다 들고 있던 찻잔을 내려놓았다. 그러곤 작게 한숨을 내쉬었다.

"음…… 우진이는 아버지가 많이 원망스럽니?"

진지하고도 안타까운 눈빛이 우진에게 향한다.

"……."

원망이라, 원망스럽지 않다고 말할 순 없다. 책임지지 못할 거라면 유부남의 입장으로 자신의 어머니와 그런 관계가 되지 말아야 했다.

"원망스럽겠지. 그렇게 오랜 시간 우진일 살피지 못했으니까."

"없다면 거짓말일 겁니다."

"변명 같겠지만, 아버진 많이 노력하셨어, 우진이랑 같이 살려고. 여러 사정들이 있었고, 애를 가지지 못하는 나도 있고, 또 우진이를 제 손으로 키우고 싶다고 하셨던 우진이의 어머니가 있었기 때문에 쉽지 않았어."

"이사장님이 보내주신 돈 덕분에 편하게 살긴 했습니다. 전 아버지가 없어도 괜찮았어요. 하지만 제 어머니는 달랐죠. 어머니는 제 앞에선 언제나 웃고 있었지만 늘 울 것 같은 얼굴로 절 바라보셨습니다."

엄마의 웃는 모습은 어린 우진에게 늘 슬퍼 보였다. 학교에 입학하고 사춘기 시절을 보내면서 그게 아버지를 그리워하는 데서 오는 거란 걸 알게 되었다.

"그러곤 어김없이 제가 없을 땐 혼자 우셨어요. 약한 분이었어요. 늘 외로우셨고, 늘 그리워하신 것 같습니다."

"……혼자 우진이를 이만큼 잘 키워내셨으니까 그래도 아주 강한 분이야."

"아버지가 없어도 살 만했습니다. 형편이 나쁘지 않았으니까, 기죽으며 살지도 않았습니다. 하지만 어머니가 다쳐 죽어갈 때, 한성병원으로 가달라 했다고 들었습니다. 그 이윤 말 안 해도 아시겠죠."

어머니는 사고로 의식이 멀어져가면서도 구급대원에게 한성병원으로 가달라고, 제발 가달라고 사정했다고 했다.

"그때, 얼굴을 비치셔야 했다고 생각합니다. 마지막 한 번, 그 한 번 정도는 만나러 와주실 수 있었던 거 아닙니까? 한평생 혼자 절 키우신 제 어머니께 마지막으로 그 정도 아량은 베풀어주셔야 했던 거 아니냐고요."

우진의 목소리가 떨려왔다. 큰 파도에 휩쓸린 작은 나무배처럼 거세게 몰아치는 감정의 폭풍우 속 우진은 애처로웠다. 참았던 눈물이 왈칵 쏟아져 내릴 것 같아 우진은 애꿎은 주먹만 세차게 쥐고 있었다.

* * *

"그 여자가 한성병원에서 죽었나 보죠?"

1층 서재의 열린 문틈 사이로 밖을 내다보고 있던 해정은 고개를 돌려 성환을 바라봤다. 잘생긴 중년의 얼굴은 참담함을 품고 있었다.

"……."

"그 여자 입장에선 자기 자식을 천애고아로 만들고 싶진 않았겠죠."

"……."

"미숙이한테 잘하셔야겠어요."

"알고 있습니다."

해정의 말이 너무나 직설적으로 꽂혀 성환은 고개를 끄덕일 수밖에 없었다. 힘든 결정을 해준 아내에게 고맙고 미안한 마음이 성환을 괴롭게 만든다. 해정은 서재에 놓여 있는 자그마한 소파에 자리 잡으며 말했다.

"죄 많은 사람들이네요. 서방님이나 그 사람이나."

아직도 눈을 감으면 그날의 기억이 너무나 생생하게 떠올라 눈앞이 아찔해진다. 다 시간이 지나면 잊고 살 수 있을 거라 여겼다. 잠시 마음에 묻어두고 지내다 보면 언젠가는 옅어질 거, 그리 여겼다. 하지만 자신에 대한 오만함이었을 뿐, 시간이 지날수록 더욱 또렷해지는 건 그에 대한 원망과 그리움, 참을 수 없는 배신감, 그뿐이었다.

"그날 서방님이 전화만 안 하셨어도 그 사람 그렇게 허망하게 가진 않았겠죠."

"……하실 말씀이나 얼른 하고 가시죠."

성환의 담담했던 미간이 파르르 떨려왔다.

"그래요. 피차 서로 얼굴 오래 보고 있긴 힘든 사이니까. 저희 집안에서 빌려가신 돈 전액 되돌려 받겠습니다. 기한은 두 달. 그 안에 전액 상환하시죠."

성난 성환의 반응은 이미 예상했던 해정이었고 그녀는 가져온 서류 봉투 하나를 테이블 위에 올려놓았다.

"죽은 그 사람 생각해서 오래 기다려드린 것 같군요."

"이렇게까지 하시는 이유가……."

"아시잖아요? 제가 이 상황을 그냥 두고 보고만 있을 거라 생각하셨어요?"

"형수님."

"네. 서방님, 지금 아주 큰 실수 하신 거예요. 기간은 지켜주실 거라 믿겠어요. 이만 가보죠."

돌아서는 해정에게 무어라 한마디 하려던 성환은 그저 입을 꾹 다물었다. 얼마 전 해정의 전화를 받았을 때 예상했던 일이었다.

'성환아…… 부탁할 일이 하나 있다. 꼭…… 들어줘야 한다…….'

숨이 끊어져가면서도 애처롭게 자신을 부르던 형의 모습이 생생하게 다시금 떠올라 성환은 두 눈을 질끈 감아버렸다.

할 수만 있다면 그 시간으로 돌아가고 싶은 성환이었다.

* * *

-야, 인마, 여자친구 닮을까 봐 그래? 좀 보여줘라, 진짜!

"그런 게 아니라니까."

이 자식은 남의 속도 모르고 정말.

-아, 진짜 너무하네. 야! 야! 이번 모임 빠지면 너 진짜 재미없다? 나 삐친다. 진짜!

여자친구를 데리고 모임에 나오라는 친구 현우의 땡깡을 들으며 우진은 애써 마음을 진정시키고 있었다. 평소라면 그냥 전활 끊어버렸을 테지만 지금은 현우의 땡깡을 듣고 있는 게 오히려 맘이 편해진다. 자신에게 시선조차 주지 않는 김순이가 더 무서우니까.

'어제 여자친구란 분이 찾아오셨어요. 개인 스케줄 정도는 알아도 되는 사이라고 하시더군요.'

오전까지 아무렇지 않게 행동하던 순이는 점심을 먹고 나오며 우진에게 그렇게 말했다. 입은 웃고 있었지만 눈은 그 어느 때보다 냉정했다. 뒤통수가 서늘해지는 기분.

자신의 여자친구라고 했던 여자가 누군지는 말하지 않아도 알 것 같았다. 얼마 전 현우가 찾아와 했던 이야기. 조만간 세영이 찾아올 거란 예상은 충분히 했다. 이런 식으로 자신이 없을 때 찾아올 줄은 몰랐지만.

-여자친구랑 오는 걸로 알고 있는다? 오늘 저녁이야. 늦으면 죽어!

"알았어. 끊어봐, 일단."

김순이의 화를 풀 수만 있다면 그깟 커플 모임 감사합니다지!

우진은 현우와의 통화를 끊고 자리에서 일어났다.

근데 왜 묻지 않을까? 그 사람이 누구냐고.

굳이 숨길 생각은 없다. 핑계를 댄다거나 이상한 거짓말을 그녀에게 하고 싶지 않다. 그런데 순이는 그녀가 누군지 묻지 않았다. 상관없는 사람인 양 그렇게 말을 던지곤 자신의 자리로 돌아가 꼼짝하지 않는다.

"후우."

우진은 긴장감이 몰려와 크게 숨을 내쉬었다.

1초가 10분처럼 느껴지는 순간이 지나고 드르륵 열린 문틈 사이로 우진은 고개를 내밀었다. 아까와 다르지 않게 일에 집중하는 순이의 모습이 보였다. 문 열리는 소리가 들렸을 텐데도 그녀의 고개는 모니터에서 떨어지지 않는다.

진짜 화나긴 했나 보다. 아, 이런 상황 무척 어려운데.

여자들이 화가 났을 때 어떻게 풀어줬었는지 기억이 나지 않는다. 설령 기억한다 해도 그런 방법들이 김순이에게도 통할까 불안한 마음도 들었다.

"흐음. 많이 바빠?"

잘 떨어지지 않는 걸음을 옮겼다. 큼큼거리며 목소릴 가다듬은 우진은 천천히 순이에게 향했고 들려오는 목소리에 순이의 고개는 잠시 그에게로 향한다.

"네."

찬바람이 쌩쌩 부는군.

"……."

망했다. 이건 100프로 망한 거야.

잠깐 닿았던 시선이 다시금 모니터를 향했고 우진은 차가운 순이의 목소리에 마른침을 꼴깍 삼켰다. 삐질삐질 식은땀이 날 것 같다.

"김순이 씨, 나랑 이야기 좀 하지."

이쪽 좀 쳐다봐줘라, 김순이.

우진의 간절한 눈빛을 모르는지 순이의 고개는 여전히 돌아올 줄 모른다.

"네, 말씀하세요. 듣고 있습니다."

"아니, 이쪽 좀 보고……."

"……그냥 하세요. 저 바빠요."

아무래도 어영부영 넘겨선 절대 마음이 풀리지 않을 것 같다. 굳이 세영에 대해 묻지 않는 건 우진이 먼저 그녀에 대한 이야길 꺼내주길 기다리고 있는 것 같았다.

"전에 만났던 여자야."

"……."

우진은 어쩔 수 없다는 듯 솔직하게 이야길 꺼내기 시작했다. 어차피 알게 된 일이라면 거짓말은 하고 싶지 않으니까.

순이의 얼굴색을 살피던 우진은 그저 말없이 자신의 이야길 듣고 있는 순이의 얼굴에서 시선을 떼지 못한다.

"헤어지고 나서 한 번도 만난 적 없었는데, 내가 여기 이사장 아들이란 소릴 듣고 확인하러 온 것 같아."

"헤어진 분이 도우진 씨 여자친구라고 말하나요? 아주 당당하시던데요."

"김순이가 있는데 내가 다른 여자가 있을 리가 없잖아."

질투. 그런 건 하지 않으려고, 아니 하더라도 티 내고 싶지 않아서 모르는 척할 생각이었다. 하지만 그 여자의 얼굴이 자꾸만 떠오르고, 그녀의 당당함이 자꾸만 신경이 쓰여 결국 오전 내내 참았던 말을 꺼내버린 순이다.

"……."

그럴 사람 아니란 건 순이 역시 잘 알고 있다. 하지만 자꾸만 마음이 삐죽삐죽 못난 모습이 나와버린다.

"걔가 좀 그래. 아무튼 당신이 신경 쓸 만한 그런 존재 아니야. 그러니까 화 좀 풀어주라."

우진은 방금 전과 달리 한결 부드러워진 순이의 눈매를 바라보며 말했다. 그녀의 질투가 곤란하면서도 싫지 않은 기분.

"……화난 건 아니구요."

"그럼? 질투 중?"

중얼중얼, 그런 건 아니라며 고갤 흔드는 순이의 모습에 한결 마음이 놓인 우진은 순이가 앉아 있는 의자를 돌려 그녀와 시선을 마주했다.

"……너무 예뻐서, 살짝 기죽었어요."

그렇게 예쁜 여잔 정말 최근 들어 처음이었다. 그런 아름다운 사람이 우진의 여자친구였다니 왜인지 질투보단 자꾸만 기가 죽는 기분. 두 사람이 함께 서 있는 걸 잠시 떠올려보니 아주 잘 어울리는 커플이었을 것 같다.

"당신이 훨씬 더 예뻐."

"거짓말."

입술을 삐죽이는 순이의 모습에 우진은 피식 웃음을 터트리고 말았다. 아마 본인은 잘 모르고 있는 모양이다.

"당신, 이런 표정 지을 때 내 마음이 어떤지 모르지?"

샐그러지는 입술이 귀여워 눈을 뗄 수 없는 이 마음을 넌 모르겠지.

"날 보면서 웃을 땐 내 마음이 어떤지 모르지?"

부드럽게 휘어지는 그 눈꼬리를 따라 나도 모르게 웃고 있어. 그게 얼마나 날 위로해주는지 넌 모르겠지.

우진의 손이 보드라운 순이의 얼굴로 향했다.

"이 입술로 날 불러줄 땐 어떤 마음인지 알아?"

우진의 질문에 순이의 고개가 좌우로 흔들린다.

"세상에 태어나길 잘했단 생각이 들어."

부드럽고 달달한 그 목소리로 이름이 불릴 때면 외롭던 마음이 따뜻함으로 차올라 눈물이 날 것 같다는 걸 넌 모르겠지.

"눈도, 코도, 입술도, 뭐 하나 안 예쁜 구석이 없어, 김순이. 내 눈엔 당신이 그래."

"코, 콩깍지!"

볼을 만지고 있는 우진의 손을 붙잡은 순이는 달아오른 얼굴로 중얼거렸다. 쑥스러움에 몸이 타버릴 것 같았다.

"그러니까. 이렇게 벗겨지지 않는 콩깍지를 씌워놓고 왜 쓸데없는 걱정이야?"

"걱정 안 했거든요?"

"두 번 다시 그런 걸로 놀라게 만들지 않을 테니까 이번 한 번은 봐주라."

우진의 말에 순이의 고개가 끄덕여진다.

"저, 제가 이렇게 질투가 많은 줄 몰랐어요. 어제 그분 보고 나서 종일 마음이 안절부절못하더라고요."

"질투해주니까 좋은데?"

마음이 얼마나 초조하고 불안했는지, 그런 경험을 다시 하고 싶지 않은 순이였다.

"오늘 저녁에 시간 돼?"

"특별한 일은 없어요. 왜요?"

"같이 가줬으면 하는 곳이 있는데…… 안 가면 친구 놈 하나 잃을 것 같거든."

"어딘데요?"

"가까이 지내는 친구 녀석들하고 정기적으로 하는 모임이야. 친구들한테 소개시키고 싶어."

어디를 가려는지 궁금해하는 순이에게 우진이 대답하자 잠시 고민이 되는 듯 머뭇거리던 순이는 고갤 끄덕였다.

일전에 잠깐 친구란 분이 찾아와 본 적은 있지만 그가 정식으로 자신의 친구들이 있는 곳에 함께 가자고 하니 설레기도 하고 걱정도 되고 마음이 복잡해져온다.

"근데 모임 몇 시예요? 옷도 갈아입고, 화장도 좀 다시 하고……."

"안 해도 예뻐. 그러니까 걱정 마."

* * *

'그런 높은 구두, 허리에 안 좋습니다.'

유난히 맑은 눈을 가진 사람이었다. 처음 만난 날, 새 구두에 발 뒤꿈치가 아파 절뚝거리는 해정에게 윤환은 작은 밴드 하나를 내밀었다. 하얀 가운에 어울리는 티 없이 맑은 웃음이 한 번도 경험해본 적 없는 떨림을 해정에게 선사했다.

그야말로 첫눈에 반해버렸다.

'웃는 얼굴이 보기 좋네요. 자주 웃어요.'

늘 불만이 많았다. 바쁜 어머니와 아버지, 아쉬운 것 없이 모든 걸 누리며 사는 일상이 지겹고 따분했고 그로 인해 해정의 세상은 색깔 없는 무채색이었다.

단 한마디, 그저 자주 웃으란 말에 세상이 핑크빛으로 물들기 시작했다. 그만 보면 마음이 떨려 숨조차 제대로 쉴 수 없었다. 그렇게 사랑에 빠져버렸다.

"너무 맑게 웃어서, 사람이 저렇게 밝을 수가 있나? 했었어요."

빛이 나는 사람, 잔잔한 호수의 물처럼 평온하고 고요하고 부드러운 그 사람으로 인해 모났던 마음은 둥글게 변해갔다.

'저는 결혼에 대한 생각이 없습니다.'

알고 있었다. 그가 잘해준 이유는 그저 자신이 동생 같고, 모든 일에 신경을 날카롭게 하고 사는 그녀가 조금 안쓰러워 그리했을 뿐이란 걸. 그럼에도 그를 갖고 싶은 욕심에 그의 마음을 몰아세웠고 그는 빈껍데기가 되어 해정의 곁에 남았다.

'내가 당신에게 좋은 남자가 되지 못할지도 모릅니다. 그래도 노력하며 살아봅시다.'

좋은 남자였고, 또한 나쁜 남자였다. 사랑해주지 않았으나 아껴주었고 뜨겁게 안아주지 않았으나 언제나 곁을 지켜준 사람.

"당신 참 나쁜 사람이에요."

결혼생활은 생각보다 나쁘지 않았다. 그는 자신이 한 말을 지키기 위해 노력했고 해정의 마음을 이해하고 보듬어주었고, 그를 잃는 것이 세상에서 가장 두려워 불안함에 떨던 해정도 점차 시간이 지날수록 그의 마음을 믿기 시작했고 처음으로 행복하다는 게 뭔지 느끼기 시작했다.

그렇게 행복한 시간이 계속 이어질 거라 생각했었다.

'미안합니다. 이혼을 해줬으면 합니다.'

고개 숙여 눈물을 흘리던 윤환의 얼굴이 너무나 애처로워 보이던 날, 해정은 의외로 담담했다. 언젠가는 이런 날이 올지도 모른다고 생각했었기 때문에 가슴이 찢어질 것 같은 그의 말에도 해정은 눈물을 흘리지 않은 채 그의 이야길 담담하게 듣고 있었다.

"그거 모르죠? 결혼식 올리기 전날, 이미 날 찾아왔었어요."

평소보다 훨씬 작고 촉촉하게 젖은 해정의 목소리가 슬프게 들려온다.

"쉽게 포기할 사람은 아니라고 생각했어요. 자신감이 넘쳤거든, 그 눈빛이."

살면서 누군가에게 그렇게 주눅이 들어본 적이 없었다. 애써 웃었지만 입꼬리는 떨려왔고 참고 있던 눈물은 금방이라도 터져 나올 것 같아 해정은 잔뜩 눈에 힘을 주고 앉아 간신히 버티고 있었다.

"그때 알았죠, 당신이 내게 온 이유는 그녀가 떠났었기 때문이란 걸."

자신의 남자라고, 당신이 어떠한 짓을 해도 그는 내 것이라고, 너무나 당당히 해정에게 외치던 그녀.

"살면서 그렇게 내 자신이 초라했던 적이 없어요. 당신이 나 몰래 그녀에게 생활비를 보낸 것도 알고 있었어요. 우리 관계가 끝이 날까 봐 모르는 척했을 뿐."

그의 마음이 조금씩 열리는 것 같아 해정은 결혼생활을 할수록 안심했고 방심하고 말았다.

'이혼은 하지 않겠어요.'

그때 당신을 보내줬다면 우린 이렇게 슬픈 기억으로 남지 않았을까?

'난 헤어질 마음 없어요. 싫어도 당신이 참아요.'

그녀에게 보내줄 자신이 없었다. 당신이 밉고 그녀가 밉고 내 자신이 미웠고, 그렇게 우리는 지옥에서 살아야 했다. 미련한 마음이 길을 잃었고 남은 건 당신에 대한 원망과 미움. 하지만 그럼에도 떠나보내지 못했다.

"사랑 같은 거 하지 말 걸 그랬죠? 당신이나 나나 결국 사랑하는 사람 곁에서 살지 못했잖아. 아, 당신은 다르려나?"

죽이고 싶게 미웠던 여자는 해정이 그토록 원하던 모든 걸 가져갔다.

"당신은 좋겠네요. 난 여전히 지옥에서 살고 있는데……."

그의 마음, 수없이 노력했지만 결국 세상에 나와보지 못하고 떠나간 아이까지, 해정은 모든 걸 한순간에 잃어야 했다.

"난 그 여자 용서할 자신이 없어요. 그러니 미워도 참아요."

해정은 흘러내리는 눈물을 닦아내며 윤환이 잠들어 있는 납골당을 나섰다. 잊고 살려 노력할수록 선명해지는 기억은 나이를 먹어도 변하지 않는다. 더욱 아픔만 또렷하게 떠오르게 만들 뿐.

'더 아껴주지 못해서 미안해요. 당신이 나쁜 게 아니야, 이런 미련한 내가 나쁜 거지. 그러니까 스스로를 괴롭히지 말아요, 여보.'

그 말 하지 말지 그랬어요. 마음 편하게 미워할 수 있게, 그렇게 날 걱정하는 말 따위 하지 말지.

"당신 참 나쁜 사람이었다."

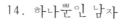 

14. 하나뿐인 남자

"나 괜찮아요? 진짜 괜찮아요?"

"괜찮아."

약속 장소로 향하며 운전에 집중하고 있는 우진에게 순이는 묻고 또 물었고 그럴 때마다 우진은 괜찮다며 엄지손가락을 치켜세웠지만 표정은 떨떠름했다.

"표정은 영 아닌데요?"

괜찮다고 말하는 우진의 표정이 여간 좋지 않아 순이는 걱정스러운 눈으로 그를 바라봤다. 아무리 봐도 어디가 이상한 모양이다.

원피스가 별론가? 화장이 진하게 됐나?

괜찮다는 그의 말에도 집으로 돌아가 옷을 갈아입고 화장도 새롭게 했다. 오늘따라 화장이 잘 먹어 괜찮아 보였는데 그의 반응으로 미루어 보아 괜한 걱정이 들려 했다.

"그 자식들한테 보여주기 아까워서 그래."

"네?"

"그렇게 예쁘게 안 해도 된다니까."

핏되는 하얀 레이스 원피스는 그녀의 아름다운 몸매를 한껏 드러냈다. 블라우스에 치마를 입은 그녀는 많이 봤지만 저렇게 몸매를 드러내는 원피스는 처음 보는 우진이었다.

저런 예쁜 모습은 나만 보면 되는데.

"특히 현우 녀석한텐 웃어주지도 마."

"질투쟁이."

뚱해 있던 이유를 알게 되자 그제야 순이의 얼굴에 웃음이 서린다.

"당신, 그 녀석이 딱 좋아하는 스타일이거든. 절대 웃어주지 마. 나 빼곤 거기 있는 자식들 다 짐승이야."

"오빠 말곤 다 늑대야! 그 말이죠?"

"오빠?"

씨익. 우진의 입술이 씰룩거린다.

"방금 그 표정, 진짜 늑대 같았어요."

입꼬리를 비틀며 눈빛을 번뜩이는 우진이 재미있다는 듯 순이는 웃으며 말했다. 사람 표정이 어쩜 저렇게 솔직할 수 있을까? 티 없이 장난스런 그의 얼굴이 무척 사랑스럽게 보인다.

"칭찬은 감사히 듣겠습니다. 다 왔네."

모임 장소에 다다르자 우진은 천천히 속도를 줄이며 지하 주차장으로 차를 몰았고 그런 우진의 말에 순이는 긴장이 되는 듯 작게 한숨을 내쉬었다. 처음으로 우진의 친구들 앞에 여자친구로 소개되는 자리인 만큼 마음속의 울렁임은 점점 커지고 있었다.

"우진 씨."

"응."

"저 진짜 괜찮아요? 이상하지 않은 거 맞죠?"

"이상하지 않아. 예뻐. 녀석들한테 보여주기 싫을 만큼."

"그럼 안심이에요. 들어가요."

내려오는 엘리베이터를 기다리며 애써 떨리는 마음을 진정시키던 순이는 우진에게 팔짱을 끼며 빙긋 웃어 보였다. 이 순간 그의 말이 얼마나 마음을 달래주는지, 그의 곁에 서 있는 것만으로도 마음이 든든해지는 기분이 들었다.

* * *

"현우야, 저 자식 우리가 아는 도우진 맞냐?"

모임을 위해 현우가 미리 빌려둔 모던한 와인 바엔 현우와 우진의 친구들이 각자 커플을 이뤄 모여 있었고 그 사이를 흐르는 이야기 소리와 음악 소리에 바 안은 화기애애한 분위기가 감돌았다.

"맞아. 믿기 힘들겠지만."

"아무리 봐도 겉모습만 도우진 같은데?"

현우와는 고등학교 동창이자 현우, 우진과 같은 대학을 나온 강

훈은 싱글벙글 웃는 얼굴로 연신 옆에 서 있는 여자에게서 시선을 거두지 못하는 친구의 모습이 낯설어 현우에게 묻고 또 물었지만 그때마다 돌아오는 대답은 똑같았다.

"도우진 맞아. 완전 낯설지만."

현우는 들고 있던 와인 잔을 테이블 위에 내려놓고는 저만치 떨어져 있는 친구 우진을 바라보았다. 눈에서 하트가 쏟아져 내린다. 몹시 낯선 모습이다.

"저 푼수 같은 놈."

병원에서 우진이 소개했던 여자를 만났을 때 우진의 편안해 보이던 표정을 보며 현우는 그런 느낌을 받았다.

드디어 만났구나. 어떠한 모습의 자신도 보여줄 수 있는 여자.

그래서 안심이 되었다. 세영을 소개시켜준 후 세영으로 인해 스스로의 마음에 생채기를 내는 친구가 마음이 아팠다. 화려한 겉모습과 달리 언제나 마음 한편은 외로웠고 허전했던 우진은 껍데기뿐이라도 자신을 바라봐주는 세영이 필요했고 그녀를 놓칠 수 없었던 것이다.

"야, 도우진, 침 흐른다. 침 흘러!"

좋아서 어쩔 줄 모르는 표정으로 연신 자신의 여자친구를 힐끗 거리는 우진의 모습에 현우는 큰 소리로 외쳤고 그 소리에 우진도, 순이도 현우에게 시선을 보냈다.

"남자친구인지 사생팬인지 구분이 안 될 정도로 힐끗거리더라?"

"부럽냐?"

잔뜩 핀잔을 주며 걸어오는 현우의 모습에 우진은 이런 반응 정도는 미리 예상했다는 듯 아무렇지 않게 물었다.

"부럽다. 부러워!"

"그렇게 안 어울리게 왜 혼자 왔어?"

주변에 여자가 넘치고 넘치는 현우가 오늘은 어쩐 일로 혼자 모임에 나타난 것이 이상하다는 듯 우진이 말했다. 그러자 별일 아니라는 듯 어깨를 들썩인 현우는 우진의 곁에 서 있는 순이에게 시선을 옮긴다.

"여기 어색하죠?"

"아니에요. 분위기 좋은데요?"

시원해 보이는 눈매가 부드럽게 휘어지자 처음 느낌과 달리 그 인상이 참으로 선해 보여 현우는 어딘지 안심이 되었다. 새침해 보이는 첫 느낌과는 달리 부드럽고 다정한 분위기.

"우진이 녀석이랑 만나는 거 힘들지 않아요? 까칠한 녀석이라."

"쓸데없는 소리 좀 하지 마."

현우는 스파클링 와인이 채워진 잔 하나를 들어 순이에게 건넸고 우진은 쓸데없는 걸 묻는다며 투덜거렸다.

"힘들진 않아요. 까칠한 건 맞지만."

그러자 순이는 현우가 건네는 와인 잔을 받아 들며 미소 지었다.

"순이 씨는 복 받을 거예요. 저런 까칠한 녀석이랑 만나주고 있으니까. 앞으로도 저놈 잘 부탁드립니다."

고개 숙여 인사하는 현우의 모습에 무슨 말인가 하려 입술을 달

싹이던 우진은 입을 다물었고 순이 역시 작게 고개 숙이며 그의 인사를 받았다. 말 한마디에 섞인 그의 진심이 고스란히 전해져왔기 때문이었다.

그 사람의 친구를 보면 그 사람을 알 수 있다는 말이 떠올랐다. 우진처럼 화려해 보이는 겉모습과 달리 마음은 참 따뜻하고 수수해 보이는 사람들.

이 사람 참 좋은 사람이구나.

외로웠을 우진에게 이런 좋은 친구가 있어 꽤나 의지가 되었을 것 같다는 생각이 들었다.

"저도 잘 부탁드려요."

"잘 보일 필요 없어. 순이 씨, 이거 먹어."

현우의 말이 쑥스러웠던지 투덜거리던 우진은 자그마한 접시에 담긴 과일을 챙겨와 순이의 앞에 내려놓았다.

"배고프지? 제대로 저녁도 못 먹고."

"전 괜찮아요. 우진 씨야말로 배고프죠?"

"그럭저럭 견딜 만해."

"뭐야, 두 사람 저녁도 제대로 못 먹고 왔어? 진작 말을 하지! 음식 준비해줄게요."

"에? 그렇게 하지 않으셔도 괜찮은데."

"여기 현우가 운영하는 가게라 괜찮아."

저녁도 못 먹었다며 서로의 배고픔을 걱정하고 있는 우진과 순이의 말에 현우는 잠시 기다리라며 손을 흔들었고 이내 빠르게 걸음을 옮겨 어딘가로 사라졌다.

"아……. 아무튼 참 좋은 친구를 뒀네요."

이미 모습조차 보이지 않는 현우를 떠올리며 순이는 빙그레 웃었다.

"가벼운 놈이긴 한데 그럭저럭 좋은 놈은 맞아."

멀어져가는 현우의 뒷모습을 바라보던 순이의 말에 우진은 고개를 끄덕였다.

"걱정 많이 했는데, 그래도 오길 정말 잘했다는 생각이 들어요."

우진의 친구들을 만난다는 사실만으로 식은땀이 날 정도로 긴장되었던 마음은 어느덧 노곤노곤 녹아내려 편안해졌다.

"다음엔 당신 친구들 소개시켜줘. 남자친구로."

"그럴게요. 조만간 자리 만들어야겠어요."

우진의 말에 꼭 그러겠다며 고갯짓한 순이는 우진이 가져다준 과일 하나를 포크에 찍어 그에게 건넸다.

"먹어봐요. 많이 달아요."

우진은 과일이 꽤나 달다며 빙그레 미소 짓는 순이의 모습이 그녀 손에 들려 있는 과일보다 더욱 달게 느껴졌다.

* * *

"윤 셰프! 뭐 간단히 요기할 거 하나 만들어줘, 우진이랑 우진이 여자친구랑 저녁도 못 먹고 왔다네?"

"알았어요!"

"현우야, 우진이 여자친구 뭐 하는 여자야? 분위기 있다?"

이 모임의 총무를 맡고 있는 청우그룹의 장남 진석이 어느새 현우에게 다가와 물었다. 저만치 떨어져 있는 우진과 그의 여자친구 순이에 대한 호기심으로 눈빛은 이미 반짝거리고 있었다.

"한성재단 비서실장. 하여간 도우진 눈 높은 건 알아줘야 돼."

"오호, 그래서 저런 분위기가 나나? 쉽게 접근하기 어려운."

"그것보다 우진이 저 눈빛 무서워서 어디 말이라도 걸겠냐. 크큭!"

진석의 말에 현우가 재미있다는 듯 키득거렸다. 주인을 지키려는 사나운 맹수처럼 이글거리는 눈빛으로 순이를 지키고 서 있는 우진의 모습이 몹시 재미나게 느껴졌다.

아무래도 푹 빠졌군, 빠졌어.

"근데 현우야, 큰일이다. 아무래도 나 사고 친 것 같은데."

우진을 바라보며 키득거리던 현우를 한참 바라보던 진석은 난감하다는 표정을 하곤 중얼거렸다. 이미 낮빛도 제법 어두워진 상태였다.

"사고? 무슨 사고?"

진석의 표정이 심상치 않음을 느낀 현우는 고갤 돌려 되물었다. 중3 때 꼰대짓하는 교장 선생 차를 긁어놓을 때도, 약혼녀와 바람난 남자를 잡아 반쯤 패놓고서도 이 녀석은 그렇게 말했다.

'나 사고 친 것 같다.'

이놈이 사고 쳤다는 말을 하는 건 필시 진짜 사고를 쳤을 때 나오는 말이란 말이지.

"어제 세영이 전화 왔었거든. 모임 할 때 된 것 같은데 우진이 오냐고 묻더라고."

"그래서?"

"난 저놈 사귀는 사람 있는 줄 몰랐어."

갑작스레 걸려온 전화에 진석은 아무런 의심 없이 세영의 질문에 선의로 대답했다. 워낙 우진이 녀석이 세영을 좋아했던 걸 잘 알고 있기 때문이기도 했다.

"설마 오늘 모임 있다고 말해줬냐?"

진석의 말에 현우가 어이없다는 눈빛으로 되묻자 진석의 고개가 아래로 떨어졌다.

"세영이가 다시 시작하고 싶다고 해서……. 우진이 녀석, 세영이 많이 좋아했으니까 도와주려고 그런 건데……."

"그 망할 계집애 성격 모르냐? 두 사람 헤어진 지가 언젠데 그런 이야길 해줘?"

세영의 성격을 모르지 않는 현우는 이곳에 모습을 나타낼 세영을 떠올리며 미간을 좁혔다. 그러곤 이내 자신의 휴대폰을 꺼내 들어 키패드를 꾹꾹 눌러 전화 걸었다.

"후우."

하지만 신호음만이 울릴 뿐 세영은 전화 받지 않았고 어두운 얼굴을 하고 있던 진석은 이내 현우의 팔을 두드리며 눈짓했다.

"왜?"

"망했어. 이미 왔다, 야."

진석의 얼굴이 조금 전보다 더욱 어두워졌고 그가 가리키는 손끝엔 화사한 외모만큼 사람들의 시선을 잡아끄는 세영이 모습을 드러냈다. 우진이 있다는 말 때문이었을까? 수수한 차림에도 사람의 눈길을 사로잡는 그녀는 그 어느 때보다 화려하고 아름답게 치장한 모습이었다.

현우의 구겨진 얼굴이 무슨 이유 때문인지 충분히 알고 있으면서도 세영은 여유로운 웃음을 지으며 다가섰다.

"전화는 왜 해? 올 줄 알면서."

"네가 여기가 어디라고 와?"

"내가 너를 몰라? 우진 씨를 몰라? 여기 애들을 몰라? 새삼스럽긴."

맞는 말이다. 원래 세영 역시도 이 모임의 한 멤버이기도 했으니까. 하지만 이곳에 나타난 세영의 목적이 무엇인지 충분히 알고 있는 현우는 연신 구겨진 얼굴을 펼 수 없었다.

"돌아가."

"싫어. 누가 너 보러 왔니? 우진 씨 만나려고 온 거야. 어디 있어?"

현우의 성난 목소리는 귀에 들리지 않는 듯 세영은 주위를 두리번거리며 우진을 찾았다. 그 모습이 너무나 자연스럽고 여유로워 보여 현우는 짜증스럽다는 듯 미간을 구긴 채 세영의 손목을 낚아챘다.

"그만 까불고 따라와. 네가 여기 있어야 할 이유가 없어."

"아야! 너 진짜 왜 이래? 너 만나러 온 거 아니라고……."

가게 밖으로 세영을 끌어내리던 현우는 연신 버둥거리며 나가길 거부하는 세영의 손목을 더욱 힘껏 그러쥐었다. 그러자 방금 전까지 현우 손을 거부하려 손목을 비틀던 세영의 버둥거림이 잦아든다.

갑자기 왜 이렇게 잠잠해? 혹시?

"이런 젠장!"

주변의 웅성거림 때문이었을까? 언제부터 와 있던 걸까? 현우는 자신의 앞에 담담한 얼굴로 서서 자신과 세영을 바라보는 우진의 모습을 마주하고 말았다.

"우진 씨."

그리고 당황스러움에 큰 눈을 깜빡이며 우진의 곁에 서 있는 여자. 김순이 역시 현우의 눈에 들어왔다.

여자친구 앞에 전 여자친구가 나타나다니. 이건 좀…….

"따라와."

현우는 놀란 얼굴의 순이를 힐끗 바라보고는 이내 잡고 있던 세영의 손목을 당겼지만 세영은 끌려 나갈 생각이 없다는 듯 현우의 손을 뿌리쳤다. 그러곤 무표정으로 자신을 바라보고 있는 우진을 향해 생긋 미소 지었다.

"오랜만이야? 커플 모임에 비서를 데려오고…… 우진 씨답지 않다."

자신만만한 얼굴. 그녀에게 우진은 나 외에 여자는 만날 수 없는 남자라도 되는 듯 아주 당차고 여유롭고 자신만만해 보였다. 그리고 그 당찬 표정과 목소리만큼 거침없이 우진의 팔로 향하는 그녀의 손길.

"우진 씨."

그 순간 순이는 위험한 것이 다가오기라도 하는 듯 자신 옆에 서 있는 우진의 팔을 자신 쪽으로 잡아당겼다. 자신의 남자에게 함부로 손대지 말라는 경고에 가까웠다.

"걱정 마."

자신의 몸을 잡아끄는 순이의 손길에 우진은 빙긋 웃으며 불안한 표정을 짓는 순이를 안심시켰다. 그리고 잠시 멈춰 있던 세영의 손길을 바라보다 느릿하게 입을 열었다.

"비서 아니야. 내가 사랑하는 사람이야."

아름다운 얼굴이 일순 일그러졌다. 꼭 영화나 드라마에서 보던 것처럼 천천히 일그러지는 여자의 표정은 이내 판판하게 주름을 펴고는 활짝 웃어 보인다. 그 모습이 슬로모션처럼 천천히 변해가는 걸 순이는 그저 멍하니 바라보았다.

이상한 기분. 누군가의 아름다운 얼굴이 일그러졌을 때보다 웃고 있는 이 순간 소름 끼치도록 서늘하게 느껴지는 기분. 순이는 처음 느껴보는 감정에 잡고 있던 우진의 팔을 저도 모르게 꼭 그러쥐었다.

"사랑하는 사람?"

다시금 우진의 말을 확인하고 싶은 듯 세영은 환하게 미소 띤 얼굴로 우진을 바라보았다. 붉은 입술을 잠시 깨물던 세영은 이내 날카로운 눈빛으로 순이에게 시선을 보냈다.

"사랑하는 사람이라고 했어? 누구? 저 여자?"

어이가 없다는 듯 코웃음을 치는 세영의 모습에 우진은 옆자리를 지키고 있는 순이의 어깨를 조심스레 감싸 안았다. 당황스러울 순이를 안심시키기 위해서였다.

"고작?"

어이없어하는 세영의 시선이 우진이 아닌 순이에게 향하자 현우는 아차 싶은 생각이 들어 얼른 세영을 붙잡았다.

이대로 두었다간 이 기지배가 분명 무슨 사고라도 치지.

"너 미쳤어? 그만하고 나가자. 어서!"

"이거 놔. 나 우진 씨 만나러 온 거라고 했잖아."

자신의 팔을 붙잡는 현우를 제치며 세영은 한 발자국 더 우진의 앞으로 다가섰다. 그리곤 아무런 표정 없이 자신을 바라보고 있는 우진과 그의 곁에 서 있는 순이를 번갈아 바라보았다.

"우진 씨, 아직도 화 많이 났구나? 그래서 이런 연기까지 하는 거야?"

"아니. 네가 날 그렇게 버려주지 않았다면, 이런 멋있는 여자 만나기 어려웠을 거야. 고맙다."

조금의 동요도 없이 차분히 우진은 세영에게서 시선을 돌려 현우를 바라보며 말을 이어갔다. 당황하는 세영의 모습은 안중에도 없어 보인다.

"너희들 얼굴 봤으니까 우린 먼저 가볼게. 현우야, 조만간 다시 보자."

"아……. 그래, 알았어. 조심히 가. 순이 씨, 반가웠어요. 조만간 다시 봬요."

"네. 그럼 먼저 가볼게요. 오늘 만나서 저도 반가웠습니다."

우진의 말에 현우와 순이는 서로에게 반가웠다 인사했고 우진은 그런 순이의 손을 꼭 잡은 채 가게를 나섰다. 방금 있었던 일은 아무것도 아니었던 것처럼 서로를 바라보는 우진과 순이의 표정은 밝았고 덩그러니 서서 그 모습을 바라보던 세영은 꽉 힘을 주어 주먹을 쥐었다. 그러곤 조금 전까지 짓고 있던 미소를 지운 채 서늘하고 날카로운 눈빛으로 현우를 바라보았다.

"왜 말 안 했어?"

"뭘?"

눈에서 불이라도 뿜어낼 듯 날카로운 눈빛으로 변해 있는 세영의 모습에 현우는 뒷골이 뻐근해져왔다.

이거 완전 뚜껑 열리기 직전이군.

"우진 씨 여자 있다는 소리."

"그걸 왜 이야기해줘야 하는데?"

"야! 저 여자 겨우 우진 씨 비서잖아? 네가 도우진 친구라면 저런 여자 만나는 거 말려야지!"

"왜? 착하고 좋은 사람이야. 너보다 훨씬 나을 거라 생각하는데?"

신경을 곤두세우고 날카롭게 소리치던 세영은 현우의 말에 이해가 되지 않는다는 듯 고개를 흔든 후 입을 다물어버렸다. 더 이상 무슨 말을 해도 현우는 자신이 원하는 대답을 해주지 않을 것을 너무나 잘 알고 있기 때문이다. 다만 그럼에도 속에서 끓어오르는 이 분함.

"우진이 포기해. 결혼한다며? 그 사람한테 집중하라고."

"끝냈어."

"뭐라고?"

세영의 말이 무슨 뜻인지 현우는 이해가 되지 않는다는 듯 되물었다. 그러자 세영은 우진이 나가버린 입구를 잠시 바라보다 말했다.

"그 자식이랑 파투내고 왔다고. 도우진 때문에!"

"세영이 너⋯⋯."

"아버지 없는 자식만 아니었다면 나 우진 씨랑 진작 결혼했어. 그 사람 사랑하지 않은 게 아니라고."

"⋯⋯."

이미 모습조차 보이지 않는 우진의 모습이 눈앞에 아른거린다. 늘 자신에게만 다정했던 그의 낯선 모습. 이제는 자신의 것이 아닐지도 모른다는 생각에 세영은 입술을 질끈 깨물어버렸다.

* * *

"미안해. 당황했지?"

순이는 모임 장소를 빠져나와 우진의 차에 몸을 실었다. 그러자 옆자리에 올라탄 우진은 걱정스런 눈빛으로 순이를 바라보았다. 방금 전 세영과의 만남으로 인해 그녀가 얼마나 당황했을지 짐작조차 되지 않아서였다.

그러자 순이는 고개를 잠시 끄덕인 후 입을 열었다.

"조금요. 거기서 다시 볼 줄은 몰랐거든요."

의외로 담담한 반응. 자신의 팔을 꼭 붙잡고 어쩔 줄 몰라 하던 순이와 사뭇 다른 반응에 우진은 잠시 그녀의 얼굴을 살폈다. 조금 상기된 발그레한 뺨, 느껴지는 자신의 시선에 살며시 돌아가는 고개.

애써 담담한 척하고 있는 거군. 그래, 놀라지 않을 수 없지.

우진은 애써 괜찮은 척하고 앉아 있는 그녀의 손을 끌어다 잡았다. 그러자 순이의 고개가 우진에게 향한다.

"……우진 씨를 많이 좋아하셨던 모양이에요. 표정이…….."

우진의 말에 아름답던 얼굴이 서늘해졌다. 그 모습이 너무나 강렬하게 남아 순이의 머릿속을 떠나지 않는다.

"당신이 생각하는 그런 감정이랑은 다를 거야. 그런 사람이야."

"음……."

우진의 단호하고도 차분한 대답에 순이는 작게 고개를 끄덕였다. 분명 그가 이런 확신을 하는 데는 그만한 이유가 있을 것이란 생각이 들었다.

"당신 신경 쓰게 만들고 싶지 않은데, 미안하네."

"아니에요. 조금 당황하긴 했는데 이제 괜찮아요."

자신을 신경 쓰게 만들었다는 것이 마음에 걸려서일까, 표정이 좋지 않은 우진을 달래듯 순이는 괜찮다며 고갤 끄덕거렸다. 그 순간 자신만큼이나 우진도 그 상황이 당황스러웠을 것이란 건 굳이 묻지 않아도 알 수 있었다.

"……미안해."

그럼에도 미안한 마음이 가시지 않아 보이는 우진이었고 순이는 그런 우진의 얼굴을 잠시 바라보았다. 이럴 때 보면 꼭 길 잃은 어린아이 같은 느낌이다.

"그만 미안해하고 이제 밥 먹으러 가는 게 어때요? 나 정말 배고픈데……."

빙긋. 걱정, 근심 가득해 보이는 우진에게 고갤 살며시 기대며 순이가 중얼거렸다. 이 와중에 정말 배가 고파오는 자신이 우습기도 했지만 그녀를 마주했던 때의 긴장감이 없어져서인지 정직하게도 배꼽시계는 음식을 내놓으라 외치는 중이었다.

"아, 응. 뭐 먹으러 갈까?"

"장 봐서 우리 집으로 가요. 내가 맛있는 거 해줄게요."

꼭 손수 만든 음식이 아니라도 상관없었지만 당황스럽고, 미안함 가득한 눈빛으로 자신을 바라보는 우진에게 조금 더 편한 공간을 제공하고 싶어졌다. 그렇게 해야 저 놀란 마음이 진정될 테니까.

"그거 좋은 생각이네."

"그럼 가요, 장 보러."

이미 시계는 9시를 향해 가는 늦은 시간이었지만 우진의 끄덕임에 순이는 꼭 맛있는 걸 해 먹이겠노라 마음을 다잡았다.

* * *

타닥타닥, 서걱서걱, 나무 도마 위를 경쾌하게 지나가는 칼날이 들려주는 소리가 마음의 안정을 갖게 한다. 보글보글 찌개 끓는 소리가, 또한 맛있는 향기가 불안했던 마음을 다독여주고 있었다.

로맨틱 순이 289

"배 많이 고프죠? 조금만 참아요. 거의 다 됐어요."

"괜찮아, 천천히 해도. 참을 만해."

소파에 앉아 있는 우진이 신경 쓰여 순이가 소리치듯 말했지만 우진은 조금도 걱정 말라며 종종거리고 있는 순이를 안심시켰다. 그녀가 손수 만들어준 음식을 기다리며 우진은 그녀가 살고 있는 집 안 구석구석으로 시선을 옮겼다. 여전히 깔끔하고 깨끗하게 잘 정돈되어 있는 집 안은 그녀에게서 나는 달콤한 향기로 가득했다.

그리고 소파에 앉아 있는 우진의 발밑에 자리 잡고 앉아 열심히 으르렁거리는 뚱이 녀석까지.

"이 못난이는 왜 나만 보면 으르렁거려?"

"못난이라고 자꾸 놀리니까 그렇죠!"

"꼭 그 때문은 아닌 것 같은데? 이 녀석, 당신 친구들한테도 이래?"

"음, 그러지 않는데 이상하네."

순이의 대답에 우진은 자신의 턱을 매만진 후 다시금 동그랗고 못생긴 강아지를 쳐다봤다.

요놈 보게? 남자한테만 으르렁거리는 건가?

"남자한테는 좀 그러는 거 같아요. 평소엔 엄청 순한 편인데."

"똑똑한 녀석이네. 못난이라고 한 거 취소다."

"멍멍!"

순이의 말에 고갤 끄덕인 우진은 자신의 말을 알아듣는 듯 짖는 뚱이를 보며 기분 좋은 미소를 머금었다. 뚱뚱하고 못생긴 녀석이 그간 순이의 보디가드 노릇을 해왔던 모양이다.

간식이라도 사다 줘야겠어.

"우진 씨, 다 차렸어요. 얼른 와요."

뚱뚱하고 못생겼지만 듬직한 뚱이와 화해 모드에 돌입한 우진. 그의 귀에 순이의 목소리가 들려왔다. 맛있는 냄새 역시 집 안을 가득 메우고 있었다.

"뭐야? 간단하게 차린다더니 잔칫상을 차려놨네."

계란말이, 된장찌개, 소고기 등심 구이, 야채볶음까지 짧은 시간에 차려낸 음식이 아닌 잔칫상 같은 비주얼에 우진의 입이 다물어지지 않았다.

"잔칫상이라기엔 조촐하죠. 얼른 앉아요. 배고프잖아요."

우진의 칭찬이 쑥스럽다는 듯 순이는 고갤 흔들며 대답했다. 마음 같아선 식탁 다리가 휘청일 정도로 차려주고 싶지만 그러기엔 순이의 뱃가죽도 등가죽을 만나기 직전이었다.

후루룩-

우진의 입으로 따끈하고 구수한 된장찌개가 한입 들어갔다. 순이는 그의 반응이 궁금해 눈을 떼지 않고 있었다.

"어때요? 간 맞아요? 안 짜요?"

"엄청 맛있어. 전에도 느꼈는데 요리 진짜 잘하네?"

음식이 입에 맞는지 환한 얼굴로 순이를 향해 미소 지은 우진은 수저와 젓가락을 바삐 움직이기 시작했다. 그녀가 해주는 음식은 매번 우진에게 따뜻함을 전해준다.

"집에서도 맛있는 거 많이 먹지 않아요? 사모님 요리 잘하시는데."

순이의 말에 잠시 생각을 하던 우진은 고갤 가로저었다.

"음…… 맛은 있는데 소화는 아직 잘 안 돼."

"아……. 미안해요."

"미안하긴, 좀 더 지나면 편해지겠지."

괜한 걸 물어 미안하다는 듯 목소리가 작아지는 순이에게 우진은 괜찮다며 고갤 흔들었다. 그녀가 미안해할 일이 아니라는 것이었다.

"아직 많이 불편하죠?"

오랫동안 존재 자체를 모르고 살았던 아버지와 새로운 어머니. 그가 겪고 있을 혼란과 불편함이 어느 정도일지 순이는 감히 상상조차 되지 않았다. 그래서일까? 그의 담담한 표정이 오히려 더욱 마음을 아프게 만든다.

"아직은 불편하지."

"그렇죠."

우진의 대답에 순이는 고갤 끄덕였다. 벌써 편해졌을 리 없는데, 괜한 질문을 했구나 싶다.

"그래도 처음보단 같이 사는 게 싫지 않아. 나름 적응 중이랄까?"

사실이었다. 처음보단 조금 마음은 편해졌고 자주 부딪힐 일은 없지만 오다가다 마주치는 이사장의 얼굴도 처음만큼 거북스럽지 않아졌다. 이래서 사람은 같이 살을 비비며 같은 식탁에서 밥을 먹고 함께 일상을 살아가는 게 중요한 일인 모양이다.

"정말요? 다행이네요."

"시간이 필요하긴 하지만 좀 더 지나면 지금보다 편해지겠지."

우진의 대답에 순이는 흐뭇한 얼굴로 그의 숟가락 위에 소고기 한 점을 올려주었다. 처음 만났던 날, 뾰족뾰족 날 선 모습으로 자신을 대하던 그때와는 사뭇 달라진 우진의 모습이 너무나 멋있고 대견스러워서였다.

"아, 나 궁금한 게 하나 있는데."

순이가 건네준 고기를 맛있게 먹던 우진은 불현듯 떠오른 한 가지 생각에 들고 있던 수저를 내려놓았다.

"궁금한 거요? 뭔데요?"

"음, 오래전 일이라 당신이 알지 모르겠는데, 좀 알아보고 싶은 일이 있어서."

"네."

얼마 전 큰아버지의 제삿날 마주쳤던 그 여자. 이사장과 냉랭한 기류를 형성하던 그 여자로 인해 우진은 해결되지 않은 호기심을 안고 있었다.

"한성재단이 설립될 때 지금 이사장님의 형님, 그러니까 내 큰아버지란 분이 재단 이사장으로 내정이 되어 있었다고 해. 사고로 인해 돌아가셨고 그 이후 지금 이사장님이 재단이사장이 됐고."

우진은 친구 현우로부터 전해 들었던 이야기를 꺼내놓았다. 정말 그 사고에 이사장이 관련이 되어 있었는지, 혹시 그래서 큰어머니란 분이 그렇게 날을 세운 것은 아니었을까? 궁금증은 멈출 줄 모르고 있었다.

"그 사고에 지금 이사장님이 연관이 있다는 소문이 있었다고 해. 얼마 전 큰아버지의 부인이란 분이 집으로 찾아왔는데 이사장님과 사이가 좋지 않아 보이더라고.”

“알아보고 싶다는 부분은 어떤 건가요?”

“그 사고의 진실이 알고 싶어.”

우진의 눈빛이 그 어느 때보다 진지하고 무거웠다.

“이유를 물어봐도 될까요?”

“……나와 어머니를 그 오랜 시간 내버려두었던 그 사람. 곁에서 보니 당신 말처럼 나쁜 사람이 아니란 건 나도 알겠어. 그래서 확인해보고 싶어. 정말 그런 사람이 아니라는 확신이 필요해.”

여전히 마음은 평온했다 폭풍을 몰고 왔다 변덕이었지만, 그렇기에 이 복잡한 마음을 정리할 계기가 필요했고 그것을 위해서는 이사장에 대한 오해와 소문들에 대한 진상을 알아볼 필요가 있다고 우진은 결론 내렸다.

“그건 제가 알아볼게요.”

“고마워.”

우진의 진지함에 순이는 더 이상 다른 말은 하지 않았다. 그가 확인하고 싶은 것을 확인하고 이사장님에 대한 원망이 없어진다면 순이는 그것으로도 충분하다 생각했기 때문이다.

다시금 수저를 들어 식사를 하는 우진을 조용히 바라보던 순이는 빙그레 웃으며 나지막이 말했다.

“우진 씨 마음이 얼른 편해졌으면 좋겠어요.”

“나야 순이 씨 덕분에 늘 마음 편하지. 알면서 왜 그래.”

"그럼 다행이구요."

쓸데없는 걱정은 넣어두라는 듯 우진은 빙긋 웃어 보였다. 마음 속 폭풍이 휘몰아치면 언제나 그녀를 떠올린다. 그러다 보면 마음 은 잔잔한 물결을 그리며 안정을 찾기 마련이었다.

"당신은 당신이 생각하는 것보다 훨씬 더 좋은 여자야."

15. 밝혀지는 진실

"여보, 국 다 식겠어요. 어서 와서 드세요. 너도 어서 와서 밥 먹으렴."

저녁을 차려놓고 한참을 기다렸지만 서재에서 나오지 않는 남편으로 인해 이 여사는 결국 서재까지 걸음을 옮겼다.

"알았어."

"네."

"부녀가 무슨 할 말이 그렇게 많은지, 나 서운해지려고 하네."

"별일 아니니 먼저 나가봐."

서재에 들어가 나오지 않는 남편과 딸의 모습에 이 여사는 서운하다는 표정을 짓고는 다시금 부엌으로 돌아갔다.

"아빠, 제발 부탁드려요. 네?"

"안 되는 일이라고 하지 않았어?"

"우진 씨 아니면 안 돼요, 저는. 아빠가 반대하셔서 이렇게 된 거니까 도와주세요."

세영은 원하는 대답을 해주지 않는 아버지에게 사정했다. 그의 마음을 돌리기 위해선 무엇보다 아버지의 허락과 도움이 필요했기 때문이다.

"한성재단이 아무 탈 없을 거라면 나도 반대할 이유가 없어. 그런데 그 집안, 곧 있으면 망할지도 모른다. 그런 집안과 사돈은 어렵지."

"네?"

"한성재단이 곧 매각될 수도 있다는 말이다."

"그게 무슨 말이에요?"

"한성재단이 처음 만들어질 때 JW그룹에서 돈을 끌어다 썼어. 그 채무에 대한 권한은 JW주얼리 대표가 가지고 있었고. 무슨 이유 때문인지 돈을 돌려받겠다고 나섰거든."

"한성재단에서 그 정도 빚 청산도 안 된단 말인가요?"

"평소라면 문제없었겠지. 하지만 문제는 한성재단이 요양병원에 외상센터까지 짓는다고 꽤나 판을 크게 벌여놓은 시점이라서 말이지. 이미 여기저기 돈을 끌어다 썼으니 돈줄이 막혔을 거야. 그 큰돈을 당장 갚을 길이 없어."

세영은 아버지의 말에 잠시 침묵을 지켰다. 헤어졌던 우진이 한성재단의 아들이란 걸 알았을 때, 반드시 그를 잡아야겠다고 마음먹었다. 그 정도 집안이라면 아버지 역시 반대하지 않을 것이라고 확신했다. 그런데 그런 우진의 집안이 곧 망할지도 모른다니.

"아빠, 우리가 도와주면요? 돈이 필요한 거라면 우리 집에서 충분히……."

"그건 계산기를 좀 더 두드려봐야 될 문제다. 한성재단을 사돈으로 뒀을 때 이득이 무엇일지 따져봐야지."

돈을 빌려주는 건 어려운 문제가 아니었다. 하지만 그런 돈을 투자해서 자신에게 돌아올 이득이 무엇일지 그는 아직 정확한 답을 찾지 못했다.

"아빠, 제발요."

"생각 좀 해보자."

집안에서 맺어준 상대도 거절하고 굳이 우진을 고집하는 딸 세영으로 인해 머리가 지끈거려왔지만 저토록 간절히 원하는 모습을 보니 그의 마음이 약해지고 있었다.

'세영이와 진지하게 만나고 싶습니다.'

사생아만 아니었어도 그렇게 반대는 하지 않았을 텐데 말이지.

오래전 자신의 앞에서 당황하는 기색 없이 당당하던 우진의 모습을 떠올리는 그는 씁쓸한 입맛을 다셨다.

한성재단과 사돈이라……. 구미가 당기는군.

* * *

어딜 가든 수군수군, 사람들이 좀 모여 있다 싶은 곳에선 다들 걱정스런 얼굴이 되어 한성병원과 더불어 자신들의 처지를 걱정하고 있었다.

"진짜 문 닫는 건 아니겠지?"

"에이, 부자는 망해도 3년은 간다는데 그렇게 쉽게 문을 닫겠어?"

"그것도 옛말이지. 요즘 분위기 봐. 매일 이사회 소집에 투자자들까지 정신없이 들락날락거리잖아."

의국이 온통 저 소리구만.

우진은 발길 닿는 곳마다 어수선한 분위기가 웅성거리는 소리에 심기가 불편하다는 듯 잔뜩 얼굴을 구긴 채 걸음을 옮겼다. 저들의 걱정을 모르는 것은 아니지만 이런저런 말들은 살을 보태어 진실과는 달리 점점 부풀려지고 사태를 심각하게 만들고 있었다.

'죄송해요. 오늘 이사장님 외부에 미팅 있으셔서 점심은 같이 못 먹을 것 같아요.'

요즘 이 병원에서 가장 바쁜 사람이 이사장이라면 그다음은 단연 김순이가 제일이었고 그로 인해 우진은 독수공방하는 홀아비가 된 기분을 느끼고 있었다.

'일주일째 얼굴을 제대로 못 보는 건 알고 있지? 나 서운해지려고 하는데.'

'죄송해요. 바쁘니까 나중에 전화할게요.'

우진은 걸음을 빠르게 해 VIP 병실로 향하기 시작했다. 이사장이 쓰러졌다는 말에 이렇게 동요되는 마음이 스스로도 이상하고 어색했지만 우진은 자신이 낼 수 있는 최대한의 속도로 병실로 올라가고 있었다.

'우진아, 고맙다.'

그저 식사는 챙기라 무뚝뚝하게 한마디 했을 뿐인데 이사장은 자신의 방으로 들어가는 우진을 다시 한번 불러 고맙다 말했다. 그 말 한마디에 이상하게 마음이 찡해져와 우진은 뒤도 돌아보지 않고 방으로 들어가버렸다.

그간 한 번도 가져보지 않았던 아버지라는 존재가, 그토록 원망스러웠던 그의 존재가 조금씩 변하고 있음을 우진은 제대로 느끼지 못하고 있었던 것이다.

한편, VIP 병실에선 도 이사장으로 인해 순이의 얼굴은 곧 울 것처럼 난감해져 있었다.

"이사장님, 조금 더 쉬셔야 합니다."

"이 정도로는 끄떡없어. 괜찮아."

"링거는 다 맞으셔야죠. 조금만, 조금만 더 쉬세요."

일분일초가 아까워 그러는 것을 모르는 것은 아니지만, 그럼에도 쓰러진 후 병원까지 실려 오게 된 이사장이 다음 미팅을 위해 자리에서 일어나려 하자 순이는 곧 죽어도 안 된다며 그를 말리고 있었다.

병원 재정이 나빠졌고 여기저기 들려오는 소문들과 증권가 찌라시들로 인해 투자자들이 불안함을 느껴 투자금 회수가 시작되었고 그로 인해 한성재단은 더욱 절벽으로 내몰리고 있었다. 그 탓에 이사장은 물론 순이까지 발바닥에 땀이 나도록 뛰어다니기 바빴다.

"나는 괜찮으니 자네가 좀 쉬어야지. 요즘 나보다 더 무리하고 있지 않나?"

　도 이사장은 마음을 돌린 투자자들과의 미팅을 잡기 위해 고군분투해준 순이 덕에 큰 고민거리를 덜어냈다.

　"저는 괜찮습니다. 이사장님, 미팅 시간은 아직 넉넉하니 링거만이라도 다 맞고 출발하시는 게 어떨까요? 그래야 내일도 투자자분들 만나시죠."

　"김 실장님 말이 맞습니다. 이렇게 가시면 큰일 나십니다. 혈압도 높으시고요."

　순이와 내과 과장의 만류에도 이사장은 알겠다는 듯 고갤 끄덕이며 다시금 침대에 등을 붙이고 누웠다. JW주얼리에서 통보한 날짜는 이제 보름도 채 남지 않았고, 투자자들은 자금 회수에 열을 올리고 있었다. 은행 대출도 쉬운 일이 아닌 상황에 눈앞은 깜깜해졌지만 이대로 한성재단을 포기할 수는 없는 노릇이었다.

　"미팅 시간 늦지 않도록 조금 빨리 맞게 해주게."

　"네."

　도 이사장은 떨어지는 링거액을 바라보며 그렇게 말했고 내과 과장은 어쩔 수 없다는 듯 고갤 끄덕였다.

　"뭘 빨리 맞습니까? 천천히 맞고 좀 쉬십시오."

　벌컥, 병실 문이 열리더니 이내 들려오는 목소리. 마음에 들지 않는다는 듯 잔뜩 찌푸린 얼굴로 다가온 우진은 침대에 누워 있는 이사장을 힐끗 바라본 후 내과 과장에게 고개 숙여 먼저 인사했다.

　"도 선생이 이사장님 좀 말려보게."

　"네. 고생하셨습니다."

내과 과장은 우진의 인사에 고갤 끄덕인 후 이사장에게 인사했고 이내 두 부자와 순이를 내버려두고 병실 밖으로 나섰다. 아들이 왔으니 자신은 잠시 빠져도 충분하리라.

"허허, 우진이 네가 여긴 어쩐 일이야? 수술 스케줄은 없고?"

"네. 수액을 이렇게 빨리 맞으면 더 어지럽습니다."

이사장은 잔소리 아닌 잔소리를 하고 있는 우진을 바라보며 흐뭇한 미소를 지어 보였다. 녀석의 원망스러운 눈길을 마주하는 것이 쉬운 일이 아니었는데, 같이 사는 시간이 늘어갈수록 조금씩 마음이 열리는 것이 느껴져왔다.

"다음 스케줄이 있어서 어쩔 수가 없구나."

"여기서 더 무리하시면 오늘뿐이 아니라 한동안 스케줄 소화 못합니다."

침대 옆에 놓인 차트를 살피며 우진은 그렇게 대꾸했다. 혈압도 높고 피로로 인한 간수치도 정상은 아니었다. 아무리 건강하다 하더라도 20대의 젊은이가 아닌 이상 하루 두세 시간 겨우 눈 붙이며 이런 스케줄을 소화하기란 이사장의 나이로 봤을 때 분명 무리가 따를 일이었다.

"이사장님, 미팅은 제가 다음 날로 미뤄보겠습니다. 그러니 도 선생님 말씀 들으시고 조금 쉬세요."

"그럴 수야 없지. 최 사장이 우리 재단에 투자한 금액이 얼마인데……."

여태껏 100억 가까운 금액을 투자한 최 사장은 JW그룹과 함께 한성재단이 발전하는 데 가장 큰 도움을 준 회사의 대표 중 하나이자 도 이사장의 오랜 친구였다. 그런 최 사장의 투자자금이 회수되어버린다면 한성재단은 정말 버틸 재간이 없어진다.

"그렇지만…… 도 선생님 말씀 들으셔야 해요. 너무 무리하셨어요."

"그래도 오늘은 가야 하니 김 실장이 늦지 않게 채비해주게."

"거참, 고집 한번 쎄시네. 투자자 만나는 거면 제가 대신 갈게요. 그럼 되는 거 아닙니까?"

"뭐라고?"

"제가 대신 가겠다 그 말입니다. 뭐, 가서 무릎이라도 한번 꿇으면 되는 거 아닙니까?"

어디서 나온 용기이며 무모함일까? 우진은 곧 죽어도 고집을 부리는 이사장을 대신해 자신이 투자자를 만나고 오겠다며 큰소리쳤다. 그 모습에 이사장과 순이는 당황스런 눈으로 그를 바라봤다.

"저기, 도 선생님……. 으음, 그건 썩 좋은 방법이 아닌 것 같은데요?"

"네 마음만 받으마. 내가 직접 가야 될 일이야."

"김 실장이 도와주면 되죠. 안 그렇습니까, 김 실장님?"

더 이상 이사장의 고집스러움은 듣지도 보지도 않겠다는 듯 우진은 단호하게 말했고 그의 모습에 순이는 저도 모르게 고갤 끄덕여버렸다.

"도와준답니다. 그러니 오늘은 쉬세요. 신경 쓰이게 만들지 마시고요."

"하하, 그놈 참……."

"제가 도울 수 있는 건 최선을 다해 돕고 오겠습니다. 오늘만이라도 쉬세요, 이사장님."

이사장을 걱정하는 우진의 마음이 읽혀 순이는 이사장을 안심시켰고 그녀의 말에 이사장은 어쩔 수 없다는 듯 고갤 끄덕였다.

"알았어. 김 실장, 우진이 잘 부탁하네."

"네. 걱정 마세요."

"그럼 김 실장님은 제가 좀 빌리겠습니다."

"그래. 잘하고 오거라."

우진의 자신만만함에 도 이사장은 여태껏 본 적 없는 흐뭇한 미소를 지어 보였다. 무뚝뚝한 것은 집안 내력이라 어쩔 수 없는 모양이지만 그럼에도 전해지는 우진의 마음이 고맙기 이를 데 없었다.

* * *

"굉장히 날카롭고 예리한 분이세요. 일주일 내내 연락드려 간신히 잡은 약속이라 절대, 절대……."

"실수하면 안 된다 그거지? 예의를 중요하게 생각하는 분이니 실수하지 않게 신경 쓰라고, 그 말 하려던 거지?"

"네."

차를 타고 약속 장소로 이동하는 동안 순이의 입에서 나오고 또 나온 말. 이제는 외울 지경이라 우진은 그녀의 다음 말을 줄줄 읊

어냈다.

"외우고 있으니 너무 걱정 마. 그보다 일주일 만에 이렇게 오래 얼굴 보고 있는 건데, 너무한 거 아닌가? 응?"

"너무 걱정돼서 그래요. 최 사장님이 마음 돌려주시지 않으면 정말 앞으로 힘들어질 거예요."

우진의 말처럼 오랜만에 그와 이렇게 오랜 시간 함께하고 있음에도 일에 대한 걱정에 순이의 마음은 마냥 좋지만은 않았다.

"그 정도로 힘들어?"

같은 집에 살고, 같은 병원에서 근무하면서도 어느 정도로 재단이 어려운지 자세히 알지는 못했던 우진은 최근 들어서야 그 사태의 심각성을 알아가고 있었다.

"네. JW주얼리가 투자금 회수한다는 소문이 증권가에 나돌자마자…… 여기저기서 투자금을 빼겠다고 난리예요. 재단 건립 때부터 함께했던 회사에서 투자금을 회수한다고 하니 많이들 불안해지셨나 봐요."

JW주얼리라.

우진은 큰아버지의 제삿날 이사장의 집을 찾았던 JW주얼리 대표 해정의 모습을 떠올렸다. 그녀의 눈빛이 어딘지 모르게 불편했었던 그날, 그녀가 돌아간 뒤 이사장은 한참을 서재에서 나오지 않았다.

"JW주얼리 대표가 내 큰아버지라는 분의 아내였다더군. 갑자기 왜 이렇게 등을 돌리게 된 건지 모르겠어."

"저도 그게 의문이에요. 재단 설립도 같이 합심하셨던 사인데 이제 와서 갑자기 이러시는 게…….”

“JW주얼리 투자금이 제일 문제인 거지?”

“네. 금액도 금액이지만 다른 투자자분들의 동요가 크네요. 일단 최 사장님만 봐도 이번 JW주얼리 투자금 빠지고 나면 어떻게 뒷감당할 거냐고 이사장님 압박하셨거든요.”

“흐음.”

결론은 투자자들과 이사들의 동요를 막을 수 있는 방법은 JW주얼리의 투자금을 어떻게 처리하느냐에 달려 있다 이거군?

“JW주얼리 대표라는 사람, 이사장님과 사이가 좋아 보이지 않았어. 큰아버지와도 사이가 좋았던 것은 아닌 것 같고.”

그렇지 않고서야 남편 제사에 처음으로 술을 올리러 왔단 말을 그날 할 수는 없었을 것이다.

“그래요? 흐음, 저도 그런 내막까지는 알 수가 없어서. 아무튼 최 사장님과의 미팅 먼저 해결하죠.”

“알았어.”

순이의 당부에 우진은 고개를 끄덕이며 차 문을 열었다. 큰소리치고 자청해서 온 자리니 실수 없이 완벽하게 해내야 한다는 것쯤 우진도 충분히 알고 있었다. 처세술만큼은 어느 누구에게도 지지 않으니 어느 정도 자신감도 있고 말이다.

“들어가보자고.”

“네.”

우진은 자신보다 훨씬 더 긴장해 있는 순이의 손을 잡아 이끌며 누구보다 당당하게 최 사장을 만나기로 한 약속 장소에 발을 내디

덮다.

* * *

잘 차려진 한정식을 앞에 두고 깔끔한 곡주를 나눠 마신 세 사
람은 처음과 달리 화기애애한 분위기로 대화를 나누고 있었다.

"도 이사장 아들이 무척 미남이라고 소문이 자자하더니, 이거
도 이사장 젊은 시절과 판박이구만! 판박이야."

"하하, 제가 조금 더 잘생기지 않았습니까?"

"허허허! 이 친구 보게나. 그 자신감 아주 마음에 드는구만! 맞
는 말이네. 자네가 좀 더 잘생기긴 했어! 여자들 많이 울릴 얼굴이
야."

"칭찬하시는 거 맞으시죠?"

우진은 순이의 걱정과 달리 최 사장과의 대화를 자연스럽게 주
도해나갔고 딱딱했던 첫 느낌과 달리 부드럽고 화기애애한 분위
기를 만들어갔다.

"그럼! 그럼! 자네 아버지는 젊었을 때부터 너무 점잖기만 해서
영 재미가 없었거든."

"그랬습니까?"

"응. 솔직히 자네 앞에서 이런 말 하기 참 그렇지만 말이지. 어디
서 아들을 하나 낳아뒀었다는 소문에 난 코웃음 치면서 믿지도 않
았어. 근데 오늘 자네를 보니 내 생각이 영 틀렸구만. 그 샌님 같기
만 하던 녀석이 진짜 제대로 사고 한번 치긴 했어."

오랜 시간 도 이사장을 친구로 봐온 최 사장은 신기하다는 듯 우진을 다시 바라보다 껄껄거리며 큰 소리로 웃었다. 아무리 봐도 도 이사장의 핏줄이 분명해 보이는 우진이었다.

"김 실장, 제주도에 짓고 있는 요양센터는 어떻게 돼가고 있어? 올 스톱 상태라고 들었는데."

한참을 웃던 최 사장은 이미 여러 번 본 적 있는 순이를 바라보며 물었다. 투자금이 씨가 말라가고 있다는 사실은 이미 익히 들어 알고 있었지만 조금 더 정확한 한성재단의 상태를 확인하고 싶어서였다.

"오늘부로 올 스톱 상태가 되었습니다. 투자자분들의 동요도 동요지만 시공사에서도 대금 지불에 대한 압박을 시작했습니다."

"도 이사장이 쓰러질 만하구만."

최 사장은 순이의 말에 고갤 끄덕이며 자신 앞에 놓인 술잔을 집어 들었다. 오랜 친구, 하지만 자신도 한 사업체를 운영하고 있는 입장에서 섣불리 어떠한 결정을 내린다는 건 결코 쉬운 일이 아니었다. 더구나 잘못했다간 한성재단뿐만 아니라 자신의 회사도 불구덩이로 들어갈 수 있기 때문이었다.

"도와주십시오. JW주얼리와의 투자금 문제는 방법을 찾아보겠습니다."

하지만 고개 숙여 정중히 부탁하는 우진의 모습에 최 사장은 고개를 끄덕였다. 젊은 그 시절 한 차례 한성재단이 위기에 처했을 때 자신에게 고개 숙이던 도 이사장의 모습이 지금의 우진과 겹쳐졌다.

"이거 도 이사장이 부러워지는구만. 자넬 보니 딸만 있는 나도 아들 하나 갖고 싶어지는군그래."

"……."

"알겠네. 내 자네를 보니 도 이사장하고 같이 으쌰으쌰하던 옛날이 생각나는군. 좋아, 투자금 철회한다는 말은 없던 것으로 하겠네."

"감사합니다!"

최 사장의 말에 우진과 순이는 진심으로 감사한 마음을 담아 고개 숙여 인사했다. 걱정했던 일이 수월하게 풀리는 듯한 느낌이 들었다.

"단, 조건이 있네."

하지만 곧 이어진 최 사장의 말.

"네?"

"JW주얼리 투자금 회수를 막는다면. 그렇다면 나 역시 투자금을 빼진 않겠네."

예상치 못했던 말에 우진의 표정이 굳어가고 있었다.

"나도 이사장 생각하면 마음이 편하진 않네. 하지만 어쩌겠나, 손해 볼 것이 뻔한 일에 투자하는 건 나도 영 내키지가 않아."

"알겠습니다. 제가 해결하겠습니다.

"도 선생님?"

최 사장의 말에 자신 있게 고갤 끄덕이는 우진의 모습에 순이가 당황했지만 우진은 걱정 말라는 듯 부드러운 얼굴로 그녀를 안심시켰다.

"시원시원해서 좋구만. 자네 아주 마음에 들어!"

"감사합니다."

"하하하, 자네 웃는 걸 보니 도 이사장도 그렇지만 윤환이 형님이 떠오르는군. 핏줄이란 게 참 신기하지."

"네?"

"자네 큰아버지 말일세. 이제 보니 자넨 윤환이 형님을 더 닮은 것 같아. W주얼리 대표가 지금은 이렇게 도 이사장한테 등을 돌렸지만 자네를 보면 마음이 바뀔지도 모르겠어."

최 사장은 오래전 만났던 윤환과 해정의 모습을 떠올리며 그렇게 말했다. JW주얼리의 이해정 대표가 윤환과의 결혼을 위해 얼마나 많은 노력을 했는지는 그 당시 모르는 사람이 없을 정도였다.

"그럼 좋은 소식 기다리고 있겠네."

* * *

"몸은 좀 어때요? 그러게 제가 그렇게 무리하지 말라고 말씀드렸잖아요."

"하하, 오늘 여기저기서 혼을 내는군."

도 이사장이 쓰러졌다는 소식을 듣고 병원으로 달려온 그의 아내 미숙은 핼쑥해진 얼굴과 달리 기분 좋은 표정을 하고 있는 자신의 남편을 보곤 괜히 더 잔소리를 쏟아냈다.

"저 말고 또 누가 잔소리해요? 김 실장인가?"

"김 실장도 김 실장이지만, 우진이 녀석이 혼을 내더구만."

"우진이가요?"

우진의 말이 다시 떠올랐는지 이사장은 고개를 끄덕이며 웃어 보였다.

"최 사장하고 약속도 우진이가 대신 나갔어. 김 실장이 많이 도와주고 있겠지만."

"우진이가 당신 걱정을 많이 했나 봐요."

우진이 이사장을 대신해 약속 장소로 향했다는 소리에 미숙은 흐뭇한 얼굴이 되어 말했다.

"우진이 마음이 많이 열린 것 같아 안심이에요."

"녀석 마음이 참 깊어. 무척 고맙더군."

"두 사람, 잘 지내니까 제가 다 기분이 좋네요. 당신도 우진이 마음 생각해서 오늘은 좀 쉬세요. 아셨죠?"

미숙은 그렇게 말하며 이사장이 덮고 있던 이불을 다시금 정리 해줬다. 우진이 나서지 않았다면 이사장은 다시 쓰러지는 한이 있 더라도 스케줄을 강행하고 나섰을 것이 분명했다.

똑똑.

우진의 마음이 고마워 흐뭇해하던 두 사람은 들려오는 노크 소리에 병실 문으로 고개를 돌렸다. 곧 9시가 되어갈 시간. 누가 찾아올 만한 시간이 아니었기에 들려오는 노크 소리에 두 사람은 귀를 기울였다.

"들어오세요."

미숙의 목소리에 드르륵거리며 병실의 닫혀 있던 문이 열렸고 이내 중년의 남자와 젊은 여자가 병실에 모습을 드러냈다.

"안녕하세요."

젊은 여자는 외모만큼이나 화사한 꽃바구니를 내려놓으며 미숙과 이사장에게 인사했다.

"누구신지……."

"도 이사장님 반갑습니다. 한울그룹 이상진입니다. 이쪽은 제 여식입니다."

"아, 한울그룹이라면……. 어쩐 일이십니까. 여기까지?"

은행, 증권, 카드사까지 제법 탄탄한 금융회사를 보유하고 있는 한울그룹의 대표 상진의 등장에 도 이사장은 누워 있던 몸을 일으켜 앉았다.

"안녕하세요, 이세영입니다. 이렇게 우진 씨 부모님을 뵙게 되니까 무척 기쁘네요."

오월에 몽글몽글 피어나는 꽃처럼 환한 미소로 인사를 건네는 세영을 미숙과 도 이사장은 어안이 벙벙하게 바라보았다.

"우진이를 알아요?"

"네, 우진 씨랑은 좋은 마음으로 만나오던 사이예요."

"어머나!"

우진의 연애사는 알지 못했던 터라 미숙은 세영의 말에 환하게 웃으며 그녀를 반겼다.

"우진이 녀석이 만나는 사람이 있다는 소린 한 적이 없었던 터라."

"아니에요. 지금은 사귀는 사이는 아니니까요."

당황하는 도 이사장의 모습에 세영은 괜찮다는 듯 고갤 흔들며 그렇게 말했다.

"사귀는 사이가 아니라면?"

"하하, 애들 문제도 문제고 사업차 이사장님과 대화 좀 나누고 싶어 불쑥 찾아왔습니다."

세영이 대답하기에 난감한 질문이란 생각이 들었는지 상진은 딸 대신 호탕하게 웃으며 말했다.

"요즘 한성재단이 자금난을 겪고 있다는 이야기를 들었습니다. 괜찮다고 하시면 제가 그 자금, 투자를 좀 할까 싶은데요."

"네?"

"제 딸아이가 우진 군을 많이 좋아합니다. 우진 군 집안이 어려워졌다는 게 마음이 많이 쓰였던 모양입니다. 물론 저 역시도 한성재단에 투자할 기회가 있으면 했었고요."

"아, 그러십니까. 하하, 이거 갑작스러워서 제가 좀 당황스럽습니다."

도 이사장은 상진의 말에 웃음을 띠며 대답했다. 그리고는 그의 곁에 서 있는 세영에게로 시선을 옮겼다. 우진이 만났었다는 아가씨의 인상을 다시 확인할 겸 그리고 우진과의 사이를 다시 묻기 위해서였다.

"세영 양, 우진이와는 그럼 지금은 어떤 사이인가?"

"지금은 헤어졌지만…… 제가 정말, 정말 많이 사랑하고 있어요. 두 분께서 저 좀 도와주세요."

"도와달라고요?"

도 이사장은 세영의 말이 선뜻 이해되지 않는다는 듯 되물었다.

그러자 세영은 조금 전보다 더 안타깝고 간절한 눈빛을 한 채 말했다.

"네. 지금은 비록 헤어진 상태지만 전 여전히 우진 씨 많이 사랑하고 있어요. 그런데 그런 우진 씨가 질 떨어지는 비서를 만나다니요? 그것도 자신 밑에서 일하는 여자를요."

"질 떨어지는 비서?"

세영의 말에 도 이사장과 미숙은 그 어느 때보다 놀란 표정이 되어버렸다.

자신 밑에서 일하는 여자라면 김 실장을 말하고 있는 건가?

"우진이 밑에서 일하는 비서라고 했어요?"

미숙이 깜짝 놀란 얼굴로 다시 물었지만 세영은 조금의 망설임 없이 고갤 끄덕였다.

"네. 김순이라는 이름의 여자더라구요. 두 분도 우진 씨가 그런 여자 만나고 있는 거 모르셨던 거죠?"

"음, 갑작스러운 이야기긴 합니다."

도 이사장은 놀란 자신의 아내에게서 시선을 거두어 세영과 그의 아버지인 이 대표를 바라보았다. 우진이 김 실장과 만나고 있었다는 것은 상상도 못 해본 일이었다.

"이사장님, 몸도 안 좋으신데 너무 갑작스러우시죠? 이 녀석이 하도 마음을 쓰는 바람에. 조만간 스케줄 되실 때 정식으로 뵈었으면 합니다. 아이들 문제도, 투자금 문제도 그때 다시 이야기 나눴으면 싶네요."

"네. 알겠습니다. 편하신 날 맞추어 다시 뵙지요."

"네. 오늘 갑작스레 찾아와 죄송합니다."

"아닙니다. 이 대표님 뵙게 되어 영광이었습니다. 그럼 다시 연락 주시지요."

이 대표는 당황스러워하는 이사장과 그의 아내의 표정을 읽고는 이내 자리를 마무리했고 도 이사장 역시 그의 말에 흔쾌히 대답하며 다음 약속을 잡았다.

"다음에 다시 뵈러 올게요. 오늘 만나 뵙게 되어 너무 기뻤어요."

"그래요, 세영 양. 다음에 또 봐요."

이내 세영 역시도 공손히 인사를 한 후 자신의 아버지와 병실 문을 나섰고 모두가 나가고 나서야 도 이사장과 미숙은 서로를 바라보다 피식 웃음을 터트려버렸다.

"우진이랑 김 실장이 그런 사이가 될 거라곤 생각도 못 했어요. 어머머, 젊은 아이들은 어찌 될지 모르는 거네요."

"그러게 말이야. 하하, 이거 참 당황스럽구만."

"그나저나, 방금 저 사람들은 우진이 마음을 돌려달라 그러는 거 같은데, 맞죠?"

갑작스레 찾아와 투자금과 세영과 우진이 만났었다는 사실을 이야기하는 이유가 무엇인지 충분히 이해한 미숙이 자신의 남편 얼굴을 살폈다. 회사의 투자금이 필요한 상황이긴 하지만 그렇다고 해서 우진이 김 실장을 만나고 있는 상황에서 세영과의 일을 밀어붙이거나 하진 않을 것이 분명했다.

"일단 우진이 오면 자세히 물어보는 게 좋겠어요. 우진이 생각도 있을 텐데 투자금 문젠 둘째 치고라서도요."

"응, 그렇게 해야겠네."

"그리고 저 아가씨 김 실장보고 질 떨어지는 비서라고 했어요?"

미숙은 세영이 했던 이야기를 다시금 떠올렸다. 아무리 들어도 질 떨어지는 비서라고 했던 것이 분명하다.

"그런 거 같아."

"흐음, 전 아무래도 저 아가씨보단 김 실장이 더 마음에 드네요. 아무리 그래도 그렇지. 질 떨어진다니, 그게 할 소리예요?"

"일단 진정하고, 우진이 오면 다시 물어보도록 하지."

"네, 알았어요."

16. 둘이 하나가 되는 방법

당황스러움에 눈동자가 왔다 갔다 바삐 움직였다. 평소 차분한 인상과는 달리 너무나 당황스러워 어쩔 줄 몰라 하는 모습이 낯설기 짝이 없다.

"그래서 두 사람 지금 사귀는 사이다 그거죠?"

넓은 거실 한가운데 소파에 앉아 미숙의 말을 듣고 있던 순이는 당황스러움에 얼굴이 붉어질 대로 붉어진 상태였다.

"네, 만나고 있습니다."

"김 실장, 정말이에요?"

우진의 대답에도 미숙은 김 실장의 대답이 듣고 싶다는 듯 순이를 재촉했다.

"아…… 네. 만나고 있는 사이 맞습니다."

어제저녁, 우진과 함께 최 사장을 만나고 온 순이는 병실에 들어선 자신을 집으로 초대하는 미숙으로 인해 적잖이 당황했다. 그리고 초대한 이유가 바로 이것이란 걸 지금에야 알게 되었다.

"그냥 뜬소문이 아니라 진짜란 말이죠?"

"네."

미숙은 순이의 대답에 빙긋 웃으며 그렇게 물었다. 아들이 하나 있었다면 순이 같은 며느리를 맞이하고 싶다고 입버릇처럼 남편에게 말해왔었다. 그런데 정말 그 바람이 현실이 될 수 있을지도 모를 일이었다.

"호호호, 김 실장, 긴장하지 마요. 아들이 있었다면 김 실장 같은 며느리 얻는 게 꿈이었는데, 아들도 생기고 김 실장이 정말 우진이랑 만나고 있다니까 기뻐서 불렀어요."

"네?"

"호호, 이사장님 금방 나오실 테니까 잠시만 기다리고 있어요. 알았죠?"

미숙은 잔뜩 긴장한 순이가 귀엽다는 듯 웃으며 자리에서 일어났고 당황한 순이의 눈빛에 우진은 작게 한숨을 내쉬고는 그녀의 손을 끌어다 잡았다.

"긴장하지 마. 어차피 인사드리려고 했었잖아."

"네. 그렇긴 한데, 그래도 떨려요."

"자주 보던 사인데 왜 떨려?"

"이사장님으로 뵐 때랑 우진 씨 부모님으로 뵐 때랑 느낌이 다르단 말이에요."

매일같이 보던 사이라도 우진의 부모님, 사랑하는 남자의 부모님을 만난다는 건 떨리지 않을 수 없는 일이었고 순이 역시 모든 여자들이 그러하듯 여태껏 본 적 없을 정도로 바짝 긴장한 채였다.

"그나저나 갑자기 어떻게 아셨을까요? 조심한다고 했는데……."

본인들이 직접 이야기한 것도 아니었고 그렇다고 소문이 날 만큼 병원에서 부주의하게 행동하지도 않았다고 생각했다.

그런데 어떻게 알고 계신 걸까?

"그러게. 흐음."

"김 실장 왔는가?"

"네, 이사장님."

서재에 들어가 있던 이사장은 거실로 나오며 순이와 우진을 바라보았다. 꽤나 긴장을 했는지 굳어 있는 표정의 김 실장의 모습이 참으로 신기하기도 낯설기도 했다.

"두 사람 그렇게 앉아 있는 걸 보니 정말 만나고 있는 사이가 맞는가 보구만?"

"네."

이사장의 물음에 우진은 조금의 망설임 없이 대답했다. 생각했던 타이밍보다 조금 이를 뿐, 조만간 인사를 시키려 했었으니 피할 이유도, 거짓을 말할 이유도 없었다.

"진지한 마음으로 만나고 있는 거지?"

"네, 그렇습니다."

"그래, 그럼 됐어. 같이 식사나 했으면 싶어서 부른 거니까 김 실장, 너무 긴장하지 마."

"네, 이사장님."

도 이사장은 괜찮다는 듯 환한 미소를 지으며 말했고 그 모습에 순이는 감사하다는 듯 고갤 숙여 인사했다. 방금 전까지 너무나 긴장되었던 마음이 그 미소 덕에 스르륵 녹아내리고 있었다.

"순이 씨, 괜찮으면 나 조금만 도와줄래요?"

식사 준비를 위해 부엌으로 들어갔던 미숙이 얼굴을 빼꼼 내밀며 소리쳤고 순이는 얼른 자리에서 일어나며 대답했다.

"네, 알겠습니다."

"긴장하지 마."

"네."

자리에서 일어나 걸음을 옮기려던 순이에게 우진은 걱정 말라는 듯 다정하게 말을 건넸고 순이는 고갤 끄덕인 후 부엌으로 들어갔다.

"하하, 두 사람 만나고 있는 걸 내가 왜 몰랐을까."

그 어느 때보다 부드러워진 눈빛, 살며시 올라간 입꼬리가 누가 봐도 사랑에 빠져 있는 남자의 모습이었고 그런 우진의 모습에 도 이사장은 자신이 그간 두 사람의 사이를 눈치채지 못한 게 되레 신기할 지경이었다.

"조만간 말씀드릴 생각이었어요. 그보다 어떻게 아셨습니까?"

"흐음, 어제 세영이란 아가씨가 찾아왔었다. 아버지인 이상진 대표도 함께 왔었고."

"네?"

전혀 예상치 못한 말에 우진은 당황스런 얼굴이 되어버렸다.

세영이라니? 거기다 세영의 아버지까지?

"돌려 말하긴 했지만 우진이 너를 많이 좋아한다고 하더구나.

투자금 지원을 해줄 테니 도와달라는 것 같았다."

"그게 무슨……."

"물론 솔깃한 제안이었다. 그래도 네 마음이 더 먼저 아니겠나 싶어서 불렀어."

당장 재단의 앞날이 어찌 될지 모르는 현실에서 이 대표의 제안이 솔깃하지 않았던 것은 아니었다. 하지만 오랜 세월 함께하지 못했던 우진이 겨우 마음을 열어주고 있는 이 순간에, 재단을 위해 우진을 희생시킬 수는 없는 노릇이다. 거기다 아이들의 마음이 먼저라는 건 도 이사장과 미숙 모두 동의한 일이었다.

"성실하고 착한 심성을 가진 김 실장을 만난다고 하니 한결 마음이 놓인다, 우진아."

"네, 감사합니다."

길지 않은 몇 마디에도 이사장의 마음이 전해져왔고 그로 인해 우진은 괜히 코끝이 찡해지려 했다.

"두 사람, 수다 그만 떨고 식사하세요. 준비 다 됐어요."

언제부터 나와 있었을까? 들려오는 목소리에 고개 돌린 두 사람은 거실 한쪽에 서서 자신들을 바라보며 미소 짓고 있는 두 여인을 바라보았다. 미숙과 순이, 두 사람은 쑥스러워하는 두 남자가 귀엽다는 듯 미소 짓고 있었다.

* * *

"대표님, 한성재단 사모님께서 연락 달라고 메모 남기셨습니다."

"응, 알았어."

길고 긴 회의 하나를 끝내고 나온 해정은 비서의 말에 대충 대답하고 자신의 자리에 털썩 주저앉았다. 한국에서의 일정이 생각보다 빡빡해 피곤함이 몰려오고 있었다.

'해정아, 부탁할게. 조금 더 시간을 줄 수 없겠니?'

미숙의 간곡한 부탁에 마음이 쓰이긴 했지만 해정은 미안하다며 고갤 흔들었다. 오랜 시간 생각하고 결정한 일이었다. 더 이상 한성재단과의 그 어떠한 접점도 만들고 싶지 않았다.

'우진이는 아무것도 모르고 있어. 그러니 이렇게까지 하지 않아도⋯⋯.'

'비밀이란 게 언제까지 숨겨질 것 같아? 그 아이가 몰라도 너도 알고, 서방님도 알고, 나도 아는 일이야!'

아무리 감추려 해도 드러나는 진실은 어쩔 수 없는 것이다. 숨기려 할수록 더더욱 숨겨지지 않는 것도 있는 법이니까.

"대표님, 도우진 씨 오셨습니다."

"들어오라고 해요."

이것 봐. 숨기고 싶다고 해서 언제까지나 숨길 수 있는 건 아니야.

해정은 얼마 전 자신에게 직접 연락해온 우진으로 인해 적잖이 놀랄 수밖에 없었다. 도 이사장이 건강이 나빠졌다는 말은 들었지만 그렇다고 해서 우진이 자신을 직접 만나보고 싶다고 말할 것이란 생각은 해본 적 없었기 때문이었다.

하지만 해정은 거절하지 않았다. 직접 다시 마주하고 싶어졌다.

"안녕하세요. 도우진입니다."

"어서 와요."

해정은 자신의 사무실 안으로 들어온 우진을 바라보았다. 참으로 핏줄이란 게 무섭고도 무섭다는 생각이 들었다. 커다란 키, 말끔하고 날렵해 보이는 턱선, 한껏 건방져 보이는 눈매. 도씨 집안 남자들은 왜 이다지도 피가 진한 것일까?

"시간 내주셔서 감사합니다."

"그럼 얼른 본론부터 말해줄래요? 내가 그렇게 한가한 사람이 아니라서."

해정은 놓여진 차를 한 모금 마시며 그렇게 말했고 우진은 그녀의 말에 잠시 머릿속으로 순이가 했던 말을 떠올렸다.

'너무 단호하셔서 어떤 방법이 좋을지 모르겠어요. 죄송해요.'

그 어떤 일에도 자신감 없는 모습을 보이지 않던 순이의 자신감 없는 대답에 우진은 고갤 흔들었다. 그 오랜 시간 동안 유지되던 한성재단과 JW의 관계를 단호하게 자르려고 하는 이유가 분명 있을 것이다. 그리고 그 이유는 아마도 오래전 사망한 큰아버지와 자신의 아버지 도 이사장과의 관계에서 출발해야 하지 않을까?

"JW주얼리의 투자금 회수를 철회해주십시오."

"난 그럴 마음이 없는데. 어쩌죠?"

"오랜 시간 동안 관계를 유지해오던 두 회사 아닙니까? 이렇게 갑작스럽게 투자금 회수를 하신다고 하면 한성재단은 죽으란 말 밖에 더 됩니까?"

"한성재단이 죽든 살든 그게 나랑 무슨 상관일까요?"

"가족이셨잖아요."

'가족이잖아요. 우리는.'

우진의 말에 머릿속에서 또 다른 목소리가 웅웅거렸다.

'가족이면요? 지금 당신 동생이 당신 대신 재단 이사장이 될지도 모른다구요? 그건 알고 하는 말이에요?'

'누가 되든 전 괜찮아요. 그러니까 그렇게 화내지 말아요.'

착한 사람이었다. 그래서 참으로 답답하기도 했었다.

"가족이라……. 이미 오래전에 끝난 사이예요."

"그렇다 하더라도 변하지 않는 게 가족 아닙니까? 가족이 아니라 하더라도 오랜 시간 함께해온 파트너 아닌가요?"

"파트너라. 사업하는 사람으로서 한마디 하자면 내게 한성재단은 더 이상의 메리트가 없어요. 아니, 더 솔직히 말하면 한성재단과 더는 엮이고 싶지 않아요."

"이렇게까지 하시는 이유가 뭔지 여쭤봐도 되겠습니까?"

원망, 어쩌면 분노에 가까운 감정을 품고 있다는 생각이 들었고 우진은 해정에게 그 이유를 물었다. 그러자 해정은 잠시 다시금 우진의 얼굴에서 시선을 떼지 않았다.

'당신은 좋은 여자예요. 나한테 이렇게까지 하는 이유가 도대체 뭡니까?'

아무리 사랑해달라고 해도 일정한 선을 지키고 그 선을 넘어오지 않던 그의 모습에 참 많이 가슴을 쥐어뜯었었다.

"그럼 내가 하나 먼저 물어보죠. 서방님은 우진 군을 오래도록 버려뒀어요. 그런데 그런 사람을 위해서 왜 이렇게까지 하죠? 원망스럽지 않아요? 당신을 버린 아버진데?"

"……원망스럽지 않았던 것은 아닙니다. 어머니가 돌아가시고 갑자기 나타난 아버지 때문에 많이 혼란스럽기도 했고, 아버지란 사람의 약점을 잡아 복수해야겠다 마음먹었던 적도 있습니다."

"그런데?"

"곁에서 보니 좋은 분이었습니다. 어머니에게 했던 행동은 용서하기 쉽지 않지만 처음과 같은 원망은 많이 사그라졌습니다. 이번에 갑자기 쓰러지셨다는 말을 들었을 때 아버지라도 계시는 게 다행이란 생각도 들었고요."

우진은 담담하게 자신의 생각을 토해냈다. 그녀가 궁금해하는 것이 정확히 무엇인지 알 길은 없었지만 딱 한 가지, 거짓 없이 솔직한 자신의 생각을 말해야 한다는 걸 본능적으로 느꼈다.

"좋은 분이라. 뭐, 사람마다 생각의 차이는 있는 거니까. 우진 군의 솔직한 생각 잘 들었어요. 하지만 난 마음을 돌릴 생각이 없어요. 돌아가주세요."

해정은 더는 우진과 이야기하고 싶지 않다는 듯 그렇게 말하며 자리에서 일어났고 우진 역시 그녀를 따라 빠르게 자리에서 일어났다.

"이사장님을 원망하십니까?"

"원망?"

"큰아버지가 돌아가신 게 이사장님 때문이란 소문을 들었습니다. 결국 무혐의로 판결 났지만 말이죠."

"……"

"아무런 근거 없는 사건 때문에 이사장님을 원망하시는 건……."

챙그랑!

우진의 말이 채 끝나기도 전이었다. 해정은 더 이상 우진의 말을 들어줄 수 없다는 듯 분노에 찬 얼굴로 테이블에 놓여 있던 찻잔을 바닥으로 집어 던져버렸다.

"보이는 게, 알고 있는 게 전부라고 생각하지 마. 도 이사장이나, 네 어머니나 네가 알고 있는 게 전부가 아닐 수 있단 말이야!"

"제 어머니를…… 아십니까?"

"그래, 아주 잘 알지! 당신 어머니란 그 여자, 아주 대단한 여자였거든!"

명백한 분노였다. 오랫동안 참고 있던 화를 터트리듯 소리치는 해정의 눈빛에서 우진은 소름 끼치도록 명백한 분노를 느꼈다.

"투자금 회수를 하지 말아달라고? 그래, 원한다면 그렇게 해줄 수 있어. 네 어머니처럼 네가 죽어주기라도 한다면 말이지."

"도대체 그게 무슨 말씀이십니까?"

"궁금하면 네가 아버지라 부르는 그 사람한테 직접 물어봐! 난 더 이상 해줄 말 없으니 돌아가."

해정의 소리침에 우진은 이상한 기분을 느꼈다. 자신의 어머니를 알고 있다고 말하는 그녀, 그리고 느껴지는 분노.

"다음에 다시 찾아뵙겠습니다."

우진은 더 이상 어떤 이야길 꺼내도 그녀와 통하지 않을 것이란 생각이 들었고 그렇게 마지막 인사를 한 후 그녀의 사무실을 나섰다.

아무래도 내가 모르는 무언가가 있어. 그렇지 않고서는 저런 반응을 보일 수가 없어. 도대체 왜 내 어머니에게 그런 분노를 가지는 거지?

우진은 알 수 없는 찝찝함을 느끼며 병원으로 돌아가고 있었다.

* * *

한동안 아무것도 생각하지 않고 병원 일에 집중했다. 그렇게 해야만 잡생각을 떨칠 수 있었고 마음의 정리도 된다고 생각했다. 하지만 애써 생각하지 않으려 할수록 더욱더 또렷하게 순이의 얼굴이 떠올랐다.

"후우."

"한 선생, 땅 꺼지겠어. 요즘 왜 이렇게 컨디션이 저조해?"

스마일맨으로 불리는 한 선생이 계속 한숨을 쉬고 있자 같은 외과 소속이자 대학 때부터 친구 사이인 김주연 선생은 의아하다는 듯 한 선생을 바라보았다.

"아니야."

"아니긴 뭐가 아니야? 비서실 김 실장님한테 차였다는 소문이 돌던데, 사실이야?"

오랜 시간 한 선생과 친구 사이로 지내왔지만 본인을 포함한 모든 여자에게 적정한 선을 지키며 곁을 잘 주지 않는 한 선생이 김 실장에게 각별했다는 건 이미 병원에서 모르는 사람이 없는 일이었다. 하지만 최근 들려오는 김 실장과 이사장 아들의 연애에 대한 소문을 미루어 보아 한 선생이 차였다는 이야기가 나돌고 있었다.

"차였다라. 그런 것도 같고."

고백조차 제대로 해보지 못하고 담아두었던 마음이었다. 다른 사람과는 달리 특별한 인연으로 시작된 사이라고 스스로 믿었다. 씩씩하고 매사 열심인 그녀가 매력적으로 보이기 시작할 때쯤 이미 자신의 마음은 꽤나 커져 있었다.

"차였으면 차인 거지, 그런 거 같은 건 뭐야?"

"……남의 사생활에 너무 관심이 많은 거 아니야?"

"관심 좀 가지면 어때서? 우리가 한두 해 알고 지낸 사이도 아닌데?"

그런 까칠함도 이해한다는 듯 주연은 싱그러운 미소로 웃어 보였다. 까칠하게 굴고 있는 한 선생, 선우의 모습이 우습기라도 한 듯 말이다.

"김 실장님 마음 얻기가 쉽지 않아? 제대로 고백은 했어?"

주연은 병원 복도에 있는 자판기에서 차가운 음료수 하나를 뽑아 선우에게 건네며 물었다. 대학교 1학년, 푸릇푸릇하던 스무 살의 선우가 떠올랐다. 한 학년 위의 여자 선배를 흠모해왔던 선우는 1년이 다 되도록 짝사랑만 하며 마음을 졸이고 있었고 결국 2년이 넘는 짝사랑 기간이 끝날 때까지 고백 한 번 하지 못했다. 그 모습을 옆에서 바라보는 동안 주연은 뭐 저런 답답한 놈이 다 있나 했었고 그 답답한 놈과 친구를 하다 보니 녀석의 순정이 참 예쁘다는 생각이 들었다.

"할 거야."

"고백도 못 하고 끝나는 건 그만해, 네가 스무 살도 아니고. 옆에서 보는 내가 다 답답하다."

한 선생의 어깨를 토닥거리며 주연은 그렇게 말했다. 이제 그 지긋지긋한 짝사랑은 좀 끝내라고, 제대로 고백이라도 해보라고 등 떠밀어주는 주연에게 고마움이 일었다.

"고맙다."

"차이면 전화해, 술 한잔 사줄 테니까."

"악담을 하네."

"악담이라니, 이런 의리 있고 착한 친구 두 번 만나기 힘들다?"

"알았다."

선우는 주연이 건넨 캔 음료를 흔들며 걸음을 옮겼다. 그러고 보니 연애의 씁쓸한 끝은 주연이 항상 함께해주었던 것 같다. 첫사랑에게 고백도 못 하고 끝이 났을 때도, 처음 사귄 여자와 1년의 연애 끝에 헤어지게 되었을 때도 항상 주연은 같이 술 한잔을 기울여주었다.

"짝사랑이라. 그래, 그만할 때도 됐지."

순이와 우진의 사이가 보통 사이가 아니라는 건 이미 알고 있었다. 그녀가 그렇게 환하게 웃으며 우진의 곁에 서 있는 걸 봤을 때 묻지 않아도 알 수 있었다. 그런데 포기가 되지 않았다.

"결판을 내러 가보실까?"

탁! 경쾌하게 음료 뚜껑을 딴 선우는 벌컥벌컥 음료를 시원하게 들이켰다. 이제 자신의 마음에 종지부를 찍을 때가 되었단 걸 알고 있어서였다.

* * *

"우진 씨, 괜찮아요? 많이 피곤해 보여요."

JW주얼리 대표를 만나고 돌아온 우진은 무슨 일이 있었던 것인지 잔뜩 인상을 쓴 채 종일 생각에 빠져 있었다. 처음엔 기분이 안 좋아서 그런 것인가 싶어 그를 잠시 내버려뒀던 순이는 퇴근 시간이 지나도록 생각에 골몰 중인 우진이 걱정스러워 그의 곁으로 다가와 물었다.

"응? 아, 아니. 그냥 조금 신경 쓰이는 게 있어서. 미안해."

"무슨 일인데요? JW주얼리 대표님하고 무슨 일 있으셨어요?"

"……."

잔뜩 걱정스러운 눈빛으로 자신을 바라보고 있는 순이의 얼굴을 보자 괜히 그녀를 불안하게 만든 것은 아닌가 걱정스러워졌다.

"조금. 이사징님과 날 아주 원망하는 것 같았어."

"우진 씨를요?"

"응. 어떻게 아는 사인지는 모르겠지만 내 어머니도 알고 있더라고. 내 어머니처럼 내가 죽는다면 투자금 회수 철회하겠다고 하더라고."

"네?"

우진의 말에 순이가 깜짝 놀란 눈으로 그를 바라봤다. 도대체 무슨 일이 있었기에 우진이 죽는다면 투자금을 회수하겠단 말을 철회한다고 하는 것일까? 그렇게까지 우진에게 원망을 쏟아낼 일이 뭐가 있을까? 쉽사리 납득이 되지 않는 일이었다.

"아무래도 내가 모르는 뭔가가 있는 것 같아. 큰아버지의 죽음도 연관이 있는 것 같고."

"일전에 알아봐달라고 하신 거 여기저기 알아는 보고 있는데 쉽지 않네요."

"음, 워낙 오래전 일이니까. 누구 알 만한 사람 없을까?"

"한 분 있긴 해요. 그런데 저도 찾아뵈려 했지만 만나기가 쉽지 않아요. 재단에서 비서로 일하셨던 분인데 우진 씨 큰아버지 되시는 분의 오랜 친구분이라고 하세요."

우진이 부탁으로 예전 사고에 대해 알 만한 사람을 수소문하던 순이는 몇 년 전 재단을 그만두었던 비서실의 한 사람을 떠올렸다. 순이가 갓 입사했던 그 시점에 퇴사를 했던 분이라 접점이 없었지만 오랫동안 재단 일을 맡아온 분이고, 우진의 큰아버지, 한성재단의 초대 이사장으로 선임될 뻔했던 도윤환의 오랜 지기인 분이었다. 그러면 우진이 알고 싶어 했던 비밀을 말해줄 수 있을지도 모를 일이었다.

"연락처는? 사는 곳은 알아?"

"네. 조만간 찾아가보려고 했었는데 잘됐네요. 내일 같이 가보는 게 어떨까요?"

"그래. 고마워, 순이 씨."

우진은 그제야 밝은 얼굴이 되었고 곁에 있는 순이를 힘껏 끌어안았다.

"요즘 재단 일에, 이래저래 당신이랑 이렇게 끌어안고 있지도 못한 것 같아."

"그러게요. 우진 씨 요즘 많이 피곤해 보여요."

"그런 건 아니야. 이렇게 당신 덕에 충전도 하잖아."

우진은 자신의 품에 쏙 들어오는 순이의 몸을 조금 더 힘을 주어 끌어안았다. 복잡하고 어지러웠던 머릿속이 그녀의 보드라운 살결에 닿자 모두 부질없는 것처럼 날아가버린다.

"충전되고 있는 거 맞죠?"

"물론이야. 아, 그보다 나도 당신 부모님께 인사드리러 가야 하는 거 아닌가?"

우진은 이사장에게 순이를 소개시킨 날 이후 그녀의 부모님을 뵈어야 한다는 생각을 하고 있었다. 이토록 착하고 소중한 그녀를 낳아주신 분들은 어떤 분들일지 몹시 궁금해졌다.

"음, 2주 뒤에 저희 엄마 생신이 있어요. 괜찮으면 그때 같이 가 줄래요? 저도 우진 씨 가족들한테 보여주고 싶거든요."

"아, 정말? 물론 가야지. 당연히 갈 거야!"

"그럼 부모님께 말씀드려 놓을게요. 멋진 남자친구 데리고 간다고."

"알았어. 멋진 남자친구로 인사드릴게."

"네."

시원스레 대답하는 우진의 모습이 귀여워 순이는 빙그레 웃어보였다. 부모님께 누군가를 소개시켜본 적은 없었던 터라 조금 걱정이 되기도 하지만 그러면 부모님께 소개시켜드려도 절대 후회하지 않을 것 같은 기분이 들었다.

"우진 씨."

"응?"

"저 부탁 하나 해도 될까요?"

"응? 뭐든."

순이는 무엇이든 말해보라는 우진의 얼굴을 잠시 빤히 바라보았다. 이렇게 여유를 갖고 그를 보는 것 역시 오랜만인 기분. 그리고 떨려오는 마음.

쪽.

"저도 충전요."

우진의 입술에 쪽 소리가 나도록 입을 맞췄다 뗀 순이는 빙긋 웃으며 그렇게 말했다. 우진은 그런 순이의 돌발행동에 잠시 멍해 져버렸다.

"우진 씨?"

멍해진 얼굴로 순이를 바라보던 우진의 입꼬리가 점점 위로 올 라갔다.

"한 번 더 해주면 안 될까? 나 요즘 말로 지금 심쿵 했거든."

순이의 깜찍한 도발이 귀엽다는 듯 우진은 그렇게 말하며 순이 의 손을 잡아끌었다. 흔하게 오는 기회는 아니니까. 꼭 한 번 더 순 이의 뽀뽀를 받아내겠다는 듯 우진의 눈빛은 단호했다.

"놀, 놀리지 말아요."

"놀린 거 아니야. 진심이야."

조금 더 가까이 자신 쪽으로 순이를 끌어당긴 우진은 빙긋 그렇 게 웃어버렸다. 당황할 때 김순이는 세상 그 어떤 여자보다 얼굴이 금방 빨개지고, 귀여우니까.

"내가 할게. 당신 쑥스러우면."

우진은 그렇게 말하며 훅, 순이를 자신의 품 쪽으로 끌어당겼고 그녀의 보드라운 입술을 한 번 더 날름 집어삼켰다.

분명 이 입술에 무슨 짓을 한 게 분명해.

달콤한 향기, 보드라운 감촉, 빨려 들어갈 것 같은 느낌에 우진은 조금 더 순이가 전해주는 열기에 집중했다.

* * *

우진의 차에서 작별의 아쉬움을 나눈 순이는 피곤에 지쳐 집으로 돌아가는 우진의 차를 바라보다 집으로 걸어왔다. 헤어지는 게 이렇게 아쉬울 수 있다니. 매일 보고 또 보는데도 헤어짐은 언제나 아쉬웠다.

"이제 와?"

터벅터벅 멀지 않은 길을 걸어 집 앞에 도착한 순이는 자신을 기다리고 있던 한 선생을 발견하곤 놀란 눈이 되어버렸다.

"한 선생님? 이 시간에 여긴 어떻게……."

"그냥 뭐, 여기 근처에 볼일이 있어서 왔다가 순이 씨 생각나서."

저벅저벅, 천천히 순이 앞으로 걸어온 선우는 그 어느 때보다 부드러운 얼굴로 순이를 내려다봤다. 자그마한 얼굴에 오목조목 자리 잡은 눈, 코, 입. 보드라워 보이는 머리칼. 하얀 피부. 무엇 하나 사랑스럽지 않은 곳이 없었다.

"아…… 혹시 저한테 하실 말씀 있으세요?"

늦은 시간, 자신의 집 앞에서 자신을 기다리고 있었다는 건 아마도 용무가 있어서일 게 분명했다. 이 늦은 시간까지 자신을 기다리고 있다가 할 이야기가 무엇일지 정확히는 알 수 없지만 조금 불안한 감정이 스치고 지나갔다.

"응……. 사실 할 말이 있어서 기다렸어."

"아······."

진지한 표정, 평소보다 낮은 음성, 어색한 공기가 두 사람 사이에 흐르고 있었다.

"순이 씨, 이런 말 당황스러울 거 잘 아는데······ 오래도록 생각만 해왔던 일이라, 지금 하지 않으면 후회할 것 같아서 말이야."

평소와 달리 이리저리 서두가 길어지는 선우의 말에 순이는 그가 무슨 말을 하려는지 짐작이 되고 있었다. 하지만 그의 말을 끊지는 않았다. 최소한 그가 하고 싶은 이야기는 다 할 수 있도록 기다려야 한다는 생각이 들어서였다.

"내가, 내가 순이 씨를 참 좋아해. 언제부터였던가 잘 기억도 나지 않는데, 내가 마음을 빼앗겼어."

"······."

선우의 말이 끝나자 순이는 고개를 떨구었다. 참으로 당황스럽고 어찌할 바 모르겠는 말이었다. 그리고 그 순간 우진의 얼굴이 가장 먼저 떠올랐다.

"한 선생님······ 죄송해요."

"······생각할 시간도 필요 없는 거야?"

예상한 반응이었다. 하지만 너무도 빠른 대답에 한쪽 가슴이 찌르르 아파왔다.

"죄송해요. 저 사랑하는 사람이 있어요."

"알아. 도 선생이지?"

"······네. 그 사람 곁을 오래 지켜주고 싶어요. 그래서 한 선생님 마음은 받을 수가 없어요."

"응, 순이 씨 마음 잘 알았어. 고마워. 확실하게 말해줘서."

"한 선생님……."

이렇게 깔끔하게 거절당할 거란 생각을 이미 하고 왔으면서도 정말 그렇게 해주는 순이가 고맙기도 야속하기도 한 마음. 하지만 선우는 미안해하는 순이를 향해 빙긋 웃어 보였다. 그녀에게 조금 더 일찍 마음을 내보이지 못한 건 앞으로도 두고두고 후회할 일일지도 모른다. 하지만 지금 진심으로 선우는 안도하고 있었다.

"순이 씨가 누군가에게 위로받고 위로가 되어준다니 기쁘다. 혼자 너무 바쁘게 쉼 없이 사는 게 마음 아팠어."

"……늘 감사하게 생각해요. 아버지 일도 그렇고."

"하하, 순이 씨한테 감사한 사람으로 남을 수 있으면 됐어. 나그럼 이만 가볼게. 얼른 들어가서 쉬어."

선우는 정말 괜찮다는 듯 환하게 웃었다. 그녀에게 한 번도 남자였던 순간은 없었을지도 모른다. 그럼에도 감사한 사람으로, 좋은 사람으로 기억될 수 있다면 그것 또한 의미 있는 일이었다.

"네. 한 선생님도 조심히 들어가세요."

순이는 90도로 고개 숙여 인사한 후 안으로 들어갔고 선우는 그녀의 뒷모습을 바라보며 한참을 서 있었다. 여러 가지 복잡한 마음들이 모두 비워질 때까지. 그렇게 한참을…….

* * *

'이해정 대표님을 뵙고 온 건 잘 되지 않은 것 같습니다. 우진 씨

에게 많이 공격적이셨나 봐요. 이상한 말도 하셨고.'

'이상한 말?'

'네. 우진 씨 어머니처럼 우진 씨가 죽어준다면 투자금 철회, 없던 일로 하시겠다고…….'

우진이 이해정 대표를 만나고 온 일을 전해 들은 도 이사장은 그 어느 때보다 빠른 걸음으로 JW주얼리 이해정 대표를 찾아갔다. 자세하게 전해 듣지 않아도 그녀가 우진에게 어떠한 말들을 꺼냈을지 짐작이 되었기 때문이었다.

"대표님, 한성재단 이사장님 오셨습니다."

"들어오라고…… 이미 들어왔네. 앉아요."

해정은 이미 사무실 안으로 들어온 도 이사장을 힐끗 바라본 후 그렇게 말했다. 어제 우진이 다녀갔고 자신이 한 이야기를 도 이사장이 알게 된다면 분명 이렇게 찾아올 것이라 예상했다.

"도대체 무슨 생각을 하고 있는 겁니까?"

자리에 채 앉지도 않고 도 이사장은 해정을 향해 그렇게 소리질렀다. 평소 화내는 법이 잘 없는 그인데, 이렇게 소리치는 모습을 보이는 것만으로도 얼마나 많은 분노를 눌러 참고 있는지 짐작이 가능할 정도였다.

"몰라서 묻는 건 아니시죠?"

해정은 여유롭게 자신 앞에 놓인 찻잔을 들며 그렇게 응수했다.

"우진이한테 도대체 무슨 말씀을 하신 겁니까? 도대체 왜……."

"도씨 집안 남자들은 피가 참 진해요. 그렇게 오래 떨어져 있었는데도 쏙 닮은 거 보면."

"……."

해정의 말에 자리에 앉은 도 이사장은 깊은 한숨을 내쉬었다.

"그 애는 제 아들입니다."

"네, 그러시겠죠. 그렇게 오랜 시간 그 모자의 뒷바라지를 해주셨으니까요."

"형수님!"

해정의 빈정거리는 말투에 도 이사장은 참기 어렵다는 듯 소리쳤다. 하지만 해정은 여전히 여유롭고도 냉정한 반응을 보였다.

"서방님, 그 애가 서방님 아들이라고 했죠? 그렇다면 제가 그 애가 한성재단 물려받는 걸 그냥 두고 볼 거라고 생각하셨어요?"

"그 애는 아무 죄가 없습니다."

"아뇨. 존재 자체가 죄죠."

누군가에겐 사랑스러운 사람일지라도 누군가에겐 존재 자체가 괴로움이 되기도 한다.

"우진이 존재가 형수님께 괴로움이 되는 걸 모르지 않습니다. 하지만……."

"괴로움이라. 그래요, 몇십 년 전 그 애의 엄마가 날 찾아왔을 때부터 전 괴로웠어요. 죽고 싶었고 그 여자도, 그 여자의 애도 죽여버리고 싶었어요."

"……."

여유롭던 얼굴에서 여유가 사라졌다. 도 이사장은 괴로움으로 일그러진 해정의 얼굴을 바라보았다. 너무나 오랜 시간이 흘렀음에도 여전히 과거가 그녀를 힘들게 하고 있었다.

"전 그 여자가 낳은 아이에게 한성재단 물려줄 생각 눈곱만큼도 없어요. 그러니 오신 김에 서방님이 선택하세요. 한성재단인지 그 아인지."

"형수님, 괴로운 마음 모르는 바는 아니지만 우진이에게 능력이 있다면 한성재단도 물려줄 생각입니다. 여태껏 그래왔던 것처럼 그 아이는 제 아들이니까요."

"헛소리 그만하세요. 서방님 아들요? 그렇게 말하면 진실이 숨겨지나요? 아니죠. 하늘도 알고, 서방님도 알고, 미숙이도 알고, 나도 알아요. 그 애가 윤환 씨 아들인 거."

"아닙니다. 제 아들입니다."

어느덧 두 눈가에 눈물이 차오른 해정을 바라보던 도 이사장은 작게 한숨을 내쉬었다. 그렇게나 많은 시간이 흘렀음에도 그녀의 가슴에 남아 있는 아픔과 분노는 여전히 생생했고 고스란히 그 감정이 표출되고 있었다.

그건 성환 자신이나, 우진에 대한 분노가 아니라 오래전 그녀를 힘들게 만들고 사라진 윤환에 대한 분노, 아쉬움, 미련 같은 것이 분명해 보였다.

"저는 이만 일어나겠습니다. 그리고 이거 형님이 돌아가시기 직전에 남기신 겁니다. 너무 괴로워하면 보여주지 말라고 하셔서 가지고 있었던 건데 이제는 보여드려야 될 것 같아서요."

꾹꾹 눌러 참던 눈물을 더는 잠재우기 어려웠던지 고갤 돌리며 눈물을 훔치는 해정의 모습에 도 이사장은 자리에서 일어났고 품속에서 자그마한 편지 봉투 하나를 꺼내 그녀 앞에 내려놓았다. 사고로 숨이 끊어져가던 윤환이 한 글자씩 간신히 눌러쓴 편지였다.

뚜벅뚜벅, 사무실 밖으로 사라지는 도 이사장의 뒷모습을 보던 해정은 자신 앞에 놓인 오래된 편지봉투를 유심히 바라보았다.

그 사람이 죽기 전에 남겼다고? 내 앞으로?

숨이 끊어지는 순간에도 자신의 아들을 잘 부탁한다는 말을 동생에게 남기고 떠난 사람. 해정에게는 그 어떠한 말도 남겨주지 않았기에 그녀는 윤환이 더욱 밉고 원망스러웠다.

"그런데 이제 와서 이게 뭐냐고."

자그마한 편지 봉투 하나. 오랜 시간 도 이사장이 보관해온 그것을 해정은 조심스레 집어들었다.

<해정 씨에게.>

본인 성격만큼이나 반듯하고 깔끔한 글씨체. 자그마한 메모에도 정성을 들이던 사람. 해정은 오랜만에 마주한 그의 글씨에 눈물이 핑 돌려 했다.

<이런 편지를 당신에게 남겨도 되는 것인지 눈앞이 흐릿해져오는 순간에도 많은 망설임들이 제 앞을 가로막고 있습니다. 아마 이 편지를 읽을 쯤이면 전 당신 곁을 지키고 있지 못할지도 모르겠습니다.>

윤환의 목소리가 귓가에 생생하게 전해지는 기분에 해정은 또 르르 참았던 눈물을 흘려버렸다.

<이런 연습장에 쓴 편지가 당신에게 전해질 생각을 하니 마음이 아픕니다만 예쁘고 번듯한 종이를 구할 수 없어 이렇게 편지를 쓰니 이해해주세요.>

연습장 종이가 아니라 버려지는 종이에 편지를 남겼더라도 해정은 그것을 감사히 받아들였을 것이다.

<당신과 살아온 시간들을 돌이켜보면 전 언제나 좋은 남자는 아니었던 듯합니다. 많은 걸 받았으면서도 내 마음에 확신이 없어 언제나 당신을 외롭게 만들었어요. 당신이 내게 원하는 건 딱 하나뿐이었는데, 언제나 망설이다 이제야 이렇게 편지로 당신에게 제 마음을 전합니다.

당신을 처음 만났던 날, 전 마음에 불꽃이 일었습니다. 오랫동안 만나온 여자가 있었으면서도 당신의 고운 얼굴에, 나를 보며 쭈뼛거리던 그 수줍던 모습에 마음이 찌르르해져왔습니다……

아이가 있다는 걸 알았을 때 전 절망의 늪에 빠졌습니다. 당신 곁에서 더 이상은 환하게 웃을 수 없다고 생각했고 그래서 그 아이가 밉기도 했습니다. 하지만 그 아이에게 전 하나밖에 없는 아버지였기에 그 아이를 위한 삶을 살려 마음먹었습니다.>

아주 오래전, 윤환과 해정이 처음 만났던 그날로부터 시작된 이야기는 그렇게 자그마한 연습장 종이 석 장에 담겨져 있었다. 그리고 제일 마지막 장에 적혀 있는 단 한 줄의 메모.

<이번 생에는 못난 남편에, 우진이 일로 당신을 힘들게 하겠지만 다음 생이 있다면 전 오로지 당신만을 사랑하겠습니다. 많이 아껴주지 못해 미안하고 사랑합니다.>

끝으로 갈수록 반듯했던 글씨는 꾸불꾸불해져갔다. 그가 고통을 참으며 써내려갔을 편지가 그의 글씨체에서 고스란히 느껴졌다.

"바보 같은 사람. 당신이란 남자, 끝까지 너무 나쁘잖아."

해정은 멈추지 않는 눈물을 흘리며 그렇게 말했다. 아무리 생각해도 윤환이 미웠다. 이렇게 오랫동안 자신의 마음을 꽁꽁 감추고 결국은 그렇게 허망하게 떠난 사람.

조금만 더 사랑한다고 진작 표현해주면 좋았을걸, 그랬다면 이렇게 오랜 시간 당신을 미워하며 살진 않았을 텐데…….

"대, 대표님, 괜찮으세요?"

바닥에 쓰러지듯 주저앉아 눈물을 흘리고 있는 해정을 발견한 비서는 놀란 얼굴이 되어 그녀의 곁으로 다가왔다. 철의 여인, 얼음여왕으로 불리는 그녀가 이렇게 무너진 모습으로 울고 있다니, 한 번도 상상해보지 않았던 일이었다.

"전화 좀 걸어줘."

"네?"

"도 이사장에게 전화 좀 걸어줘."

그렇게 오랜 시간이 지나도 해정에겐 도윤환, 그가 언제나 첫 번째였다. 그가 밉고 원망스러우면서도 그 편지에 담긴 그의 진심을 외면할 수 없어졌다.

"대표님, 전화기 여기 있습니다."

여전히 바닥에 주저앉아 있는 해정에게 비서는 휴대폰을 건넸고 짧은 신호음이 울린 후 전화기 너머에서 도 이사장의 목소리가 들려왔다.

-네, 도성환입니다.

"한 가지만 물어볼게요."

-네, 말씀하시죠.

"그날, 왜 서방님 전화를 받고 윤환 씨가 나간 거죠? 그날 무슨 일 때문에 윤환 씨를 불러낸 거예요?"

⋯⋯형님은 형수님과의 가정을 지키고 싶어 했습니다. 하지만 우진이 존재가 마음에 걸렸고 형수님을 설득할 때까지 우진이를 제게 맡기려 했습니다. 우진이 엄마에겐 이미 마음이 정리된 상태였기 때문에 어렵지만 그런 결정을 내렸던 거죠.

성환의 말에 해정은 다시 터지려는 울음을 간신히 참아냈다.

"⋯⋯알았어요. 투자금 철회 이야긴 없던 것으로 하겠어요. 하지만 한 가지 조건은 있어요. 그 아이를 다시 한번 만나게 해주세요."

"우진이를 말입니까?"

"그래요. 꼭 한 번 더 봐야겠어요."

17. 행복이란 무게

"그게 무슨 말씀이십니까?"

오래전 한성재단의 비서로 오래 근무했었고, 윤환의 오랜 지기인 김중섭은 놀란 눈으로 자신을 바라보는 우진을 잠시 말없이 바라보다 어렵게 말을 이어갔다. 사람의 피가, 유전자가 얼마나 대단한 것인가. 자신 앞에 앉아 있는 젊은이를 보니 무섭도록 깨닫는다.

"자네가 날 찾아온 이유가 뭔가? 뭐가 그렇게 마음에 걸려서 날 찾아온 거지? 혹시나 하는 마음 때문 아니었는가?"

중섭은 자신을 찾아온 젊은이 둘을 지그시 바라보았다. 오래전 죽은 자신의 지기 윤환을 너무나 닮은 청년과 그의 곁에 있는 눈부시게 상큼한 숙녀. 오래전 한성재단을 그만두기 전 비서실에 갓 입사했던 순진했던 젊은이, 김순이였다.

"혹시나 하는 마음이 없었던 것은 아닙니다. 그러니 진실을 말해주십시오."

우진은 그 어느 때보다 진지한 얼굴로 말했다. 자신에게 어머니처럼 죽어준다면 투자금 철회를 하겠다 말했던 이 대표. 그리고 자신의 어머니에 대한 분노. 그건 그냥 모르는 척 넘기기엔 너무나 이상한 것이었다. 그리고 오늘 찾아온 이곳에서 우진은 마음 한쪽에 남아 있던 혹시나 하는 의심에 답을 얻고 있었다.

"자네 어머니는 자네 아버지를 무척 사랑했어. 하지만 그 사랑이란 이름으로 꽤나 많은 사람들을 힘들게 했지. 고인에 대해 이야기를 이렇게 하게 되는 점 이해해주길 바라네."

"아닙니다. 괜찮으니 말씀해주십시오."

"자네 어머니는 나를 비롯해 병원의 많은 사람들에게 동경의 대상이었어. 아름다웠고 발랄했고 또한 똑소리 났거든. 하지만 그 많은 남자 중에 네 어머니는 병원에서 최고가 될 남자를 만나고 싶어 했어."

우진은 자신이 기억하고 있는 어머니와는 너무도 다른 그 젊은 시절의 어머니를 그렇게 만나고 있었다.

"그리고 병원 내 최고의 실력을 가진 두 남자를 알게 되었어. 바로 도씨 형제인 성환과 윤환이었지. 두 사람 다 조용하고 점잖은 편이었는데 그중 조금 더 자상하던 윤환이에게 마음을 주기 시작했어. 그리고 결국 연인이 되었지."

"이사장님이 아닌, 큰아버지가 맞습니까?"

"그러네."

"그렇다면 혹시 제가 짐작하는 게 맞습니까?"

우진의 표정이 그 어느 때보다 심각했고 순이는 그런 우진의 손을 꼭 붙잡았다.

"몇 년 그렇게 만났지만 두 사람 사이가 원만하진 않았어. 많은 갈등이 있었지. 나야 윤환이 친구로 옆에서 본 게 전부라 두 사람 사이의 진짜 문제가 뭔지 잘 알지 못했지만 윤환이가 많은 시간 괴로워한 건 사실이야."

"그래서요?"

"어느 날, 자네 어머니가 사라졌어. 아주 갑작스럽게 말이지. 그 즈음 윤환이와 사이는 악화되어 극으로 치달을 때였어서 그래서 잠수를 타버렸구나 처음엔 그렇게 여겼지. 그런데 몇 년 후 갑자기 나타나 자네를 낳았다고 하더군."

"그렇다면 제 아버지가, 이사장님이 아니라……."

우진은 떨려오는 목소리를 감출 수 없었고 자신의 손을 잡고 있는 순이의 손을 조금 더 힘주어 잡았다. 머리를 세차게 얻어맞은 것 같은 기분이 들었다.

"그러네. 이렇게 자네를 보니 더욱 윤환이가 생각나는구만."

윤환과 꼭 닮은 우진이 신기하다는 듯 중섭은 그렇게 말했고 우진과 순이는 어려운 이야길 꺼내준 그에게 감사의 인사를 한 후 그곳을 빠져나왔다.

해정의 분노가 심상치 않다고 느꼈던 우진은 분명 다른 이유가 있을 것임을 짐작했고 오늘 이 자리를 찾아왔다. 그리고 마음속에 피어오른 의심의 정체를 확인했다.

어머니, 도대체 어떤 일을 벌이고 다니신 겁니까? 내가 기억하는 어머니는 도대체 뭐죠?

"우진 씨, 괜찮아요?"

"응. 조금 놀랐을 뿐이야. 사실 혹시나 하기도 했었고."

우진은 걱정스런 눈이 되어 자신을 바라보는 순이에게 괜찮다며 고개를 끄덕였다.

"이해정 대표님이 그렇게 화를 내는 게 당연해."

"우진 씨, 그런 생각 하지 말아요. 각자의 사정이 다 있는 거예요. 각자의 입장에서요."

"하하, 그런가. 우리 어머니가 어떤 사람이었는지 난 너무 모르고 살았던 것 같아."

"……."

지잉, 지이이잉.

우진의 휴대폰이 울렸다.

"네, 도우진입니다."

-JW주얼리 대표님께서 도우진 군을 뵙고 싶다고 하십니다.

"네? 저를요?"

-네, 편하신 날짜를 잡아서 말씀해주세요.

갑작스레 걸려온 전화에 우진은 잠시 당황했다. 하지만 지금 이 순간 그녀를 한 번 더 만나고 싶었던 것은 우진 역시 마찬가지였다.

"지금 가겠습니다."

-네, 알겠습니다.

비서는 적극적인 우진의 말에 잠시 당황하는 듯했으나 이내 알 겠다 대답했고 통화는 그렇게 종료되었다.

"우진 씨?"

"이해정 대표가 나를 만나고 싶어 해. 다녀와야겠어."

"같이 갈까요?"

"아니야, 순이 씨도 해야 할 일 있잖아. 금방 다녀올게."

우진이 걱정되어 같이 가려 했던 순이는 우진의 만류에 알겠다 대답했다. 그가 지금 얼마나 혼란스러울지 묻지 않아도 그의 표정 에서 충분히 가늠되었기 때문이었다.

"그럼 다녀오세요. 꼭 다녀와서 연락 줘야 돼요. 알았죠?"

"응, 알았어. 연락할게. 걱정 마."

우진은 걱정스런 눈으로 자신을 바라보고 있는 순이를 끌어안 은 후 그렇게 해정을 만나러 자리를 이동했다.

* * *

"후우."

병원으로 돌아온 순이는 JW주얼리 대표를 만나러 간 우진이 걱 정스러웠다. 병원 일도 병원 일이지만 그가 겪고 있는 혼돈이 몹시 걱정스러워 마음이 불편했다.

"김 실장, 여기 있었구만?"

"아, 과장님, 여기까지 어쩐 일이세요? 저 찾아오셨어요?"

한성재단 비서실 과장은 우진의 진료실 옆 비서실에 앉아 있던 순이를 찾아왔다.

"도 선생님은 자리에 없고?"

"네."

두리번두리번 주변을 살피던 과장은 갑작스런 자신의 등장에 당황하는 순이를 바라보며 빙긋 웃어 보였다.

"도 선생님 능력이 대단하구만? JW주얼리 대표가 투자금 철회한다고 한 거 취소했다고 하네? 다행이지?"

"아, 정말요?"

"응. 그래서 다들 한시름 놓았어. 이사장님도 오랜만에 사무실에서 일찍 퇴근하셨고."

"아, 다행이다."

여기저기서 들려오는 좋지 않은 소리에 걱정이 많았던 순이는 이 대표의 결정에 진심으로 안심했다.

"요즘 눈코 뜰 시간 없이 바빴을 거 같아서, 이렇게 내려와야 김 실장 얼굴이라도 보지 싶어서 왔어. 잘생긴 도 선생님도 볼 겸."

"과장님도 참……."

"아무튼 김 실장 봤으니깐 난 이만 사무실 올라가야겠다. 수고해. 비서실 자주 좀 들르고!"

"네, 알겠어요."

"응. 조만간 비서실 회식 있을 예정이니까 빼지 말라구."

"네."

순이는 과장의 익살스런 표정에 알겠다며 끄덕였다. 그녀가 회식 날 나이트에서 춤추는 것만 손꼽아 기다린다는 걸 순이는 이미 잘 알고 있었다.

똑똑.

"누가 왔나 본데?"

사무실을 나서려던 과장은 들려오는 노크 소리에 순이를 바라보며 그렇게 말했다.

"그러게요. 누구지?"

딱히 이곳으로 찾아올 사람은 많지 않기에 순이는 궁금하다는 눈으로 문을 바라보았다.

"들어오세……."

들어오란 말이 채 끝나기도 전이었다. 벌컥, 세차게 문이 열리고 또각거리는 하이힐 소리를 내며 세영이 모습을 나타냈다.

"김순이 씨, 일전에 나 봐서 알죠?"

다분히 공격적이고도 사나운 목소리.

"네, 알고 있습니다."

"기억력은 좋아서 다행이네요."

"도우진 선생님 지금 자리에 안 계세요."

"알아요. 진료실 들어가보고 왔으니까. 오늘은 당신한테 볼일이 있어서 왔어요."

세영의 사나운 눈빛이 무슨 말을 하려는지 어느 정도 짐작이 되고 있었다.

"당신 아주 뻔뻔하고 눈치 없는 여자더군요?"

"네?"

"지금 우진 씨네 병원이 한 치 앞도 모르는 위기에 빠져 있는데, 당신이 그 사람한테 해줄 수 있는 게 도대체 뭐죠?"

"……."

"나라면 이 병원에 엄청난 투자금 갖다줄 수 있어요. 우진 씨를 위해서라면 한성재단보다 더한 병원 재단도 만들어줄 수 있다고, 알아들어요?"

"저기, 이세영 씨."

"그런데, 감히, 아니 고작 당신 같은 여자가 우진 씨를 가진다는 게 말이 돼?"

부들부들, 분노에 휩싸인 세영의 모습에 순이는 작게 한숨을 내쉬었다. 참으로 아름다운 외모를 가진 여자지만 우진이 그녀와 함께하지 못한 이유는 분명 있었던 것이다.

"김 실장, 이분 뭐라고 하는 거니? 우리 병원 투자금 문제 잘 해결된 거 모르고 오셨나 보네?"

"그러신 것 같아요."

밖으로 나가려던 과장은 세영의 막말을 묵묵히 듣고 있는 순이에게 그렇게 말했고 순이는 고갤 끄덕였다.

"아가씨, 감히, 고작, 이런 말은 함부로 하는 게 아닙니다. 더군다나 병원 문제 잘 해결되어서 아무런 문제도 없는데 그런 유언비어 퍼트리면 곤란해요."

"뭐요? 당신이 뭔데 참견이야?"

"저 이 한성재단 비서실 과장입니다. 음, 제 말이 거슬리면 이사장님께 직접 보고해드릴까요?"

"뭐? 지금 나 협박하니?"

과장의 말에 기분이 상했던지 세영은 소리치며 반말을 했고 과장은 그런 세영의 행동에도 눈썹 하나 까딱하지 않았다.

"이세영 씨, 하실 말씀 있으면 제게만 하시고 그만 가주시겠어요?"

"김 실장, 가만히 있어봐. 이 아가씨가 말이야. 학교를 다니다 말았나? 왜 이렇게 말꼬리를 딱딱 짤라먹어?"

"뭐라고? 당신, 내가 누군지 알고 이렇게 막말하는 거지?"

"이봐, 아가씨, 내가 자세한 상황은 모르겠지만 딱 들어보니 사이즈 나와서 하는 말인데. 그런 심보로 도 선생 못 잡아. 정신 차려. 김 실장! 김 실장도 이런 쓸데없는 소리 그만 듣고 일이나 해!"

과장은 세영의 안하무인 같은 행동에 고갤 흔들고는 사무실 문을 나섰고 세영은 부들부들 떨며 분노에 가득 찬 눈으로 그녀의 뒤통수를 노려봤다.

"김순이 씨, 우진 씨한테서 떨어져요. 좋게 말로 하는 건 이번이 마지막이에요."

"전 우진 씨랑 헤어질 마음이 없어요. 더군다나 이세영 씨가 헤어지라고 해서 헤어질 마음은 더더욱 없구요."

"후회하게 될 텐데?"

"후회할 일 없습니다."

"주제도 모르고, 당신 같은 비서 따위가 우진 씨 짝으로 가당키나 해?"

"이세영 씨, 내 며느리 될 아이에게 무슨 협박을 하는 건가?"

열려진 사무실 문 사이로 언제부터 듣고 있었던 것인지 도 이사장과 방금 사무실을 나섰던 과장이 함께 서서 두 사람을 바라보고 있었다.

"이, 이사장님."

갑작스런 도 이사장의 등장에 세영이 당황했다.

"지금 내 며느리 될 아이에게 무슨 협박을 하고 있었냐고 물었네."

"협박이 아니라……."

"일전의 일은 정중히 거절했던 것으로 기억하는데, 이게 무슨 짓인가?"

"……."

이미 우진과의 사이를 도와주긴 힘들겠다는 이야길 전해 들은 세영이었지만 그를 그대로 놓칠 수는 없다 싶어 이렇게 순이를 찾아왔던 것이었다.

"더는 추한 모습 보이지 말고 돌아가주게."

"후회하실 거예요. 제가 아닌 저런 보잘것없는 여자를 선택하신 걸."

"괜한 걱정 고맙네."

도 이사장은 쓸데없는 걱정은 하지 않아도 된다는 듯 그렇게 말했고 세영은 더는 이곳에 있고 싶지 않다는 듯 빠르게 걸음을 옮겨 밖으로 나갔다.

"이사장님, 죄송합니다. 괜한 소란을 피우게 돼서."

"김 실장이 미안할 일이 뭐가 있어? 그리고 며느리 사랑은 원래 시아버지 아닌가?"

"시아버지요?"

도 이사장의 농담 아닌 농담에 순이는 당황했지만 한편으론 그의 말이 너무나 고마웠다.

　"우진이는 JW 대표를 만나러 갔지?"

　"아…… 네."

　"김중섭 씨를 만나러 갔다던데. 다 알았나?"

　"네. 어느 정도는요."

　"많이 놀랐겠지?"

　도 이사장은 걱정스런 눈으로 순이를 바라보았다. 해정이 우진을 사무실로 불렀다는 연락을 이미 그에게 전했기 때문이었다.

　"네. 혼란스러워하는 것 같아요."

　"그렇겠지. 내가 우진이에게 못할 짓을 한 게 아닌가 싶어지는구만."

　"아닙니다. 이사장님 덕분에 잘 지내온 것에 대해 감사하게 생각하고 있을 거예요."

　"그래. 그렇다면 다행일 텐데……. 우진이 잘 부탁하네, 김 실장."

　"네."

　걱정스러운 눈빛으로 우진을 부탁하는 도 이사장의 모습에서 순이는 그가 우진을 생각하는 마음이 그 누구보다 깊고 진심인 걸 느낄 수 있었다.

* * *

　"대표님, 도우진 씨 도착하셨습니다."

"응, 들어오라고 해."

해정은 창밖으로 옮겨두었던 시선을 다시 안으로 돌렸고 이내 우진이 사무실 안으로 들어섰다. 제법 떨어진 거리에서도 윤환과 꼭 닮은 외모가 눈에 띄었다.

"어서 와요."

해정은 가까이 다가온 우진에게 담담한 목소리로 그렇게 인사했다. 우진의 얼굴을 보고 있자니 윤환이 마지막으로 남긴 편지가 다시금 떠올라 목구멍이 따끔거려왔지만 애써 태연한 모습을 유지하려 애쓰고 있었다.

"죄송합니다."

"갑자기 죄송하다니, 왜?"

갑작스레 고개를 숙이며 사과하는 우진의 모습에 해정은 당황했다.

"김중섭 씨를 만났습니다. 대략적인 이야기는 그분께 전해 들었습니다."

"김 비서를?"

"네."

해정은 너무도 오랜만에 듣는 이름에 잠시 입을 다물었다. 중섭을 만났다면 윤환이 자신의 아버지란 사실을 전해 들었을 것이다.

"그렇다고 해서 도우진 씨가 내게 미안할 일이 뭐지?"

"제 어머니가, 많은 분들을 힘들게 했던 것 같아서요. 물론 이 대표님께도 그러셨을 것 같고요."

아버지의 여자로 어쩌면 누구보다 이 대표에게 잔인한 존재가 되었을지도 모를 어머니였다.

"그래, 많이 미웠지. 그래서 그 여자가 낳은 아이에게 한성재단을 물려주고 싶지 않았어."

"……."

"뭐, 이제 와서 그런 게 다 무슨 소용인가 싶어졌지만. 자네를 부른 건 이걸 전해주고 싶어서야."

해정은 자그마한 상자 하나를 우진 앞에 내려놓았다.

"이게 뭡니까?"

"그 사람 유품. 내가 가지고 있는 것보다 자네한테 주는 게 더 좋을 거 같아서 말이야."

우진은 해정이 내려놓은 자그마한 상자를 집어 들었다. 검붉은 가죽으로 싸여 있는 상자를 열자 그 안에 제법 값나가 보이는 시계 하나가 들어 있었다.

"그 사람이 생전에 제일 아꼈던 시계야. 내가 사준 건데, 나도 최근에야 그 사실을 알았지 뭐야. 내가 사준 걸 그렇게 좋아했을 줄은 몰랐거든."

"그렇습니까."

"응. 그러니까 자네가 해. 그 사람에 대한 기억도 없고 아무것도 없으니까. 아버지 물건 하나쯤 가져도 될 것 같아서 말이야."

"감사합니다."

"도 이사장님한테 잘해줘. 윤환 씨에게 못 한 효도는 서방님께 해주면 고맙겠어. 어떻게 보면 아버지 노릇은 서방님이 다 한 거니까."

"네, 알겠습니다."

자신을 바라보며 분노하던 해정의 모습과 지금의 모습은 사뭇 달랐다. 어딘지 홀가분해 보이는 그녀의 모습에 우진의 마음도 한결 편해졌다.

"잘 지내요. 자주 볼 일은 없겠지만. 언젠가 또 볼 날이 오겠지."

"네. 건강히 잘 지내세요."

우진은 진심으로 해정에게 고개 숙여 인사했다. 그녀가 전해준 아버지의 시계 하나는 우진이 평생 간직할 물건이 될 것 같은 기분이 들었다.

* * *

'형님의 간곡한 부탁이었어. 나 역시 아이가 없었고, 그래서 너를 내 아들로 생각했다. 미리 사실대로 말하지 못해 미안하구나.'

복잡한 사정을 이야기하기에도 너무나 긴 이야기였고, 오랜 시간 우진을 지켜봐온 세월 덕에 정말 아들 같았다고 도 이사장은 그렇게 말하며 우진에게 미안하다 말했다.

우진 역시 몹시도 혼란스러웠지만 그런 도 이사장의 은혜를 감사히 받아들였다. 그리고 여태와 달리, 아니 여태껏 지낸 것보다 훨씬 더 돈독하게 아버지와 아들로 지내야겠다 마음먹었다.

'김 실장, 좋은 여자다. 다른 놈들이 채가기 전에 확실히 해.'

도 이사장은 우진에게 그렇게 말하며 오늘 아침 껄껄껄 웃어댔다. 그 이유는 오늘이 순이의 어머니 생신날이었고, 그녀의 집에 처음으로 인사를 가는 날이었기 때문이었다.

"후우."

"긴장돼요?"

"응. 살면서 이렇게 떨어보는 거 오랜만이야."

생각보다 그녀의 고향집에 내려오는 시간 동안 떨리지 않아 잘 해낼 수 있겠지 싶었는데, 막상 그녀의 집 앞에 도착하고 보니 밀려드는 긴장감에 절로 한숨이 쉬어졌다.

"걱정 말아요. 다들 반겨주실 거예요."

순이는 긴장하고 있는 우진의 손을 꼭 붙잡았다. 그가 이렇게 긴장하는 모습을 보이다니. 이런 말 하면 안 될 것 같지만 귀여워도 너무 귀여웠다.

"아버지, 어머니, 위로 언니만 둘이다 이거지?"

"네. 언니들은 오늘 저녁에나 도착할 예정이에요. 큰형부도 도착하실 거구요."

"음, 알았어. 들어가자."

크게 심호흡을 하며 말하는 우진의 모습에 순이는 빙긋 웃어 보이고는 굳게 닫힌 대문의 초인종을 눌렀다.

띵동.

청량하고 맑은 초인종 소리가 울리자 이내 집 안 대문이 열리며 마당에 중년의 여인이 모습을 나타냈다.

"엄마!"

"아이고, 우리 딸!"

곱게 나이 든 얼굴에서 순이와 꼭 닮은 모습이 보여 우진은 순간 깜짝 놀라고 말았다.

여기도, 우리 집처럼 닮아도 너무 닮았잖아.

"우진 씨, 인사해요. 여긴 저희 엄마. 엄마, 여긴 내가 말한 우진 씨예요."

"응. 우진 군, 어서 와요. 반가워요."

"네, 반갑습니다. 도우진입니다."

우진은 꾸벅 고갤 숙여 인사했고 순이의 어머니는 그런 우진의 모습이 귀엽다는 듯 환한 얼굴로 웃어 보였다.

"들어가자, 아버지 기다리셔."

"네. 들어가요, 우진 씨."

"응."

꽤나 긴장되었던 마음이 순이와 순이 어머니의 미소에 스르륵 녹아내렸다. 순이의 따뜻한 분위기는 그녀의 어머니를 많이 닮아 있는 것 같다.

"아빠, 저 왔어요."

"우리 막내, 오느라 고생했다."

"우진 씨, 우리 아버지예요. 아빠, 여긴 내가 말한 우진 씨요."

자그마한 마당이 딸린 주택 안으로 들어온 우진은 거실에 앉아 자신들을 기다리고 있던 순이의 아버지를 마주했다. 그리고 왼쪽 손을 내밀어 악수를 청하는 순이의 아버지를 잠시 바라보았다.

손을 내민 쪽과 반대인 오른쪽 팔이 없었기 때문이었다.

"도우진입니다."

"그래, 잘 왔어요. 잘 왔어."

덥석 내민 손을 꼭 붙잡는 우진의 모습에 순이의 아버지 영환은 허허거리며 웃어 보였다.

"순이가 이야기 많이 했어. 아주 멋진 남자친구가 생겨서 인사시키고 싶다고 말이지."

"아빠도 참, 그런 이야기까지 하면 어떻게 해요?"

"뭐가 어때서 그래? 사실이잖아."

순이의 말에 영환은 여전히 허허거리며 웃어 보였다. 그러고는 자리에 앉은 우진을 바라보았다. 몹시 훤칠하게 잘생긴 얼굴의 청년이었다.

"우리 순이가 부족한 게 많네. 자네가 많이 아껴주면 좋겠어."

"아닙니다. 똑 부러지고 따뜻하고, 좋은 여자입니다. 오히려 제가 부족합니다."

"그렇게 말해주니 안심이네. 내가 이렇게 팔이 불편하다 보니, 자네 보기가 민망하구만."

영환은 휭 하니 비어 있는 오른쪽 옷소매를 바라보며 그렇게 말했다.

"괜찮습니다. 그런 말씀 하지 마세요."

"아, 한 선생이랑 같은 병원이라고 했던가?"

"네? 한 선생요?"

"아, 저희 아버지 팔 다치셨을 때, 한 선생님이 수술해주셨거든요. 그때 말씀드렸잖아요. 생명의 은인 같은 분이라고."

오래전, 한 선생과의 관계를 묻는 우진에게 순이는 그가 생명의 은인 같다고 했다. 그 말이 무슨 의미인지 몹시 궁금했었는데, 아버지 팔을 수술해준 사이라 그랬던 것이구나 싶어진다.

"배고플 텐데 조금만 기다려요. 금방 맛있는 거 해줄 테니까."

"괜찮습니다. 천천히 해주셔도 됩니다."

순이의 어머니는 어색하게 앉아 있는 우진에게 조금만 기다리라 했지만 우진은 괜찮다며 손사래 쳤다. 배가 고픈지 어떤지도 긴장감에 잘 느껴지지도 않았다.

"우진 군, 술 좀 마시나? 괜찮으면 나랑 한잔하는 게 어떤가?"

"좋습니다, 아버님."

"그래그래. 순이야, 과일주랑 안주 좀 가져오거라."

"벌써 술 드시려구요?"

아버지의 말에 순이가 깜짝 놀라며 물었다. 아직 술을 먹기엔 점심도 채 되지 않은 시간이라 너무 이른 느낌이었다.

"응, 가져와. 반주 삼아 딱 한 잔씩만 할 테니까."

"가져다드려. 우진 군 봐서 기분 좋아서 그러시는 거니까."

잔뜩 걱정스런 얼굴을 하고 있는 순이에게 그녀의 엄마는 말했고 순이는 고갤 끄덕이며 과일주를 꺼내기 위해 자릴 옮겼다.

"네, 알았어요."

* * *

"우진 씨, 괜찮아요? 피곤하죠?"

"응? 응, 괜찮아. 즐거웠어."

하루가 어떻게 흘렀을까? 시간이 눈 깜짝할 새에 흐른 것 같다.

순이의 고향 집에 내려갔고, 가족들과 즐거운 시간을 보냈다. 그녀의 부모님은 처음엔 어색해하셨지만 이내 도 서방이라 자신을 불러주었고 한 번도 느껴보지 못했던 이상한 감정을 우진은 느낄 수 있었다.

이런 게 가족이구나.

늘 어머니와 단둘이 지냈던 우진에게 최근에 생긴 가족은 이사장과 그의 아내였다. 오래 떨어져 지냈기에 그런 것도 있었다. 지금은 조금 편해졌지만 그렇다 해도 여전히 어색하고 서먹해지는 순간이 있었다. 그런데 순이의 가족들을 만났을 때는 그 느낌이 조금 달랐다.

그녀의 가족이라 그런 것일까? 우진에게도 가족과 같은 느낌이 들었다. 조금 더 맛있는 걸 먹으라고 숟가락 위에 반찬을 놓아주는 그녀의 어머니. 남자는 이런 독한 술도 마실 줄 알아야 한다며 술을 따라주고는 속 버린다며 안주를 챙겨주는 그녀의 아버지. 그녀의 어린 시절을 속속들이 알려주는 그녀의 언니. 남자들끼리 잘 지내보자며 손 내밀어준 그녀의 형부. 이모부라 부르며 자신을 따르는 그녀의 조카들.

그 모든 사람들이 우진에게 새로운 가족처럼 느껴졌고 그들로 인해 마음이 풍족해졌다.

"순이 씨."

"네."

"나 오늘 실수한 거 없었지?"

"네. 아주 잘했어요."

늦은 시간 서울로 올라온 순이와 우진은 순이의 집으로 돌아왔다. 조용한 적막과 어둠이 깔린 서울, 두 사람만 있는 공간, 우진은 자신의 옆에 누운 순이의 몸을 끌어안았다.

"나, 오늘처럼 많은 가족을 가져본 건 처음이야. 당신 덕분이야."

"우리 가족들한테 잘해줘서 너무 고마워요."

자신의 몸을 꼭 끌어안고 있는 우진의 등을 순이는 조심스레 쓰다듬어줬다. 긴장했을 오늘, 그는 누구보다 상냥하고 따뜻하게 가족들과 어우러졌다.

"이런 말, 이런 타이밍에 한다는 게 어떨지 모르겠지만, 순이 씨, 앞으로 남은 인생에 당신이 내 가족이 되어주었으면 해."

순이를 안고 있는 팔이 스르륵 풀어졌고 우진은 순이의 위에 올라 그녀를 조심히 내려다보았다.

"우진 씨?"

"당신을 만나 이런 게 행복이구나 깨닫고 있어."

쪽.

한마디 후 우진의 입술이 순이의 입술에 쪽, 맞춰졌다 떨어졌다.

"당신을 만나 나는 진정한 사랑이 뭔지 알아가고 있어."

쪽. 또다시 우진의 입술이 순이의 입술에 닿았다 떨어졌다.

"당신과 함께라면 그 어떤 일도 잘해낼 수 있을 것 같아. 그러니 나와 결혼해주겠어?"

늦은 밤, 깊은 어둠 속, 자그마한 스탠드 불빛이 전부인 곳에서 우진은 그렇게 순이에게 고백했다. 그리고 순이는 그런 우진의 진솔한 마음에 저도 모르게 눈물이 그렁그렁 차올랐다.

"멋없는 프러포즈라 미안해. 준비했던 프러포즈는 있었는데 지금이 아니면 안 될 것 같아서 말이야."

"우진 씨……."

"받아줘, 순이 씨."

언제 준비해온 걸까? 우진은 자신의 주머니에서 자그마한 반지 하나를 꺼내 들었다. 자그마한 다이아가 콕콕 박혀 반짝거리던 반지는 조심스레 순이의 하얀 손가락 위에 내려앉았다.

"우진 씨, 이거…… 너무, 너무 예뻐요."

"다행이다."

눈물이 그렁그렁한 눈으로 이내 환하게 웃어 보이는 순이가 너무나 예쁘고 고마워 우진은 다시금 그녀의 이마에, 코끝에, 입술에 차례로 입을 맞추었다.

"사랑해, 김순이."

"저도요. 저도 사랑해요, 우진 씨."

18. 당신이라 다행이다

"으아아앙! 으아앙!"

울음소리가 우렁차다. 목청은 누굴 닮아 그렇게 시원하고 큰지. 우진은 잠결에 잘 떠지지 않는 눈을 간신히 떴다.

"으아앙, 으앙! 으앙!"

"여보, 하준이 울어."

"알아요."

아기 울음소리와 더불어 순이의 목소리도 물기가 가득했다.

이거 이거, 큰일 났다. 단단히 화났겠는걸?

아기 울음소리가 길어졌지만 떠지지 않는 눈으로 순이를 찾던 우진은 그녀의 울먹이는 목소리에 깜짝 놀라 몸을 일으켰다.

"하준이도 울고, 성준이도 울고, 우리 예쁜 와이프도 울기 직전이네?"

"빨리 하준이 좀 안아줘요."

새벽 2시. 요즘따라 밤만 되면 깨서 울어대는 쌍둥이들로 인해 순이도 우진도 매일 잠이 부족해 힘들었지만 부모의 삶이란 이런 것일까? 뭐 하나 만만한 일은 없어도 뽁뽁 소리를 내며 젖병을 빨아대는 아이를 볼 때마다 흐뭇한 마음이 들곤 한다.

"성준이 녀석은 우유만 먹이면 그래도 금방 잠드니 다행이야."

"하준이 우유 거기 타뒀어요. 좀 먹여주세요."

"네, 분부대로 하겠습니다."

아직 목도 제대로 가누지 못하는 녀석들이 먹기는 얼마나 잘 먹어대는지. 우진은 이제는 제법 묵직해진 큰아들 하준을 품에 안아 들었다.

"이 녀석, 자꾸 울면 아빠한테 혼난다. 엄마 힘들게 하면 안 된다고 했어? 안 했어?"

"푸훗."

아직 말귀도 알아듣지 못할 아이를 혼내고 있는 우진으로 인해 순이는 저도 모르게 웃음을 터트려버렸다. 육아로 매일같이 힘들지만 우진으로 인해 이렇게 웃을 수밖에 없다.

"옳지. 얌전히 우유 먹는 걸 보니 알아들었구만?"

"우진 씨, 뭐 해요?"

"녀석들한테 아빠의 위엄을 보이는 중?"

"푸 . 내가 당신 때문에 웃어요, 정말."

젖병을 물려놓으니 언제 그랬냐는 듯 얌전해진 두 녀석을 보고 있으니 이제야 순이도 우진도 몸에 힘이 탁 풀려온다.

"한 번에 두 녀석 딱 낳으려던 양쪽 집안 어른들 덕에 우리가 이 고생 중이네."

결혼식을 올리던 날 폐백실에서 두 집안의 어른들은 두 사람에게 그런 말을 했었다.

'아들 딸 구분하지 말고 한 번에 순풍순풍 낳아서 잘 키워보라고.'

'이왕이면 쌍둥이 어떻겠니? 우리 딸 힘내보거라.'

"우리 엄마가 쌍둥이 낳으라고 막 대추랑 밤을 너무 던지셔서 그래요."

"하하하, 장모님이 그래서 진짜로 쌍둥이 가졌다고 했을 때 엄청 놀라셨잖아."

"그러게 말이에요."

말이 씨가 되었다며 미안해하시면서도 한 번에 손주가 둘이나 생긴다니 너무나 좋다고 말씀하시던 어머니의 모습이 떠올라 순이는 피식 웃어버렸다.

배는 보통 임산부들보다 훨씬 크고 제대로 앉았다 일어났다 하기도 힘들었지만 그래도 이렇게 잠든 두 아이를 보고 있자면 세상 그 어떤 행복과도 바꿀 수 없는 기쁨을 맛보고 있는 우진과 순이였다.

"그래도 우진 씨가 많이 도와주니 다행이에요. 육아휴직도 딱 써주고 말이죠."

"그럼! 그리고 내가 휴직 안 냈어도 아버지가 처리하지 않았을까?"

그렇게 어색하고 힘들었던 아버지란 말이, 어느 순간 자연스럽게 흘러나왔다. 생물학적으로 진짜 아버지는 다른 분이지만 도 이사장은 누구보다 우진을 아껴주는 분이었다.

"아마도요. 저요, 이사장님, 아니아니 아버님이 그렇게 아이를 좋아하는 분인 줄 몰랐어요. 일하실 땐 나름 카리스마 있으신 분인데, 하준이 성준이 보면 어쩔 줄 몰라 하시잖아요. 기저귀도 갈아주겠다고 하시고 노래도 막 불러주시고."

손주만 보면 눈이 반달이 되어 갖은 재롱을 부려주는 할아버지의 모습을 보이는 도 이사장의 모습이 때론 낯설지만 너무 재밌기도 했다.

"그러게 말이야. 나도 가끔 놀란다니까."

"좋은 분들이세요. 그렇죠?"

"응. 하지만 내 와이프가 더 좋은 사람이지."

쪽!

잠도 제대로 자지 못하고 육아에 힘을 쏟고 있는 순이가 너무나 사랑스럽고 미안하기도 해 우진은 쪽 소리 나게 그녀의 입술을 맛봤다.

"셋째는 아직 이른가?"

"다, 당연하죠!"

"하하, 알았어. 알았어."

"여보, 저 졸려요. 이제 자도 되겠죠?"

간신히 잠든 두 아이를 바라보며 순이는 소곤거렸다. 이럴 때 얼른 눈을 붙여야 또 전쟁 같은 육아를 치러낼 수 있을 것이 분명하니까.

"응, 얼른 자자. 이리 와."

아이들이 곤히 잠든 모습을 확인한 우진은 부부의 침대에 올라 자신의 팔 한쪽을 내어놓았다.

"오랜만에 팔베개해보는 것 같아요. 그쳐?"

"응. 오늘은 꼭 안아줄 테니 편하게 자."

"네. 우진 씨도 좋은 꿈 꿔요."

순이는 우진의 품속으로 파고들며 그렇게 인사했다. 그 어떤 일이 있어도 그의 품에 안기면 언제나 마음이 편해진다. 결혼을 하고 1년 반. 아이도 생겼고 정신없는 하루가 계속되고 있지만 순이에게 우진은 세상 누구보다 멋진 남자이자, 남편이자, 든든한 자신의 편이었다.

"사랑해요, 우진 씨."

"응. 내가 더 사랑해, 김순이."

"아이참, 그 김순이 좀 그만하라니까요?"

"싫어. 난 하준이 엄마, 성준이 엄마, 마누라. 이렇게는 안 불러."

"왜요?"

"당신은 하준이 엄마이자 성준이 엄마이자 내 마누라가 맞긴 하지만 그래도 언제나 나한텐 사랑스러운 내 여자, 김순이니까."

번외

    유난히 햇살이 좋은 날이었다. 우뚝 솟은 나무들과 꽃들이 알록 달록 자신의 색을 뽐내고 있는 공원 길 사이를 찬찬히 걸으며 햇볕을 만끽했다. 집이며 학교 안은 늘 답답하고 가슴을 꽉 짓누르는 기분이 들었는데, 이렇게 바깥바람을 조금 쐰 것만으로도 충분히 기분 전환이 가능했다.

    "날씨 좋네."

    평소 얼음여왕이라 불리는 무표정의 해정이 이렇게 편한 표정이 된 것은 오랜만이었지만 그걸 본 사람은 안타깝게도 현재 없었다. 그래서일까? 평소와 달리 혼자만의 오롯한 산책을 즐기는 지금이야말로 해정은 어딘지 해방이 된 기분이었다.

    '괜찮은 녀석이야. 실력도 있고, 점잖고, 얼굴도 잘생겼어. 너도

보면 마음에 들 거다.'

　아버지도 참 끈질기시지.

　스무 살 성인이 된 이후로 몇 년째 끊임없이 선 자리에 대한 이야기가 오고 갔다. 그때마다 요리조리 핑계를 대며 잘 피해왔던 해정이지만 이번에는 거절하기가 쉽지 않을 듯했다.

　'이번에도 싫다고 하면 미국으로 유학 보낼 테니 그렇게 알고 있거라.'

　이번에는 절대 물러설 마음이 없는 것인지 아버지는 해정에게 그렇게 엄포를 놓았고 미국으로 끌려나가는 것만큼은 원치 않는 해정이었기에 이번엔 아버지가 원하시는 선 자리에 나가려 마음을 먹었다. 하지만 그저 잠시 앉아 있다 돌아올 뿐, 결혼은 생각지도 않고 있다.

　"이 나이에 결혼이라니, 절대 싫어."

　여자들에겐 좋은 대학을 나와 좋은 직업을 가지는 것보다 능력 있고 좋은 남편을 만나 편한 생활을 하는 것이 더없는 진리이자 미덕이라 생각하는 시대에 태어난 것이 해정은 억울한 마음마저 들었다. 자신의 능력을, 잠재력을 마음껏 펼쳐보고 싶지만 그러기엔 자신의 집안이, 시대가 너무나 많은 것을 포기하게 만들기 때문이었다.

　여자로, 그것도 이렇게 대단한 집의 딸로 태어나 결혼하고 싶다고 줄을 서는 남자들이 한가득인데 감사한 줄 모른다고 누군가가 욕을 한다 할지라도 그건 그들의 눈높이에 맞춘 평가일 뿐.

　"고작 여자의 일생에 가장 중요한 게 능력 있는 남자와의 결혼이라니, 한심하다."

지금 당장은 미국으로 끌려 들어가고 싶지 않았기에 선 자리에 나왔지만, 정말 강제로 결혼이라도 시키려 하신다면 차라리 미국으로 떠나 공부에 집중하는 게 더 좋을지도 모르겠다고 생각했다.

"선생님! 도 선생님! 식사는 하셨어요?"

조용한 길을 따라 얼마를 걸었을까? 꺄르르 웃는 소리와 함께 어디선가 말소리가 들려왔다. 해정의 아버지가 오랜 지기와 함께 의기투합해 병원을 설립했고 지금 이 길은 그 병원 옆에 딸려 있는 자그마한 공원이었다.

조용히 산책할 수 있어서 좋다 했더니 그것도 끝이네.

병원 옆 공원이라 분명 환자며, 의사에 간호사에 언제든 사람이 올지도 모른다고 생각하긴 했지만 너무나 빨리 끝나버린 혼자만의 시간이 해정은 아쉬움이 가득했다.

"도 선생님! 괜찮으시면 저녁에 저랑 식사라도……."

길을 따라 걸어나오던 해정의 눈에 방금 들려왔던 웃음소리의 정체가 모습을 나타냈다. 하얀 가운을 입은 한 명의 여자와 남자. 아무래도 한성병원 의사인 듯 보였다. 여자 의사는 묵묵히 자신의 말만 듣고 있는 남자 의사의 태도에 마음이 조급해졌는지 이번에는 그의 팔을 붙잡았다.

"도 선생님, 제가 그렇게 마음에 안 드세요?"

"김 선생님, 죄송합니다."

"정말 너무하시네요."

"죄송합니다."

호오, 목석이 따로 없는걸?

굉장히 흥미로운 광경이었다. 곱상하게 생긴 여의사는 90도로 고개 숙여 사과하는 남자의 모습에 몹시 자존심이 상했는지 잡고 있던 그의 팔을 놓으며 빠르게 걸음을 옮겼고 남자는 그녀가 멀어질 때까지 그렇게 고개를 숙이고 있었다.

오는 여자를 마다하는 남자가 세상에 존재하긴 했었나 보다. 싫다고 해도 그저 집안만 보고 해정을 끊임없이 귀찮게 하던 남자나, 여자는 그저 노리개쯤으로 여겨 가볍게 여기던 남자와는 사뭇 다른 종족. 해정은 몸을 돌리는 남자 의사의 모습을 호기심 가득한 눈빛으로 좇았다.

꽤나 커 보이는 키, 하얀 피부, 너무나 깔끔하게 잘생긴 외모. 화창한 날씨 때문이었을까? 순간 마주친 눈빛 때문이었을까? 그것도 아니면 하얀 가운 덕분이었을까? 해정은 난생처음 남자란 존재가 저렇게 반짝일 수 있다는 걸 느끼고 있었다.

그렇게 해정은 윤환을 알게 되었다.

* * *

"또 김 선생님이 밥 먹자고 했다면서요? 도대체 어떻게 하고 다니길래 매번 이런 일이 생기는 거예요?"

"그게 무슨 말이야?"

"당신이 똑바로 행동하고 다니면 그런 일이 왜 자꾸 생기겠냐구요!"

윤환은 잔뜩 찡그린 얼굴로 소리를 지르는 진경을 바라보았다. 그녀와 만난 지 어느덧 3년, 조용하고 이해심 많았던 그녀는 어느 순간부터 매일 윤환만 보면 화를 참지 못하겠다는 듯 분노를 퍼부었다.

"그런 말이 어디 있어? 난 분명히 거절했어."

"당신은 그게 문제예요. 거절? 거절을 어떻게 했는데요? 또 좋은 사람인 척 하하 웃으면서 매너 있게 거절했겠죠? 그 여자가 두 번 다시 찝쩍거릴 수 없게 욕이라도 퍼부어주라고 내가 그렇게 말했잖아요?"

매번 똑같은 문제로 싸우는 게 지겨울 법했지만 윤환은 진경에게 화를 내진 않았다. 그녀를 저렇게 만든 건 자신의 책임도 있다고 생각했기 때문이었다. 하지만 수술에, 병원 일에 치여 고작 한 시간 남짓 눈을 붙인 오늘은 그녀의 투정 아닌 투정이 윤환을 괴롭게 만들었다.

"그만해. 당신이 오해할 만한 일은 하지 않았어. 더군다나 김 선생님도 제대로 거절했고."

"그만하라구요? 왜요? 이제 내가 싫어졌어요? 내가 지겨워요? 그런 거죠?"

"임진경!"

참았던 화가 순간 솟구쳤다. 그리고 윤환의 고함 소리에 진경은 참았던 눈물을 훔치며 말했다.

"그래요, 지겹겠죠. 나도 다 안다구요! 그러니 우리 이제 그만해요. 나도 윤환 씨랑 싸우는 거 더는 하고 싶지 않아요."

"그만하자니? 그게 무슨 말이야?"

"헤어지자구요. 서로 참을 만큼 참았잖아요? 난 이렇게 불안해 하면서까지 당신 더는 만나고 싶지 않아요. 연락하지 말아주세요."

순신간이었다. 그녀를 잡으려 윤환이 카페 밖으로 얼른 뛰어나 갔지만 꼭 증발이라도 한 사람처럼 진경은 그렇게 윤환의 앞에서 사라져 버렸다.

"하, 하하!"

너무나 허탈하고 어이가 없어 윤환은 저도 모르게 웃음을 터트 렸다. 아무리 잘하려 노력했지만 그녀는 매일 화를 내고 매일 울었 고 매일 윤환을 원망했다. 그럴 때마다 사실은 울고 싶은 건 자신 이라고 그녀에게 소리치고 싶었다.

먼저 나를 불안하게 만든 건 당신이잖아! 나를 두고 나보다 더 잘난 남자를 찾으려 선을 본 건 당신이잖아? 그걸 나에게 들켰던 날도 당신은 나를 원망했잖아. 왜! 그런데 왜!

"도대체 내가 어떻게 해야 하는 거야? 응?"

"네?"

한참을 멍하게 생각에 빠져 있던 윤환의 중얼거림에 맞은편에 앉아 있던 해정이 깜짝 놀란 목소리로 대답했다.

"아…… 죄, 죄송합니다. 잠시 다른 생각을……."

커다랗고 동그란 눈을 더욱 크게 뜨며 놀란 얼굴로 자신을 바라 보고 있던 해정의 모습에 윤환은 난감한 얼굴이 되었다. 병원장의 부탁을 거절하지 못해 나오게 된 선 자리. 윤환은 맞은편에 앉아 있는 해정을 바라보았다.

'안녕하세요. 이해정입니다.'

표정이 있는 듯 없는 듯 묘한 사람이라는 생각이 들었다. 수줍어 보이는 듯했지만 이내 생각을 읽을 수 없을 만큼 무표정한 얼굴. 누가 봐도 이 선 자리에 선뜻 나온 사람은 아니라는 게 느껴졌다.

"그렇게 불편하세요?"

식사를 하는 내내 무슨 생각에 빠져 있는지 멍해져 있던 윤환을 바라보던 해정이 그렇게 물었다. 젊고 유능한 의사, 아버지와 병원 장님의 부탁을 거절하지 못해 억지로 나왔을지도 모른다는 생각을 해정은 당연히 하고 있었다.

"아, 아닙니다. 잠시 생각할 일이 있어 그랬습니다. 미안합니다."

깍듯하게 90도로 고개 숙여 사과하는 모습이 얼마 전 공원에서 보았던 모습과 겹쳐졌다. 해정은 어쩔 수 없다는 듯 작게 한숨을 쉬고는 앞에 놓인 커피를 한 모금 삼켜냈다.

"식사 다 하셨으면 그만 일어나시죠."

해정은 자리에서 일어나며 윤환을 잠시 바라보았다. 억지로 나온 선 자리였지만 해정은 윤환이 나온 것이 내심 반가웠다. 살면서 그토록 반짝이는 남자는 본 적이 없었으니 다시 만난 그로 인해 마음이 잠시 설레기도 했다. 하지만 첫인사를 끝으로 그는 한 번도 해정에게 제대로 시선을 마주하지 않았다.

"아…… 네, 그러시죠."

저 남자는 내게 조금의 관심도 없다.

해정은 말하지 않아도 충분히 깨닫고 있었다. 그도 해정 자신만큼이나 원치 않은 선 자리에 나와 있다는 걸 말이다.

"그럼 먼저 들어갈게요."

고급 일식집을 나서며 해정은 그렇게 말했다. 더 있어봐야 서로 무의미한 시간 죽이기밖에 되지 않는다는 걸 잘 알고 있었기 때문이었다.

"네? 아, 저기 혹시 제가 마음을 상하게 만들었습니까?"

"아니요."

"혹시 그렇다면 미안합니다. 제가 선 자리는 처음이라……."

여전히 무표정한 얼굴로 자신을 바라보는 해정을 윤환은 잠시 바라보다 말을 이어갔다.

"어색해서 그런 거니 오해는 말아주십시오."

"……."

난감함이 가득한 얼굴, 정말 미안하다는 얼굴로 윤환은 해정을 바라봤다. 그 모습에 조금의 가식도 보이지 않아 해정은 되레 어리둥절한 기분이 들었다. 아무리 봐도 마음 없이 나온 자리가 분명했음에도 그는 해정의 마음이 상할까 걱정을 하고 있었다.

"이상한 분이네요."

"네?"

크지 않고 차분한 부드러운 음성에 윤환은 해정의 입을 바라보았다. 여전히 무표정한 얼굴에 아무것도 담기지 않은 눈빛이 공허함을 만들어내고 있었지만 그녀의 음성은 어딘지 사람의 귀를 집중시키는 힘이 있었다.

"억지로 나오신 자리인 거 잘 알아요. 그런데 왜 그렇게 사과하세요?"

"억지로는 아닙니다. 이런 자리가 부담스럽지 않은 건 아니지만 결정은 제가 한 거니까요."

"흐음……."

윤환은 조금의 거짓을 섞지 않고 말했다. 분명 부담스러운 자리였다. 그녀가 자신을 떠나지 않았다면 정중히 거절했을 자리였다. 하지만 그녀에 대한 조금은 억울한 마음, 미움, 그런 것들이 윤환의 등을 떠민 것도 사실이었다.

온기라곤 찾아볼 수 없고 무덤덤한 표정의 그녀를 마주했을 때 조금 당황하긴 했지만 말이다.

"괜찮으면 산책이라도 할까요?"

식사를 하고 차를 마시는 동안 제대로 된 대화조차 나누지 않았다는 걸 윤환은 이제야 깨달았다. 그로 인해 해정의 마음이 상했을지도 모른다는 생각이 들었다.

'형, 너무 애쓰지 말고 자연스럽게 해. 솔직한 게 최고니까.'

선 자리에 나오기 전 동생 성환이 했던 이야기가 떠올랐다.

"네. 산책 좋네요."

"아……."

보일 듯 말 듯 아주 옅은 미소였다. 차갑기만 했던 해정의 얼굴에 살짝 수줍은 미소가 걸렸고 순간 쿵! 심장이 아래로 떨어지는 기분을 윤환은 느끼고 있었다.

* * *

하얀 도화지에 부드러운 색감이 물드는 것 같았다. 화려한 색깔,

부드럽고 따뜻한 색깔, 청명한 색깔, 그 모든 것들이 한 사람의 얼굴에서 묻어날 수 있다는 걸, 그걸 자신이 볼 수 있다는 사실에 윤환은 감사한 마음마저 들었다.

얼어붙어 있던 시냇가에 따뜻한 햇빛이 내려 꽁꽁 언 땅을 녹이듯 차갑고 무덤덤하기만 했던 해정의 얼굴은 윤환의 앞에선 찡그리기도, 화사하게 웃기도, 울기도 했다. 그리고 그녀의 변화 덕분일까? 윤환 역시도 마음에 남아 있던 응어리와 상처가 그녀로 인해 아물어갔다.

"왔어요?"

어느덧 오후 2시, 같이 점심을 먹기 위해 병원 근처로 찾아온 해정은 수술로 인해 약속 시간보다 두 시간이나 늦게 나온 윤환을 바라보며 그 어느 때보다 환하게 웃어 보였다. 다른 사람이 이렇게 늦었다면 이런 웃음이 나올 수 없었을 것이 분명했다.

"미안해요, 너무 늦었죠? 배고파서 어떻게 해요?"

얼마나 뛰어왔을까? 평소 늘 단정하기만 했던 그의 머리카락이 이리저리 휘날려 엉망이 되어 있었지만 그는 자신의 머리스타일 따윈 신경 쓰이지도 않는다는 듯 한참을 기다리고 있던 해정의 배고픔을 걱정하고 있었다.

"괜찮아요. 커피도 한잔 먹었구요. 그보다 윤환 씨도 배고프죠? 빨리 밥 먹으러 가요."

흉부외과 의사로 좋은 평판을 받고 있는 그는 한번 수술실에 들어가게 되면 긴 시간 동안 제대로 마시지도 먹지도 못하고 환자에게 매달렸다. 얇은 혈관 하나하나에 집중력을 쏟아내야 하는 의사.

그렇기에 긴 수술이 끝나고 난 후 얼마나 허기가 몰려올까?

해정은 자리에 앉지도 못한 윤환의 팔짱을 끼며 배시시 웃었다. 이런 건 미안해하지 않아도 된다는 그녀의 메시지였다.

"해정 씨 먹고 싶은 걸로 먹어요. 난 그게 제일 맛있으니까."

"좋아요. 그럼 소고기로 하죠. 가요."

윤환의 말에 고갤 크게 끄덕인 해정은 그와 함께 카페를 나섰다. 어느덧 그를 만난 지 7개월, 그에 대한 소문들은 대체로 좋은 이야기가 많았지만 그중 그의 과거 여자에 대한 이야기는 이미 해정의 귀에 들어간 상태였다. 그녀와 헤어지고 얼마 되지 않아 자신과 선을 본 윤환에 대한 불안감이 없었던 것은 아니지만 윤환은 조금의 거짓 없이 모든 걸 자신에게 털어놓았다.

'미안합니다. 어쩌면 제가 당신에게 좋은 남자가 아닐지도 모릅니다.'

하지만 해정은 그의 진심 어린 말에 세차게 고갤 흔들었다. 과거는 과거라고, 앞으로는 자신만 사랑해달라며 해정은 그렇게 그와의 앞날을 그렸다.

그렇게 서로에 대한 마음은 날로 커져갔고 서로와 함께하는 앞날을 둘은 조금씩 그리고 있었다.

"흐음, 소문이 사실이었네? 결국 대단한 집안의 딸이랑……."

윤환과 해정이 카페 밖을 나섰을 때였다. 카페 창가에 앉아 있던 한 여자는 다정히 걷고 있는 둘의 모습을 보고는 그렇게 중얼거리며 입술을 깨물었다.

본인이 아니면 안 될 줄 알았던 남자. 어떠한 경우라도 자신을 버리지 못할 것이라 확신했던 남자는 그 어떤 남자와도 비교할 수 없을 다정한 눈빛으로 자신이 아닌 다른 여자를 향해 웃고 있었다.

"아가, 잘 봐둬. 저 사람이 아빠야. 저 사람이 앞으로 우리 인생을 책임져줄 거야."

만삭의 몸. 꾹 눌러쓰고 있던 챙 넓은 모자를 벗으며 진경은 그렇게 윤환을 바라보고 있었다.

* * *

"형, 왜 이렇게 얼굴이 어두워? 무슨 일이야?"

평소 가볍게 맥주 한잔 먼저 하자고 말한 적 없는 윤환이 무슨 일인지 위스키 바로 부르자, 오는 내내 성환은 무슨 일이 생긴 게 분명하다는 생각을 했다. 그리고 가게에 도착한 성환은 자신의 생각이 틀리지 않았음을 짐작했다.

"무슨 일이야? 응?"

얼마나 마신 것일까? 곁에 다가서기만 해도 알코올 냄새가 진동을 했고 윤환은 이미 인사불성 상태였다.

"형!"

"……내 아이를 낳았어."

들릴락 말락 아주 작은 소리였지만 그 어느 때보다 또렷하게 성환의 귀에 들려오는 목소리.

"뭐?"

"진경이가…… 내 아들을 낳았다고."

"……."

전혀 생각하지도 않았던 상황이었다. 이미 1년 전 형의 곁을 떠난 여자였다. 아무런 말 없이 흔적도 없이 사라진 여자. 그로 인해 형 윤환은 꽤나 괴로워했었다. 그런데, 아이를 낳았다니? 그것도 결혼식을 한 지 고작 한 달 된 형 앞에 나타나다니!

"확실해? 형 아들인 거 확실하냐고!"

"……응."

성환의 말에 윤환은 제대로 가누지도 못하는 몸을 일으켜 세웠다. 그러곤 자신의 가방에서 서류 봉투 하나를 내밀었다.

"유전자 검사지?"

"……일치하더라고."

이미 눈으로 확인한 사실이지만 윤환은 믿을 수 없는지 눈을 감았고 성환은 받아든 서류 봉투를 빠르게 뜯어 내용물을 확인했다.

"하아……."

너무도 선명히 윤환과 아이가 한 핏줄이라는 걸 나타내는 하얀 종이가 야속할 지경이었다.

"원하는 건? 원하는 건 뭐래? 이제 와서 나타난 이유가 뭐래?"

성난 성환의 말에 윤환은 그저 고갤 흔들었다. 자신 역시도 그녀가 원하는 게 어떤 건지 몹시 궁금했고 진경은 조금의 망설임도 없이 대답했다.

'원하는 게 뭐야? 갑자기 이렇게 나타난 이유가 있을 거 아니야?'

'이름은 우진이에요. 당신 아들.'

'…….'

'결혼했다는 소리 들었어요. 당신 가정 깨고 싶은 마음 없어요. 우진이랑 살 집, 그리고 앞으로의 생활비와 학비만 보장해줘요.'

너무나 확실하고 간단한 대답에 윤환은 헛웃음이 났다. 아이를 책임져달라고 그렇게 말했다면 해정 앞에 무릎 꿇고 빌며 자신의 아이를 함께 키워달라 애원이라도 했을 것이다. 하지만 진경이 원한 건 집과 돈이었다.

'여보, 축하해요. 우리에게 천사가 찾아왔어요.'

불과 이틀 전, 자그마한 초음파 사진을 내밀며 5주라고, 환하게 웃어 보이던 해정의 얼굴이 스쳐갔다. 그렇게 기다리던 아이가 드디어 찾아왔다고, 너무나 행복해하던 그녀가 떠올라 윤환은 참았던 눈물을 결국 터트리고 말았다.

돌이킬 수 없는 일이 벌어지고 말았다. 앞으로 해정에게 해줄 것이라곤 그녀의 마음에 상처를 내고 멍들게 하는 것뿐. 그녀에게 솔직하게 말하지 못할 비밀들을 마음에 품으며 그렇게 살아가게 되겠지.

'생활비는 넉넉하게 준비해줘요. 그렇지 않으면 당신이랑 결혼한 그 여자한테 직접 찾아갈 테니까.'

해정을 행복하게 해주고 싶었다. 부족하고 보잘것없는 남자라도 세상에서 가장 행복한 얼굴로 자신을 바라봐주었고 그녀는 자신 앞에서 꽃처럼 피어났다. 그 아름다운 꽃을 곁에서 영원히 바라보고 싶었다.

"내가 다 망쳤어, 내가. 내가 망친 거야."

더 많이 사랑해주겠다 스스로에게 약속했다. 하지만 결코 그녀에게 내보이지는 못할 마음이 되었다. 자신의 사랑이 그녀에게 얼마나 많은 고통을 줄 것인지 윤환은 두려워졌다.

당신을 사랑해서, 당신을 원해서, 내가 당신에게 줄 상처가 너무 큽니다. 차라리 당신이 날 미워한다면, 그렇다면 당신의 상처가 조금은 줄어들지 않을까요?

당신이 흘릴 눈물이 얼마나 많을지 짐작조차 하지 못하면서 이제 저는 당신에게 나쁜 남자가 되려 합니다. 이렇게밖에 사랑할 줄 모르는 남자라 미안합니다.

다음 생이 있다면 그때는 꼭 당신을 먼저 만나, 당신만 사랑하는 남자가 되고 싶습니다.

-마침-